카페 조감도 대표가 쓴

카페 간 노자

이호걸 지음

청어

서경태 캐리커처

계명대학교 서양화과 졸업
제1회 경주세계문화엑스포 즉석 초상화 참여
제1회 강원국제관광엑스포 즉석 초상화 참여 및 수익금 일부 일천만 원을 강원도 내 소년소녀가장돕에 기부
2010~2015 KM(계명대서양화과동문전)회 창립전, 정기전, 소품전, 교류전
제1, 2회 나라사랑청소년공모전 심사위원 역임
삼성전자 캐리커처 강의
전 KM회 회장
2015 한국·스위스 50주년 기념 50인 특별초대전(스위스평론가상)
대한민국우표대전 심사위원
제10회 광복 70주년 기념 특별우표대전 최우수상
개인전- 팝아트로 본 과거와 현제의 만남전
현재 서경태아트센터 운영, (사)대한미협 대구지회장

카페 조감도 대표가 쓴 카페 간 노자

이호걸 지음

발행처 · 도서출판 **청어**
발행인 · 이영철
영　업 · 이동호
홍　보 · 최윤영
기　획 · 천성래 | 이용희
편　집 · 방세화 | 김명희
디자인 · 김바라 | 서경아
제작부장 · 공병한
인　쇄 · 두리터

등　록 · 1999년 5월 3일
(제321-3210000251001999000063호)

1판 1쇄 인쇄 · 2016년 1월 25일
1판 1쇄 발행 · 2016년 2월 5일

주소 · 서울 서초구 효령로55길 45-8
대표전화 · 586-0477
팩시밀리 · 586-0478

홈페이지 · www.chungeobook.com
E-mail · ppi20@hanmail.net
ISBN · 979-11-5860-381-6 (03810)

이 도서의 국립중앙도서관 출판시도서목록(CIP)은 서지정보유통지원시스템 홈페이지
(http://seoji.nl.go.kr)와 국가자료공동목록시스템(http://www.nl.go.kr/kolisnet)에서
이용하실 수 있습니다.(CIP제어번호:CIP2015001715)

카페 조감도 대표가 쓴

카페 간 노자

카페리코 본점

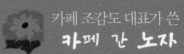

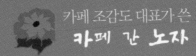

　　카페 조감도 개점하고 두 달 정도 지난 어느 날이었다. 나는 카페 영업에 회의감을 느낀 나머지 실의에 빠져 삶의 의욕을 잃고 있었다. 저녁이었다. 가끔 오시는 대구대 문학박사 이 선생께서 카페 문을 두드린 게 아닌가! 나는 내색하지 않으며 커피 한 잔 함께 마셨다. 그간 소식을 주고받으며 말이다. 근데 선생은 내 얼굴을 보고는 여간 좋지 않음을 읽고 있었던 것 같았다. 격려와 더불어 책 한 권을 소개했다. 책은 남회근 선생의 『노자타설』이었다. 나는 당분간 카페영업을 잊으며 이 책에 조금 더 신경 쓰게 되었다. 처음은 노자가 중국의 제자백가 중 한 명으로 생각하다가 어느새 모르게 내 마음에 크게 와 닿기 시작했다. 상권을 다 읽고 하권에 들어서자 그 중간쯤에 이르렀을 때는 이미 나는 온갖 마음이 풀렸다. 정말 카페 경영은 형편없었다. 하지만 마음은 그 어느 백만장자보다 나았다. 이 책을 다 읽을 때 나는 벌써 노자가 아닌 노자가 되었다. 이렇게 노자는 나에게 왔다. 그리고 이 책은 서재에 곱게 장식했다.

　　마음이 편안해지니 카페도 조금씩 나아지기 시작했다. 월 행사로 가졌던 음악회가 점점 나아졌고 카페에 손님은 전보다는 많이 늘었다. 책은 늘 좋아해서 다른 책을 탐구하고 또 다른 것을 보고 읽으며 시간은 몇 달이 지났다. 하지만 가장 어려웠던 시기에 나의 마음을 잡아주었던 노자만큼은 강렬하지

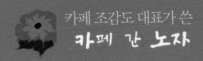

는 않아 나는 김원중 선생께서 쓰신 『노자』를 보게 되었다. 하지만 그 의미 전달이 내 양에 차지 않아, 이참에 스스로 원문을 발췌해서 뜯어보고 필사하며 또 붓글씨로 매일 글을 다듬으며 수양했다.

　　『노자』의 원문은 네이버 지식창고에서 'bubin'의 질문에 어느 선생께서 올려주신 답변을 참조했다. 그리고 김원중 선생의 『노자』와 남회근 선생의 『노자타설』를 곁들여 다시 보기 시작했다. 나는 이 노자의 말씀 『도덕경』이 여러 판본이 있음을 알 게 되었고 지금 우리가 읽는 『도덕경』은 여러 세대, 여러 사람이 거쳐 온 것임을 알았다. 솔직히 나는 커피를 파는 장사꾼이지 문학을 하거나 어떤 학문에 파고드는 지식인이 아니기에 노자가 죽간본은 어떻고 백서본은 어떻고 또 왕필은 무엇을 어떻게 구별하며 어떤 변론을 했는지까지는 쓸 이유도 없으며 또 거기까지 파헤쳐 공부하는 것은 장사꾼 도리로써는 맞지 않음을 안다. 나는 거저 『도덕경』의 원문을 내 나름의 해석과 주해로 내 삶을 꿰뚫고 싶을 뿐이었다. 춘추전국시대에 버금가는 현 커피시장에 나는 묻혀 있다. 생존, 하루가 어떻게 지나는지 모를 정도로 바쁘게 사는 것이 장사꾼이다. 나도 예외는 아니다. 하지만 이 바쁜 생활에 폭 빠져 있다면 장래는 없다. 오늘은 오늘로써 최선을 다한 것이지만 장래를 기대하며 바란다면 오늘을 죽여야 한다. 그렇게 나는 오늘을 한 장씩 읽고 배웠다. 그리고 나의 철학을 담았다.

    역지사지易地思之라는 말이 있다. 책은 읽고 나를 바르게 보기 위함이다. 책은 책으로 끝나는 것이 아니라 자신을 생각해보아야 한다는 말이다. 하지만 공자의 말씀에도 있듯이 위기지학爲己之學이 되어야지 위인지학爲人之學이 되어서는 안 되겠다. 내 삶을 똑바로 보기 위해 옛 성인의 말씀을 읽었다. 그 공부한 내용을 나는 이 책에다가 담았다. 단지 노자 『도덕경』 해석과 주해에만 미치지 않고 내가 걸었던 커피 시장을 몸소 느꼈던 바를 담아, 여러모로 읽기에 유익할 것이라 본다.

    도道의 가장 핵심은 내 몸을 지키는 것이다. 『도덕경』은 그 길을 안내한다. 나는 여기서 한 가지 더 부탁하고 싶다. 노자의 『도덕경』은 하루 한 장씩 그 뜻을 직접 해석하며 읽는 것이 좋겠다.

    책의 구성은 모두 4장으로 했다. 1장은 '나', 2장은 '우리', 3장은 '바깥', 4장은 '더 나아가'로 했으며 가장 중심에서 점차 외부로 돌렸다. 커피를 알고자 하시는 분께 또 가맹사업을 시작하거나 혹은 어떤 큰 카페를 하고자 하시는 분께도 적지 않은 도움을 줄 것이라 본다. 교육은 항상 그랬듯이 어제 것을 보며 다시 배우는 것이다. 역사는 결코 깊고 오래된 것만이 아니라 단 한

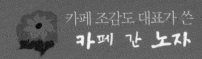

카페 조감도 대표가 쓴
카페 간 노자

시간이 지나도 역사에 묻힌 거라 그날그날 있었던 일기를 단락마다 넣어 현
실감을 주었다. 이것은 나의 인문이다. 인문은 모두가 같을 수 없다. 하지만
다른 사람이 걸었던 길을 보며 다른 생각과 질문은 있으리라 본다. 당신이 처
한 문제에 그 해답을 찾아보시기 바란다.

　끝까지 눈을 뗄 수 없을 것이다.

　꼭 덧붙이고 싶은 말이다. 이 책을 쓸 수 있게 처음 노자를 소개했던 대구
대학교 문학박사 이상진 선생께 먼저 고마움을 표한다. 내 가족 아내와 두 아
들에게도 감사하다. 지아비와 아버지의 역할을 하게 했다. 더 나가 카페리코,
카페 조감도 전 직원께 감사하다. 우리는 모두 한 배를 탔다. 대표의 역할이
이것으로나마 조금 보탬이 되었으면 한다.

鵲巢
임당 본부 골방에서

contents

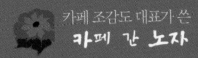

1장

나我

1. 처음 커피를 마셨을 때

기억이 흐릿하기는 하지만, 아마도 중학교 시절쯤 되지 않을까 싶다. 나의 집안은 서울에서 오랫동안 살을 붙이고 살았다. 할아버지는 아버지가 11살 때쯤 세상을 달리하셨는데 이 일로 할머니께서는 가족을 데리고 경상도에 내려와 생활했다. 할머니는 잡부로 생계를 꾸렸다. 아버지는 작은 텃밭을 가꾸시며 집안을 잡아 나가셨다. 이외에 동네에 건축이나 토목 관련 공사가 있으면 나가서 일을 하셨다. 아버지는 건축에 관해서 상당한 지식을 갖고 있었다. 내가 초등학교 다닐 때 아버지는 동네 작은 집터를 사서, 직접 집을 지으시는 것을 보았다. 지금도 부모님은 그때 지은 집에 사신다. 아마 중학교 들어가고 나서였을 것이다. 식탁에 올려놓은 인스턴트커피였다. 장날, 면에 나가셔 그나마 큰 마트에서나 살 수 있는 커피 같은 것이다. 커피 두 숟가락, 동서 프리마 세 숟가락, 설탕 두 숟가락 정도 넣고 뜨거운 물 부어 저어 드시는 모습을 본 적 있는 것 같다. 궁금해서 나도 한 모금 마신 기억이 있다. 그리고 고등학교에 들어갔지만, 커피라는 것은 아득히 잊고 생활했다.

노자 『도덕경』 1장

道可道, 非常道, 名可名, 非常名. 無名 天地之始. 有名 萬物之母

도가도, 비상도, 명가명, 비상명. 무명 천지지시. 유명 만물지모

故常無欲, 以觀其妙. 常有欲 以觀其徼

고상무욕, 이관기묘. 상유욕 이관기요

此兩者, 同出而異名, 同謂之玄, 玄之又玄, 衆妙之門

차양자, 동출이이명, 동위지현, 현지우현, 중묘지문

鵲巢解釋

　　도라고 일컫는 도는 흔히 도가 아니다. 이름이라는 이름은 흔히 이름이 아니다. 이름 없는 것은 천지의 시작이며 이름 있는 것은 만물의 어머니다.

　　그러므로 욕심 없음은 그 오묘함을 보며 욕심 있으면 돌고 도는 것을 볼 수 있다.

　　이 둘은 같은 곳에서 나왔으나 이름이 다르고 같은 점은 신비롭기 그지없다. 신비롭고 신비로워 모든 묘한 것들의 문이다.

　　노자 『도덕경』을 해석하며 주해를 달겠다고 펼쳤다. 첫 장은 그나마 해석하기가 쉬울 수도 있겠다. 그간 살면서 노자의 말씀은 한 번쯤 아니 여러 번 들은 것도 사실이다. 또 노자에 관한 책을 몇 권 읽은 것도 큰 도움이다. 하지만 지식사회에 속한 지식인에 비하면 나는 아무것도 아닌 일개 개인일 뿐이다. 몇 천 년간 내려온 이 노자의 말씀을 전문가도 아닌 한낱 장사꾼이 읽고 주해까지 단다는 것은 건방진 태도일 수도 있다. 하지만 이 『도덕경』은 몇 천 년간 우리 선조들이 꾸준히 읽은 경전이다. 그만큼 우리의 삶에 크게 영향을 끼쳤던 책 중의 책인 노자를 읽고 나의 마음을 가다듬는다.

　　도道라고 하는 것은 가는 길을 뜻한다. 우리가 어떤 길을 걸을지는 내가 안은 뜻이 무엇이냐에 따라 선택한다. 젊을 때는 어떤 길을 걸을까 하며 생각지도 않았다. 나는 거저 막연하게 처한 생활에 내맡겨 그냥 열심히 살았기 때문이다. 그렇게 열심히 살아보니 인생이 무엇인지 조금 알 것도 같다. 하지만 그 속도는 젊을 때 비할 바 못 되고 일은 더 많아 어깨가 무겁기만 하다. 도라고 일컫는 도는 흔히 도가 아니다. 노자의 말이다. 커피 인생을 걸어왔지만 정말 커피 인생을 걸었을까! 하는 생각을 잠시 했다.

나의 공부가 있어도 그만 없어도 그만일지는 모르나 그러나 노자의 가르침은 다시 한 번 인생을 살피는 데 큰 역할을 할 것이라 본다.

노자 『도덕경』을 직접 해석했지만, 혹여나 시간이 여의치 않아서 문장이 매끄럽지 못할 수도 있다. 더욱 나는 경상도 사람이라 표준어를 삼가 심히 살피려고 하였으나 천성이 이곳 고장 사람이라 읽는 이에게 조금 어투가 맞지 않을 수도 있다. 양해 바란다.

鵲巢日記 15年 07月 18日

흐렸다.

커피문화강좌를 가졌다. 새로 오신 분은 없었다. 누구나 개인의 이름으로 쉽게 창업할 수 있으며 각기 나름의 디자인으로 나만의 상품을 만들어 낼 수 있는 시대임을 여러 가지 커피 봉투를 보여 드리면서 설명했다. 어제 오셨던 옛 동호점 점장 아버님께서 로스터기에 관심과 대전의 부자로스터에 관한 이야기를 통해 현재 커피 시장 상황을 이야기했다. 오늘 수업은 오 선생이 수고해 주었다. 드립 수업을 했다. 이 수업을 위해 어제 케냐와 예가체프를 볶았다. 수업 마치고 커피 맛이 좋아 볶은 커피를 몇몇 사 가져 가시는 분도 있었다.

압량에 동원이 잠시 보고 사동에 들러 어제 들어왔던 가비봉투를 가져다 놓았다. 여기서 병원 분점까지는 얼마 되지 않은 거리라 어제 주문받았던 '더치커피'를 갖다 드렸다. 점장께서 계셨는데 가게 경영에 관해서 여러 가지 상담을 했다. 점장은 이곳 말고도 시내 병원 한 군데 더 경영한다. 이곳은 가끔 딸이 와서 도와주었는데 올 연말이면 출산을 하게 되었다. 이 일로 가게를 볼 수 없는 상황까지 생기지 싶어 이것저것 물었는데 경영이라서 일기에 적지 않겠다. 아무튼, 20여 년간 이 일을 하면서 경험이라면 경험이다. 여러 가지 상황을 말씀드렸다.

오 선생과 소고기 국밥집에서 밥을 먹었다. 대곡에 상황을 서로 얘기 나누었다. 오후 메뉴와 가격 그리고 가게 상황을 보기 위해 오 선생은 직접 가 보아야 할 일이 생겼다.

본부에서 책을 읽었다. 『노자강의』를 읽었으며 도올 선생의 노자와 21세기란 주제의 강의를 들었다. 오늘로써 여섯 강좌를 들은 셈이다. 강의를 듣다가 이런 생각이 들었다. 이미 학교 공부는 다 끝난 것 같다는 생각이다. 누구나 관심 가는 주제를 쳐서 클릭하면 들을 수 있는 시대가 되었기 때문이다. 지식도 이제는 시와 때를 가리지 않고 보며 들을 수 있으니 말이다.

사동에 잠시 다녀왔다. 배 선생께서 문자 보낸다. 잔돈이 비었다. 배 선생 뵙고 커피 한 잔 청해 마시며 예전에 읽었던 김원중 선생의 『노자』를 서재에서 꺼내 잠시 읽었다. 예가체프를 유난히 좋아해서 늘 커피 한 잔 청하면 예가체프다. 따뜻한 한 잔의 커피 맛은 어떻게 표현할 수 없을 정도로 맛이 있었다. 한 나무의 유전자와 그 나라의 풍토와 이 커피를 내릴 수 있는 조감도의 상황 그리고 앞이 탁 트인 사동이 입안 다 들어오는 듯했다. 이곳은 그 어떤 소용돌이도 느낄 수 없는 가게 같다. 바깥의 변화는 모르며 또 알아도 크게 무엇을 하거나 처세가 필요한 것도 아닌 곳처럼 말이다. 커피 시장이 얼마나 요동치는지는 주위 카페의 변화만 보더라도 느낄 수 있으니 말이다. 커피 교육을 받으려고 상담이 필요하거나 또 교육받고 있거나 실지로 커피 시장에 뛰어들기 위해 건물을 짓는 곳도 다소 많기 때문이다. 거리를 지나거나 어느 곳에 출장이라도 가게 되면 흔히 보는 것은 커피 집이며 커피 집 매매를 통해 새로이 변모하려는 움직임도 여사로 볼 수 있으니 말이다. 하지만 소비경기는 별로 좋지가 않다.

세차했다. 임당에서는 제법 가깝다. 또 가까운 거리에 있는 은혜로 교회에도 다녀왔다. 전에 물이 샌다는 본점장 보고가 있었다. 본점장 구 바리스타는 이 교회에 다닌다. 현장에 들러 보니 이상이 없어 교회 다니시는 이곳 담당자 김 씨께 전화했다.

저녁 먹으며 오 선생과 대화를 나누었다. 대곡의 상황을 이야기했는데 가게 세와 비교하면 매출이 따라주지 않을 것 같다는 얘기다. 가게 앞뜰이 상당히 넓어서 조경사업을 하시는 정 선생이 여러 모로 활용할 수 있는 방안을 모색하면 괜찮지 않을까 하는 생각이다.

11시 30분 사동 마감했다. 12시 자정 본점 마감했다.

2. 컵 차기

처음으로 부모님 곁을 떠나 생활한 때가 고등학교 3학년이었다. 대학 입시 공부 때문이었다. 구미고등학교 기숙사에서 1년 생활했다. 이때가 88올림픽을 치렀던 해였다. 올림픽 성화 봉송과 점화는 나에게 상당한 감동을 안겨다 주었다. 그리고 늦가을 학교성적에 맞게 지원한 곳이 영남대였다. 대학은 어떤 곳인지 무엇을 공부하는지 아무것도 모르던 시절이었다. 마치 연어 떼가 강 상류로 마냥 치고 오르는 시간 같은 것이다. 나는 철학과를 지원했지만, 어머니는 담임선생님과 여러 번 상담 끝에 무역학과로 정했다. 어머니는 초등학교 졸업이 전부였지만 어머니 형제는 대부분 대학을 졸업하신 분이 많아 대학 공부를 조금 아시는 듯했다. 그렇게 경산에 왔다.

경산은 내가 머문 두 번째 도시다. 대학은 고등학교와 많이 달라서 두려움도 있었지만, 꽤 설렜다. 80년대 끝자락 학번으로 대모도 참 많았던 시절이었다. 한 학기에 시험을 한 번밖에 보지 않았다. 신청한 수강과목에 점수가 못 미쳐 학점을 날리지는 않을까 하는 고민도 있었지만, 나에게는 대학공부가 고등학교보다는 쉬웠다. 나는 중학교 때부터 나의 삶을 바라보는 관점이 남달랐던 것 같다. 그러니까 굉장한 노력파다. 고등학교 시절은 공부해도 성적이 오르지 않았지만, 대학은 달랐다. 대학은 작은 사회로 정말 내가 노력한 대가를 고스란히 받는다. 내 기억으로는 두 번 정도 성적우수 장학금을 받지 못했지 나머지 학기는 대부분 장학금을 받았다. 물론 대학에 다니면서 공부만 한 것도 아니다. 주말이나 방학은 막일로 보냈는데 경산 인력시장에서 비오고 눈 오는 날 제외하고는 그곳에서 살았다고 해도 지나친 말은 아닐 테다. 아마 그때 그렇게 보냈던 기억이 지금 나의 카페를 짓는 데 큰 도움이 되었다. 나는 지금껏 카페 건물만 모두 네 채를 지었다.

대학 다닐 때였다. 새벽 찬 바람 가르며 도서관 자리 잡을 때 일이다. 동트기도 전에 깊숙한 곳 자리 잡고 나면 자판기 커피 한 잔 뽑아 마시곤 했다. 도서관에 일찍 온 친구들과 커피 한 잔 마시며 대화 나누고 나면 그 빈 컵으로 셋 넷 짝지어 컵 차기로 몸 풀곤 했다. 자판기 커피는 수시로 뽑아 마셨지만, 커피를 알고 마신 것은 아니었다. 입이 궁금하거나 졸음을 잊거나 무언가 생각이 잡힐 때는 꼭 커피 한 잔 마셨다.

노자 『도덕경』 2장

天下皆知美之爲美, 斯惡已, 皆知善之爲善

천하개지미지위미, 사악이, 개지선지위선

斯不善已, 故有無相生, 難易相成, 長短相較

사불선이, 고유무상생, 난이상성, 장단상교

高下相傾, 音聲相和, 前後相隨

고하상경, 음성상화, 전후상수

是以聖人處無爲之事, 行不言之敎

시이성인처무위지사, 행불언지교

萬物作焉而不辭, 生而不有

만물작언이불사, 생이불유

만물작언이불사, 생이불유

爲而不恃, 功成而弗居, 夫唯弗居, 是以不去

위이불시, 공성이불거, 부유불거, 시이불거

鵲巢解釋

　　세상 모든 사람이 아름다움을 아름다움이라 알고 있는 것은 이것은 이미 악한 것이다. 모두가 착함을 착하다고 하는 것은

　　이것은 이미 착하지 않음이며 그러므로 있음과 없음은 서로를 낳고 어렵고 쉬운 것은 서로를 이루며 길고 짧은 것은 서로를 견주며

　　높고 낮음은 서로를 기울며 음과 소리는 서로를 합하며 앞과 뒤는 서로를 따른다.

　　이로써 성인은 무에 처함으로써 일을 행하며 말 없는 가르침을 행한다.

　　만물이 일어나도 말하지 않으며 생겨도 가지지 않으며

　　이루어도 자부하지 않으며 공을 이루어도 머물지 않으며 오직 머물러 있지 않기에 이것은 가지 않는다.

　　노자 『도덕경』 2장에 나오는 말이다. 성인처무위지사聖人處無爲之事, 행불언지교行不言之教라는 말이 있다. 또 연이어 만물작언이불사萬物作焉而不辭, 생이불유生而不有, 위이불시爲而不恃, 공성이불거功成而不居, 부유불거夫唯不居, 시이불거是以不去이라. 성인처무위지사聖人處無爲之事는 성인은 일을 함에 무위에 처한다고 했다. 이는 일을 하되 의미를 두지 않는다는 말이다. 행불언지교行不言之教는 말로 하지 않고 행동으로서 가르친다는 뜻이다. 만물작언이불사萬物作

爲而不辭는 사辭는 말씀 사다. 만물은 짓되 어찌 구질구질 변명 따위가 있겠는 가 하는 뭐 그런 뜻이다. 생이불유生而不有는 생은 있되 가지지 않는다. 그러니까 자연은 저절로 나지만 그것은 있음이 아니니 소유한 것이 아니고 위이불시爲而不恃는 위는 이루어지다며 시는 믿을 혹은 어미다. 자연은 저절로 이루되 어미가 없다. 그러니까 여기서는 어미가 어찌 없겠는가마는 자부하지 않는다로 해석하는 것이 옳다. 공성이불거功成而不居는 공이 있으며 거하지 않고 부유불거夫唯不居 대장부는 오직 거하지 않으며 시이불거是以不去라 마땅히 가지 않는 것이 옳다. 그러니까 공은 이루되 내세우지 않으며 드러내지 않는 것이 옳은 것이다.

鵲巢日記 15年 07月 19日

흐렸다. 보슬비 내리기도 했다.

사동에서 커피 한잔 내려 마셨다. 케냐다. 케냐커피 향을 느끼고 싶었다.

본점에서 책을 읽었다. 김 선생이 출근하는 모습을 보고 나는 본부에 왔다. 도올 선생의 강의를 듣고 기세춘 선생의 '노자 강의'를 읽었다. 유가 사상은 남존여비 사상인 반면 도가 사상은 여성적 가치를 우대한다. 이것은 모권 사회를 뜻하는 것이 아니라 모계사회를 강조하는 것인데 그래도 힘은 남성에 있으나 그 바탕을 이룬 것은 여성에 있다는 것이다. 양과 음의 조화가 없이는 그 어떤 것을 이루려고 해도 또한 노력해도 한계에 부딪는다. 도올 선생의 이데아에 관한 설명을 할 때는 무언가 깨침을 받는 듯했다. 모든 것은 관념이다. 모든 것의 실제는 허상이며 사라지는 물질세계에 무엇이 참된 진리인가!
라고 말을 할 때는 그럴 것 같다는 생각이 들었다. 우리는 모두 죽음을 위해
그 모양이 변화한다. 동시대의 인물이 오십 년 후쯤이면 과연 몇 명이 남아있
겠는가! 나를 기준으로 해서 외부는 무엇이며 무엇이 나를 변화시키며 이 세
계에 정말 나는 무엇인가?

　정오쯤 지나서였다. 대곡에서 한 통의 전화를 받았다. 내일 무슨 박람회
가야 하니 볶은 커피를 퀵으로 받고 싶다는 전화였다. 선물로 쓰고 싶다고 했
다. 블루마운틴, 케냐, 에스프레소를 200g짜리 봉투에다가 각각 다섯 봉씩
담아 퀵으로 보냈다. 가비에서 전화가 왔다. 운문사에서 약 200명 정도 아이
스크림을 마음대로 떠서 먹을 수 있는 시설을 갖추는데 비용이 많이 드는지
묻는다. 아이스크림 관련 업소에 전화하니 전화 받지 않는다. 물론 이 사람은
직장 다니니 받을 일이 만무했다. 사업하는 사람이야말로 일요일이 있나! 전
화 오면 전화 받아야 하고 주문이 있으면 챙겨서 배송을 다녀와야 하니 말이
다. 오후 4시쯤 사동 분점에서 전화다. '더치 받아 놓은 것 있으면 한 병 부탁
해요 본부장님 급하게 주문 들어왔어요. 일요일 배송 안 되는 거 알지만 부탁
해요.' 본점에서 챙겨 갖다 드렸다. 여기서 조감도까지는 그리 멀지 않은 곳
이라 잠시 들러 정의가 녹차라떼에 하트 띄우는 것을 잠시 보았다. 에스프레
소 한 잔 청해 마셨다.

　사동은 인원이 많아, 서로가 일하는 데 그리 지겹거나 따분하거나 일이 어
렵거나 하는 경우는 없다. 압량은 그렇지 않다. 동원이 혼자서 온종일 머물러

서 일을 보아야 한다. 얼마나 따분할까 하는 생각을 잠시 가졌다. 여섯 시 좀 지나서일까! 사동 배송가기 전에 잠시 보았다만, 동원이는 참 밝은 모습으로 나를 대면한다. '본부장님, 일요일 치고는 매출 괜찮았습니다.' 나는 매출이 걱정이 아니라 애가 얼마나 외롭게 머물렀을까 하는 생각을 했다. 나는 혼자 서 책을 보거나 해서 따분하다는 생각을 갖지는 않는다. 하지만 이곳에 머물 렀던 옛사람 때문일까 나는 무의식적으로 자꾸 그런 생각을 하는 것은 또 왜 일까!

자정쯤 본점 마감했다.

3. 방황 그리고 첫 직장

정작 우수한 성적으로 대학을 졸업했지만, 사회 어느 곳에 발 디딜 수는 없었다. 4년은 공부 아니면 막일만 했다. 상대를 졸업하고 이에 맞는 직종을 구하려니 과연 내가 할 수 있을까 하는 고민에 빠졌다. 내 마음은 사회가 아직 준비되어 있지 않았던 것이다. 1년을 대학 주위에서 떠돌았다. 그러고 있다가 들어간 첫 직장이 무역회사였다. 무역회사는 대학 졸업한 그해 겨울에 입사해서 그다음 겨울까지 1년 다녔다. 나는 무역회사라고 하면 외국인을 만나 여러 가지 수출입 상담하고 그와 관련한 일을 하는 줄 알았다. 내가 맡은 일은 수입한 측정공구와 작업공구를 챙기는 것이며 이 챙긴 물품을 전국 공구상가나 공장에 납품하는 일이었다. 무역회사에 말단 직원이었기에 상사와 함께 바깥에 영업 나가는 일이 대부분이었다. 그러니까 운전은 일과였다. 거래처 사장님 뵙고 물품을 배송하고 결재 이야기하며 보낸다.

첫 직장은 나에게는 꽤 힘든 일이었다. 새벽에 일어나 첫차를 타고 자정에서야 들어오곤 했다. 물론 퇴근시간은 있었지만, 지금처럼 칼 같은 퇴근은 꿈에 그리운 시절이다. 아침 거르기가 흔했고 점심만 제때 먹을 수 있었다. 저녁은 상사와 함께 보낼 수밖에 없었는데 매일 소주와 그 술과 곁들인 업무 이야기다. 정말 암담한 시절이었다. 그렇다고 이 직장을 그만둔다고 해도 장래에 무엇을 할지 어떤 계획도 없었다. 직장은 여러 가지 갈등으로 나를 더 힘들게 했다. 직장 동료와 상사의 묘한 감정, 그리고 쥐꼬리만 한 월급, 위험을 무릅쓰고 다녀야 하는 바깥 영업, 불완전한 자취는 장래가 아니라 현실을 포기해도 아무런 미련이 없을 정도였다.

내 일이 아니라서, 직장이라는 문화가 나에게는 맞지 않았다.

노자 『도덕경』 3장

不尙賢, 使民不爭, 不貴難得之貨, 使民不爲盜, 不見可欲

불상현, 사민부쟁, 불귀난득지화, 사민불위도, 불견가욕

使民心不亂, 是以聖人之治, 虛其心, 實其腹, 弱其志, 强其骨

사민심불난, 시이성인지치, 허기심, 실기복, 약기지, 강기골

常使民無知無欲, 使夫智者不敢爲也, 爲無爲, 則無不治

상사민무지무욕, 사부지자불감위야, 위무위, 칙무불치

鵲巢解釋

현명함을 숭상하지 않아야 백성과 싸움이 나지 않는다. 얻기 어려운 재화를 귀하게 여기지 않아야 백성은 도둑질하지 않으며 욕심낼 만한 것을 보지 말아야

백성의 마음은 어지럽지 않다. 이로써 성인은 다스림은 그 마음을 비우고 그 배를 채우며 그 뜻을 약하게 하며 그 뼈를 강하게 한다.

늘 백성에게 알지 못하게 하고 바라지도 못하게 한다. 지혜로운 자에게 감히 하지 못하게 함으로 무위로 이루면 반드시 다스리지 못할 것이 없다.

노자 『도덕경』 3장에 나오는 말이다. 시이성인지치是以聖人之治, 허기심虛其

心, 실기복實其腹, 약기지弱其志, 강기골強其骨. 성인의 다스림이라는 것은 허기심 백성의 마음을 비우게 하고 실기복 백성의 배를 부르게 하며 약기지 백성의 의지력을 약하게 하며 강기골 백성의 뼈를 튼실하게 한다는 뜻이다. 앞으로 노자를 하루에 한 장씩 읽겠다. 장마다 가장 중요한 문장은 옮겨 적으며 내 마음을 곁들인다. 여기서 성인이란 지혜와 덕이 뛰어난 사람으로 군자를 뜻한다.

마음을 비우고 배를 부르게 한다. 참 말은 쉬우나 정치를 통해 이를 실천하는 것은 어렵다. 한 국가를 다스리는 것도 그렇지만 조그마한 가게나 그 이상의 기업을 운영하는 사람도 마찬가지일 거로 생각이 든다. 더 자세히 적는다면 국민이나 직원이나 가족의 일원까지도 성인지치聖人之治에 들지 않는 것이 있을까! 그 뜻을 약하게 하고 그 뼈를 튼실하게 한다는 것도 마찬가지다. 위의 두 가지 상황이 충족되어야 방금 들었던 예 또한 쉽게 이룰 수 있을 것이다. 마음을 비우고 배가 부르면 딴마음이 생기고 헛것을 보아 오히려 산만하기도 할 것이라 그러니 성인의 다스림이 필요한 것이다.

鵲巢日記 15年 07月 20日

대체로 흐렸다.

아침 먹을 때였다. 늘 아침이면 아이들 깨우기가 여간 어렵다. 더구나 방학했으니 아이들 마음은 잠을 조금 더 잤으면 싶을 것이다. 아침에 온 가족이 모여 밥을 먹지 않으면 저녁에 되어서야 보아야 한다. 구태여 깨워 아침을 먹는다. 근데 맏이가 투정을 부린다. 씩씩거리며 밥상머리 예절이 좋지 못했다. 전에도 한번 혼내야겠다는 생각은 있었으나 아침이면 늘 바빠 일 나서거나 학교 가기 바빴다. 오늘은 불러 세워 꾸짖었다. 밥 먹다가 공자에 대한 이야기를 꺼냈더니 아이들도 학교에서 배운 것이 있었는지 대충은 아는 듯했다. 내일부터는 공자의 제자가 쓴 『논어』 한 구절씩 읽고 밥 먹어야겠다며 아이들에게 일렀다. 논어는 옛사람도 평생토록 읽어도 모자람이 없을 것이라며 했던 기억이 난다. 아마 다산 선생께서 하신 말씀이 아닌가 한다. 정말, 공부고 뭐고 무엇이 중요할까 인간사회에 예의 법도도 모르면 사회생활은 영 꽝이니 누가 함께 하려고 하겠는가!

사동에 잠깐 있을 때였다. 옆집 사장님 가게 단도리 하시느라 바깥에 나와 있었다. 칠하는 인부 두 명이 왔다. 서편 벽면에 하얀색으로 칠을 했는데 햇볕이 잘 들어오지 않게 하기 위해서다. 여름에 지는 햇볕이 따갑게 닿으니 안이 덥다는 것이다. 옆집 사장님과 대화하다보면 이곳 상가에 대한 역사를 알게 된다. 한의대 방향에 '둘둘오리'라는 고깃집이 있는데 이곳보다 앞서 개업한 사실을 알게 되었다. 그러니까 둘둘오리는 칠 년째 접어들고 이곳 터줏대감은 3년째 하고 있다. 영업에 대한 이야기와 문중에 관한 이야기도 자세히 들려주었다. 이번 해에 문중회장과 총무가 임기 만료라 새로 선출해야 하는 사실도 알게 되었다.

지난번 컵홀더 들여놓고 송금을 못 했다. 문자가 와서 알았다. 송금했다. 어제부터 주문 들어온 문자를 확인한다. 전표를 모두 발행했다. 김 씨와 점심을 먹고 반은 김 씨에게 다녀오시게 했다. 나는 병원과 옥곡과 정평에 다녀왔다. 옥곡은 기계관리를 부탁한 바 있어 샤워망과 고무개스킷을 모두 갈아 끼웠다. 들렀을 때는 점장께서 계셨는데 가게 안은 손님으로 북적거렸다. 점장은 한 말씀 주시는데 '여름 장사 어떻게 하나요? 경기가 좋지 않아 영 아녀요.' 하면서 말씀을 주시는데 내가 보기에는 그나마 영업을 제일 잘하시는 것 같았다. 예전이나 지금이나 사람 보면 경기 운운하는 것은 인사가 되었다. 그전에는 '식사했습니까?' 하는 인사였다면 '요즘 어찌 장사합니까?' 로 말이다.

밤늦게 아이들과 논어를 읽었다. 논어는 어떤 책인지 왜 이 책이 지금 자본주의 시대에도 읽히는지 설명했다. 맏이는 학년이 그나마 높아 이해한다. 둘째는 이해하기가 힘든가 보다. 공자가 살았던 시대적 상황이 어떠했는지 즉 봉건제도에 관한 설명도 맏이는 학교에서 배웠는지 술술 이야기가 나왔다만 둘째는 아직 못 미친다.

논어는 아이들에게 인의예지를 가르치기에 딱 좋은 책이다. 거기다가 역사를 말할 수 있으니 폭넓은 세계관을 가지게 한다. 무엇보다 이야기로 풀어나가니 관심이며 궁금증이 유발하여 자연히 배움으로 이끈다.

4. 실업자

직장에 사직서 제출하고 나올 때였다. 창공을 나는 한 마리 독수리가 따로 없었다. 그간 안았던 어떤 무게를 내려놓는 기분은 어떻게 표현하기 어려울 정도다. 그만큼 기분이 좋았다. 이러한 기분도 한 삼 일, 사 일 지나니 또 현실을 깨닫는다. 다른 직장을 알아보기 위해 이력서 갖추어 면접 다니기 바빴다. 그때마다 번번이 떨어졌다. 자꾸 떨어질수록 자신감도 떨어졌는데 끝내는 비관적인 마음도 없지는 않았다. 실업자의 고통을 절실히 느꼈던 해였다. 95년도였다.

대학 졸업이라는 이력을 포기할 때 직장 구하는 범위가 커졌다. 교차로에 실린 내용이다. '운전할 수 있고 용모 단정한 자 0명 모집 LG산전 신아밴딩' 이력서 작성했다. 구미고등학교 7회 졸업, 이것이 전부였다. 대구 담티고개 넘어 어느 골목길이었는데 조그마한 가게였다. 무엇을 수리하는 집도 아니고 그렇다고 무엇을 파는 집도 아니었다. 사장님 그리고 경리직원이 전부였다. 가게 책상 앞에 놓인 소파에 앉아 사장은 나의 이력서를 보고는 한마디 하셨다. 내일부터 출근할 수 있어요? 하며 물었다. 그때 얼굴이 묘하게 밝았는데 또 한번 창공을 나는 기분이었다. '네 할 수 있습니다.'

노자 「도덕경」 4장

道, 沖而用之, 或不盈, 淵兮似萬物之宗, 挫其銳, 解其紛

도, 충이용지, 혹불영, 연혜사만물지종, 좌기예, 해기분

和其光, 同其塵, 湛兮似或存, 吾不知誰之子, 象帝之先

화기광, 동기진, 담혜사혹존, 오부지수지자, 상제지선

鵠巢解釋

　도, 비었으나 그것은 쓰임이 있고 하지만 차지 않는다. 깊고 깊으나 만물의 으뜸이고 그 날카로움을 꺾고 그 어지러운 것은 해결하며

　그 빛은 어우러지고 그 티끌도 함께한다. 맑음과 같아서 또 그렇게 있으니 나는 누구의 아들인지 알 수 없다. 상제에 앞선다.

　도충이용지道沖而用之, 혹불영或不盈 도는 비었으나 능히 쓰임이 있고 그러면서도 차지 않는다. 연혜사만물지종淵兮似萬物之宗 연淵은 깊이를 뜻하는 말로 헤아릴 수 없음이고 만물의 으뜸이라는 말이다. 좌기예挫其銳는 날카로움을 꺾는다는 말인데 도는 인간의 성품을 중용에 이르게 한다는 뜻이다. 해기분解其紛은 어지러운 것은 해결되며 화기광和其光, 동기진同其塵은 그 빛은 어우러지며 티끌도 함께 한다. 담혜사혹존湛兮似或存 맑음과 같아서 또 그렇게 있으니 오부지수지자吾不知誰之子 나는 누구의 아들인지 알지 못한다고 했다. 여기서 무엇이 빠졌지만 이르지 않아도 무엇을 뜻하는지 우리는 알 수 있다. 도를 말한다. 상제지선象帝之先 상象은 코끼리 상자다. 상제라고 하면 옥황상제쯤 되는 위치를 말한다. 그러니까 상제에 앞선다.

화기광和其光, 동기진同其塵에서 화광동진和光同塵이라는 말이 나온다. 빛을 감추고 티끌에 섞여 있다는 말이다. 자기의 지혜와 덕을 밖으로 드러내지 않고 세상 사람과 어울려 지내며 참된 자아를 보여준다는 뜻이다.

지금까지는 한자를 풀이한 것이다. 도는 무엇인가? 길을 의미한다. 수풀이 우거진 산을 거닐며 길을 찾는 것이 인생이라면 나는 그 커피의 수풀에 있음과 같다. 커피를 하는 나의 길은 빈 것과 마찬가지나 그렇다고 가볍게 여겨서도 안 되는 것이다. 쓰임이 있다. 하지만 차지는 않는다. 내가 걷는, 이 커피 길을 두고 그 깊이를 알 수야 있겠는가마는 그래도 이것은 나의 일이니 만물 중에서도 으뜸이라 할 수 있다. 이는 날카로운 나의 성품을 깎는 것이며 나의 어지러운 생각을 풀어놓는 것이라 그 빛과 어울러서 티끌과 같이하는 것이다. 그러니 대담한 것도 아니며 소홀하게 보아서도 안 된다. 이러한 일은 맑음과 같아 옥황상제보다 나은 것이 된다. 물론 해석은 각기 다르겠지만 옛사람은 성인 즉 한 국가 지배자의 뜻을 헤아리며 민중을 생각한 글이라 이에 철학을 둔다. 지금은 조그마한 카페를 해도 아니면 기업을 하던 이와 같은 자신의 길을 도道로 헤아린다는 것은 마음을 안정되게 하며 나가는 길 또한 밝아 무엇이든 쉽게 이룰 수 있으리라 본다.

鵲巢日記 15年 07月 21日

오전은 맑았다. 오후 다소 흐렸다. 저녁에 비 좀 내렸다.

아침 먹기에 앞서 아이들과 논어를 읽었다. 한쪽은 큰애가 읽었다면 다음 쪽은 작은애가 읽고 그다음은 직접 읽었다. 한쪽씩 읽고 부연설명을 가졌다. 오늘은 공자의 생애에 관해서 설명을 했는데 이에 앞서 중국의 고대사를 이야기했다. 그러니까 하, 상나라이어서 주나라 정치 상황을 간략히 이야기했다. 공자는 노나라 사람으로 그의 아버지에 관한 얘기를 할 때였는데 키가 무려 10척이라고 했다. 맏이가 한 척은 얼마나 되느냐고 묻는다. 고대 중국은 척尺이 손바닥을 펼쳤을 때의 그 길이로 했지만, 요즘은 척의 단위가 조금 바뀌었다. 한 자가 한 척 정도인데 이는 약 30cm 정도. 고대 중국의 기준으로 보면 공자의 아버님 키는 약 2m 정도로 보면 되지 싶다. 공자의 출신배경은 그리 좋지가 못하다. 사마천의 사기에 의하면 공자의 출생배경을 '야합하여 태어났다'라고 써놓고 있다. 그러니 적자가 아닌 서자출신으로 신분이 미천하다. 그러므로 생활이 궁했다.

사동에서다. 옆집 사장님께서 나와 계셔 인사했다. 주차선에 관한 일로 서로 대화했다. 잠시 가게로 모셔 커피 한 잔 내려드렸다. 예가체프를 내렸는데 향과 맛이 좋아 칭찬을 아끼지 않았다. 마침 직원이 모두 출근해서 우리는 자리에 앉아 문중에 관한 일과 옆집 사정을 듣게 되었다. 사장님께서 말씀하시는 것을 줄곧 들었지만, 매출 이야기할 때면 역시, 이곳 커피 집은 객단가가 낮으니 어쩔 수 없는 일임을 깨닫는다. 옆집과 이곳은 매출이 딱 두 배 차이다. 사장님은 오히려 나에게 격려한다. '좀 있으면 나아질 거예요.', 참으로 다행한 것은 작년보다는 나아지고 있음을 아주 미진하게 느낀다. 옆집도 장사하면서 고생이 참 많았던 것 같다. 구구절절 말씀하시니 들어야 했다. 이곳 상가에서 나는 막내며 나이가 그중 가장 낮고 나이 차이 또한 많이 난다. 그러느니 하며 인사하며 들르시면 커피 한잔 내 드린다. 옆집의 옆집은 학교 선배다. 대학 선배이신데 동창회 총무로 완장까지 찼다. 한때 모임이 있었던 가본 데 전화가 왔다. '사장은 몇 학번이오?', '아! 네, 89학번입니다. 사장님', '아! 핏덩이구먼!', 전화를 받았을 때는 나는 조금 놀랐다. 주위에 수군거리는 소리와 술에 흥겨운 소리로 분주함을 느꼈다. 거저 아! 네, 네네…… 뭐 그렇게 대답했을 뿐이다. 얼마 전에는 수도계량 검침을 해야 한다며 좀 나오라고 했는데 가지 않았다. 무슨 감정이 있어 가지 않은 것이 아니라 일이 바빠, 가지를 못 했고 며칠 지나니 잊고 말았다. 그 뒤 직원이 '본부장님 옆집에 수도 검침을 해야 한대요?' 하며 보고가 있었다. 그래서 오후에 보고 시간 괜찮을 때 배 선생 통해서 다녀오시라고 했다. 배 선생은 그 뒤로 보고가 없었다. (점장에게 물어보니 2014, 12/31, 312 2015, 7/13, 743으로 검침됐다. 옆집에 옆집 사장님께서 어제 다녀가셨는데 6개월 수도세 62만 원이라고 했다.)

오후, 카페 우드테일러스와 한학촌에 다녀왔다. 커피 배송이었다. 오후 4시쯤 사동에서 배 선생께 드립 한 잔 청해 마셨다. 케냐였다. 2층 화장실 냄새는 좀 어떤지 물었더니 예전보다는 덜하지만 여전하고 물 내리면 냄새가 나지 않는다며 보고한다. 보통 물 내리면 냄새는 나지 않지만 아주 평범한 사실에 평범하지 않은 것이 신경 쓰이는 일이 되었다. 환풍기 다는 것도 겨울이면 추위가 어떨까 싶어 고민이다. 시공사는 거기까지도 생각하는지 전화만 달라는 듯 자신만만했다.

5. 인스턴트커피

운전은 어디를 가든 기본이다. 첫 직장은 운전 하나만큼은 확실했으니까! 대구와 대구 주변도시 그리고 멀리는 광주까지 다녀오는 일로 회사 차량으로 안 가본 데 없을 정도로 많이 다녔기 때문이다. 두 번째로 다녔던 직장은 자동판매기 관련업이다. 기계도 파는 곳이지만, 봉지커피와 프리마, 각종 차 종류를 판다. 커피와 다른 부자재를 팔기위해 기계 수리는 기본이 되어야 한다. 대학까지 문과로 나와서 기계를 전혀 몰랐다. 기계 수리가 전혀 관심이 없었던 것은 아니라서 가끔 못 쓰는 부품을 뜯어보고는 했다. 사장은 기계 수리에 관해서는 일절 가르쳐 주지 않았다. 지금에 와서는 왜 가르쳐주지 않았는지 이해가 되었지만 그때는 약간 섭섭한 마음도 있었다. 공고 학생이 보는 여러 가지 기술 관련 책을 구해서 보았다. 책을 본다고 해서 특별히 잘 알지는 못했지만 기계와 전자에 관해서 조금 더 알게 된 것은 사실이다. 납땜용접도 해보고 멀티테스트기 사용도 해보았다. 무엇보다 이 기술을 늘려준 것은 거래처였다. 잘 아는 것은 없었지만 고객을 위해 최선을 다하는 것은 나에게 더없는 미덕이었다. 기술과 인간관계술까지 보탬이 되었으니까 말이다.

무엇보다 이 직장의 한 달 목표는 최고의 커피 판매를 올리는 것이다. 사장과 경리직원은 한 달 목표를 강요하지는 않았지만 나는 월급과 관계없이 무작정 뛰어다녔던 것 같다. 이러한 효과는 사장님보다 더 많은 매출을 올렸다. 이것은 나중에 내 일을 창업하고 나서도 큰 도움이 되었다.

노자 「도덕경」 5장

天地不仁, 以萬物爲芻狗, 聖人不仁, 以百姓爲芻狗

천지불인, 이만물위추구, 성인불인, 이백성위추구

天地之間, 其猶橐籥乎, 虛而不屈, 動而愈出

천지지간, 기유탁약호, 허이불굴, 동이유출

多言數窮, 不如守中

다언삭궁, 불여수중

추芻는 꼴을 말하는데 말이나 소에게 먹이는 풀을 말한다. 소싯적 촌에 있을 때는 염소나 소를 기를 때 꼴 먹이러 간다며 이야기하곤 했다. 구狗는 개를 뜻한다. 추구芻狗라고 하면 고대 중국사회에서는 짚으로 만든 개로 제사 지낼 때 쓴 것인데 지금의 허수아비 정도로 보면 될 것 같다. 유猶는 오히려, 가히, 다만이라는 뜻을 지녔다. 탁橐은 풀무로 불을 지필 때 쓰는 도구다. 약籥은 피리를 뜻한다. 굴屈은 굽히는 것으로 유愈는 낫다 뛰어나다는 뜻이 있다. 삭數은 자주라는 뜻으로 셈할 때는 수로 읽는다. 궁窮은 다하다 외지다 가난하다 등의 뜻을 지녔다.

아이들과 한자를 읽을 때였는데 여如자는 같다는 뜻이다. 합성어다. 계집 여女와 입 구口자가 모여 이룬 글자다. 여자는 구멍이 있다는 뜻으로 아니면 구멍이 같다는 것으로 설명하려다가 말았다. 그러니 한자는 하나씩 자세히 들여다보면 참 재미가 있으므로 공부하기에도 따분하지가 않다.

鵲巢解释

　　하늘과 땅은 어질지 않아 만물을 짚으로 만든 개처럼 여기며 성인은 어질지 않아 백성을 짚으로 만든 개처럼 여긴다.

　　하늘과 땅 사이는 오히려 풀무와 피리와 같아 빈 것은 굴하지 않으며 움직이는 것은 나가는데(나오는데)

　　많은 말은 자주 궁하여 빈 가슴 챙기는 것만 못하다.

작소 부연설명

이는 노자가 도를 설명한 것이다. 여기서 추구라는 단어에 시대상을 읽을 수 있고 또 여기서 도라는 것은 仁하지 않다고 했는데 그러니까 어찌 보면 무관심이다. 하기야 하늘과 땅이 나를 관심으로 보는 것은 아니다만 우리가 이곳에 거하는 것은 분명하다. 그 하늘과 땅 사이에 노자는 풀무와 피리 같다고 했는데 불면 불수록 바람은 많이 나오고 소리까지 낼 수 있다고 했다. 그러니 열심히 노력하는 자야말로 하늘이 돕는 것이다. 이는 스스로 돕는 것이 된다. 도는 비어 있어도 굴하지 않음인데 그러니까 우리가 걸어야 할 커피 길이 무궁무진하여 갈 길이 많아도 그 길은 굴하면서 우리를 바라보는 것은 아니니 움직이며 나가는 것이야말로 아무것도 아니 한 것보다는 나은 것이다. 이때 많은 말은 자주 궁하게 하니 매! 그냥 열심히 공부하며 가라 뭐 이런 뜻이다. 그러니 이것은 가슴에 담아두는 것만도 못하게 되니 아무런 말도 하지 말고 그 길을 내가 걸어가야 함이요. 고조 묵묵히 하라 뭐 이런 뜻이다.

鵲巢日記 15年 07月 22日

날씨가 후덥지근했다.

경산 강변에 M카페가 신축 개업했다. 강변 B카페가 폐점했다는 소식과 C 카페 본점 신축 이전한 것으로 보인다. 본점 매출이 확연히 줄었다. 어제 하양 ○○중학교에서 학생 두 명과 선생이 다녀갔다. 오 선생과 본점을 어떻게 살려야 하나 서로 대화를 나누었다. 아무래도 이곳 구석까지 커피 마시러 오기에는 마뜩치 않아 교육이나 다른 어떤 것을 해야 한다는 것은 분명하다.

아침에 아이들과 논어를 읽었다.

身體髮膚 受之父母, 不敢毀傷 孝之始也
신체발부 수지부모, 불감훼상 효지시야
立身行道, 揚名於後世, 以顯父母 孝之終也
입신행도 양명어후세 이현부모 효지종야
夫孝始於事親, 中於事君, 終於立身
부효시어사친 중어사군 종어입신

몸과 머리털과 살갗은 부모로부터 받은 것이라 감히 헐거나 상하지 않게 하는 것이 효의 시작이다. 몸을 바르게 세우고 도를 행하며 후세에 이름을 드날림으로 부모를 드러내는 것이 효의 마지막이다. 효의 시작은 부모를 섬김으로 하고 군주를 섬기는 것으로 가운데며 사회적 존재로 거듭나는 것으로 마무리된다.

이 문장을 읽을 때 사기를 썼던 사마천이 생각났다. 사마천은 아버지 사마담의 유언에 따라 사기집필을 완수했는데 이 책의 말미 태사공자서에는 효도에 관해서 설명한 부분이 있다. 옮겨 적으면 '무릇 효도란 부모를 섬기는 데서 시작하며, 그다음은 임금을 섬기는 것이고, 마지막은 자신을 내세우는 데있다. 후세에 이름을 떨침으로써 부모를 드러내는 것이 효도의 으뜸이다.' 라했다. 이는 사마천의 아버지 사마담의 유언 일부다.

한자 공부가 어려울 거로 생각 들지만 공부는 서둘러서 가는 것도 아니고얼핏 읽고 마는 것도 아니다. 공부라는 것은 언제나 기초 닦음이다. 한자漢字를 한 자 한 자씩 또박또박 쓰게 했다. 음과 그 뜻을 분명히 해서 말이다.

점심을 김 씨와 함께 국밥집에서 먹었다. 오후 커피 배송은 몇 군데 되지않아서 김 씨는 사동에 일보게 하였고 나는 옥곡, 병원에 커피 배송 다녀왔다. 사동은 아침 일찍 커피를 배송했으며 본점은 오후에 가져다 놓았다. 오후사동에서 배 선생께 커피 한 잔 청해 마셨는데 이때 이상의 시 시 제9호를 읽었다. 시제가 총구였다. 문학평론가들이 쓴 해석이 재밌다. 성적표현으로 그럴싸하게 적는 글쓰기 같은 것이다. 그러니 어떤 글을 쓴다는 것은 하나를 빗대어 나를 묘사하는 것인데 생각은 곧 자아를 나타낸다. 영 틀린 말은 아니지만 읽는 이로 하여금 생각하게 한다.

저녁, 둘째가 국수 삶는다. 둘째는 요리사가 꿈이다. 맏이는 역사에 꽤 관심이다. 유럽과 동양문화에 관해서 물었는데 유교가 유럽에는 건너가지 않았느냐는 질문을 했다. 그러니까 반대로 보면 유럽의 문화 즉 기독교문화는 우리가 받은 바 있지만, 유교는 그렇지 않으니 말이다. 지면상 여기까지만 일기로 한다.

6. 또 실업자 그리고 택시

1년 좀 지났을까! 사장은 이 구멍가게에 마음이 떠나 보였다. 다른 어떤 분께 이 가게를 팔았는데 나는 여기에 머물 수 없게 되었다. 그러니까 또 실업자가 되었다. 첫 번째 직장을 그만둘 때보다는 실업의 고통은 덜했다. 왜냐하면, 그만큼 다른 직장을 알아보지도 않았기 때문이다. 한 며칠 쉬었다가 대구에 모 택시회사에 갔다. 근데, 택시는 운전만 하면 다 할 수 있는 줄 알았다. 택시회사 부장님께서 택시 자격증을 취득해야 할 수 있다며 말씀을 주신다.

택시 운송조합에 찾아가서 택시 자격증 취득방법을 알고 며칠 공부한 끝에 취득했다. 생각보다 택시 자격증 취득시험에 응시하는 분도 꽤 많았다. 지금 기억으로는 강당에 사람이 가득했다. 하여튼, 취득한 자격증 가지고 처음 들렀던 그 택시회사에 갔다. 배급받은 택시로 한 달 정도 영업을 했다.

택시 일을 한 소감은 한마디로 어렵고 힘든 일이었다. 아마 세상에서 가장 힘든 일을 뽑으라면 나는 공부가 아니겠나 하며 생각한다. 하지만 공부는 어느 정도 즐거움을 안겨다 준다. 두 번째로 힘든 직업을 뽑으라면 나는 택시로 하겠다. 내 차를 몰고 어느 목적지까지 가는 것도 꽤 힘든 일이지만 손님을 태워서 손님이 바라는 목적지까지 가는 것은 보통 일이 아니다. 약속시각, 경유지, 도로사정, 밤길 등 살펴야 할 것도 많지만, 손님의 짜증 어린 말과 불평, 심지어 더 심한 어떤 것도 있었지만 여기서는 생략한다.

하루는 아침에 들려오는 택시기사 살인사건에 관한 뉴스를 듣고는 그만두었다.

노자 「도덕경」 6장

谷神不死, 是謂玄牝, 玄牝之門, 是謂天地根, 綿綿若存, 用之不勤

곡신불사, 시위현빈, 현빈지문, 시위천지근, 면면약존, 용지불근

위에 어려운 한자 몇 자만 음과 토를 달아본다. 현玄은 가물 현이다. '가물 가물 거린다' 할 때 그 가물 현이다. 오묘하고 심오하며 얼떨떨한 것도 된다. 회의문자로 돼지머리해 두亠 밑에 작을 요么가 함께 이룬 글자다. 빈牝은 암컷 혹은 골짜기라는 뜻이며 면綿은 솜이나 이어지다의 뜻을 지녔다. 회의문자다. 약若은 같다 이와 같다로 약간若干의 그 예로 들 수 있다.

풀이하면 골짜기 신은 죽지 않으며 이는 암컷에 이를 수 있다. 아주 가물거리는 이 암컷은 세상의 문이다. 하늘과 땅의 근본이라 할 수 있는데 끊어질 듯하면서도 존재하며 써도 부지런하지 않다. 6장은 노자의 도경에 있는 말이다. 도에 관한 설명이다. 내가 가야 할 길은 마치 어머님의 몸 안에서 요동을 치며 스스로 자라는 과정인 것으로 느꼈다. 현빈이라고 하면 가물거리는 암컷인데 이렇게 토를 달면 속된 표현이고 정확하게 실체를 알 수 없는 어머니와 같은 존재로 보면 좋다. 그러니 하루가 어찌 짧다고 말할 수 있을까 내가 몸담은 이 세상은 뿌리와 같아 아주 이은 듯 아닌 듯 써도 부지런하지 않은 길이라 순리로 닿는 이 자연의 느낌을 어찌 우리는 알 수 있을까! 포근히 담은 이 땅덩어

리 이 우주에 한 톨 씨앗과 같은 우리는 요람에 존재하니 말이다.

노자는 자연의 신비한 생식 현상을 주목하여 암컷과 생식기를 숭상하고, 이것을 도의 표상으로 삼았다. 묵점 기세춘 선생은 이를 이렇게 표현하기도 한다. 물렁물렁한 물은 단단한 바위를 뚫고, 보드라운 보지의 수줍은 빳빳한 자지의 자만심을 굴복시킨다. 이것은 자연과 생명의 승리인 것이라고 했다.[1] 그러니 공자의 유교사상이 남존여비라면 노자는 무위자연으로 강함보다는 부드러움을 남성보다는 여성을 밝음보다는 어둠을 봉오리보다는 계곡을 선호했다.

鵲巢日記 15年 07月 23日

오전 흐리다가 비가 좀 내리기도 했는데 금시 그쳤다. 오후 햇볕이 짱짱했는데 꽤 후덥지근했다.

아침에 일어나 아이들에게 한자를 쓰게 했다. 맏이나 둘째나 한자를 쓰는 것이 아니라 그리고 있었다. 마주 보고 앉았지만, 옆에 앉게 해서 쓰는 방법을 한 자 한 자씩 그 획을 분명히 하여 내가 쓰는 것을 보게 하고 따라 쓰게 했다. 이때 이런 생각이 지나갔다. 언제 도올 선생의 말씀에 몽蒙자에 대한 글자를 설명한 바 있는데 어리석다, 어둡다는 뜻으로 어린아이에 해당하는 말이다. 이는 깨우치는 것을 바탕으로 하는데 율곡 이이 선생께서 지으신 『격몽요결擊蒙要訣』이라는 책도 있다. 우리말의 약 80% 이상은 한자로 되었으니 말을 익히는 것은 공부의 가장 기본이라 생각한다. 다른 어떤 공부도 중요하지만,

아침에 잠깐 읽고 쓰는 이 공부가 크게 도움 될까 싶어도 언젠가는 크게 이바지할 날이 있을 것이다.

사동에서 케냐 커피를 내렸다. 배 선생과 예지 불러서 자리 앉아 함께 마셨다. 배 선생은 꽤 좋아하셨는데 아무래도 직접 내린 커피가 아니라서 더욱 그렇지 싶다. 밥이나 반찬을 직접 해서 먹으면 하는 그 과정에 질리기도 하니까! 그러면 맛은 아무래도 못하다.

압량에 들러 김 씨를 보며 한마디 했다. 출근하면 문자로 인사하자고 했다. 전에는 문자가 오더니만 언제부턴가 시간은 조금씩 늦게 보내다가 오늘은 아예 문자가 없었다. 인사는 인간관계에 예의며 기본이다. 더구나 어디를 가더라도 또 다녀왔으면 상사께 보고하여야 마땅하다.

본점에 오 선생께서 교육하는 모습을 잠시 지켜보다가 교육생 보는 앞에 라떼 한 잔 해보라는 권유에 커피 한 잔을 만들었다. 참 오래간만에 했다. 압량에서 저녁 잠깐 카페를 보지만 들르는 손님은 그리 많지가 않다. 그중 라떼 찾으시는 분은 더 없다. 한 잔 멋지게 만들었는데 다들 하트를 못 띄울 거로 예상한 눈치였다. 잔 안에 하트가 큼지막하게 띄워 모두 놀랐다.

청도 동곡에 다녀왔다. 새로 개업한 가게다. 동곡, 면 소재지쯤 된다. 이름은 '헤이주 카페' 가게 들렀을 때는 나이 많으신 어른 두 분 앉아 커피 드시고 있었다. 주문받은 커피를 내려놓고 한 십 분 앉아있었는데 나가려고 할 때 또 나이 많으신 어른 두 분 커피 드시러 오셨다. 모두 나이 꽤 있으신 분 같았는데 아메리카노 주문을 쉽게 하시며 시럽도 조금 넣으라, 넣지 말라는 말씀도 하셨다. 주방은 꽤 작지만, 공간 활용을 알뜰하게 한 셈인데 이곳 바리스타께서는 모두 한 번에 된 것은 없다고 얘기했다. 내부공사를 하셨던 모 사장님께서 아마도 여러 번 자질했을 것이다.

시장은 내가 보기에는 경산보다 훨씬 못하다. 경산은 청도 동곡에 비하면 복잡하고 사람이 많지만, 카페도 상당히 많아 영업이 꽤 어렵다. 어제다. 압량 조감도는 하루 영업하여도 2만 원 매출도 못 올렸다. 그러니 문을 열고 인건비만 나왔으면 하는 바람은 여전하지만 그러면서도 폐점에 관한 생각도 하루 수십 번 한다. 작은 카페는 인사경영도 꽤 어렵다. 매출이 좋은 큰 카페 같은 경우는 주인장이 없어도 서로가 동기부여를 받고 일에 즐거움도 있어서 하루가 힘든 줄 모르고 가지만 매출이 없는 작은 카페는 하루 일에 스스로 지치며 주인장까지 함께 있으면 힘은 그 이상 쓰이니 노동으로 힘든 것보다 신경에 사람은 맥 빠진다. 그러니 일도 얼마 하지도 못하고 그만두는 것이 비일비재하다.

운문에 자리한 가비에도 다녀왔다. 가비 점장님과 사장님 뵙고 인사했다. 이번에 본부에서 제작한 커피 봉투에 대해 꽤 만족했다. 감사하다는 말씀을 여러 번 하였다. 오후 2시쯤 들렀는데 손님 꽤 있었다. 스님도 한 분 계셨다. 가비 점장께서는 절에 커피를 꽤 선물하신 거로 안다. 카페 매출이 오르는 것은 이곳 점장께서 이웃에 적지 않은 공덕 쌓음이 있었다. 지금 7월이다. 청도 운문에 들어오는 데 양 길가에 활짝 핀 꽃을 볼 수 있어 좋았다. 오전에 흐렸던 날씨도 이때는 꽤 맑았는데 산에 하늘에 하얀 구름이 펼쳐져 있어 마치 백지를 여러 장 구겨서 마구 흩트려 놓은 것 마냥 했다.

　오늘은 기본은 했다. 압량 매출 어제만 보면 세상 참 암울했다만, 볶은 커피를 사 가져가시는 손님이 있었든가 하면 아이스아메리카노를 사 가져간 선남선녀도 있었고 아주 오래간만에 뵈었던 돈 꽤 많은 단골도 있었다. 그는 외제 차 타고 다니는데 가는 방향에 역방향에 있는 이 조감도에 모처럼 오고 싶었다며 구태여 이천 원 아메리카노 한 잔 달라고 했다. 나는 또 블루마운틴을 볶았다며 강조하기까지 했다. 더치 한 병 사가져 갔던 아까 그 손님께는 따뜻한 아메리카노 한 잔 억지로 뽑아 권하기도 했다. 그러니까 아주 고마워했다. 모두 모두 고마운 분이다. 이 글을 읽는 모든 분이여 망설이지 마시라! 조감도에 오시어 짤막한 일기 한 줄 읽고 가시고 맛있는 커피 한잔 뽑아 가시라! 그러면 이 작소鵲巢, 열심히 더 열심히 도를 행하며 가리라!

　　1) 『노자강의』기세춘 지음, p. 82, 바이북스

7. 창업

우리나라에서 커피를 처음 마셨던 분은 고종황제다. 이때가 1896년이었다. 아관파천으로 러시아 공사관에 머물 때 공사관 베베르가 준 커피였다. 그리고 100년이 흘렀다. 그 사이 우리나라 커피 역사는 유럽 선진국의 몇 백 년의 발전과정을 아주 짧은 시간에 이루었다. 한국전쟁은 우리나라 커피 발전을 또 다른 방향으로 몰고 갔는데 그건 인스턴트커피이었다. 7, 80년대 우리나라 경제를 뒷받침한 서민의 음료는 바로 인스턴트커피였고 그중 대부분은 자판기 커피였다.

창업은 누구나 시도하지는 않는다. 그만큼 어렵고 힘든 일이다. 나는 어쩌면 궁지에 몰릴 대로 몰려서 피할 수 없는 상황이었다. 어디든 취업하기 힘들었고 또 사회를 바라보는 시각이 전과는 많이 달랐다. 직접 해야겠다는 생각이었고 혼자 벌어도 먹고 살지는 않겠나 하는 마음이었다. 여태껏 배운 거라곤 막일과 무역회사 그리고 택시, 커피였는데 그중 내가 할 수 있는 일은 커피였다. 커피 하다가 안 되면 막일해야겠다는 마음에 도전장을 내밀었다.

그간 무역회사에 다닌 일과 택시 그리고 자판기 가게에서 번 돈으로 봉고차 한 대 샀다. 기아 프레지오 6 벤이었다. 시장에 나가 커피를 사고 동네방네 다니며 자판기 닦으며 보내는 것이 하루 일이었다. 시장의 텃세도 만만치 않았다. 만만치 않은 텃세에 내 시장을 넓히는 방법은 나를 믿어주는 고객께 적극적인 도움밖에는 없다. 8, 90년도는 자판기 산업이 아주 왕성한 시기였다. 어느 거리든 자판기를 갖추지 않은 곳이 없을 정도로 많았다. 하지만 관리는 아주 허술했다. 집집이 본업이 있으니 부업으로 다루는 자판기에 신경 쓸 일이 없다. 그러니 매출이 떨어질 수밖에 없었는데 거리마다 몇 집을 선정하여 기계관리 해드리는 방법으로 영업했다. 기계관리는 주기적으로 방문하여 청소하며 재료를 보충하는 일이었다. 그러니 자판기 애용하시는 고객께 믿음을 안겨다 주었고 그 믿음은 매출로 돌아왔다.

노자 「도덕경」 7장

天長地久, 天地所以能長且久者, 以其不自生, 故能長生

천장지구, 천지소이능장차구자, 이기부자생, 고능장생

是以聖人後其身而身先, 外其身而身存

시이성인후기신이신선, 외기신이신존

非以其無私邪 故能成其私

비이기무사사 고능성기사

鵲巢解釋

하늘은 오래고 땅은 장구하다. 하늘과 땅이 소이 오래가는 것은 스스로 삶을 위하지 않기 때문이다. 그러니 능히 삶을 길게 가는 것이다.

이와 같이 성인도 그 몸을 뒤로하고 도로 앞서니 그 몸을 바깥에 두어도 자신은 보존하게 된다.

이것은 사사로운 사악함이 없기 때문이 아닐까! 고로 오래도록 자아를 이루게 된다.

    여기서 성인이란 함은 당시 정치인을 두고 한 말이겠지만, 지금은 누구나 해당하는 말로 이해하며 읽어야겠다. 노자께서 하신 말씀은 자연을 빗대어 우리의 처세를 이야기한다. 그러니까 자연은 오래고 장구한데 그 이유는 스스로 삶을 위하지 않기 때문이다. 참! 어려운 말이면서도 지키기 힘든 것이 아닐는지! 자본주의사회에 우리는 너무 각박한 삶을 살고 있기에 그렇다. 모두 이해관계에 스스로 자본을 증식하며 삶을 찾아야 하는 우리는 정말 예수 같은 존재로 이 세상을 살아갈 수 있을까 하는 문제가 생긴다. 하지만 노자는 다시 말한다. 사악함이 없다는 것인데 최소한 우리는 나쁜 마음, 나쁜 생각은 하지 말아야 한다. 그러면 능히 자아를 이룰 수 있으며 그 길 또한 오래갈 것이다. 이것이 노자의 도道다.

鵲巢日記 15年 07月 24日

    子遊問孝, 子曰; 今之孝者, 是謂能養
    자유문효, 자왈 금지효자 시위능양
    至於犬馬, 皆能有養, 不敬, 何以別乎?
    지어견마 개능유양 불경 하이별호
    子夏問孝, 子曰; 色難, 有事, 弟子服其勞, 有酒食, 先生饌, 曾是, 以爲孝乎?
    자하문효 자왈 색난 유사 제자복기로 유주식 선생찬 증시 이위효호

孟懿子問孝, 子曰; 無違[2]
맹의자문효 자왈 무위

아침 먹기 전, 아이들과 읽은 내용이다. 나는 그간 부모님께 잘했던가! 하는 생각이 일었다. 사는데 바쁘다는 이유로 제대로 찾아뵙지 못하는 것이 지금의 사정이다. 여유가 없고 일에 그만 온통 신경이 가 있어 거저 송구할 따름이다.

아침 사동에서 커피 내려서 정의와 배 선생과 함께 마셨다. 예가체프를 내렸다. 어제 문중 어른께서 다녀가신 듯했다. 배 선생께서 보고한다.
점심, 김 씨와 동네 보쌈집에서 한술 떴다. 아침 김 씨에게 더치를 내릴 수 있느냐고 물었더니 배웠다고 했다. 전에는 내릴 수 있느냐고 물었더니 배우지 못했다며 말을 한 바 있었다.

본점에 일했던 강 선생이 창업한 지도 넉 달쯤 된다. 개업식 하기 전에 주방에 필요한 물품을 갖추고 있었는데 더치를 냉장 보관할 수 있는 진열장을 B 대표 이 씨께 주문 넣은 바 있다. 하지만 3개월이 지나도 물품도 받지 못했을 뿐만 아니라 이 일로 개업도 엉망이 되었다. 더구나 송금한 돈까지 받지 못해 그간 애간장을 태웠는데 며칠 전에 겨우 돈을 받을 수 있었다. 이것도 경찰서에 신고한다는 으름장을 놓아가며 받았다. 이 일로 서로 얼굴을 붉히게 되었는데 문제는 본부, 내가 소개한 사람이라 나까지 싸잡아 욕을 먹게 되었다. 나 또한 작년 이 씨와 거래하면서 못 받은 돈이 삼백이 넘는다. 참으로 안타까운 일이지만 시간이 지나니 흐지부지되어 버렸고 그 뒤 더치 관련 부자재 병이나 병마개 정도로 받으니 우스운 일이 됐다. 강 선생은 이것으로 인해 오 선생까지 도마에 올렸는데 문제는 창업했는데 왜 한 번도 오지 않느냐는 얘기였다. 이 일은 전에도 일기에 쓴 적 있다. 가맹점 개업해도 가지 않는 오 선생을 어떻게 가라 오라 하는 것도 나도 이제는 지쳤는데 또 이 말이 나오니 사람 돌아버릴 정도로 화가 일었다. 내부에 일도 일이지만 오 선생도 여유가 없는 건 마찬가지다. 조금 사적인 시간이 나면 제 몸 갖추기 바빠 사우나를 간다거나 촌에 가기 바쁘다. 내가 보기에는 인간관계에 지친 것이다. 나또한 대인관계에 용량이 얼마 되지 않지만, 오 선생은 이에 비하면 월등히 못미친다.

한성에 다녀왔다. 작년 주차선 그은 것이 조금 남았는데 막대금 일부 드렸다. 아직 화장실 냄새 문제가 완벽하게 해결되지 않았다. 얼마 전에는 건축 당시 설비한 인부가 왔다 갔는데 건물 좌측 끝에 PVC 관 하나 빼 올렸다. 이것을 설치한 이후 내가 보기에는 냄새는 덜하지만, 안에 일하는 직원의 말을 들으면 여전하다는 것이다. 환풍기 달까 고민을 해도 겨울은 또 어떨까 싶어 잠시 고민임을 한성 사장께 얘기했다. 마침 한성 가게는 분주했다. 내가 들른 시간이 직원들 쉬는 시간이었나 보다. 마트에 파는 팥빙수와 우유 하나씩 꿰차고 있었다. 장 부장이 하나 건넨다. 주먹띠 만하고 속은 꼬닥꼬닥 언 팥빙수였다. 얇은 포장지 뜯고 우유를 부었다. 숟가락이 새끼손가락만 한데 깊이도 이와 같아서 젓고 파고 올리는데 조금도 미흡하지 않았다. 얼음이 생각보다 많이 얼었는데 뜯는 맛도 있어서 이야기하며 먹기에 나쁘지 않았다. 이야기 다 끝내고 나오는데 한성 가게 안은 철 자른 냄새와 불꽃이 여러 군데서 튀었다. 인부가 모두 4명쯤 보였는데 모두 바빴다. 사장께 한 말씀 드렸다. 돈은 사장님께서 다 버시는 듯합니다. 했더니, 그래 저쪽(본점)은 좀 어떻소? 요즘 형편 없습니다. 바깥에 소매경기는 다 죽은 듯합니다. 두 사람 일하는 데 하루 13만 원에서 15만 원쯤 합니다. 했더니, 많이 놀란다. 그게 그래가지고 유지가 되는교! 우짜겠습미까! 그래도 해야지예. 손으로 가리키며 저쪽은 어떻소? 거기는 희망이 보여요. 작년 만치 적자 나지는 않지만, 지금은 제법 알려졌는지 한두 사람 옵니다. 개안아요. 했다.

저녁, 아침에 읽었던 한자 시험을 보았다. 다섯 문제 냈다. 맏이는 하나가 틀렸고 둘째는 두 개 틀렸다. 오늘은 비교적 문제를 많이 내지 않았다. 맏이는 종아리 한 대, 둘째는 두 대 맞았다. 예전이었다. 중학교 다닐 때였는데 학교 선생님이 상당히 무서웠다. 그때 선생님은 인정사정없이 때렸는데 학교 가는 것이 공포였다. 오늘은 어찌 안 맞고 보낼 수 있을까! 하며 학교 다녔다. 공부는 선생님 매질을 피하려고 했던 기억이 있다. 매는 사랑이다.

2) 鵲巢解釋
　　자유가 효에 관해 물었다. 공자께서 말씀하시길 지금의 효도는 부모를 잘 봉양하는 것을 말하는데, 개나 말이나 모두 잘 기를 수 있으니 공경하는 마음이 없으면 어찌 구별할 수 있으리!
　　자효가 효에 관해 물었다. 공자께서 말씀하시길 일이 있어 얼굴 찌푸려 동생이 차림 하여 그 일을 하고 술과 식사가 있어 먼저 드시게 한다고 해서 효라고 할 수 있겠는가!
　　맹의자가 효에 관해서 물었다. 공자께서 말씀하시길 어기지 않는 것이라 했다.

8. 인스턴트커피 사업 성장

거래처에 믿음을 드리니 기존 거래처 소개로 더 많은 일이 생겼다. 이 성장과 더불어 획기적인 일이 생겼다. 보험회사에 다니시는 이모님 소개로 보험 사무실에 놓아둔 자판기를 뜻하지 않게 대리로 관리하게 되었다. 한 달 운영하니 괜찮았다. 봉지 커피를 판매하는 것보다 더 많은 수익이 들어왔다. 이 수익으로 다른 곳에 투자하기까지 했으며 더불어 매매로 나온 자판기 임대를 능력이 되는 한 사들이기 시작했다. 자동판매기는 사람을 쓰지 않는 가맹점이나 마찬가지였다. 한 사람이 가장 효율적으로 수익을 올릴 수 있는 사업임은 틀림없었다. 내가 부지런하기만 하면 일은 보상이 따른다. 이렇게 성장한 사업으로 아파트를 사게 되었으며 결혼도 할 수 있었다.

노자 『도덕경』 8장

上善若水 水善利萬物而不爭, 處衆人之所惡, 故幾於道

상선약수 수선이만물이부쟁, 처중인지소오, 고기어도

居善地, 心善淵, 與善仁, 言善信, 正善治, 事善能, 動善時

거선지, 심선연, 여선인, 언선신, 정선치, 사선능, 동선시

夫唯不爭, 故無尤

부유부쟁, 고무우

鵲巢解釋

　　최상의 선은 물과 같다. 물은 만물을 이롭게 하지 다투지 않는다. 대중이 싫어하는 곳에 처하며 그러므로 도에 가깝다.

　　머무는 곳은 땅이 좋고, 마음은 깊어 좋아, 더불어 인을 선하니, 말씀은 믿음이 가고 바르므로 다스리기에 좋고 일은 잘하는 것이고 움직임은 적절하여 좋다.

　　오직 다투지 않으니 허물이 없다.

　　노자는 도에 가까운 것으로 물로 비유를 놓았다. 물은 도에 최상이며 선과 같다고 했다. 많은 사람이 싫어하는 곳에 자리하며 제 몸을 낮춘다. 그러므로 많은 생명은 이 물을 빠뜨리고 생활할 수 없다. 그러니 이롭다. 물이 머무는 곳은 땅이 좋고 마음도 깊다. 가게에 찾아오시는 손님, 내가 이 사회에 엮어나가는 모든 사람과의 관계도 물처럼 낮추어 대해야 하며 이렇게 낮추어 행하면 인은 선하니 말씀은 믿음이 가고 발라 도로 사귐에 좋고 움직임도 적절하여 좋은 것이다. 그러니 어찌 다툼이 있으며 허물이 있겠는가! 참으로 어려운 말이다. 내가 넉넉한 가운데 행하는 것은 어찌 자연스러울 수도 있으나 내가 가진 것이 없으면 인간사회에 비굴할 수도 있음인데 이리 없어도 물과 같으며 그러면서도 마음은 물처럼 깊게 가지며 자숙하여 인에 가깝게 하여야 한다. 허튼소리는 삼가고 움직임 또한 자중하여 구별이 있어야 한다. 그러면 다툼이 있을까 허물이 있을까! 내가 넉넉하면 더욱 조심스러워야 하며 더욱 낮춰야 할 것이다. 믿음은 거저 생기는 것이 아니니 뱉은 말은 책임을 져야 하겠다.

鵲巢日記 15年 07月 25日

날씨 아주 맑았다. 가시거리에 먼지 한 톨 없는 것 같았다. 저 멀리 보이는 산이 아주 아름답게 바라본 날도 드물 것이다.

지금 이 일기를 쓰는 시간은 오후 7시다. 본부 아주 작은 공간 나의 사랑방에 앉아 다섯 평짜리 시원한 에어컨 바람 쐬며 쓴다. 아이들은 모두 제 이모 따라 동해 해안가 어딘가로 떠났고 아내는 계모임이 있다며 여기서 가까운 시지에 갔다. 오전에 잠깐 시간적 여유가 있었지 오후는 커피 배송으로 바쁘게 보냈다. 의자를 젖혀 한 십 분 쉬었을까! 지금은 오늘 날씨처럼 아주 개운하다.

오전, 커피문화강좌를 가졌다. 새로 오신 분이 모두 네 분이었다. 젊은 분이 세 분이었으며 중년 여성 한 분 있었다. 에스프레소 교육을 가졌는데 본점장 성택 군이 애써 주었다.

아이들이 없는 가운데 점심을 오 선생과 함께 먹기 위해 가까운 국밥집에 가려고 했다. 하지만 청도 가비와 대구 시내 썸앤썸 카페, 범어 사거리 옷가게 커피 주문이 있어 함께 다녔다. 가비에 들렀을 때까지는 그 근방 백숙 집이 많아 닭백숙 한 그릇 하자며 얘기를 꺼냈다만 오 선생은 콩국수 먹자며 다시 말을 바꾸었고 그러다가 대구로 차를 돌려 콩국수 하면 조감도 옆에 콩누리가 괜찮아 그쪽으로 갔다. 근데 그 길 상에 곰탕집으로 유명한 백자산 곰탕집은 가보았는지 물었더니 눈 동그랗게 뜬다. 국수야 가게 옆이니 언제든 먹을 시간이 있겠지만, 이 집에 가자며 했더니 거기로 가자고 한다. 거기에서 곰탕 한 그릇 했다. 늦은 점심을 먹고 대구에 갔다. J앤터 옷가게 들러 커피 내린다. 썸앤썸 카페에 들러 주문한 커피를 내려드리고 사장님과 사모님과 인사 나누었다. 이 집 따님은 제빵 관련 기술이 있어 당근케이크를 만들고 있었는데 오 선생은 당근케이크 만드는 기술 하나를 일러 드렸다. 다시 본부에 오면서 그 기술이 뭐냐고 물었더니 처음은 말을 잘하지 않으려고 했으나 자꾸 물으니 대답한다. 나는 별 기술이 있겠나 싶었는데 들으니 일리 있는 말이었다. 그러니까 이 집은 당근케이크를 만드는 과정에 당근을 채 썰어 반죽하며 빵을 만든다. 그러면 당근에 수분이 있어 빵이 떡이 된다. 당근을 이미 썰

어놓고 건조해서 사용하면 오히려 빵을 만들 때 밀가루 반죽을 통한 수분이 당근이 빨아 당기는 효과를 볼 수 있다. 그러면 빵이 아주 맛있게 된다. 조감도 빵은 전국에서 최고의 빵이라며 자부한다. 하루에도 많은 손님이 이 당근케이크 맛을 본다. 더구나 우리 밀을 사용하기까지 하니 한 번 맛본 손님은 잊을 수 없어 자꾸 그 수요량이 는다는 것은 오 선생의 기술을 대변해 주는 것이다.

22시, 조금 지났다. 다시 자리에 앉다.

저녁 8시쯤, 압량에 일하는 동원이와 함께 또르띠아 하나씩 먹었다. 압량 마감하고 사동에 갔다. 대곡에 사업하는 정 사장 와서 몇몇 대화를 나누었다. 어떻게 하면 가게를 잘 운영할 수 있을까 하는 이야기였다. 정 사장은 얼마 전에 커피 가게 하나를 인수하여 지금 막 시작하려고 한다. 오늘은 함께 일하는 가족이지 싶다. 옆집 콩누리에서 식사하고 커피 한잔 마시러 오신게다.

9. 다섯 평 가게를 얻다

대학이 좋아 대학 근처에 머물렀다. 사업의 성장에 따라 장만했던 아파트로 이사하게 되었다. 아파트가 사무실이자 창고였다. 한 달가량 쓸 커피와 컵을 모두 아파트에 넣어 두었다. 자재를 납품 들어오는 업계 사장님도 모두 이상하다는 듯 바라보았다. 어쩔 수 없는 일이었다. 상가를 구하는 것보다는 반듯한 집이 나에게는 우선이었다. 그리고 결혼을 하고 나니 더는 집에다가 물품을 놓아둘 수는 없는 일이었다.

상가를 알아보았다. 집에서 가까운 신매시장에 보증금과 임대료가 그런대로 괜찮은 데가 나왔다. 아내와 함께 가서 보았다. 고민은 많았지만 계약했다. 200에 20만 원짜리 상가였다. 고민은 내가 20만 원이라는 월세를 낼 수 있을까부터 월 나가는 임대료에 합당한 일을 만들어 나갈 수 있을까 하는 문제였다.

가게가 생기니 일은 더 열심히 하게 되었다. 자영업이지만 아침 일찍 가게에 나갔다. 오전은 독서로 보냈다. 나는 대학 다닐 때부터 독서광이었다. 책을 많이 읽는 독서광이 아니라 책을 좋아하고 하루도 안 읽은 적이 없다. 틈나면 책을 보고 읽은 책은 반드시 소중히 보관했다. 대학 다닐 때와 사회에 발 디딜 때는 경제학 관련 서적을 꽤 좋아했다. 어느새, 성공과 처세에 관한 책이 눈에 들어오기 시작했는데 그때가 가게를 얻고 1, 2년쯤 뒤였다.

노자 『도덕경』 9장

持而盈之, 不如其已 揣而銳之, 不可長保

지이영지, 불여기이 췌이예지, 불가장보

金玉滿堂, 莫之能守 富貴而驕, 自遺其咎 功遂身退, 天之道

금옥만당, 막지능수 부귀이교, 자유기구 공수신퇴, 천지도

鵲巢解釋

　　지니면서도 채우려고 하면 그만두는 것만 못하다. 헤아리면서도 예리하게 하면 오래도록 보존하기에는 어렵다.

　　금과 옥이 집에 가득하면 능히 지킬 수 없고 부귀하고 교만하면 스스로 그 허물을 남기는 것이니 공을 남기고 몸은 뒤로하면 이야말로 하늘의 도리다.

　　노자가 살던 시대는 봉건제도다. 지금 자본주의 제도 아래 이 글을 읽어도 조금도 손색없는 삶의 철학이다. 그만큼 인간의 심리를 들여다본다. 욕심이라는 것이 한계가 있을까! 그것을 자제할 줄 안다면 진정 성인이라 할 수 있을 것이다. 인간관계도 마찬가지다. 헤아리면서도 성품을 날카롭게 하면 그 관계가 오래 갈 것인가! 그러니 바보 같으면서도 현명하여야 하며 현명하면서도 바보처럼 사람을 대한다면 이것이야말로 올바른 처세라 할 수 있음인데 그러면 오래도록 인간관계를 보존할 수 있을지도 모르겠다. 특히, 조그마한 카페를 운영함에도 사람은 여럿이 써야 하니 이들 직원과의 관계야말로 더 좋은 비유를 들 수 있겠는가! 카페는 참으로 인사변동이 잦은 곳이다.(조금 배우고 나면 창업하는 경우가 많다.) 또 마땅한 사람 구하기도 어려운 종목이다. 경영

은 인사관리가 특히 중요하며 이것 제외하고도 신경 써야 할 일이 많다. 좋은 조직력을 만든다면 어떤 위험도 잘 감수할 수 있을 것이다.

마지막 문장에서 공수신퇴功遂身退라는 말이 있다. 공을 남기고 몸은 뒤로 한다는 것은 물러나는 것을 말한다. 이 부분을 읽으니 사마천 사기가 생각난다. 월 왕 '구천'을 도왔던 범려의 친구 문종도 한나라 유방을 도왔던 '한신' 장군도 모두 토사구팽兎死狗烹을 논하며 죽어 나갔다. 토사구팽이란 앞에서도 얘기했지만, 토끼를 잡는데 그 역할을 다했던 사냥개도 쓸모없으면 삶아 먹는다는 것이다. 이처럼 인간관계도 똑같은 일이 이미 역사에서 많이 찾아볼 수 있다. 역사뿐인가! 현대정치에서도 직장의 관계에서도 조직과 조직과의 관계도 마찬가지다. 이용가치로 이 사회는 점철되어 있다 해도 과언은 아니다. 어찌 보면 서글픈 현실이지만 또 그렇지도 않다. 이는 선의의 경쟁으로 발전을 도모할 수 있으며 온갖 처세로 인한 새로운 인문을 나으며 새로운 문화를 낳고 인간사회에 더욱 더 윤택한 삶으로 이끌기도 한다. 이에 나는 절대 낙오자가 되어서는 안 된다.

鵲巢日記 15年 07月 26日

날씨 아주 맑았다.

아이들이 집에 없으니 썰렁했다. 처형은 아이들의 모습을 사진으로 전송했는데 거기도 날씨가 꽤 맑은 것 같았다. 오전, 아내와 소고기 국밥집에서 아침을 먹었다. 오늘은 특별히 일한 것 없이 본부에서 내내 쉬었다. 영화 두

프로 내려받아 보았다. 두 편 모두 외국영화다. 엊저녁에는 우리 영화 〈신기전〉을 내려서 보았다. 세종 때 이야기로 로켓추진 화살로 한 번에 백 발을 쏠 수 있는 무기다. 병기제작과정을 통해 화약이 그리 쉽게 다룰 수 있는 재료가 아님을 볼 수 있었다. 오늘 본 영화는 미래 일어날 법한 가상드라마다. 제목은 〈다이버전트〉였다.

오후 잠깐 사동에 다녀왔다. 빙수용 팥이 다되었다며 가져달라는 배 선생의 부탁이 있었다.

10. 네트워크 사업을 알다

일과 마치면 가게에 앉아 책을 보았다. 독서를 좋아하니까 생각의 폭이 넓어진다. 어떻게 하면 더 나은 방향으로 나갈 수 있을까 하는 그런 생각이었다. 나이 30대 초반에 더 나아지는 방법이란 무엇인가? 자판기 사업도 어느 덧 정점에 와있는 듯했다. IMF가 지나갔으며 인터넷 혁명이 일어났다. 은행은 예전처럼 사람이 붐비지 않았고 증권시장 영업장에도 예전만큼 사람은 없었다. 자판기 매출이 확연히 줄기 시작했다. 이때 나에게 찾아온 것은 아내의 친구였다. 처음은 아파트에 찾아왔었지만, 나중은 가게에 왔다. 커피 한 잔에 대화를 즐겼다. 나는 늘 경제가 관심이었다. 경제에 관한 책을 읽어도 더 나은 생활은 어려웠다. 그러니 어떻게 하면 지금보다 더 나은 수익을 올리며 안정적인 생활을 할 수 있을까 하는 그런 생각들이었다. 친구의 스폰서가 오고 그의 친구가 오고 가게는 늘 사람으로 북적거렸다. 그러다가 우연히 가게 된 암웨이 센터였다. 처음은 뭐든지 생소했다. 그 위 스폰서들의 교육을 들었다. 교육이었지만 하나같이 제 발언권을 여기서는 주고 있었다. 처음은 얼떨떨했지만, 나중은 재밌고 우습기도 하며 자꾸 뭔가 내 가슴에 열정을 불어넣었다. 암웨이 교육의 가장 좋은 것은 가난한 사람이 성공하는 과정을 자주 들려주는 것이었다. 나 또한 가난했고 어떻게 하면 더 나은 생활을 할 수 있을까 하루라도 고민을 안 하는 날이 없었다. 암웨이는 나의 이런 암적인 열정을 긁어

내기에 충분했다. 암웨이는 늘 모임을 했고 이 모임을 통해 정보를 교환했다. 하지만 암웨이는 나에게는 어려웠다. 암웨이를 통해 나에게 확실히 심어준 것은 첫째 독서며 둘째 네트워크였다.

노자 『도덕경』 10장

載營魄抱一, 能無離乎 專氣致柔, 能嬰兒乎

재영백포일, 능무이호 전기치유, 능영아호

滌除玄覽, 能無疵乎 愛民治國, 能無知乎

척제현람, 능무자호 애민치국, 능무지호

天門開闔, 能無雌乎 明白四達, 能無爲乎

천문개합, 능무자호 명백사달, 능무위호

生之畜之, 生而不有, 爲而不恃, 長而不宰, 是謂玄德

생지축지, 생이불유, 위이불시, 장이부재, 시위현덕

鵲巢解釋

혼백을 하나로 잘 다루어 능히 떠나지 않게 하오, 오로지 기를 부드럽게 다하면 능히 어린아이처럼 되오,

더러운 것을 씻고 없애며 보게 하여 능히 티끌이 없게 하오, 국민을 사랑하고 나라를 다스려 능히 알지 못하겠소!

천문이 열고 합하니 능히 암컷이라 하겠소! 밝고 사방 통달하여 능히 무위로 함이요,

삶이 있고 짐승이 있고 이러한 삶은 소유하지 않으며 위하되 자부하지 않으

며 장(아마도 수장)은 재상을 바라지 않으면 이것은 현덕이라 일컫소.

　지금까지 본 노자 『도덕경』 중에서 가장 어려운 문장이다. 호乎로 끝나는 문장이 대부분이다. 이 호는 옥편을 찾으면 어조사로 '~느냐, ~랴' 로 쓰인다. 나는 거저 '~오'로 맺었는데 번역에 차질이 있을런가? 모르겠다. 물론 읽고 받아들이는 것이 문제다. 책을 읽으며 이런 생각을 했다. 왕필은 어떻게 해석하며, 본다는 말을 자주 읽었는데 이 왕필226~249은 참으로 얼마 살지 못한 단명한 위인이다. 스물세 살밖에 살지 못했다. 근데도 노자의 『도덕경』을 이해했을 뿐만 아니라 자신의 철학을 썼다는 것은 대단한 것이다. 그러니까 인생의 이런저런 우여곡절도 겪어보아야 세상을 바른 잣대로 볼 수 있음인데 어찌 경륜을 앞서는 통찰력을 가질 수 있을까 하는 게 나의 지론이다. 그러니 왕필은 천재다.

　솔직히 말하자면 읽어도 이해가 되지 않는다. 천문이라고 하면 조금 색깔로 받아들일 법도 하지만, 도라 여기며 또 이것은 암컷에 비유한다. 그러니까 어머님처럼 세상 바라보며 만물을 낳아주고 길러주고 낳고도 소유하지 않고 위하되 자부하지 않고 장이지만 그 이상을 바라지 않으니 이것이 덕이라 할 수 있음이다. 자연의 위대함을 절로 깨닫는 문장이라 사람도 자연처럼 살아갈 수는 없는 것인가!

　자본주의 아래에 모든 것을 내 것으로 하면 속 편한 줄만 안다. 한때는 가게세가 부담이라 땅 사서 가게 내면 나을까 싶어 했지만, 이자가 부담이었다. 수년이 지나도 한 품도 갚지 못한 빚 원금은 그대로다. 그래도 만족하며 사느니 더는 빚은 지지 않았다며 위안한다. 하지만 더 나은 세계를 바라며 도전은 끊임없이 했다만 도전은 역시 더 많은 일과 자금과 신경 쓰임까지 곱절 안겨다 주었다. 하지만 내 땅이 아니라서 부담으로 다가온 적은 이상하게도 없었다. 왜냐하면, 가지면 가진 만큼 업보를 진 것이니 오히려 문중 사업의 하나로 경영한다고 생각하니 더 편하다.

사람은 누구나 평등하니 자부해서도 안 되며 자만해서는 더욱 안 되며 소신껏 사는 것이 중요함을 깨닫는다.

鵲巢日記 15年 07月 27日

비라도 한차례 올 듯 흐렸지만 저녁쯤에는 대체로 맑은 날씨였다.

어제와 달리 오늘은 아주 바쁘게 보냈다. 커피 배송이 많아 김 씨에게 주문받은 물량 반을 다녀오게 하고 그중 반은 직접 다녀왔다. 여기서 제법 먼 곳인 청도 운문과 사동, 진량은 직접 다녀왔다. 사동 분점에는 제빙기가 고장이 났다. 전에 밸브 수리 교체하고 한동안 썼지만, 오늘 얼음 떨어지지 않는 일이 생겼다. 들러 확인하니 처음은 밸브가 이상 있나 했다. 점장께서는 전기를 한동안 꺼놓았다고 했다. 기기를 작동하며 물이 순환하는지 확인하니 잘 돌아가는 듯했다. 냉판에 얼음이 다 얼고 나면 얼음 언 그 반대편 냉판에 물이 돌아간다. 그 돌아가는 소리가 약 다섯 보 떨어진 의자에 앉아있어도 들렸다. 하지만 얼음은 떨어지지 않는다. 얼음이 얼지 않았나 해서 손 씻고 제빙기 위 천정을 만지니 얼음은 얼렸다. 근데 언 곳은 너무 얼어 있고 얼지 않은 곳은 텅 비었는데 나는 밸브 이상이라고만 자꾸 생각했다. 서울 수입상, 관련 전문가에게 전화해서 알아보니 냉 가스 순환문제라 한다. 그러니까 연식이 너무 오래되면 이와 같은 증상이 발생되는데 수리하면 수리비가 약 40여만 원 이상 드니(기계콤프관련 수리) 오히려 수리하지 않는 것이 낫다는 것이다. 경제적으로 가치가 없다는 것이다. 사동점 개점한 지가 2008년 봄쯤이니 만 8년 사용했다. 지금껏 거래한 집 중에는 제일 오래 쓴 것이다. 물론 더 쓴 집도 나올 법하지만, 커피 전문점은 보통 이 년 하면 그만두는 집이 많아 이렇게 쓴 것도 기계로 보면 행운이다.

이 일로 점장과 밤늦게 통화했다. 내일 새 기계 설치하기로 하고 결재는 다음에 받기로 했다.

김 씨는 옥곡, 옥산, 무봐라, 로뎀, 우드에 다녀왔다. 아침, 서울에서 받은 택배가 있었다. 에스프레소 기계가 내려왔으며 기곗값을 송금했다. 전에 포항에서 수리했던 교체한 부품을 화물담당 기사가 온 김에 다시 올려보냈다.

저녁에 아이들과 함께 지냈다. 오늘 읽은 논어 한자 몇 자 시험을 보았다. 큰애나 작은애나 다섯 개 중 둘을 쓰지 못했다. 종아리 두 대씩 쳤다.

11. 임당에 카페를 짓다

구멍가게를 운영하다보니 못난 땅이라도 내 것이 하나 있었으면 하는 게 소원이었다. 소원이 있으면 주위 사람에게 늘 이야기 하며 다녀보라! 그러면 이루어진다. 나는 입버릇처럼 달고 다녔다. 그러던 어느 날, 모 부동산 사장님을 알게 되었는데 아주 싼 가격으로 내놓은 땅이 있었다. 임당택지지구에 분양한 땅이었다. 이 땅을 살 수 있는 여력은 약 50% 정도였지만, 어떻게 해서라도 나의 땅으로 만들었다. 그러니까 은행의 힘을 빌렸다. 하지만 그해 건물을 지을 수는 없었다. 자금이 달렸기 때문이다. 땅을 사고 그다음 해였다. (부동산은 어느 정도는 목적이 있어야 한다. 그렇지 않으면 내 땅 한 평 갖기 힘들다는 것을 이때 조금 깨달았다. 왜냐하면, 땅 사고 그다음 해에 부동산은 매월 전화가 왔다. 땅값이 조금 올랐으니 팔지 않겠느냐는 말이었다. 솔직히 가게 하나 짓겠다고 산 땅이었기에 그 꿈이 당시에 더 컸기에 팔지 않았다.) 어떤 일이 있었는지 커피 배송 가다가 철골업자를 만나게 되었다. 그와 여러 가지 대화 나누다가 그해에 건물을 올렸다. 철골구조물로 지었다. 이렇게 첫 번째 지은 건물이 되었다. (1층은 카페 겸 재고 창고로 사용했다. 2층은 주택으로 지었다. 아직도 여기서 산다.)

鵲巢日記 15年 07月 28日

아주 맑은 날씨였다.

지금 시각, 여섯 시 조금 지났다. 이제 마음을 풀고 일기를 적는다. 하루를 살아도 너무 많은 일이 있었고 그중 놀라운 일로 인해 하루가 어떤 일로 어떻게 보냈는지조차 생각이 안 날 때도 있다. 우선 나에게 일어난 놀라운 일부터 먼저 적는다. 오후에 있었다. ○○점에 다녀왔다. 물론 그 전에 점장께서 먼저 전화가 있었다. 긴히 드릴 말씀이 있다며 오후 한 번쯤 보자는 전화였다. 이때가 오전 사동에서 제빙기 노후문제로 기계를 새것으로 바꾸고 있을 때였다. 평상시 전화 잘하시지 않은 점장께서 전화하셨다는 것에 예감으로 알 수 있었다. 점포가 매매되었겠지 하는 생각을 지울 수 없었다. 오후 밀양 다녀온 후 곧장 ○○에 들렀다. 아니나 다를까! 주인이 바뀌었다. 전 점장으로부터 일의 자초지종을 들었으며 상호에 관한 얘기가 나왔다. 전에도 이런 일이 비일비재하게 많아 천천히 이해하기 쉽도록 풀어나갔다. 대구와 달리 경산은 아니, 꼭 경산만 그럴까! 가맹 법망을 모르는 사람이 많아 일의 심각함을 모르는 것이 대부분이다. 사람은 대부분 무임승차를 원하지 꼭 대가를 지불하며 일을 하고자 하는 이는 잘 없다. 좋은 것이 좋다며 그냥 뭐 하자는 뜻이 일반적이다. 이것은 모르는 일이다. 이름이 같기에 피해보는 지역과 또 혜택을 누리는 것도 있겠지만, 엄히 따를 것은 따라야 하며 상대방에 대해 예우 할 것은 해야 한다.

나는 여태껏 가맹사업을 해오기는 했어도 언제부턴가 이 일을 접은 지 오래되었다. 그 사이 수없는 분쟁이 있었으며 마음 상처를 한두 번 받은 것이 아니라 칼만 들지 않았을 뿐이지 법정공방 직전까지 간 일도 많기 때문이다. 그러니까 카페리코가 이름이 있다 해서 그 이름이 대형 프랜차이즈만큼은 아니니 동네에만 알려졌다고 해서 거저 쉽게 인수하면 되는 것 아닌가 하며 들어오시는 분이 많다. 앞에도 이러한 사례가 많이 있었다. 이 일을 차례대로 따른 분은 상대적으로 피해를 보는 사례로 남고 이러한 사례는 곧 불만으로 이어지며 이것은 또 다른 분쟁을 낳는다. 그러므로 점포가 마지막 하나까지 남는 일이 있더라도 창업자인 내가 중재하여야 하며 바르게 이끌어야 한다. 사동점과 매호점, 그리고 동호점, 범어점, 진량점 모두 분쟁 없이 잘 해결 되었다. 하지만 일은 무사히 마칠 때까지는 나는 긴장이었다. 예전, 모점은 내용증명을 띄워가며 법정 공방 직전까지 간 일도 있으며 또 모점 점장 내외분이 본점에 오셔 쌍욕을 뱉으며 싸우다가 안에 손님이 다 떠나간 일도 있었다. 나는 더는 가맹사업을 하지 않겠다고 얼마나 이를 물고 있었던가! 그리고 몇 년이 흘렀다. 가맹점은 그간 상담을 많이 했어도 절대 낸 적 없다. 앞으로도 마찬가지다. 오히려 개인 카페에 도움을 드리고 이로써 거래하는 집이 더 많고 나의 커피를 더 많이 쓴다. 오히려 가맹점이 더 안 쓰는 경우도 발생하니 웃지 않을 수 없는 일이다.

문제

1. 명예훼손에 관한 경각심을 모른다. 그러니까 일반적으로 동산과 부동산만 재산으로 인정하며 아는 사실이다. 엄연히 무형의 자산인 지적재산권, 이 속에는 많은 것이 들어간다.

2. 경영 문제다. 만드는 메뉴에서부터 관리까지 예를 들면 쿠폰이라든가 교육이

라든가 들어가는 커피에서부터 컵 등 여러 가지가 발생한다. 이로 인해 발생되는 문제는 어떻게 모두 감당하느냐는 것이다.

예전 진량은 촌놈으로 삼풍은 카페인톡으로 정평은 디아몽으로 범어점은 또 자체이름으로 바꿨다. 동호, 백천은 여건이 좋지 않아 문을 닫았으며, 역은 여건은 좋으나 자본가에 밀려 나와야 했다.

가맹이라는 것은 시장을 확보하여 서로 힘을 합쳐 영업을 확장하고 이로 인한 혜택을 넓히고 함께 누리는 것을 말한다. 하지만 우리 카페리코의 가맹은 이에 합당한 점포가 과연 몇 개가 있나! 오히려 나와 직접 거래한 개인 카페와 비교해도 터무니없는 경영의 일이 여럿이다. 어찌 종이에다가 다 적을 수 있을까! 사람은 이기적이다. 내가 이기적이 아니라 조직의 혜택을 누리며 이에 대해 고마움을 모르고 제멋대로 행하며 더욱 제 주장이 옳다며 내세우는 곳도 있으니 참담한 일이다.

나는 참 우습게 가맹사업을 했다. 경영에 네트워크 승수효과를 잘 알고 있었다. 이것은 사람이 하는 일이라 인간의 오묘한 감정을 다 이해할 수 없는 일이 발생한다. 고객과의 관계, 대리점과 대리점과의 관계, 대리점과 모회사와의 관계는 어떤 얘기로 적을 수 있을까! 내가 경험한 어떤 일로 인해 글로 적는다는 것은 그 뜻을 다 적는다 해도 표현이 올바를까 말이다. 이것은 이해관계의 득실을 떠나 인간관계로 잇는다. 아무런 관계없는 병이 다치는 경우가 생기며 재산상 손실이 오는 경우도 있기 때문이다. 그러니 치가 떨리는 일이다. 언제부턴가 이 사실을 알게 되었다. 그러고는 다시는 가맹점 내지 말아야지 하며 다부지게 마음먹었다. 지금 사업하는 몇 군데 점포가 있다. 본점이 커 나가야 동반상승의 혜택을 누리는 것이지만 지금 이 글을 적는 것은 그 책임이 어느 정도는 떠났기에 적을 수 있음을 분명히 한다. 또한, 본점을 아직 문 닫지 않은 것도 그 이유며 이것은 건재함을 얘기한 것이나 더 말할 필요가 있을까!

지금 우리나라 경기는 매우 좋지가 않다. 물론 자본이 풍부한 사람은 이 어려움이라는 게 있겠는가! 돈 없는 서민이야말로 죽을 지경이지 돈 많은 자본가는 오히려 더 편한 세상이 되고 말았다. 세월은 흘러도 자본은 그 공평함을 도로 잃는다. 오히려 있는 자가 더 많이 가질 수 있는 시대라는 것은 누구나 아는 사실이다. 조세개혁이 따르고 여러 제도 망이 갖췄다 해도 기회는 엄연히 있는 자의 몫이다. 없는 사람은 기회를 잡기에도 또 잡아도 홀로 발 딛고 일어서는 것도 꽤 어려운 사회다. 경쟁과 경험은 어느 정도는 있어야 함이니 말이다. 그러니 계단 말이다. 두 계단을 밟아 다섯 번째 계단을 밟는다 것은 있을 수 없는 일이다. 방금 또 한 사람이 들렀다. 부부 같다. 커피 사러 오신 분이 아니라 바리스타 교육을 문의하고 어디서 하며 창업비는 또 얼마나 하는지 묻는다. 얼굴은 초췌하며 어딘가 귀신에 홀린 듯한 모습이었다. 남자는 어깨 힘이 없어 보였고 여자는 무언가 썬 것 같았다. 안내를 했다. 본점에 오십시오. 토요일 무료강좌를 가지니 참석하시어 들으시고 커피도 한 잔 뽑아 드십시오. 손님은 나갔다.

나는 오늘 밀양에 가며 이런 생각을 했다. 어제 부가세 신고한 금액을 생각하며 말이다. 밀양에 가면 에르모사가 있다. 에르모사 점장은 나에게 여러 가지 묻는다. 물론 사업을 처음 시작한 지라 경험 많은 나에게 이것저것 묻는다. 세금관계가 지금은 더 궁금한 것이었다. 조선 시대에도 평민은 국가에 세금을 냈다. 과전법이니 정전제니 대동법이니 하며 서민들 말이 많았다. 과전법은 고려 말 귀족들의 대토지 소유로 인해 국가재정의 고갈로 이성계, 조준 등 신진사대부들이 주동이 되어 실시한 토지제도며 정전제는 중국 역사를 통해 이야기할 것도 많지만 여기서는 조선 시대만 들어보자. 어떤 제도라도 모순은 있다. 이를 극복하기 위하여 다산 정약용은 정전제를 통해 해결하고자 했다. 즉 중국은 토지로 했다면 조선은 산악이 많아 인간을 기반에 두고자 했다. 대동법은 조선 후기, 공물을 쌀로 납세하게끔 한 일이다. 고종 때 이를 돈으로 내게 했다. 참고 삼아 적었다. 하여튼 피 같은 돈이 아니고서야 뭐란 말인가! 피땀 흘려 벌어서 일부 내는 것이니 말이다. 그러니 국가의 위치도 중요하다. 무작정 세금 떼는 일만 한다면 이는 국가가 아니라 날 강도니 서민이 돈을 벌고 행복하게 살 수 있는 여건을 만들어주고 난 다음 세금도 있는 것이니 말이다. 밀양은 상반기만 카드 00만 원이 넘었다. 이 금액은 사동 조감도 금액과 맞먹는다. 여기서 경영을 말할 수는 없다. 인원수 대비 관리비 등 그것뿐만 아니라 상현이는 더한 고민도 얘기했지만 글로 적을 수는 없다. 인사 경영은 사회에 일어나는 모든 일이니 아주 조그마한 조직에도 똑같은 일이 발생한다. 경영인은 나(상현)다. 스스로 결정한다.

그밖에 오늘 한 일 사동점에 제빙기 새로 설치해 드렸다. 청도점에 커피 배송이 있었으며 아침에는 아이들과 논어를 읽고 저녁에는 한자 몇 자 시험을 보았다. 노자 『도덕경』은 오늘 하루 쉬었다.

12. 새로운 시장을 개척하다

　한 권의 책이 나의 모든 것을 다시 바꾸었다. 스타벅스 경영자였던 하워드 슐츠가 쓴 『커피 한 잔에 담긴 성공 신화』였다. 이 책을 간략히 소개하자면, 하워드 슐츠는 중견기업에 이사까지 지낸 사람으로 해외여행 보너스를 받게 된다. 이탈리아에 가, 에스프레소 한 잔 마셨는데 이것이 계기가 되어 다니던 회사마저 그만두고 당시 다섯 점포 연합체였던 스타벅스의 말단 직원으로 입사하게 된다. 차츰 성장을 거듭하여서 한 점포 인수하게 되고 나머지 점포도 경영한다. 다른 임원들 반대에도 불구하고 스타벅스를 전국 체인화 작업에 들어갔다. 지금은 전 세계 경영 역사상 이룰 수 없는 획기적인 일을 하워드 슐츠는 성취했다. 뉴욕 빈민가에서 태어나 신화를 일군 인물이다. 나는 이 책을 읽고 느낀 것은 당시 인스턴트커피만 다루어, 원두커피가 새로웠다. 다른 종목으로 사업을 벌이는 일은 위험하다. 하지만 같은 업종에서 확장해 나가는 일은 그리 어려운 일도 아니며 다른 종목으로 나가는 일에 비해 위험 또한 작아 능히 해낼 수 있다.

　우선은 가까운 커피집에 가 커피를 마시기 시작했다. 인스턴트커피를 다루다 보니 원두커피집이 그렇게 생소하거나 낯설어 보이지는 않았다. 단지 기계에서 사람 손으로 작업을 하고 손님을 직접 대하니까 그런대로 멋스럽고 재밌어 보인 건 사실이었다. 그러다가 어느 지인을 알게 되었는데 자동판매기 컵 공장 하시는 분이다. 하양에서 커피집 낸다며 언제 이야기 들었던 일 있었다. 하양은 여기서 차로 가면 약 삼십 분 거리다. 김 씨는 가게 연 지가 1년쯤 다되었을 때였다. 김 씨의 도움으로 서울에 기계 관련 쪽 정보를 알게 되었고 교육도 받게 되었다. 김 씨가 운영했던 카페는 '카페리코CAFFERICO' 였다.

노자 『도덕경』 11장

三十輻共一轂, 當其無有車之用

삼십폭공일곡, 당기무유차지용

埏埴以爲器, 當其無有器之用

연식이위곡, 당기무유기지용

鑿戶牖以爲室, 當其無有室之用

착호유이위실, 당기무유실지용

故有之以爲利, 無之以爲用

고유지이위리, 무지이위용

鵲巢解釋

    서른 개의 바퀴살대가 하나의 바퀴통에 있어도, 마땅히 그 없음이 있으니 수레는 쓰임이 있다.

    찰흙을 이겨 그릇을 만들면, 마땅히 그 없음이 있으니 그릇이 쓰임이 있고

    뚫림이 있는 집이며 창은 집이 되는데 이는 없음이 있어 집의 쓰임이 있는 것이다.

고로 있음은 이로운 것이 되고, 없음은 쓰임이 되는 것이다.

　노자는 있음보다 없음을 강조했다. 구태여 갖추려고 노력하는 것이야말로 어찌 보면 어리석은 일이다. 아주 빡빡한 삶은 오히려 삶을 잃어버린다. 밤이 있으면 낮이 있다는 것은 엄연히 자연의 섭리다. 시詩가 여백의 미라면 삶은 어둠의 미다. 이 어둠이 깊고 아득하므로 삶이 아름답고 값진 것이 된다. 능력 닿는다면 부지런히 자아를 다듬고 그 자아를 내보이는 것이야말로 자아를 위하는 것이며 이것은 곱절 아름답기까지 하다. 아름다움이란 부드럽고 곱고 예쁜 것만이 아니다. 험하고 때론 더럽고 구역질나는 것도 있으니 이러한 모든 것이 자연적으로 어우러질 때 드러나는 인간의 도道는 참으로 아름답다고 표현해도 괜찮으리라! 그러니 평지만 아득하다면 무슨 아름다움이 있을까! 산천이 구불구불하고 험한 가운데 우리의 미는 있듯이 우리의 삶은 있는 것이다. 노자는 바퀴와 그릇과 집을 비유 놓았다. 당시 문화를 알 수 있는 내용이지만 이것은 우리와 밀접한 관계다. 지금도 그대로인 이 문화생활 아닌가! 자동차가 있으며 그릇은 여전히 사용하고 집에서 생활하니 말이다. 앞으로 천 년이 지나도 이와 같다. 바퀴는 많은 것을 안겨다 주었다. 인류만 볼 것이 아니라 이 세상의 주체, 나를 보아야 한다. 나는 얼마만큼의 거리를 다녔으며 생활하며 보았는가! 그릇은 또 얼마나 닦으며 담았는가! 또 비웠는가! 내 집은 얼마나 만들었으며 그 창작의 세계에 기쁨은 또 얼마나 보았던가! 없음은 곧 쓰임이고 있음은 이로운 것이니 나의 역사를 만들어보라!

鵲巢日記 15年 07月 29日

흐렸다가 비가 아주 잠깐 오기도 했다. 내내 후덥지근하다.

사람 마음은 거래해 보면 알 수 있다. 우스운 얘기지만 안동에서 품바타령을 본 적 있다. 품바는 약간은 농으로 한 말이지만 영 틀린 말은 아니었다. 그러니까 '저 사람과 거래합니까? 저 사람과 거래하는 사이냐고요.' 관계를 맺는다는 말의 속된 표현이기는 하지만 그렇지만도 않다. 만약 돼먹지 않은 사람이면 거래도 하지 않을 테니까 말이다.

돈은 사람 마음을 잘 표현한다. 절대 아무렇지도 않은 일은 없다. 어렵게 마련해서 가져간 물건이지만 돈을 못 받는 경우도 있고 인정으로 가져간 물건이지만 돈을 못 받는 경우도 있다. 거래는 주고받는 것이다. 분명 간 것은 있는데 받은 것이 없다면 거래는 할 수 없다. 돈으로 장난치는 사람도 많다. 꼭 자기 쪽 이익을 위해 갖은 방법을 다 썼어, 교묘하게 이용한다. 거래하면서도 그것이 보인다. 그럴수록 관계를 끊고 싶지만 그럴 수 없는 것이 자본주의 세계다. 거래란 내 마음에 쏙 드는 것이 있을까 말이다.

아침, 택배를 보내기 위해 짐을 꾸렸다. 커피를 챙겨 상자에 넣고 반듯하게 터지지 않게 정성을 다해 테이프를 바르고 말이다. 근데, 화원에 카페 하는 후배가 왔다. 오전, 본점에서 라떼아트에 관한 기술을 수업하러 온 것 같다. 마침 점심시간이라 밥 먹자며 온 것이다. 커피를 몇 봉씩 담고 상자를 쌓는 일보며 후배는 한마디 한다. 택배도 보내느냐며 묻는다. 반갑지 않은 곳이라 그렇다며 대답했다. 상자를 꾸리기 전에 커피 값이 입금됐다. 이 집 상호를 일기에 적을 순 없지만, 한동안 돈 때문에 신경을 많이 썼던 집이다.

후배와 점심을 함께 먹었다. 보쌈집에서 먹었다. 후배는 이 집이 마음에 드는가보다. 전화하면 '아이고 선배님 보쌈 한 그릇 해야지예!' 기어코 점심을 산다고 해서 고맙게 먹었다. 본점에서 커피 한 잔 마셨다. 후배는 늘 나만 보면 아주 한가하게 보이는가 보다. 커피 한 잔 마시면서 고전에 관한 이야기를 나누었다. 무엇에 관심이 가며 무엇을 할 때 즐거우냐고 물어보았다. 후배는 마냥 꿈 이야기만 한다. 그러니 특별히 좋아하는 것은 없나 보다. 나는 글을 이야기했다. 고전을 통한 공부에 관한 이야기가 주다. 그러고 보니 인간은 앎이라고 하면 모두 지난 일의 경험에서가 그 원천인 것 같다. 논어를 열어보면 첫 문장이 '학이시습지學而時習之면 불역열호不亦說乎아' 라고 하지 않던가! 그러니 역사가 어찌 보면 가장 중요한 배움의 밑바탕이 될 수 있겠다.

오후, 카페 디아몽에 커피 배송 다녀왔다. 김 씨는 이가 아파서 치과에 갔는데 본부 일이 없어 사동으로 바로 가도록 했다.

현○○ 점장께

1. 기한은 한 달입니다. 이름 바꾸시길 바랍니다.

지금, ○○동 ○○번지 카페 인수 하신 분은 본부와 가맹계약 한 사실이 없음을 분명히 밝힙니다. 더욱 교육은 말할 것도 없으니 이에 판매하는 모든 음료에 대한 책임, 즉 소비자께 미치는 영향은 본부에서 지지 않는다는 것은 당연합니다. '○○에 ○○○○호' 사례입니다. 가맹은 하였지만, 재료 사입 관계로 3개월 소송 끝에 5천만 원 배상하라는 판결이 났습니다. '○○○영○점' 형제간에 양도하는 과정도 본부에서 처리했으며 가맹비와 교육비 및 관련 비용을 지급하며 일 처리한 사실도 있습니다. 하물며 가맹 계약한 사실도 없는 점포가 유명 상호를 무단 사용한다는 것은 더 큰 손해배상을 물을 수 있음을 사전에 통보 드립니다.

2. 일제 강점기 때 우리의 민족은 나라가 빼앗겼음을 서러워했고 국권을 되찾으려고 노력했습니다. 많은 시인은 국권 상실의 아픔을 노래하였습니다. 상호는 한 사업가의 명예라면 명예겠지요. 그 경영인은 국가가 빼앗긴 만큼 아픔이 있다는 것도 밝혀 둡니다. 지금 카페리코 상표 자산가치는 OO억입니다. 이곳에서 가까운 본점, 옥곡, 병원, 사동, 진량, 청도, 영천, 등 모두 그 영향권에 있으며 더 나아가 조감도까지 미치는 일이니 이른 시일에 변경하실 줄 압니다. (유사 이름을 사용하거나 CI, BI, 문자체, 로고도 같거나 비슷한 것도 소송을 제기할 것임을 분명히 합니다) 이미 계약 끝난 정평은 디아몽으로 삼풍은 카페인톡, 예전 진량은 촌놈으로 이름 바꾸어 사용하고 있다는 것도 예를 들어 밝혀둡니다.

13. 카페리코CAFFERICO

처음은 하양과 연합체였다. 하지만 이름만 함께 사용하고 단독 시스템이었다. 그리고 1년 후, 하양은 폐점했다. 하양은 2년간 카페 영업한 셈이다. 카페 영업은 쉬운 일이 아니었다. 목돈을 투자해서 푼돈을 거두는 일이다. 이 목돈도 다른 업종에 비하면 푼돈이나 마찬가지다. 그러니까 커피 값을 생각하면 얼마 되지 않는 돈이지만 커피니까 아주 많은 돈이었다. 예를 들면 커피부터 각종 소스와 시럽 그리고 부자재는 목돈이 들어간다. 하지만 하루 커피판매는 얼마 되지 않는다. 더구나 내가 자리한 임당은 하루 손님이 손에 꼽을 정도로 많지가 않았다. 여기서 높은 임대료까지 감당하면 아마 어느 커피집도 이겨내지는 못할 것이다. 하양은 어렵게 문을 닫을 수밖에 없었다.

임당도 상황은 마찬가지였다. 15년 지나 지금 이 글을 쓰는 입장에서, 한마디 덧붙이자면 경영은 늘 어렵다. 예를 들면 살얼음판이다. 그만큼 위험한 것이 경영이다. 이 위험을 감수하고 이겨낼 자신이 있으면 창업은 당연하다. 하여튼, 그때 그 시절은 여러 가지 타개책을 모색했지만, 그중 나은 것은 회원제 시행과 카페 모임이었다. 카페 모임은 지금 커피문화강좌로 이름을 바꾸어 계속하고 있다. 다섯 평 카페지만 하루가 즐거웠다.

위기와 기회는 늘 함께 온다는 말이 있다. 맞는 말이다. 하루라도 안 위험한 날이 없었다. 하지만 그때마다 잘 이겨냈다. 카페 모임을 통해 많은 친구를 만났다. 대학가 주변이라 대학생이 많이 찾았다. 모임은 책과 감상평을 이야기 나누었다. 그리고 나의 관심은 일이라서 일에 관한 시스템을 이야기했다. 가맹점 하나 없었는데도 모임에 참석한 사람은 재미나게 들었다.

노자 『도덕경』 12장

五色令人目盲, 五音令人耳聾, 五味令人口爽

오색영인목맹, 오음영인이농, 오미영인구상

馳騁畋獵, 令人心發狂

치빙전렵, 영인심발광

難得之貨, 令人行妨

난득지화, 영인행방

是以聖人爲腹不爲目, 故去彼取此

시이성인위복불위목, 고거피취차

鵲巢解釋

다섯 색깔은 사람에게 눈을 멀게 하고 다섯 소리는 사람에게 귀를 먹게 한다. 다섯 맛은 사람에게 입을 덜게 한다.

달리고 달리며 사냥하고 사냥하는 것은 사람에게 마음을 미치게 한다.

얻기 어려운 재화는 사람에게 다니기 방해가 되며

무릇 성인이면 배를 위하되 눈을 위하지 않으며 저것을 보내고 이것을 취함이다.

다섯 색깔, 다섯 소리, 다섯 맛은 한마디로 말하자면 오만 거, 오만 가지를 말한다. 이 오만 거, 오만 가지도 경상도 사투리라 마! 여러 가지로 얘기하면 좋을 듯싶다. 꼭 다섯이 아니라, 그러니까 이것들은 주체 없이 여러 군상에 이끌리는 것을 말하는데 이러면 눈과 귀와 입이 멀어지게 된다. 곧 잃는다는 말이다.

예전이다. 처가에 할머님은 아주 오래 사셨는데 정정하셨다. 하루는 경로 당에 나가셔 이날 저녁에 잘 안 드시는 닭고기를 드셨다고 했다. 다음 날 유 명을 달리했다. 어느 의사 말씀이었는데 나이가 들수록 편식하라는 얘기다. 이 이야기가 영 틀리게 들리는 것만도 아님을 깨닫는다. 늘 먹는 된장이나 김 치나 이것을 넣은 찌개는 참으로 먹기도 편하고 소화하기도 편하다. 잘 먹지 않는 고기음식을 먹다가 탈이 나는 경우는 흔한 일이라 깨달음이 그리 깊은 데 있는 것만도 아님을 알 수 있다.

달리고 달리며 사냥하고 사냥하면 사람 마음을 미치게 한다는 말은 어느 일이든 빠져들면 마음만 상할까! 몸도 가며 그러다 보면 육체를 잃게 되는 일 이니 노자께서는 사냥이라고 했지, 현대는 주식이나 또 그에 버금가는 어떤 놀이판을 두고 하는 얘기로 읽어야 함이다.

돈이 많으면 뭐하나 다니기 불편하니 오히려 돈 많은 사람 부러워할 일 아 니니 오히려 부족해도 돈 없이 마음 편히 다니기가 좋다는 말씀이며 무릇 성 인이라면 허를 탐하지 말고 실속을 챙겨야 할 것이니 허를 버리고 실을 가지 라는 노자의 말씀이다. 그러니 무리한 다이어트는 오히려 해로운 것이며 이 는 남을 보여주기 위한 것이나 이것도 잘하지 못하면 남이 아니라 나를 잃을 수도 있음이고 겉을 다듬지 말고 속을 다듬어 세상 현명하게 보라는 말이다.

鵲巢日記 15年 07月 30日

맑고 후덥지근하며 절로 앉아있어도 땀 죽죽 흐른다.

오전은 아주 바쁘게 보냈다. 어제 주문받은 커피 물량을 일일이 챙겼다. 오후 배송 가기 위해 준비를 해놓고 월말 마감까지 정리하느라 전표를 일일이 확인했다. 마감서는 지역이 먼 곳은 사진을 찍어 문자로 보냈으며 일부는 오늘 배송 가며 전했다.

교육비를 본부 삼성 카드매출로 잡은 적 있는데 대리점 기한이 다 된 관계로 입금되지 않아 삼성카드사에 전화하고 취소하며 관련 고객께 다시 전화 넣는 일이 있었다. 오 선생도 분간하지 못하고 카드를 받은 일이라 어쩔 수 없었다. 아예 카드가 되지 않으면 승인이 나지 말아야 하는데 승인은 났으니 이모저모로 불편했다.

언제였는지 모르겠다. 어느 분점에서 있었던 일이다. 하루 커피 매출이 꽤되는 데 이 집 사장님은 끊은 카드매출전표를 모두 확인한다고 했다. 어떤 것은 입금되지 않은 상태로 미해결로 남은 일도 있다는데 우리는 본점이나 조감도에서나 어느 집도 매출전표를 확인하지 않는다. 승인 나면 그러느니 하며 보낸다.

오늘 확인한 전표가 세 건이고 금액도 20여만 원이나 된다. 그저 가만히 있었으면 흐지부지 잊고 말 일이었다. 월말 마감하다가 알게 되었다.

오후 사동에 다녀왔다. 아래 제빙기 설치하고 수평을 잡지 못했다. 사동은 아주 예전에 내부공사한 집이라 바가 많이 삭았다. 하지만 옥곡 만큼은 그렇지 않다. 옥곡은 완전히 삭아서 주방 싱크대는 조금 내려앉았다. 제빙기를 들어야 할 일이 생겼다. 안에 주방에는 점장님과 함께 일하는 여성 한 분 있었다. 두 분이 들어도 간당거리며 일을 시작했다. 제빙기 발밑에 돌을 받치는 일인데 땅바닥에 낮은 포복 자세로 완전히 누워 밑바닥을 들여다보아야 일을 할 수 있다. 옷은 물론이고 팔목에 어딘가 끌려 피가 맺혔다. 그래도 이 일을 하지 못했는데 천상, 조감도에 가는 김 씨를 불러 일을 함께했다. 일을 완벽하게 하기도 어렵다. 더구나 기계 구조를 알면 만지기에도 버거운 일이다.

만촌동에 동호 형께서 주문한 부품을 오늘 가져다 드리기로 했는데 여러 일로 갈 수 없어 문자로 죄송하다며 넣었다. 내일은 꼭 들르겠다고 했다.

사동에서 삶은 옥수수를 먹었다. 처가에서 가져온 것으로 오늘 딴 것이라 했다. 씨알이 굵으니 씹는 맛이 다분했다. 저녁이었다.

14. 커피교육

    니르말야 쿠마르가 지은 『마케팅에 집중하라』는 책이 있다. 그가 제시한 마케팅 제2 법칙이다. 고객은 구멍을 뚫고 싶어 하지 드릴 사고 싶지는 않다. 나는 이 내용을 읽고 무언가 깨침을 받았다. 그러니까 고객께 물건을 팔려고 하지 마라! 오로지 그 해결방법 즉 솔루션을 제공하라는 말이다. 그러면 물건을 살 수도 있다는 내용이었다. 예전에 자동판매기 기계도 판매하였고 이 기계 수리경험도 다분해서 에스프레소 기계는 그리 어렵지 않았다. 더 중요한 것은 가장 믿을 만한 사업파트너를 찾는 것이다. 아내는 가장 믿을 수 있는 사람이자 일을 함께 즐길 수 있는 가장 가까운 사람이다. 아내는 커피 일에 혼자서 파고들었다. 인터넷을 통해서 정보를 수집하고 라떼아트를 다져나갔다. 그뿐만 아니라 커피 정보는 하루가 다르게 늘었다. 아내가 안에서 교육과 커피를 팔았다면 나는 바깥 영업을 했다. 생판 모르는 논공단지에 외판원처럼 각 공장에 들러 커피를 소개했다. 어느 집은 영업의 성과를 꽤 올렸다. 대체로 정보가 없어 커피 주문 못 하는 집이 많았다.

노자 「도덕경」 13장

寵辱若驚, 貴大患若身. 何謂寵辱若驚. 寵爲下, 得之若驚, 失之若驚

총욕약경, 귀대환약신. 하위총욕약경. 총위하, 득지약경, 실지약경

是謂寵辱若驚. 何謂貴大患若身. 吾所以有大患者, 爲吾有身, 及吾無身

시위총욕약경. 하위귀대환약신. 오소이유대환자, 위오유신, 급오무신

吾有何患. 故貴以身爲天下, 若可寄天下, 愛以身爲天下 若可託天下

오유하환. 고귀이신위천하, 약가기천하, 애이신위천하 약가탁천하

鵲巢解釋

　　총애와 모욕은 놀란 것과 같고 큰 우환은 내 몸과 같게 귀하게 한다. 총애와 모욕은 놀란 것과 같게 한다는 말은 어찌 이르는가! 총애는 아래라 즉 하찮은 것이며 그것을 얻어도 놀라움이고 그것을 잃어도 놀라움이다.

　　이를 총애와 모욕은 놀라움에 이르는 것이라 한다. 어찌 큰 우환은 몸과 같다며 이르는가! 나에게 큰 우환이 있다는 것은 나에게 몸이 있다는 것이며 나에게 몸이 없다면

　　나는 어찌 우환이 있을까! 고로 몸은 천하가 되도록 귀히 여기며 천하를 부쳐 맡기는 것과 같고 몸은 천하가 되도록 사랑하면 천하를 받칠 만하다.

　　오늘은 한자가 많다. 총寵이라 하면 총애寵愛를 뜻한다. 그러니 칭찬에 가깝고 거기다가 위하며 사랑하는 마음마저 얹어 이른다. 욕辱이라 하면 치욕恥辱을 뜻한다. 그러니 부끄러움이며 거기다가 욕설과 꾸지람에 가깝다고 볼 수 있다. 내가 누구에게 마음에 들어 총애를 받더라도 이는 하찮은 것으로 다루어야 하며 치욕스러운 욕을 먹거나 이에 버금가는 어떤 부끄러움이 있더라도 참아야 내 몸을 온전히 할 수 있음이다. 그러니 나에게 몸이 없다면 어찌 우환이 있겠는가! 그러니 우환이 있다는 것은 나에게 몸이 있다는 것이니 천하

만큼 내 몸을 사랑해야 할 것이며 그러면 이 천하를 어찌 사랑하지 않으며 다스릴 수 있을까 말이다.

鵲巢日記 15年 07月 31日

맑은 날씨였다. 더위만 아니면 꼭 가을 하늘처럼 보인다. 덥고 땀 죽죽 내리지만, 오들오들 뜨는 겨울보다는 훨씬 낫다.

오전, 사동 개장하며 커피 직접 내려 배 선생과 정의와 함께 마셨다. 요즈음 담소를 나눌 시간도, 내기 어렵다. 아침부터 손님 오셔 커피를 뽑아야 하며 영업장 청소도 해야 하니까 배 선생의 성씨가 배 씨라 경산은 배 씨의 집성촌이 많음을 이야기했다. 그러고 보면 배 씨는 우리 고유의 성씨가 아닌가 하며 생각한다. 성씨는 대부분 중국에서 들어온 것이라 추측, 또 믿고 있기 때문이다. 한자를 들여와서 쓸 때부터 유교가 널리 보급됨으로써 점차 그렇게 된 것 아닌가 하며 생각한다. 우리는 우리의 고유문화가 있었지만, 즉 고조선 이전, 고죽국 이래로 말이다. 마제석기, 청동기 문화가 중국과 다르며 장묘문화가 그들과 다르다. 우리는 돌을 많이 썼다는 것, 이로 인해 고인돌 문화를 낳았는데 고구려 때 이후는 석관묘, 석곽묘, 적석총 문화로 이어 발전했다. 아마, 세계 고인돌의 60%는 한반도에 분포하고 있다는 사실도 알아두자. 이는 세계 거석문화의 중심지가 한반도일 거라 나는 본다.

오후, 만촌동에 다녀왔다. 동호 형을 안 지는 육 년 됐다. 본점 짓고 얼마

후 어느 지인을 통해서 커피 로스터로 소개받았다. 하지만 지금 생각하면 그때 형은 별달리 큰 로스터도 없이 아주 조그마한 가게에 붙어 일하고 있었다. 물론 로스터는 약 3K 정도 용량이었는데 당시로 보면 이것도 없는 카페가 아주 많았다. (이 기계도 형의 것이 아니었다. 거저 거래처 발굴해가며 일하고 있었다) 지금은 카페 차린다면 로스터를 당연히 갖춰야 한다고 생각하는 사람이 많다. 그 당시에는 그렇지 않았다. 물론 나도 그때는 지금의 15K, 용량 기계가 없을 때였는데 로스팅의 중요성을 알고 난부터 태환을 통해 장비를 갖추게 되었다. 동호 형은 아주 특이하다. 형의 말로는 미국에서 알거지가 되고 난 후부터 빈손으로 여기 왔다며 얘기했다. 내가 보기에도 그런 것 같았다. 남 밑에서 일하시다가 지금의 범어사거리에 '커피바람'으로 개업할 때였는데 나는 가게 개업을 무척이나 반대했다. 왜냐하면, 커피는 돈 되는 사업이 아니라서 그렇다. 하지만 형은 잘 이겨내셨다. 그때 창업할 때 나는 많은 도움을 드리기도 했다. 형은 그리고는 잠잠했다. 나도 사업에 바빴다. 그리고 얼마 안 있다가 만촌동에 2호점 개업하셨다며 연락을 주셨다. 물론 나도 조감도 2호점을 냈다며 전에 인사 드리기도 했지만 말이다. 형은 '커피바람' 2호점으로 가게 냈다. 범어동에 있는 카페보다는 아주 넓고 전망도 좋아 손님 꽤 있을 거로 생각했다. 하지만 형은 아주 힘들어했는데 그중 가장 큰 원인은 역시 직원 인건비였다. 끝내는 버티기 어려워 직원 두 명을 내보내기까지 했다. 그러니까 지금은 혼자서 경영한다. 오늘 형 가게에 오게 된 것은 범어동 기계 버튼 PCB를 가져다 드리기 위해서다. 어제 들려야 했지만 바빠 그만 뵙지 못했다. 형은 여전히 웃음 반, 은유적인 말로 나를 반갑게 맞아 주었는데 '요새 니는 어데서 빠구리 하노?' 느닷없이 빠구리란 말에 얼굴이 좀 붉었다. 웬 빠구리란 말인가! 빠구리는 경상도 사투리로 성교한다는 뭐 이런 뜻이다. 나는 속으로 힘도 없고 이제는 신경 안 쓴 지 오래라 무엇을 어떻게 답해야 하나! 하면서 있었는데 역시 형은 좀 능글능글한지라 '본점에서 해요.' 하며 답해 버렸다. 그러니까 일주일에 몇 번 하노? 하는 거다. 예, 두 번은 족히 합니다. 뭐 로스팅을 몇 번 하느냐! 콩은 어데서 볶느냐? 뭐 이런 것이다. 그러니까 커피쟁이인데 커피와 사랑하지 누구랑 하겠노! 하며 세상 속 탄 심정을, 풀 때 없는 약간의 중압감 해소다. 그래 경기 좋으면 빠구리도 많이 하며 납품도 이리저리 많이 들어가면 얼마나 좋아! 형은 아주 힘들어했다. 가게도 약간은 권리금 생각해서 내놓았다며 한 말씀 하신다. 단돈, 만 원을 벌더라도 내 가게에서 해야지 하며 의미 있는 말씀도 하시고는 말이다.

시내 모 병원에 다녀왔다. 제빙기 고장이다. 유난히 여름에 기계고장이 잦은 편이다. 커피는 여름이 성수기인데 관련 기계가 고장이 많이 나니 여간 신경이 쓰인다. 병원에 들러 기계 상황을 보았다. 얼음은 정상적으로 떨어졌는데 모양이 좀 미흡하다. 압축기와 가스 순환계 이상이다. 이는 고쳐 쓰는 것보다 기계 바꿔 사용하는 것이 경제적으로 낫다. 여러 가지 상황을 점장께 말씀 드렸다. 기계도 쓴 지 오래라 바꿀 때도 되었다.

15. 가맹사업

자동판매기로 인연을 맺은 집이었다. 모 병원 매점이다. 처음은 가게에 커피를 가져다주시는 네슬레 총판 사장님 소개로 만났다. 매점은 그 당시 나에게 상당히 큰 거래처였다. 커피를 납품하고 기계를 관리해주었다. 매점에서는 여러 가지 많이 팔았는데 김밥도 있었다. 하지만 김밥은 그렇게 많이 나가지 않아 다루기가 힘들었다. 원두커피를 하면 어떨까 조언을 드렸더니 사장님은 선뜻 받아들였다. 기계를 임대로 드렸다. 생각보다 커피가 상당히 많이 나갔다. 그리고 사장님은 다른 병원에 부스가 나온 것이 있었는데 그곳에도 투자했다. 부스는 패스트푸드나 커피전문점 및 제과점 용도였다. 나는 커피전문점으로 견적을 드렸다. 사장은 많은 고민에 빠졌다. 카페리코는 당시 이름 있는 상표가 아니었기 때문이다. 대구의 유수 상표들도 견적이 모두 오른 가운데 카페리코를 선뜻 선택하기에는 어려웠다. 나는 적극적으로 사장님께 주장했다. 적극적인 마음으로 권유한 나의 조언은 사장님의 마음도 바뀌게 되었다. 반듯한 카페리코 1호점이 탄생했다.

임당에 처음 카페를 내고 4년이 지난 뒤였다. 카페 사업을 하는 어느 집보다 경제적인 투자였다. 하지만 어느 집보다 수익은 월등했다. 약 7평 되는 카페에 잠시라도 쉴 틈이 없을 정도로 하루 영업을 감행했다. 바리스타 네 명이 함께 할 정도로 바쁘게 일은 돌아갔다. 줄을 이으며 커피를 판매할 정도였다.

일손이 모자라 아내도 이곳에서 잠시 돕기도 했다. 가맹 1호점은 나의 커피 사업에 본보기였으며 나에게 많은 의미를 안겨다 주었다.

노자 「도덕경」 14장

視之不見, 名曰夷, 聽之不聞, 名曰希, 搏之不得, 名曰微

시지불견, 명왈이, 청지불문, 명왈희, 박지부득, 명왈미

此三者不可致詰, 故混而爲一

차삼자불가치힐, 고혼이위일

其上不皦, 其下不昧, 繩繩不可名, 復歸於無物

기상불교, 기하불매, 승승불가명, 복귀어무물

是謂無狀之狀, 無物之象, 是謂惚恍

시위무상지상, 무물지상, 시위홀황

迎之不見其首 隨之不見其後

영지불견기수 수지불견기후

執古之道 以御今之有 能知古始 是謂道紀

집고지도 이어금지유 능지고시 시위도기

鵲巢解釋

보아도 볼 수 없는 것을 이름하여 '이'라 하고 들어도 듣지 못한 것을 이름 하여 '희'라 하며 쥐어도 얻지 못한 것을 이름하여 '미'라 한다.

이 셋은 따져 물을 수 없음이니 고로 혼연히 섞은 것으로 하나가 된다.

그 위는 밝지 아니하고 그 아래는 어둡지 않다. 끈끈이 이름할 수 없다. 다시

아무것도 없는 만물로 돌아온다.

이것을 상이 없는 상이라 일컬으며 만물이 없는 얼굴이며 이를 황홀이라 이른다.

이것을 맞아도 그 머리를 볼 수 없고 이것을 따라도 그 뒤를 볼 수 없다.

예전의 도를 잡고 이로 지금의 있음을 다스리고 능히 옛것의 시작을 알며 이로써 도의 뼈대에 이른다.

한자의 한 자 한 자는 중국인의 삶이 보이며 한때 우리의 문자가 없을 때 이를 받아들여 썼던 우리의 생활 그러니까 더 나아가 우리의 문화가 이 속에 묻어 나온다. 한자 공부는 직접 써야 한다. 쓰지 않고 눈으로 보며 익히는 것은 익힌다고 볼 수 없다. 한자漢字는 그 한자마다 예술에 버금간다. 네모 곽 안에 그 모양을 쓰는 획의 순서에 따라 곱게 써보라! 왼쪽에서 오른쪽으로 위에서 아래로 그 순서가 있다. 요즘은 네이버 사전을 찾으면 그 쓰는 순서까지 아주 친절히 나와 있음이니 모르는 글자도 다섯은 쓰면 웬만한 서예가가 될 수 있다.

노자 『도덕경』 14장은 직역은 누구나 할 수 있다. 하지만 이 속에 숨은 뜻은 어찌 알아볼 수 있을까! 글은 사랑이 없으면 쓰지를 못한다. 자아에 대한 사랑, 타인에 대한 사랑, 그 어떤 사랑도 좋다. 그러면 여기서 말한 노자는 도를 무엇이라 일컬으며 말하는가! 마지막 문장에 가서는 공자의 말씀이 언뜻 스치기도 한다. 자왈子曰: "온고이지신溫故而知新, 가이위사의可以爲師矣."

하지만 도는 여러 가지 모습으로 여러 가지 이름으로 그 끈끈이 이어며 그 어떤 상도 없으며 그 어떤 상도 아니지만 이를 우리는 황홀에 이르게 하며 여기서 그만 사랑을 대비하여 생각해도 좋은 것은 또 아닌 듯, 옛것은 규율과 다름과 없고 능히 따르며 준수하며 앞을 보아야 함을 강조한다.

鵲巢日記 15年 08月 01日

올여름 들어 가장 더운 날씨였다. 바늘이 무려 39도였다.

교육만큼 나를 제대로 알리는 것은 없을 것이다. 이는 머리를 맑게 할 뿐만 아니라 장래를 밝게 한다. 실은 교육한다고 하지만 바르게 배우는 사람은 다름 아닌 가르치는 본인이다. 바르게 배운다는 것은 세상을 그만큼 바르게 본다는 것이다. 바르게 볼 수 있다는 것은 어디 흐트림이 없이 곧장 가는 길을 안내하는 것과 마찬가지라 늘 밝고 미소가 저절로 머금으며 사람을 사귀거나 보면 호감이 절로 가는 상이 된다. 그러니 얼굴이 밝아질 수밖에 없으며 얼굴이 밝으니 동심 먹은 듯 순박하게 이를 때가 없다. 그러니 성인이면 절로 공부를 해야 한다. 공부는 죽을 때까지 해도 모자람이 없다고 했다.

성인成人이라 하면 심신의 발육이 온전하여 어른이 된 사람을 말한다. 하지만 성인聖人은 사리에 통달하고 덕과 지혜가 뛰어난 사람으로 만인의 스승이 될 만한 사람을 말한다. 성인成人이라고 해서 모두 성인聖人은 아니다. 중국의 한자로 보더라도 성聖은 귀 '이' 자와 입 '구' 자 그리고 임금 '왕' 자가 모여 이룬 글자다. 귀로 들은 것을 말하는데 으뜸이라는 뜻이다. 스티븐 코비의 성공하는 사람들의 7가지 습관, 다섯 번째다. 경청한 다음에 이해시켜라는 문장이 있다. 경청한다는 것은 듣는 것만이 아니다. 내가 보고 읽는 것이 어찌 보면 실지, 듣는 것보다 더 중요할 수 있다. 아무리 좋은 말씀도 듣고 나면 흘려 잊어버린다. 읽는 것은 일단, 내 머리에 남아서 가기 때문에 무언가 일깨운다. 금시 일깨우지 않더라도 언젠가는 뉘우침이 있다.

호감이 간다는 것은 복이다. 천성적으로 호감 가는 사람이 있는 반면에 그렇지 않은 사람도 아주 많다. 커피전문점은 사람을 대하는 일이라 어느 주인이든 직원을 모집할 때면 호감 가는 사람을 뽑는다. 호감이라고 하면 첫째는 인물이 으뜸이며 둘째는 외모에서 풍겨 나오는 풍미와 셋째 대화 속에 피는 유머와 익살스러운 재치 등을 볼 수 있다. 외모는 부모님께 받은 몸이라 어떻게 할 수 없다. 내가 미남미녀로 태어났다면 세상 살아가는데 그것만으로도 부모님께 큰 복을 받은 셈이다. 하지만 세상은 참 공평하다. 미남미녀라 해서 세상을 바르게 보고 살아가는 것은 아니기 때문이다. 둘째는 노력이다. 나를 다른 사람에게 얼마나 잘 보게끔 몸과 마음을 닦는 일이다. 우선 깔끔해야 한다. 남자나 여자나 요즘은 누구나 담배를 피운다. 담배는 대인관계에 아주 치명적인 손실이다. 사람을 많이 대하는 직종일수록 더 그렇다. 어떤 사람은 담배의 니코틴이 폐에 아주 곰삭아 오른 입 냄새, 그 입 냄새도 아닌 고릿고릿한 어떤 콤콤한 냄새 같은 것은 사람을 떨어뜨리는 일이며 손님께 내가 다루는 종목까지도 악영향을 입게 된다. 아무리 외모가 준수하더라도 담배는 그 영향이 치명적임을 알아두자. 외모도 남들 보아줄 만큼 인물도 아닌데다가 내 몸까지 잘 준수하지 못하고 거기다가 일에 실수까지 곁들이면 어느 상사인들 예쁘게 보아줄 사람이 어디 있을까! 셋째는 유머감각과 재치다. 말 한마디로 천 냥 빚 갚는다. 고양이 달걀 굴리듯 무슨 일이든 재치 있는 말솜씨는 위기를 모면한다. 이러한 유머감각이나 재치가 없으면 인사만 잘해도 대인관계에 미흡함이 없다. 어찌 보면 잔꾀나 어떤 용병보다 진실함이 상대방에게 더 믿음을 줄 수 있음이다.

시간을 이용하는 사람이 있는가 하면 시간을 쓰는 사람이 있다. 모두 시간을 쓴다는 것은 피할 수 없는 진리다. 똑같은 자본을 획득하더라도 전자를 우선으로 취해야 할 것이다. 아니, 조금 못 미치더라도 시간을 이용하는 사람으로 나는 가서 서 있어야 한다. 시간은 누구나 24시간 주어져 있다. 하루에 어떤 하나의 일을 하더라도 우리가 집중할 수 있는 시간은 불과 2시간도 채 되지 않는다고 한다. 이는 어느 심리학자의 말이다. 물론 이 심리학자의 말씀이 옳다. 나 또한 하루에 여러 가지 일을 하지만 예를 들어 노자의 말씀을 한 줄 쓰고 외고 익힌다고 해도 한 시간이나 두 시간이면 넉넉하다. 그 이상 진행하면 공부에 효율이 떨어지고 산만하다. 우리는 시간을 통해서 많은 것을 배우며 그 배운 것을 바탕으로 미래를 계획하며 실행한다. 언제나 시간을 이용하는 쪽으로 궁리해야겠다.

16. 카페

　스무 평 미만의 작은 카페는 몇몇 열어도 서른 평 이상의 카페다운 카페는
열지 못했다. 당시, 서른 평은 나에게는 큰 카페였다. 다섯 평짜리 운영하면
서 교육과 컨설팅을 통해 서른 평을 연다는 것은 보기에도 조금 우습지도 모
를 일이다. 하지만 기회가 왔다. 경산 사동에 어느 사장님 통해서 자리 하나
를 받게 되었다. 내가 직접 하기에는 일이 많아 교육생 모 선생께 권했다. 마
침 선생은 해보겠다며 일 나서기까지 했다. 그러니까 당시 사동은 이곳이 처
음으로 카페가 들어간 것이 된다. 영업은 그런대로 괜찮았지만, 고객은 커피
값에 민감했다. 예를 들면 자판기 커피 수준을 이해하시다가 원두커피 아메
리카노 한 잔은 아주 비싼 값을 치러야 하기 때문이다. 당시 점장께서 중압감
이 만만치 않았는데 번번이 전화 상담을 하곤 했다. 여기는 중심도시가 아니
라서 경산은 여러 특산물을 많이 생산하는 도시라 농부의 입맛을 돋우는 것
도 좋지만, 가격이 문제였다. 그렇다고 커피 값을 내릴 수 있는 처지도 못 된
다. 가맹점마다 가격이 다르게 해서는 안 되기 때문이다. 나는 점장께 혹여나
한 잔의 커피에 자부심이 생기지 않으면 영업을 못함으로 자부심을 품도록
우리 커피 중요성을 부각했다. 또 한 가지는 오시는 손님께 부가서비스를 제
공하시라 조언했다. 예를 들면 커피 한 잔이지만 제철에 맞는 과일을 내드리
시거나 과자나 다른 먹거리를 드리며 붙임 있게 하시라 권했다. 아니나 다를

까 효과가 있었다. 다른 집은 이런 서비스가 없지만, 우리 카페리코만큼은 달랐다. 그리고 한 가지 더 부탁하고 싶은 것은 고객께 인사를 최선으로 하라는 것이다. 거저 가시면 가시는 것을 지켜보는 것이 아니라 정성 어린 마음으로 배려하자는 거였다. 그러니 손님은 한 분 한 분 더 오셨다.

노자 『도덕경』 15장

古之善爲道者, 微妙玄通, 深不可識, 夫唯不可識, 故强爲之容

고지선위도자, 미묘현통, 심불가식, 부유불가식, 고강위지용

豫焉若冬涉川, 猶兮若畏四隣, 儼兮其若客, 渙兮其若釋

예언약동섭천, 유혜약외사린, 엄혜기약객, 환혜기약석

敦兮其若樸, 曠兮其若谷, 混兮其若濁, 孰能濁以靜之徐淸

돈혜기약박, 광혜기약곡, 혼혜기약탁, 숙능탁이정지서청

孰能安以動之徐生, 保此道者, 不欲盈, 夫唯不盈, 故能蔽而新成

숙능안이동지서생, 보차도자, 불욕영, 부유불영, 고능폐이신성

鵲巢解釋

예전 도를 행함에 선한 자는 미묘하고 아득하게 통달하여 깊이를 가히 알 수 없고 오직 알 수 없기에 억지로 알고자 하면

미리 말하건데 겨울 냇가를 건너는 것과 같고 다만 사방 이웃을 두려워하는 것과 같다. 공손함은 손님과 같고, 흩어짐은 풀어놓은 것과 같다.

돈독함은 나무토막과 같고 빈 것은 계곡과 같아, 섞은 것은 혼탁함과 같다. 누가 능히 혼탁함을 고요히 정하여 천천히 맑게 하겠는가!

누가 능히 편안함을 움직여 천천히 삶을 이루겠는개 저 도를 보전하려는 자, 채우지 않는다. 오직 채우려 하지 않기에 능히 판단할 수 있고 새로운 것을 이룸이다.

중국말은 우리말과 어순이 다르다. 꼭 영어 같다. 그러므로 누가 해석하느냐에 따라 의미가 달라질 수 있음이다. 그러니 각자 공부가 다르며 이해가 다르다. 또 위치가 각기 달라서 받아들인 것도 모두 틀리다. 하지만 근본은 같다. 도를 말하는 것이다. 노자의 도는 우리가 인생을 어떻게 걸어가야 함을 얘기한다. 늘 뉘우치며 걸어도 또 깨달아도 아침이면 태양은 새롭다. 백지 한 장 받은 것처럼 까마득하며 깊이를 가히 알 수 없다. 굳이 알려고 노력하지 않아도 안 되며 또 알아도 깨달음이 미천하기에 공부는 매일 해야 한다.

노자는 도를 어떻게 보아야 하는가를 말한다. 그러니까 겨울 냇가를 건너듯, 즉 살얼음판 걷듯 하는 것이 도다. 굳이 예를 들자면 기업企業[3]하는 사람이다. 남회근 선생께서도 기업이라는 말을 했다. 발끝으로 온전히 서서 세상 바라보는 것이 기업이다. 그 발끝은 어디에 서 있는가! 바로 천 길 낭떠러지에 서 있는 것이다. 그러니 하루라도 그 위험이 없음이 없음이며 이것을 당연히 받아들인다면 도를 행함이며 아는 자다.

노자는 사방 이웃을 두려워하는 것과 같다고 했다. 아무것도 모르고 천방지축 날뛰는 자야말로 세상 물정 모르는 이다. 주위를 안다는 것은 곧 나와 우리를 이해하며 그 이해의 깊이가 남다름이다. 그러면 공손함은 몸에 배고 이로 인해 이웃을 알며 이것은 더욱 나를 위하는 것이라 어려움이 있어도 어려운 문제를 다 푼 듯 쉬운 길을 찾을 수 있음이다.

흐트림 없음은 돈독함이라 이는 나무토막처럼 굳건함이요 독이 비어도 지식과 지혜의 숨이 가득하면 계곡처럼 흐름이 좋아 채울 수 있음이요 혼란스런 마음이라도 근본 섞이며 사는 것이라 굳이 혼탁함이라 느낄 이유가 없느니 누가 능히 혼탁함을 정하여 맑게 할 수 있겠는가!

스스로 가는 길이니, 굳이 채우려 하지 말고 채우지 않아도 판단할 수 있고 이러한 헤아림은 새로움으로 이루어지니 편안하게 길, 나서게나.

鵲巢日記 15年 08月 02日

오전 맑은 날씨다.

잠을 충분히 잔 것 같았다. 8시 조금 지나서 눈을 떴기 때문이다. 아내 깨워 아침 먹자고 했다. 아내는 작은 냄비에다가 갱죽을 끓였다. 식탁은 갱죽 외에는 구운 김 조각이 있었다. 다른 어떤 반찬도 없었지만, 이것만 먹을 수 있다는 것도 얼마나 감사한 일인지 모른다. 아이들은 처가에 간 지 일주일 다 되어간다. 아이들에게 논어를 가르치고부터는 집에 올 생각을 안 하는 것 같다며 한마디 했다. 그러니 방학이라 외갓집 농촌생활도 경험해 보는 것도 괜찮을 것 같다는 생각이 들었다.

추석이 다음 달이다. 이달은 어머님 생신도 있고 할아버지 제사가 끼었다. 추석 선물로 무엇을 만드는 것도 그렇지만 이것을 별달리 영업하는 것도 이제는 못하겠다며 아내는 말한다. 하기야 지금껏 여러 번 해 본 일이다. 어떤 큰 성과를 거두지 못한 것도 사실이다. 어떤 큰일을 치르는 것도 제대로 한 것도 없지만, 신경만 꽤 쓴 것 같다. 밥 한술 뜨면서 본점 영업 상황을 서로 얘기했다. 작년과 달리 매출이 떨어져도 현격히 떨어졌음인데 무슨 대안이 없다는 것이 더 큰 문제다.

예지가 휴가 다녀왔다. 단양팔경이라고 하나, 고수동굴도 다녀온 듯했다. 동굴의 위는 꽤 더우나 밑은 시원하다고 했다. 배 선생은 휴가 안 가시느냐고 나에게 물었다. 그저 웃기만 했다. 지금이 딱 좋은데 더 좋은 곳을 찾아 나서는 것이 이제는 힘들다고만 생각한다. 굳이 휴가라고 할 것이 뭐 있을까! 아내와 함께 특별히 길 나서는 것은 싸움만 조성할지도 모르는 일이다. 사업도 함께하니 이것이야말로 휴가라 생각한다. 그러고 보면 노자의 말씀이 영향인 듯도 한데 세상 나와 있는 것이 어찌 보면 잠깐 휴가인 셈 아닌가 하는 생각도 든다. 인생은 통틀어 휴가인 셈이다.

압량에 동원이 보았다. 어제와 달리 얼굴이 조금 밝은 모습이었다. 허리 괜찮으냐고 물었더니 오늘은 어제보다 많이 좋아졌다고 했다. 커피 한 잔 뽑아주겠다고 했는데 마다했다.

본부, 지난달 마감서를 모두 정리했다. 정평에 다녀왔다. 아이스컵과 빙수용 팥이 필요했다. 저녁에 장 사장과 채민 씨 본점에 놀러 왔다. 커피 한 잔 마셨다. 블루마운틴과 케냐를 드립으로 맛보기로 한 잔씩 드렸다. 드립은 동원이와 정석이가 수고했다. 그간 소식도 주고받았다. 가실 때 블루마운틴 한 봉 가져갔다. 내외가 아이가 없으니 참으로 편해 보였다.

오 선생은 사동 마감했다. 본점 마감 보고 동원이와 정식이와 함께 학교 앞, 유명한 뚝배기집에 들러 감자탕 한 그릇 했다. 참, 맛나게 먹었다.

3) 기업企業, 企 '기' 자는 발끝으로 선다는 의미다.

17. 본점 신축

　교육과 컨설팅을 통해서 연 카페는 모두 다섯 평 본점 카페보다 죄다 큰 카페였다. 딱 한 집만 본점보다 작았다. 역驛에 개업한 카페뿐이었다. 하루에 찾아오시는 교육생도 만만치 않아서 작은 임당의 카페는 앉을 곳이 없었다. 탁자가 모두 두 개뿐이었지만 말이다. 비좁은 카페를 확장하려니 더는 공간이 없었고 다른 곳으로 이전하자니 자금이 부담이었다. 이때 마침 우리 가게에서 얼마 떨어지지 않은 곳에 상가부지가 급매로 나온 게 있었다. 자금 여력은 되지 않았지만, 은행의 힘을 빌려 사드리기로 하고 또 어렵지만 어떻게 해서든 카페 건물을 짓기로 아내와 잠정협의했다. 건물은 처음 짓는 것도 아니라서 주머니 사정은 좋지 않았지만, 마음은 오히려 덤덤했다.

에스프레소

이 겨울 가진 것 하나 없어도
화석처럼 굳은 꿈 하나는 있네
하늘에다 심어놓은 그 꿈길
한 가닥 전선처럼 곧지만
그 길 걷는 마음은

외다리 줄 타듯 하네

어느 때보다도 찬바람

씽씽 불지만

그 길 끝까지 걸을 수 있다면

나는 또 한 십 년 족히

커피 한 잔 마실 수 있겠네

10년 작소일기 1월 13일

은행과 보증기금을 통해서 자금을 마련했다. 우여곡절 끝에 09년 12월에 착공 들어가 10년 4월에 완공했으며 본점 개점은 5월 말에 할 수 있었다.

노자 『도덕경』 16장

致虛極 守靜篤 萬物竝作 吾以觀復 夫物芸芸 各復歸其根

치허극 수정독 만물병작 오이관복 부물운운 각복귀기근

歸根曰靜 是謂復命 復命曰常 知常曰明 不知常 妄作凶

귀근왈정 시위복명 복명왈상 지상왈명 부지상 망작흉

知常容 容乃公 公乃王 王乃天 天乃道 道乃久 沒身不殆

지상용 용내공 공내왕 왕내천 천내도 도내구 몰신불태

鵲巢解釋

(마음)빈 것이 극에 이르면 고요함을 살피며 지켜야 한다. 만물이 함께 일어날

때 나는 반복됨을 바라보네. 하늘의 만물은 돌고 돌면서 각 그 뿌리로 되돌아가며

돌아온 뿌리 즉 근원을 고요함이라 일컬으며 이는 명이 돌아온 것이라 이르

네. 돌아온 명은 상이라 일컬으니 상을 아는 것은 밝음明이라 이르네. 상을 알지

못하는 것은 망령이 들며 흉하게 되니

상을 아는 것은 용에 이르고 용은 공에 이르고 공은 왕에 이르고 왕은 하늘

에 이르고 하늘은 도에 이르니 도는 오래가며 이미 세상 폭 젖은 몸은 위태하지

않다네.

성인이면 하루 처리하는 일이 얼마나 많은가! 처리한 일과 인간관계, 그

모든 감정 어린 것들은 어찌 또 다 헤아리며 볼 수 있을까 말이다. 그러니 마

음을 비우고 고요함을 살피며 하루를 정리하는 시간이야말로 반드시 있어야

겠다. 우리는 자연을 본다. 자연은 누가 시켜서 일어나고 또 어떤 외부의 힘

에 꺾이거나 좌절하지 않는다. 때가 되면 일어나고 때가 되면 다시 어머님의

품으로 돌아온다. 60평생이면 60여 회의 돌고 도는 모습을 지켜보았다.

뿌리 즉 근원이라 한데 이는 고요함이라 노자는 일컫는다. 즉 정靜이다. 이

는 명命 즉 운명이며, 인간이 어찌할 수 없는 하늘의 도다. 돌아온 운명은 상

이라 한데 이 상常은 평상심을 말한다. 일상적인 마음이다. 이 상을 아는 것은

밝음이다. 평상심을 찾을 수 있는 자는 밝은 자다. 내 마음을 다스릴 수 있는

자란 말이다. 그러니 상을 알지 못하는 사람은 망측하기 그지없고 흉하기까

지 하다. 굳이 예를 들면 역대 폭군을 들 수 있으며 현대사회도 여러 예를 들

수 있다. 정치인의 잘못된 판단에 얼마나 많은 사람이 희생되었던가!

상을 아는 것은 용에 이른다고 했다. 용容은 얼굴이다. 용모며 몸가짐이며

받아들일 수 있는 자세를 말한다. 이는 용에 이르면 공에 이른다고 했다. 공公은 공평함을 말함이며 숨김없이 드러내 놓는 것을 말한다. 그러니 함께할 수 있다. 이 공에 이르면 왕이 되는데 왕은 말해야 뭐 하겠는가! 으뜸이란 말이다. 이 으뜸은 모든 것을 살필 수 있는 자리며 상과 용과 공을 아우르며 하늘의 운까지 아니 하늘과 다름없다. 이 천운을 도道라 하며 도는 장구하다. 그러면 세상 폭 담근 몸은 위태하지 않다는 말이다.

鵲巢日記 15年 08月 03日

땀 찔찔 나는 몹시 더운 날씨였다.

일은 모두 어렵다. 쉬운 것이면 그건 일이 아니다. 어떤 일을 해도 그 위치에 맞게끔 부여한 것이라 믿으며 살면 아주 편하다. 아침, 청도 가비에 물건을 챙겼다. 직접 건네 드리지는 못했다. 늘 아침이면 모든 매장을 문 열어야하기 때문이다. 9시에 약속했지만 가비 사장님은 조금 늦게 오셨기 때문이다. 가게 앞, 마트에 물건을 맡겨놓고 아침 일을 보아야 했다.

칠월 말부터 팔월 초는 휴가철이라 영업이 제대로 돌아가기는 어렵다. 커피는 서비스업종이니 별달리 휴가를 정하지는 않는다. 하지만 서비스업종인데도 문을 쉽게 닫고 휴가 떠나는 사람은 참 부럽다. 김 씨와 점심 먹으려고 보쌈집에 갔으나 문이 닫혔다. 오늘부터 일주일간 휴가라며 팻말이 붙었다. 별수 없이 가게 앞, 돈가스 집에서 점심을 먹었다. 이 집은 창업한 지 1년 다

되어가지 싶다. 임당은 구석이나 다름없지만 여기 창업하는 것 보면 대단하다며 생각한 적 있다. 소비가 받혀줄까 하는 생각이 들었다. 집 앞에 생맥줏집도 하나 생겼지만 얼마 버티지 못하고 몇 달 전에 문 닫았다. 돈가스라고 별수 있을까! 했는데 들러 식사를 처음 가졌다. 생각보다 맛있고 깔끔하다. 손님도 한 분 한 분 오시며 주문하는 모습을 보니 괜찮았다. 메뉴를 보니 가격도 저렴하다. 아이들이 먹기에도 부담이 안 갈 정도다. 웬만한 직업에 대한 철학이 없으면 내가 선택한 일을 소신껏 이루는 것은 어렵다.

월말 월초면 긴장이 고조된다. 점포마다 마감서를 보냈지만, 결재를 제대로 하는 집이 몇 집 되지 않기 때문이다. 가맹점은 가맹점이라서 결재가 되지 않으며 개인 가게는 또 개인 사정으로 결재받기 어렵다. 받을 금액을 제대로 못 받는 가운데 다른 일을 하기에도 여간 스트레스다. 신경을 쓰지 않으려고 해도 사람은 그것이 그렇지가 않은가 보다. 다른 사람에게 영향을 끼치거나 나 자신에게 안 좋은 감정이 일거나 무슨 수가 생긴다. 거기다가 가게 내부에 어떤 일이 생기면 심적 공황은 극에 달한다. 그러니 나는 겉보기에는 온전하지만 속은 다 썩었다. 이러한 심적 불안한 감정이 될 수 있으면 직원에게는 안 보이려고 노력하지만 어쩔 수 없이 일이 터지는 경우도 종종 있다. 그러면 좋지 못한 기분은 상대방에게 전달한 거나 마찬가지가 되는데 이것을 받아주는 사람이 있고 그렇지 못한 사람이 있다. 오 선생은 아내이자 또 함께하는 직장 동료나 마찬가지다. 그러니 오랫동안 함께 일하니 저 인간은 늘 그러니 하며 바라본다. 오히려 이것은 나에게 편하다. 어떤 사람은 나의 강박관념에 못 이겨 얼마 버티지 못하고 일을 그만두는 사람이 많았다. 물론 그 전에 일을 똑바로 하지 못해서 일어난 일로 그 발단이 된 것이지만 말이다. 그렇다고 내가 순 악질적으로 사람을 괴롭혔거나 인간 모멸적인 말로 상대를 대하거나 하지는 않았다. 일이 그릇된 경우에 바로 잡으려고 했을 뿐이며 외부 경쟁에 무사 안일한 내부의 문제에 불만으로 조금 이해를 부각하는 정도였다. 이것도 상대의 위치에 서지 않으면 이해되지 않는 말이라 해도 괜한 말이었구나 하며 나는 늘 뉘우친다. 산에서 바라본 마을의 정경과 마을에서 바라본 마을은 엄연히 차이가 난다. 그러니 대표로 일하는 사람의 그 수고스러움은 어찌 말로 다 표현할 수 있을까!

웃지 않을 수 없는 일이 생겼다. 다섯 시 퇴근이면 네 시부터 마감 준비한다. 근무시간을 내가 몰라서 물은 것도 아니다. 누가 나오며 누가 들어가는지 몇 시부터 몇 시까지 일하며 누가 쉬는지 다 알고 있는 상황에서 거짓말은 용서할 수 없는 일이다. 거기다가 월권이라고 한 말에 이리저리 카톡을 날리며 행하는 그 처사는 뭔 말인가! 엄연히 위·아래가 있고 일을 행하고 따르는 것도 그 순서가 있지만, 한 사람을 무시한 처사로 밖에는 보이지 않는다.

누구도 자기가 한 말은 잘 모른다. 어떤 날은 내가 큰 잘못을 했나 하며 느낄 때도 있다. 그러니 노자의 『도덕경』 13장의 말씀은 귀담아들을 필요가 있다. 무엇이든 내 몸이 있기에 생기는 일들이다. 오소이유대환자吾所以有大患者, 위오유신爲吾有身이라고 했다. 그러니 칭찬도 모욕도 거저 흘려듣는 것이 나에게 이롭다. 그리고 어떤 우환도 가벼이 여겨 몸을 상하지 말아야 한다.

지금 이 시각이 나는 천국에 와 있는 기분이다. 나에게는 가장 행복한 시간이다. 바깥에 일어난 일에 대해 지금껏 가지며 생각할 필요는 없다. 어차피 시간이 지나면 해결될 거라며 생각하면 된다. 오늘 앞산 순환도로에 자리한 로미네 카페에 다녀왔다. 두 평도 채 되지 않는 아주 작은 카페다. 이 안에 제빙기가 고장이 났다. 기계를 뜯고 보았지만 결국 수리하지 못해 내일 다시 여기에 와야 한다. 하루 매출이 얼마 되지를 않아 이곳에 근무하는 아르바이트 분은 결국 퇴근해야 했다. 그러니 자기 인건비만큼의 매출도 오르지 않은 곳이라 경영인 또한 관리하기 힘든가 보다. 여름이라 아이스 메뉴가 대부분이니 기계는 제빙이 되지 않으니까 집에 가야 한다고 했다. 기계 수리하는 동안 아르바이트 일하는 분은 카톡으로 누군가와 열심히 문자를 주고받는 모습이었다. (수리하다가 손이 칼에 베어 속살이 사과처럼 붉다. 이제는 피도 멈춰 칼이 지나간 자리가 계곡처럼 보인다)

압량, 잠시 머물러 이 일기를 적고 있지만, 손님이 몇 분 오갔다. 모두 처음 오신 분이었다. 볶은 커피를 사 가져가신 분, 더치커피를 주문하신 분, 시원한 아이스아메리카노 한 잔씩 앉아 마시고 간 손님도 있었다.

18. 로스터

나는 어떤 일이든 독립적이어야 한다고 생각한다. 혹여나 일이 많아서 외주에 맡긴다고 해도 관련 정보와 시스템은 모두 갖추어야 한다는 것이 나의 생각이다. 어떤 일이든 독자적이지 못하면 다른 사람에게 끌려가기 마련이고 협상력이나 경쟁력에 떨어지기 마련이다. 하지만 그 어떤 세계도 비전을 보지 못하면 그 세계를 그릴 수도 없거니와 희망 또한 품기 어렵다. 그러니 커피를 한다면 모든 것을 할 줄 알아야 한다. 당시 그러니까 지금으로부터 약 5년 전이었다. 서울은 이미 로스터기 열풍이 한차례 지나갔었다. 지방도 로스

터기에 관한 관심은 굉장히 뜨거웠지만 기계 값이 커피 하는 사람에게는 적지 않은 부담이라 투자는 엄두를 못내는 것도 사실이었다. 나 또한, 본점을 신축하고 자금은 이미 동났지만 하루 영업은 다섯 평 카페와 별 차이가 없었기 때문에 어떤 변화를 꾀하지 않으면 더 큰 위험에 봉착하게 되고 문 닫을 수 있겠다는 두려움마저 있었다. 그러기 때문에 어렵지만, 로스터 기계를 보러 다녔고 여러 기계를 본 결과,

그래도 믿을 만한 회사는 우리나라 사람이 만든 우리의 기계가 단연 최고라 나는 믿었다. 어렵게 마련한 기계는 태환 자동화 기계, 용량 12K와 용량 1K, 두 대를 본점에 설치했다. 1K 용량은 소량 드립용을 위해서 갖추었다. 실지로 큰 용량 기계보다 작은 용량 기계가 자주 쓰였다. 확실히 기계를 갖추고 나니 손님은 더 늘었으며 커피 볶아달라는 외주주문도 상당히 많이 들어왔다.

노자 「도덕경」 17장

太上 下知有之. 其次 親而譽之. 其次 畏之. 其次 侮之

태상 하지유지. 기차 친이예지. 기차 외지 기차 모지

信不足焉 有不信焉. 悠兮其貴言. 功成事遂 百姓皆謂我自然

신부족언 유불신언. 유혜기귀언. 공성사수 백성개위아자연

鵲巢解釋

태상은 아주 큰 지도자를 말한다. 그러니까 노자는 춘추전국시대 때 사람이라 아마도 군주나 제후를 일컬었음이다. 이 장은 군자의 덕목을 말한다고 해도 괜찮겠다. 그러면 어떤 지도자야 하는가!

큰 지도자는 아래 사람이 거저 아는 정도라 했으며, 그다음은 친하며 그를 예우하며 그다음은 그를 두려워하고, 그다음은 그를 업신여기는 것이다.

믿음이 부족하면 불신이 있게 되니 귀한 말은 멀어지고 공을 이루고 일이 따르면 백성은 모두 나 스스로 되었음을 하게 한다.

봉건주의 시대와 절대 왕정 국가는 군주라면 한 국가에 고귀한 한 분이다.

자본주의 시대에도 별반 차이는 없다. 하지만 자본주의 시대는 군주란 앞의 시대와 달리 각자 자기만의 세계를 구축한 사람도 이에 해당한다. 어찌 되었든 그 세계를 지배하고 통치하며 이끌어 가는 데는 대표의 지도력 없이는 어렵다. 자본주의 하에 얼마나 다양한 산업으로 이 사회는 이루는가! 어떤 한 품목만 보더라도 완전경쟁 시장이라, 치열한 경쟁과 이 경쟁을 통한 살아남으려고 바둥거리는 것을 보면 눈에 보이는 무기만 안 들었을 뿐이지 각자의 지식과 지혜를 엮어 헤쳐나가는 모습은 가히 춘추전국시대와 비교해도 모자라지는 않을 것이다.

이러한 세계에 노자가 말한 지도자는 이천 년이 지난 지금도 손색이 없을 정도로 딱 들어맞는다. 이것은 사회제도를 말하는 것이 아니라 근본적으로 사회를 구성하며 사는 인간을 두고 말한 것이며 그 내면적 철학을 말하는 것이다. 지도자는 그 밑에 있는 사람이 있는지조차 모를 일이지만 분명 있음이고 믿음이 부족하면 불신을 낳으니 믿음 가는 행동이야말로 솔선수범해야 함이며 말은 귀하게 여길 정도로 아끼며 공을 이루고 일은 따르며 이러한 모든 일이 아래 직원이 스스로 한 것임을 알게 하는 것이야말로 더한 길은 없을 것이다.

鵲巢日記 15年 08月 04日

꽤 맑은 날씨였다. 거미줄처럼 신경쇠약인 데다가 무엇을 하려고 했던 것을 자꾸 까먹는 일이 있었다.

서울서 내려온 부품이 있었다. 제빙기 관련 부품이다. 오후, 어제 못 고쳤던 기계를 다시 손보았다. 두 평 남짓한 카페는 에어컨이 없다. 여기 일하는 아르바이트 분도 꽤 더운지 선풍기에 부채까지 가지고 있었다. 오전에는 시원한 음료가 되지 않아 따뜻한 음료만 팔았다고 했다. 수리가 끝난 시간은 오후 3시였다. 제빙기가 제대로 도는지 확인하지 않았다. 얼음 떨어지면 그 모양을 사진으로 전송 부탁했다. 한 시간 후, 사진 한 장이 왔다. 얼음이 20여 개가 옹기종기 모여 있는 사진 한 장이었다.

오전에 대구대에 일하는 천 씨가 다녀갔다. 녹차가루와 꽃잎 몇 봉 가져갔다. 천 씨는 허브차 관련 재료를 꽃잎과 꽃잎들이라 불렀는데 듣고 보니까 영 틀린 말은 아니라 나도 이렇게 써 본다.

오후, 모모 카페에 다녀왔다. 카페 사장님과 커피 한 잔 마셨다. 여기 카페 사장님은 대자본가다. 5층인지 6층인지는 모르겠다. 이 카페가 1층에 자리하며 4층, 5층인지 5층 6층인지는 모르겠지만, 이 두 층은 주인세대다. 이 건물 시가 11억이다. 얼마 전에는 건물이 팔릴 뻔했다. 삼백만 원 깎자는 이유로 기분이 좋지 않아 팔지 않았다. 중개수수료도 여기는 천 단위다. 이곳 사장님은 이 건물 말고도 몇 채 더 있다. 시지가 몇 년 상간에 부동산 시세가 엄청나게 올랐다.

서민이 돈 버는 일은 쓰기 바빠 한 푼 모으기 힘들다. 자본가는 돈 모으는 방법은 승수의 날개를 단 것이나 다름없다. 일 년 무엇을 해야 몇 천 모을 수 있겠는가! 부동산은 국가의 처지로도 세금을 부과하기 위한 좋은 과 표다. 그러니 암묵적으로 시세를 올린다. 자본가는 자금을 부동산에 묻어 두는 것만큼 좋은 것도 없다. 누구나 어렵게 돈 벌고 싶지는 않을 것이다. 빈부의 격차가 심화하는 건 어쩔 수 없는 일이다. 기회를 잡기도 어렵고 어렵게 잡은 기회도 이용하는 방법을 몰라 쪽박 차는 사람도 많다. 그래도 올바른 직업을 통해 노력하는 삶이야말로 사회에 또 나를 위해 가장 좋은 미덕이다.

19. 발전과 절망 그리고 희망

커피 1잔

긴 밤 지새우고 풀잎마다 맺힌 아침이슬처럼

바람처럼 왔다가 이슬처럼 갈 순 없잖아

모든 것을 싣고 모든 것을 건다는 건 외로운 거야

제1의 분점에서 에스프레소 한 잔

사자의 머리로

제2의 분점에서 에스프레소 한 잔

독사의 눈빛으로

제3의 분점에서 에스프레소 한 잔

무뚝뚝한 소의 걸음 걷다가

제4의 분점에서 에스프레소 한 잔

저돌적인 하마로 뛰어가는데

제5의 분점에서 에스프레소 한 잔

고독한 해바라기 되다가

제6의 분점에서 에스프레소 한 잔

섬뜩한 하늘 있고

제7의 분점에서 에스프레소 한 잔

몰랑한 하늘이 되었다가

제8의 분점에서 에스프레소 한 잔

산에 피는 더덕꽃을 보더니

제9의 분점에서 에스프레소 한 잔

졸졸졸 흐르는 물 한 잔 그립고

제10의 분점에서 에스프레소 한 잔

갈대 지나는 바람이 되다가

제11의 분점에서 에스프레소 한 잔

어느새 비운 구름 한 조가락

이제는 하늘

하늘 그리며

본점本店

아! 작고

진-하고 씁쓸하고 달고 짧은 에스프레소 한 잔[4]

내 시집 『카페 조감도』에 실은 졸시다. 서시로 쓴 것이다. 시처럼 사업은 성장했다. 가맹점이 다른 유수 상표처럼 많이 내지는 못했지만 그래도 하나 씩 낸 카페가 꽤 되었다. 좁은 도시에 가맹점이 많이 생기다 보니까 여러 가지 규율도 필요하고 그에 따라 사업을 함께 펼쳐나감에 여간 신경 쓸 일이 한 둘이 아녔다. 가벼운 분쟁은 여사고 큰일도 몇 차례 있었다. 가맹점이 많은 만큼 외부에 알려지는 일도 커서 상표 이미지는 더 인식되는 건 사실이었다. 하지만 그 어려움은 이루 말할 수 없었다. 더구나 일은 점점 커져 나가고 있었으나 내부는 오히려 실속은 더 떨어졌다.

무엇이 진짜인가! 인간의 감정은 어디까지가 한계인가! 눈 뜬 봉사로 지내는 것도 마음 아픈 현실이었다. 물론 신용을 두껍게 지켜나가는 가맹점도 많다. 하지만 약속을 어기는 가맹점 하나가 신용을 잘 지키는 가맹점보다 내외부에 미치는 영향은 오히려 더 컸다.

나는 여기서 가장 중요한 것은 무엇인가? 하는 질문에 빠졌다. 핵심 말이다. 그러니까 커피 길을 바르게 안내하는 것이다. 좀처럼 하지 않았던 커피문화강좌를 다시 개최했다. 주말마다 시민을 상대로 누구든 참여할 수 있고 내가 직접 뽑아 커피 한 잔 마실 수 있는 시간을 마련하는 것이었다. 내가 여태껏 교육한 바로는 연세가 꽤 됐던 칠순 어르신도 있었으며 나이가 가장 어렸던 중2 학생, 손목 장애아도 있었다. 칠순 어르신은 일제강점기 때 끽다점 문화를 아시는 분이었다. 죽기 전에 소원이 있다면 이 끽다점을 한 번 해보는 것이라고 했다. 중2 학생은 경모다. 경모는 토요일 커피문화강좌를 통해서 바리스타 2급 자격증을 취득하기까지 했다. 정말 대단한 아이였다.

나는 도서사업에도 발을 넓혔다. 내가 쓴 글은 커피와 시가 주제였지만, 나는 어느 출판사에도 번번이 떨어졌다. 문학과 출판문화는 문외한이었지만 몇몇 군데 지원을 통해서 이 속의 문화를 알게 된 것도 사실이다. 마치 돌멩이 하나를 지름을 알 수 없는 어느 호수에다가 몇 군데 던져보는 것 같은 느낌이 들었다. 나는 내 뜻하는 길에 장애로 부딪거나 위험에 처하면 늘 생각이 깊다. 몇 달 노력한 끝에 만든 원고가 유명 출판사에서 채택되지 않았을 때, 그 고민은 말해서 뭐하랴! 이번에는 아예 취미와 문학과 관련한 출판사는 모두 원고를 투고해 보았다. 마침 청어에서 받아주었다. 그리고 몇 달, 나의 데뷔작이 나왔다. 노력 끝에 나온 것이 『커피향 노트』였다. 『커피향 노트』는 전국에 배포되었으며 그나마 제법 팔린 책이었다. 책을 읽고 전화를 주시거나 찾아오신 분이 적지 않았기 때문이다. 물론 이 책으로 인해 나는 사업을 더 넓혀 나갈 수 있었던 것도 사실이다.

그중 가장 중요한 것은 새로운 상표로 나의 독자적인 커피를 하게 되었다. 카페 조감도 개업이었다. 우선은 압량에 아주 작은 카페 다섯 평으로 시작했다. 커피 컨설팅하다 보니 경산 한성공업사 철자제 다루시는 사장님을 알게 되었다. 철 자재는 바bar를 만들 때 중요하다. 다른 카페는 어떻게 하는지 모른다. 대부분 목재로 내부공사를 하는 곳이 많지만 나는 철자재로 한다. 왜냐하면, 시간이 지나도 휘어지거나 삭거나 하지 않고 단단해서 기계를 얹어 놓아도 모양이 좋기 때문이다. 그러니까 바bar 버팀목 역할로 이것만한 자재는 없다. 상판은 인조대리석으로 한다. 몇 년이 지나도 긁힘이 없고 새것처럼 깨끗하게 쓸 수 있다. 하여튼, 한 사장님을 통해 경산에 큰 자본가를 만날 수 있게 되었다. 그렇게 탄생한 것이 100평대 카페 '카페 조감도' 개업이었다.

노자 『도덕경』 18장

大道廢 有仁義, 慧智出 有大僞, 六親不和 有孝慈, 國家昏亂 有忠臣
대도폐 유인의, 혜지출 유대의, 육친불화 유효자, 국가혼란 유충신

鵲巢解釋

큰 도가 그치니 어짊과 의로움이 있고 지혜와 지식이 나타나니 큰 거짓이 생겨났다. 육친 즉 집안이 화목하지 않으니 효와 자애가 생겼고 국가가 혼란하니 충신이 나왔다.

위 한자漢字 폐廢는 폐하다, 못쓰게 되다, 버리다 등의 뜻이 있지만, 여기서는 큰 도가 폐할 일은 있겠는가마는 그침으로 해석하는 게 바람직하겠다. 큰 도는 하늘의 도다. 위偽는 거짓을 뜻하며 육친六親은 부, 모, 형, 제, 처, 자를 말한다. 그러니까 가족이다.

노자의 『도덕경』은 장마다 쉽게 읽으면 쉽게 닿을 수 있겠지만, 또 어렵게 보면 장마다 안 어려운 문장이 없다. 이 장도 마찬가지다. 솔직히 말하자면 첫 마디부터 탁 막힌다. '큰 도가 그친다'는 말은 무슨 뜻인가! 노자가 살던 시대는 춘추전국시대다. 하루라도 전쟁이 안 일던 날도 없었고 턱 하면 군주가 바뀐 날도 있었다. 군주는 곧 하늘이었던 시대다. 그러니 군주도 몰라보고 설쳤던 무리 그러니까 반군들의 쿠데타가 참 많았다. 그러니 인과 의를 중시하며 이것을 강조하며 지켜야 나라가 안정된다. 지혜와 지식을 아는 자는 아첨과 아부로 큰 거짓을 만들어내니 오히려 순박함 보다 못하고 집안이 화목하지 않으니 효를 중시하며 자애가 생겨났다. 국가가 혼란하니 충신이 나오는 것은 평상시에는 누가 충신인지 모르는 일이다. 국가를 위하는 자가 과연 몇이나 되겠는가! 지금 자본주의 시대에도 따끔한 말이다. 더 말하여 뭐할까!

노자의 이 말씀은 성인 즉 큰 지도자를 겨냥한 말씀이겠지만 아주 작은 소규모 자본집단에도 통하는 말이다. 대표의 가르침이 없으니 저절로 인과 의가 중요함을 알게 되고 일을 꾀하거나 꾐에 일하지 않는 자가 없을 것이며 내가 몸담고 일하는 직장이 없으면 나도 죽음이니 스스로 일어나 열심히 일해야겠다는 마음이 생긴다. 그러니 이와 같은 가르침이 있기 전에 스스로 알아야 함이다.

鵲巢日記 15年 08月 05日

더없이 맑은 날이었다.

잠시 앉아 생각한다. 정말 하루가 전쟁을 치른 것 같다. 전화 받는 일, 전화하고 확인하며 다시 문자 전송하고 재확인하고 현장에 들러야 하며 배송과 더불어 점장님 말씀, 그리고 다시 또 전화 받고 커피를 볶아야 함을 누차 강조를 받는다.

오전, 병원에 다녀왔다. 병원은 10평 채 되지 않는다. 오늘은 아침에 이 씨를 볼 수 있었다. 점장께서는 어디 출타하셨나 보다. 이 씨는 요즘 경기 어떠냐고 묻는다. 그러니까 나쁜 뜻으로 묻는 것이 아니라 이제는 풀린 것 아니냐는 뜻이었다. 10평 조금 못 미치는 가게에서 하루 매출 70여만 원 올렸다. 70여 평 규모의 본점 매출이 20만 원 안팎이라는 것을 고려하면 대단한 매출이다. 이 씨로 보면 본점은 친정이나 다름없다. 거저 웃으시며 한마디 한다. '본점 모두 치마 입고 오라 하세요!' 아무튼, 밝은 모습에 이렇게 나와 일하니 보기가 좋을 뿐 아니라 반갑기 그지없었다.

대구, 카드회사에 다녀왔다. 사무실에 서비스로 쓰는 커피가 제법 나가는 곳이다. 이른 아침에 전화 왔다.

압량에 오 씨와 잠깐 대화를 나누었다. 만약 김 씨가 사동으로 가게 되면 오전 일이 비게 된다. 이 일로 시간을 앞당겨 나올 수 있는지 물었다. 오 씨는 시간당 보수만 더 주신다면 나올 의향이 있다며 말한다. 고민이다. 여기는 시간당 인건비만 나와도 괜찮다고 보지만 그렇지 않은 날이 일주일 반이나 된다. 오 씨는 압량에 나와 일하며 여러 가지 소일거리로 재미삼아 하는 일이 있다. 부업 삼아 무엇을 짜기도 하며 무엇을 깁다가 또 어떤 상자를 만들어 가기도 하는데 아마 유아 산업 쪽에 쓰이는 물건이라고만 알고 있다. 여태껏 압량에 일하시다가 제정신으로 나간 분이 잘 없을 정도로 이곳은 외진 곳이라 고독과의 싸움으로 한마디로 고통스러운 감옥과 같다. 여기 일한 분들의 말이다. 하지만 나는 이곳이 천국이다. 누구나 잘 찾아오지 않는 곳이며 혼자 지내며 책과 여러 말로 한 시간이고 두 시간이고 재미나게 보내는 장소다. 오 씨는 이것 말고도 임대사업도 한다. 부산에 원룸건물이 몇 채 있다. 온 집안이 모두 임대사업가라 해도 괜찮다. 동생 둘 있지만, 모두 프리랜서다. 언제였는지 모르겠다. 아마도 암웨이 센터에서 받은 교육이지 싶다. 이 세상에서 가장 좋은 수익적 모델은 임대사업가라는 말을 들은 적 있다. 무엇을 빌려주고 받는 수익은 여러 가지가 있다. 자동차나 땅이나 방이나 도구를 빌려주어 받는 수익 말이다. 이 세상에서 가장 안 좋은 수익은 내 몸을 맡겨 받는 수익과 다른 사람을 고용해서 버는 수익이라 할 수 있다. 앞으로 신용사회와 인본주의로 가면 이것은 더 심화할 거로 보인다. 그러니 아주 두꺼운 인간관계가 아니면 어떤 일이든 힘든 일이다. 오 씨는 동생도 가끔 이곳에 보내기도 하는

데 나는 거저 통보만 받고 만다. 내가 하는 일이 꽤 많아 여러 가지로 신경 쓰는 것이 이제는 엄청난 고통이다. 그러니 모든 사업장이 자취공화국이 되었다. 그렇다고 하더라도 아주 중요한 일은 키를 잡고 이끌어야 함은 두말할 필요가 없겠다.

오후, 청도에 다녀왔다. 팥 두 상자, 직접 볶은 블루마운틴 2K, 그러니까 두 봉, 에스프레소 다섯 봉 싣고 갔다. 가비도 어제는 매출이 꽤 좋았나 보다. 엄청나게 바빴다고 했다. 어제뿐만 아니라 연일 성수기를 맞았다. 가게 규모가 조그마하지만, 손님은 끊임없이 들어오시고 나간다. 점장께서는 일이 바빠, 골병들겠다며 한마디 한다. 행복한 고민이다. 이렇게 납품 들어가면 손님 가득하며 일하는 모습 뵐 때면 그만큼 기분 좋은 것이 없다. 무언가 안 되는 집에 들르면 죄책감은 이루 말할 수 없으니까!

그 외, 사동 분점에도 사동 직영점에도 다녀왔다. 모두 바쁘게 일하는 모습을 보니 일 년이 이와 같았으면 했다.

4) 작소언 : 서두는 양희은의 '아침이슬'과 조용필의 '킬리만자로의 표범'을 인용했다.

20. 100평대 카페 조감도

13년 7월에 문중 어른, 꽤 계시는 가운데 사업설명을 가졌다. 카페가 들어설 자리는 청주 한씨 문중 땅이었다. 대구 월드컵 대로 연장선인 삼성현 대로 상에 위치한다. 대구한의대 가는 방향에 있다. 이곳 문중 땅은 경산시민의 등산로 입구로 사동이 훤히 내다볼 수 있어 전망이 꽤 좋다. 시민의 휴양처이자 안식처로 자리매김한다는 뜻과 선조의 얼과 부합하여 사회에 이바지하기 위해 카페 사업을 시작하게 되었다. 이곳 도로 통행량과 하루 평균 등산객을 살펴도 또 옆 상가에 이용하는 고객께 더 안정적인 서비스를 제공한다는 목적도 되므로 사업에 긍정적인 제안을 드렸다.

투자설명회가 있고 그해 겨울에 착공이 들어갔다. 개업은 내년 2월에서 늦어도 4월은 하겠다는 계획을 세웠다. 하지만 카페 건물을 짓는 와중에 건축공사 관계자의 뜻하지 않은 부도가 있어, 차질이 생겼다. 별수 없이 14년 8월 31일 임시로 카페 문을 열 수 있었고 9월 20일 제1회 음악회 개최와 더불어 정식개업식을 올렸다. 개업식을 위해 준비했던 카페 조감도 소개를 담은 책자 1,500부를 찍었지만 약 보름 만에 동났으며 시민과 시민의 소개로 오신 외부 손님도 상당히 다녀가신 거로 기억한다. 카페 내부공사를 보기 위해 다녀간 각 업체 사장도 앞으로 카페 사업에 도전해보고자 하는 잠정적 고객도 알게 모르게 많이 오셨다 가셨다.

문학을 특별히 좋아하는 카페 대표로서 나는 이곳에 각종 문학행사를 개최하며 문화행사를 더불어 진행했다. 하지만 아직은 동호인만 즐기는 수준에 불과하고 나의 지도력이 턱없이 부족해 경영의 미흡함도 없지는 않았다. 우리나라 커피 역사는 전 세계 어느 나라에 비해도 아주 짧다. 이 짧은 역사에 작소鵲巢가 운영하는 카페가 함께 있었음을 내심 강조하는 것이 되었지만, 인간의 삶은 얼마나 미천한가! 더 없는 경쟁과 뚫고 나가는 생존시장에 바르게 서는 진정한 커피 인으로 나는 남고 싶을 뿐이다.

노자 「도덕경」 19장

絕聖棄智, 民利百倍, 絕仁棄義, 民復孝慈, 絕巧棄利, 盜賊無有
절성기지, 민리백배, 절인기의, 민복효자, 절교기리, 도적무유
此三者以爲文不足, 故令有所屬, 見素抱樸, 少私寡欲
차삼자이위문부족, 고령유소속, 견소포박, 소사과욕

鵲巢解釋

성을 끊고 지를 버리면 백성의 이득은 백배가 되며 인을 끊고 의를 버리면 백성은 효와 자애가 회복한다. 교를 끊고 이를 버리면 도적은 없을 것이며

이 세 가지는 글로 쓰기는 부족한지라 그러므로 따를 것이 있으므로 다음과 같다. 수수함을 보이고 순박함을 안으며 사사로움을 줄이고 욕심을 적게 한다.

여기서 성聖이라 함은 걸출한 인물을 뜻하는 것이 아니라 어떤 기술이나 그와 관련한 슬기 같은 것이다. 그러니까 태상太上의 도를 말함인데 그 처세다. 노자는 성과 지와 인과 의, 교와 리는 백성에게는 오히려 방해될 뿐이다.

이를 더 자세히 말하기에는 배움이 부족한지라 더는 변론할 수 없다. 또 여기서 더 변론하는 것도 어떤 기교에 해당함이요. 그것은 성이며 지에 버금가는 것이다. 이로 인해 인과 의를 쌓는 것은 백해무익百害無益이다. 그러므로 이들 세 가지는 글로 쓰기에는 부족하다. 고로 따를 것은 소속한 것이 있으니 다음과 같다. 견소見素하며 즉 수수함을 보이고 포박抱樸하며 순박함을 안으며 소사少私 사사로움을 줄이고 과욕寡欲 욕심을 적게 하는 것이야말로 군자로써 갖추어야 할 도임을 노자는 말하는 것이다.

鵲巢日記 15年 08月 06日

지금 시각 여섯 시 조금 넘었다.

하루에 처리하는 일이 많아 중요한 일이 돌발적으로 생기기라도 하면 어떤 일이든 가볍다고 여기는 것은 금시 까먹고 만다. 사람 만나는 일이 대부분이라 마음 상하거나 생각이 많은 것도 사실이라 지나고 나면 이게 뭐지 하며 생각 들 때도 있다. 그러면 한 개인의 인격은 없어지는 것도 사실이라 나는 그저 조직의 고리로써 그 역할을 충실히 이행한 것에 불과하다. 아주 크고 멋진 시계에 바늘이다. 주어진 시간은 딱 24시간, 돌고 도는 부품, 여럿이 모여 이룬 시계 말이다.

이런 와중에 글은 가장 좋은 친구이자 반려伴侶다. 글 쓰는 동안은 자아도 취적이라 외도다. 마음은 먹고사는 일의 기본이 되며 삶의 터전이었던 사업장도 떠나며 인생의 동반자와도 금한 길을 걷는 것이 되니 외도라 할 수 있다. 그렇다하더라도 사업이나 동반자가 내 영혼을 안식하지는 않는다. 그저 평형을 이루며 가기라도 하면 다행이다. 나 이외에는 모두 외부적 조건이다. 외부는 도로 감당할 수 없는 어떤 놀라운 일로 마음 상하는 일이 대부분이다. 물론 그 반대일 수도 있겠지만 그저 횡설수설한다. 관계를 이루지 않는다면 어떤 감정이 일며 어떤 글이 나오겠는가! 그러니 사회에 폭 젖은 몸을 스스로 다스리며 배우며 간다. 노자 『도덕경』 16장은 이를 잘 대변해준다. 몰신불태 沒身不殆라고 했다.

하루는 참 짧다. 잠시 멍하니 사색을 즐기다 보면 어느새 오후에 와 있거나 몇 군데 커피를 배송하거나 몇 통의 전화를 받으며 상담 몇 건 하면 하루가 다 지난다. 과연 나를 위한 시간이 이 하루에 도대체 몇 분이나 될까! 그러면서도 현대인은 시간의 여유가 많은 것도 사실이다. 카페에서 이 뜨거운 날씨를 피하며 커피 한잔 마시며 친구들과 지내는 일도 잦으며 더 고차원적인 사색을 이끌지 못할 뿐이지 잔잔한 주위의 일로 교제를 쌓는 시간도 꽤 된다. 보면, 현대인은 성감대가 모두 손가락에 있다. 특히 동양인은 더 심하다. 오락하거나 채팅을 하거나 종일 휴대폰을 끼고 앉아 두드리는 일이 대부분이다. 무엇을 보거나 만지는 것도 휴대폰이다. 휴대폰 없으면 공황상태에 빠지고 만다. 정말 웃지 않을 수 없는 일이지만 바보처럼 멍하다가 진짜 무엇을 해야 하는지 모두 잃고 만다.

하루는 참 길다. 우리는 어쩌면 하루살이 역사를 이루며 산다. 아침에 태어나 저녁 아니, 자정쯤 죽을 때까지 단 세 끼의 밥과 몇 잔의 커피로 인생을 이야기하며 또 하루 걸어 다닐 수 있는 몇 보의 걸음으로 나를 만들며 이것으로 하루 장식한다. 더 자세히 뜯어 한 시간은 엄청나게 고통을 안겨다 주는 시간일 수 있으며 그 반대로 이루 말할 수 없는 즐거움이었을지도 모른다. 어쩼거나 그 시간은 나를 단련한 시간이며 내일이 있을까마는 오늘로써 나를 만들었다. 참 기가 막힌 일이다. 내일 일어날 수 있을지 아니면 그렇지 않을 수도 있을 어떤 불변의 미지수에 단 한쪽으로만 치우쳐 생활하는 우리 인간을 본다. 그러니까 모두가 내일이 있다. 하루가 몸이 부서지도록 힘들고 피곤이 엄습한 가운데 정말 나를 위한 길은 무엇인가! 골똘히 생각하며 일기를 쓴다. 오늘은 오늘이 마지막이기 때문이다.

우리는 하루에 나트륨 섭취가 과연 얼마나 하는 것인가! 어느 카페에 들러 에스프레소 커피를 납품하고 아주 조그마한 식빵이 있어 두 개 샀다. 작고 앙증맞다. 우리가 생각하는 식빵이면 모두 큰 것만 생각하는데 여기는 성인 손바닥에 올려놓고 볼 수 있을 정도로 아주 작았다. 차를 몰며 방금 샀던 식빵을 먹었는데 생각보다 짜다. 빵에 소금이 영 안 넣으면 맛이 없다는 것도 어느 정도는 알고 있는 터라 여기는 좀 과한 듯하다. 짭조름했다. 정오 때 아들 준이랑 KFC에 들러 먹었던 닭고기와 감자튀김도 아침에 먹었던 달걀부침과 김치도 저녁에 딸기잼 발라 먹었던 잼과 모닝 빵에도 다량의 나트륨이 들었을 것이다. 성인병의 원인이라고 하지만, 또 이 나트륨 섭취가 너무 약하면 생명에 지장이 있다고 하니 적당량의 섭취는 몹시 어려운 말이다.

오늘 여름 날씨치고는 지금껏 최고일 듯하다. 무려 40도까지 치솟았다. 습도는 그리 높지 않아서 그냥 뜨거웠다고 표현하는 것이 좋을 듯싶다. 습도까지 높았으면 아마도 다니기가 불편했을 것이다. 내내 운전하며 다녔는데 에어컨이 무색할 정도였다.

2장

우리

1. 오미영 선생

오 선생은 태종비 원경왕후 민씨에 비할 바가 아니다. 커피를 처음 할 때는 곁에서 일을 도울 수 없었다. 신혼 때는 애를 돌보아야 해서 일을 하지 않았지만, 카페를 하고 차츰 일을 도왔는데 본격적으로 한 것은 10년 가까이했다. 오 선생은 따로 교육받은 적 없다. 서울서 또 여기서 가까운 지인을 통해 배운 나로서는 레시피 한 장 건네며 스팀 하는 방법만 일렀지 따로 이른 것은 없었다. 오 선생은 스스로 인터넷과 책을 통해 어느새 라떼아트 기술을 익혔으며 언제부터인지 모르나 쓰리디 라떼까지 모양을 갖추었다. 아마 미대 출신이라 기본기 두루 갖춘 것이 큰 덕일지도 모르겠다. 커피 업계 유명한 모 선생께서 보시고는 많이 놀라워할 정도였다. 협회가 만들어지고 나서는 처음은 바리스타 수험 심사관으로 몇 번 나가기도 했으며 협회에 중요 일이 있으면 여러 번 참석했다. 공식적으로 쓰리디 라떼 기술은 전국 3위 수준이다. 그러니 하트나 로제타나 다른 어떤 기술은 말해서 뭐하겠는가! 쌓은 기술과 교육능력은 핵심이 되니 카페에 가장 중요하게 되었다.

오 선생은 아침부터 자정까지 카페 일은 제일 많이 한다고 해도 과언은 아닐 테다. 꼼꼼하다. 주방에 그릇이 몇 개 나가고 몇 개 들어오는지 포함해서 주방 관련 잡다한 물품은 각종 상사를 통해 직접 사다 나르며 관리한다. 그뿐 아니라 교육은 얼마나 빡세게 하는지 교육생은 하나같이 학을 뗀다. 하지만 이렇게 교육받은 사람은 어느 집 어느 곳에서나 일을 제대로 할 뿐 아니라 창업하여 일할 때도 바르게 하니 어느 집이든 고객께 사랑 안 받는 곳이 없다. 또한, 콩 볶는 기술도 꽤 갈고 닦아 도에 이르렀으니 가까운 곳은 물론이거니와 멀리는 제주도까지 커피가 나가며 오래는 10년 가까이 거래한 집도 한두 집이 아니라 여러 집에 이른다. 하지만 집안은 영 거론할 수 없으며 거론해서도 안 되겠다. 그러니까 카페가 하루 중 온몸 담그고 있어 집은 잠시 머무는 것에 불과하니 서로 도우며 살 게 되었다.[5]

오미영 선생은 내가 이끄는 카페에 가장 중요한 사람이다.

나는 언젠가 두 아들과 함께 있을 때 이런 말을 해주었다. 야야, 엄마 같은 여자 만나면 너희 하는 일은 쉽게 이룰 수 있을 것이다. 카페리코와 카페 조감도에 여장으로 어떤 일이든 시도 해보지 않고 말하는 것이 없었다. 교육은 적극적으로 이끌기도 하여 경산에서는 우리의 영향력이 적지 않을 정도다.

노자 『도덕경』 20장

絕學無憂, 唯之與阿, 相去幾何, 善之與惡, 相去若何

절학무우, 유지여아, 상거기하, 선지여악, 상거약하

人之所畏, 不可不畏, 荒兮其未央哉, 衆人熙熙

인지소외, 불가불외, 황혜기미앙재, 중인희희

如享太牢, 如春登臺, 我獨泊兮其未兆

여향태뢰, 여춘등대, 아독박혜기미조

如嬰兒之未孩, 儽儽兮若無所歸, 衆人皆有餘

여영아지미해, 래래혜약무소귀, 중인개유여

而我獨若遺, 我愚人之心也哉, 沌沌兮, 俗人昭昭

이아독약유, 아우인지심야재, 돈돈혜, 속인소소

我獨昏昏, 俗人察察, 我獨悶悶, 澹兮其若海

아독혼혼, 속인찰찰, 아독민민, 담혜기약해

飂兮若無止, 衆人皆有以, 而我獨頑似鄙, 我獨異於人, 而貴食母

요혜약무지, 중인개유이, 이아독완이비, 아독이어인, 이귀식모

鵲巢解釋

　배움을 끊으면 근심이 없고 다만, 대답은 서로 얼마나 떨어져 있나 선은 악과 얼마나 떨어져 있나.

　사람이 두려워하는 곳은 안 두려워할 수 없고 허황함은 가슴에 미치지 못한다. 대중은 기뻐서 즐거움이

　큰 소를 잡아 누리는 것과 같고(잔치를 벌이는 것과 같고) 봄날 누대에 오르는 것과 같다. 나는 홀로 담백하여 그 조짐이 없음이요.

　어린아이가 웃음이 없는 것과 같다. 고달프고 지침이 돌아갈 곳이 없음과 같다. 대중은 모두 여유(남음)가 있는데

　고로 나는 홀로 버림받음과 같다. 나는 어리석은 사람으로 그 마음뿐이니 어지럽고 혼란스럽다. 세상 사람은 밝고 밝은데

　나는 홀로 힘 쓰이고 어둡기만 하다. 세상 사람은 자세히 살피는데 나는 홀로 깨닫지 못하고 답답하다. 담담함은 마치 바다와 같아

　세차게 몰아치는 것은 그침이 없는 것 같다. 세상 사람은 모두 있음(계획이나 어떤 쓰임)인데 나는 홀로 완고하고 미련하며 더럽기만 하다. 나만 홀로 세상 사

람과 달라서 먹여주는 어머니를 귀하게 한다.

노자는 한마디로 무위자연이다. 참말로, 해석하며 나의 뜻을 적는다는 것은 어려운 일이다. 이 장의 핵심은 끝에 있다. 나를 먹여주는 어머니로 귀하게 여기며 돌아간다. 즉 여기서 어머니는 자연이다. 남들은 그러니까 세상 사람은 기쁘고 즐겁고 여유가 있다. 또 세상 사람은 자세히 살피고 어떤 계획도 있으나 여기서 나는 배움을 끊고 근심을 없앤다. 그러므로 어린아이가 웃음이 없는 것과 같고 고달프고 지친다. 거기다가 어리석은 사람으로 마음뿐이며 어지럽고 혼란스럽다. 하지만 나는 자연이 있다. 그러니 세상 사람과 달리 나는 그 믿는 곳이 어디냐는 노자의 가르침이 아니겠는가! 그러니 죽으면 모두 어머니 품으로 가며 안식한다. 세속에 너무 찌들어 살 필요 없고 너무 똑똑하여 뽐내며 살 필요 없고 철두철미한 계획으로 일에 혹사할 필요가 없다. 선이라고 하는 곳에 진정한 선이 있겠는가! 나쁜 것이라 해서 나쁨이 있겠는가 말이다. 큰 소를 잡아 잔치를 치르는 것과 같은 것은 무엇인가? 봄에 누대에 올라 즐거움을 표현하는 것과 비슷한 것은 무엇인가? 진정한 도를 안다면 내가 가고자 하는 길, 그 길만 똑바로 걷는다 해도 이는 즐거움이요. 더 바랄 것은 없을 것이다. 이것을 깨닫는다면 정말 도를 실천한 자며 하루 성찰한 자다.

鵲巢日記 15年 08月 07日

아주 맑았다. 오후 국지성 호우가 좀 있었다.

오전 배 선생과 커피 한잔 했다. 냉 드립을 했다. 커피를 드립하면서 드립이란 말을 순우리말로 하면 어떤 단어가 어울릴까 하며 생각했다. 그러니까 '낙수落水' 낙수라는 말도 엄연히 따지자면 중국말을 빌려서 사용한 말이다. 내림 식 커피라든가 더 자세히 말하면 손 내림이라든가 물 내림이 좋겠다. 내부 돌아가는 일로 서로 대화했다. 정의가 다음 주면 그만둔다. 그간 본부에서 일했던 김 씨가 들어올 것이다. 요즘 휴가철이라 그런지는 모르겠다. 아니면 날씨가 꽤 더워 시원한 장소를 찾아다니는 건지 아니면 말고, 카페가 좀 붐빈다. 배 선생은 어느 카페든 요즘은 다 붐빈다고 한다. 근데 본점과 압량은 왜 안 붐비는 거야!

김 씨가 치과에 간 일로 압량 문을 늦게 열었다. 11시쯤에 출근했다. 커피 한 잔 마셨다. 김 씨는 안에 청소하고 나는 바깥에 거미줄을 걷고 물로 철대(과객이라도 있으면 앉아 쉬게끔 철재로 벽에 붙여 놓은 의자)와 벽을 씻으며 닦았다. 그러니 오후 이 글을 쓰는 지금은 아주 깨끗하다. 그간 거미줄 걷어도 다음날이면 왠지 지저분했는데 아예 거미와 오래 묵었던 거미줄까지 씻으니 말끔하다.

처남이 오래간만에 전화했다. 점심 한 끼 하자고 했다. 본점 뒤에 몽짬뽕이라고 있는데 거기로 오라고 한다. 오후 일하는 오 씨가 오자 김 씨와 함께 몽짬뽕 집으로 갔다. 몽짬뽕은 이 동네에서는 유명한 중국집이다. 짬뽕이 아주 맵고 얼큰한 데가 있어 때 되면 사람이 꽤 줄을 잇는다. 안에 자리는 모두 겹겹 붙었는데 합하여 일곱이 될까 모르겠다. 하지만 이 더운 날씨에 그 일곱 탁자에 모두 앉아 짬뽕을 먹는다. 이렇게 더운데 바깥은 몇 명 대기하며 줄을 잇고 있다. 이 집 아주머니는 직접 계산대를 보며 시중을 든다. 계산대도 어디 멀리 있는 것도 아니라 일곱 탁자 바로 앞이다. 그러니 통행이 불편할 정도로 아주 복잡하기 그지없다. 이 집은 손님 없어 걱정하지도 않으며 주방 안에는 기사 한 명이 땀 뻘뻘 면발 뽑아내며 얼큰한 짬뽕 국물에 폭 적셔 한 그릇씩 담아내기 바쁘다. 짬뽕만 내면 야박하다는 말씀을 들을지 몰라 그런지는 모르겠다. 짬뽕 먹고 있으면 에스프레소 잔보다는 크고 라떼 잔보다는 작은 그러니까 카푸치노 잔만 한데 거기다가 밥 한 공기 퍼 담아서 아주머니께서는 슬쩍 내민다. 밥솥은 계산대 바로 옆에 있다. 그러면 면발은 어느 정도 건져 먹은 지라 내민 작은 밥공기 들고 탁탁 긁어 넣는다. 어릴 때 아버지께 밥 떼기라도 묻어 남으면 마빡 한 대씩 맞은 기억이 있어 이제는 습관이 되었는데 밥 한 톨 어데 남았나 싶어 공기 들고 유심히 들여다보기까지 한다. 없다. 국물에 말은 밥 한술 뜨면 참으로 얼큰하기 그지없는데 땀이 절로 나며 속이 불나는 것 같아 그 매운맛에 구미가 당기니 남은 국물까지 후루룩 마시고 만다. 이렇게 한 술씩 뜨며 처남과 대화를 한다. 요즘 어떠노? 네 그저 그렇습니다. 처남은 대구에 잘나가는 커피 전문점 얘기를 해주신다. 나는 이제는 가맹사업은 손들었다며 말씀 드린다. 항상 처남은 얘기 잘나가다가도 찜닭으로 귀결된다. 어느 찜닭 집은 어떻고 어떤 찜닭은 유행이라 지금 딱 좋을 것 같은데 하며 말씀하신다. 처남은 내 일을 하고 싶은 거다. 본점이 이렇게 저조한데 아예 찜닭 집으로 바꿔 하면 영업이 잘되지 않겠느냐 말씀하시기도 한다. 그리고 보니까 여기 짬뽕집도 되는데 종목을 바꿔 하면 이만한 평수에 되지 않을 것도 없겠다는 생각도 든다. 그래도 그렇지 어찌 찜닭을 할 수 있으리! 하루 얼마나 많은 생닭을 정리해야 하며 그 많은 찜닭을 배달할 거로 생각하면 일은 곱절이며 신경 또한 많이 쓰이게 된다. 더구나 커피와 종목이

달라 이것저것 다 신경 쓸 수 없는 일이다. 처남은 시종 내내 진지했다.

　　오후, 청도 가비와 진량과 옥곡에 커피 배송 있었다. 본부 일이 없다고 하나 이 세 건만 처리하는데도 오후 시간 다 흘렀다. 진량에서 커피 한 잔 마셨다. 점장 두 분이 입담이 좋아 여러 군말을 듣고 있으면 결재고 뭐고 잊고 만다. 결재 제발 일찍 해주셨으면 하는 바람뿐이다. 사동 조감도에 잠깐 들러 영업상황을 보기도 하며 여기서 바로 옥곡에 들러 주문한 커피를 내려놓고 본부에 들어왔다.

　　5) 필자의 책, 『가배도록』 2권 pp. 380~381

2. 본점장 성택

11년 11월쯤에 카페리코 교육을 받았다. 영천에 창업했던 '해오름' 점장과는 교육 동기다. 집은 카페리코 본점에서 가까운 압량에 있다. 그는 키가 크고 잘 생겼다. 누구나 다 똑같은 길을 걷듯 처음은 라떼아트가 잘 나오지 않았다. 지금은 온갖 모양을 낸다. 주말 커피문화강좌에 에스프레소와 라떼 수업을 맞고 있다. 취미로 사진을 찍는다. 가끔 그가 찍은 사진을 카톡으로 보내주는데 사진을 전혀 모르는 나도 아! 하며 탄식할 때도 있다. 그는 여행을 좋아하는 것 같다. 그리 먼 곳이 아닌 사진 한 장 제대로 담을 수 있는 곳이라면 아마 오늘 당장에라도 가 볼 사람이다.

본점장 성택 군은 교회 다닌다. 본점서 가깝다. 얼마 전에는 이 교회에 에스프레소 기계를 바꾼 적도 있다. 본점장의 영향이 많이 끼친 거로 알고 있다. 성격은 독보적인 데가 있고 고집이 있어 보인다. 장래의 꿈은 카페를 직접 하는 것이지만 지금은 단지 때를 기다리는 것 같다. 성은 구 씨며 본관은 능성이다.

여기서 하나 꼭 덧붙이고 싶은 말이다. 나의 데뷔작이었던 『커피향 노트』에 실은 사진, 대부분은 본점장 성택 군이 애써 주었다.

노자 「도덕경」 21장

孔德之容, 惟道是從, 道之爲物, 惟恍惟惚

공덕지용, 유도시종, 도지위물, 유황유홀

惚兮恍兮, 其中有象, 恍兮惚兮, 其中有物

홀혜황혜, 기중유상, 황혜홀혜, 기중유물

窈兮冥兮, 其中有精, 其精甚眞, 其中有信

요혜명혜, 기중유정, 기정심진, 기중유신

自古及今, 其名不去, 以閱衆甫

자고급금, 기명불거, 이열중보

吾何以知衆甫之狀哉, 以此

오하이지중보지상재, 이차

鵲巢解釋

큰 덕의 형상은 도를 시종 따르는 것이다. 도의 위한 만물은 흐릿하며 희미함이라

희미하고 애매하구나! 그 안에 모습이 있네. 애매하고 희미함이라 그 안에 사물이 있네.

그윽하고 아득해서, 그 안에 정갈함이 있네. 그 정함이 깊고 참되어 그 안에 믿음이 있네.

예부터 지금까지 그 이름 가지 않으니 이로써 모든 것 열어 볼 수 있네

나는 어찌 만물의 모양을 알 수 있을까? 이것 때문이네.

공덕지용이란 큰 덕의 모양이다. 용容은 얼굴이나 모양 따위를 말한다. 이 모양도 여러 가지 담을 수 있는 것이 용이다. 갓머리 아래에 계곡의 갖가지 모양을 담을 수 있음이다. 공은 큰 것을 말하는 데 큰 덕의 모양은 도를 따르는 것이라고 했다. 이 장은 큰 덕의 모습을 말함인데 도를 보지 못한 가운데 도의 결과물이라 해도 과언이 아닌 그 실체를 어릿하게 말한다. 그러니까 희미하고 애매하고, 애매하고 희미한 가운데 그 도의 큰 실체라고 하는 큰 덕은 이 속에 있다. 이 속은 그윽하고 아득해서 또 깊고 참되어 예부터 지금까지 그 이름 즉 도가 가지 않으니(없어지지 않으니) 우리는 모든 것을 열어 볼 수 있음인데 내가 어떻게 만물의 모양을 알 수 있을까? 그건 말이다. 도가 있기 때문이다.

도는 형체가 없다. 우리는 도를 보지 않았지만 우리는 그 도를 보고 있다. 어찌 보면 그 도를 보고 있다는 것도 도가 아니라 도의 결과물이 큰 실체 덕을 보는 것일지도 모른다. 그러니까 자연현상은 어떤 형체를 뚜렷이 그려낼 수 없다. 도, 가는 길은 너무나 커서 너무나 방대한 양이기도 하여 또 그렇게 보지 않을 수 없지만 안 보아도 우리는 물 흐르듯 가는 것이라 알지 못해도 알 수 있다. 봄이면 꽃이 피고 여름이면 온갖 만물이 장성하여 가을에 열매를 맺고 겨울에 동면을 취하며 가는 세상을 어찌 모른다 할 수 있을까!

여기서 정精이라 함은 형성문자다. 뜻을 나타내는 쌀 미米자와 소리를 나타내는 푸를 청靑자가 합하여 이룬 글자다. 곡식을 깨끗이 찧는 것을 정미精米라고 한다. 그만큼 먹고사는 일이니 허투루 밥을 하거나 하면 예에 어긋나며 모든 것은 제를 올리는 마음으로 그 정갈함을 이룬 글자가 정이다. 그러니까 이 속에는 정성이 들어가며 매우 고운 맛을 들어내며 세밀함이 배여 있다.

오늘 카페 한 군데 들러 커피 이야기를 했다. 카페 문 연 지 얼마 안 되었다. 나의 책, 『커피향 노트』를 이야기했다. 커피를 처음 시작하는 분에게는 큰 도움이 되겠다며 한 말씀 주신다. 우리는 한 치 앞이 궁금하다. 그 길을 예상해보고 그려보는 것은 사람 마음을 편하게 한다. 나의 책 『커피향 노트』는 커피 세계에 한 치 앞을 얘기했다. 노자의 『도덕경』은 우리 인간이 걸을 수 있는 그 한 치 앞을 얘기한다. 이 한 치 앞은 영원하며 요원하다. 까마득히 모르는 어떤 나락 같아도 우리가 안식하는 요람이다. 그러므로 노자는 지나치지 않으며 조심했다.

鵲巢日記 15年 08月 08日

참말로 더웠다. 오늘도 국지성 호우가 좀 있었으며 어디는 소리 없는 번개가 번쩍거렸는데 그 장경이 볼만했다.

아침 커피문화강좌 열기 전이었다. 이미 등록한 사람이 한 분씩 들어오실 때 가벼운 인사로 맞았다. 나는 본점 들어가는 입구에서 왼쪽 소파에 앉아 노자 『도덕경』 21장을 들여다보며 백지에다가 필사하며 곰곰 생각했다. 지난주 교육할 때도 밝은 얼굴로 바라보는 아가씨가 있었는데 오늘은 내가 앉은 자리에 오는 거였다. 교육에 관한 문의였다. 우리말을 하도 잘하기에 나는 우리 사람인 줄 알았다. 학교는 영대 나왔다고 했는데 후배다. 어디 근무하시느냐고 물었다. 대구 서부 어느 쪽이었는데 중국 은행에 근무한다고 했다. 그리고 중국인이라며 한마디 더 붙인다. 커피를 왜 배우고 싶은 건지 묻지는 않았다.

교육 안내를 친절히 해드렸다. 이왕 이렇게 대화 나누다가 나는 요즘 노자에 대해 아주 관심이라 지금 필사하는 『도덕경』 한 구절을 보였다. 그리고 이것을 어찌 해보라는 말도 나가기 전에 읽는 거였다. '꿩또으 찌쯔으어 웨이도우 시으조옹~ 룰 룰 랄 랄 뭐시야 어쩌고 저쩌고' 노자가 따로 없었다. 우리말을 아주 잘한데다가 그 어려운 중국말은 턱없이 하는 거다. 『도덕경』 읽는 것은 어려움 없으나 내용은 어렵다고 했다. 고향이 어디예요? 하며 물었더니 '난징' 이라 한다. '난징' 을 아느냐고 나에게 물었는데 중국 역사를 대충 알고는 있지만, 또 중국에 가보지 않아 정확히 어디라고 알 수는 없어 눈만 맹뚱맹뚱하게 뜨며 있었다. 그러니 상하이가 나오고 또 어디라고 얘기하던데 거저 '으흠' 하며 끝냈다. 상하이 그 근처인가 보다. 오늘 아침은 노자 『도덕경』 21장을 중국 원음으로 들었다는 것만도 꽤 만족이었다. 마치 2,500년 전의 사람은 나비처럼 왔다가 나비처럼 훌 떠났다. 노자? 그는 초나라 사람이었지, 성은 이 씨라고 했대, 사마천이 그렇게 얘기했다. 주나라 황실에서 도서관장을 지냈던 사람, 노자, 노자 말이다.

작년이었지 싶다. 사동에 일하는 예지와 교육 동기로 작년이었나! 영천 외곽에 '카페 작은 숲' 을 개업했던 김 씨가 왔다. 나는 아침에 본점 문을 열고 들어오기에 어찌 영업 안 하시고 들어오시나 했다. 아주 반가웠다. 근 1년쯤 만난 것 같다. 아침에 드립 실습 교육이 있어 오 선생은 커피 한 잔 실습으로 내려 보시게 했다. 영천은 함께 동업하는 사장께 일임 했나 보다. 당분간 쉰다고 했다. 오 선생과 김 씨와 함께 사동에서 콩국수 한 그릇 했다. 김 씨는 커피를 더 배우고 싶다며 얘기한다. 배움은 끝이 없는 것 같다. 정말 배움이라는 것은 도전이다. 도전하면서 배우는 것과 머뭇거리며 배우는 것은 완전 차이가 있다. 진정 배움의 즐거움은 도전 속에 있다.

사람은 내 일을 찾고 싶어 많은 생각과 고민을 한다. 막상, 도전하는 사람은 적은데 도전하며 나의 삶을 이끌어 가기가 쉽지 않아 포기하는 사람도 많다. 무엇을 배우며 어떤 것을 실행하며 실행한 그 일을 확대 발전해 나가는 것이야말로 내 삶을 더 돈독히 하며 인맥을 넓혀 갈 수 있다. 말은 쉬울 수 있으나 실행은 참 어렵다. 한 업종에도 군소 난립한 가운데 살아남는다는 것은 어지간한 용기와 지식과 처세가 필요하다. 당장 문 닫을 판인데 무엇이 어렵고 무엇이 쪽 팔리며 하지 못할 일이 있을까! 그러니 내 몸을 시장에 먼저 던져라! 진흙탕에 뒹굴다 보면 배움은 진정 빠르며 이때 배우는 것이야말로 참된 것이며 오래가며 나만의 인문을 낳는다. 이 인문은 나를 지도하며 가르침으로 이끌 수 있다. 진정 지도자가 된다.

청도 헤이주 카페에 다녀왔다. 시지 우드에 다녀왔다. 모두 커피 배송이었다. 사동 조감도에 팥이 다되었다며 여러 번 문자가 왔다. 팥, 가져다 드렸다. 정평 빙삭기 수리했다. 레버가 완전 마모되었다. 갈아 끼우고 조였다.

압량 9시에 마감했다. 동원이가 수고했다. 마감할 때 모닝 빵에다가 딸기 잼 발라 주었다. 저녁이었다. 케냐를 따뜻하게 내려 주었는데 아주 맛있었다.

3. 도로시Dorothy 인테리어 장근창

본관은 인동이다. 사업상 알게 된 친구다. 키가 크고 대체로 통통하다. 성격은 모가 난데없고 허심탄회해서 무엇을 함께 이야기해도 속 시원하다. 사리분별이 분명하다. 예가 아니거나 불의를 보면 못 참는 성격이다. 어떤 일을 해도 어떤 감정이 섞여도 내 할 일은 분명히 끝내는 사람이다. 그는 대구가 집이다. 결혼생활에 아픔도 있었지만, 그에 굴하지 않고 새로운 삶을 일구어 나간다. 가맹점과 조감도 내부 공사를 적극적으로 도왔다.

노자 「도덕경」 22장

曲則全, 枉則直, 窪則盈, 敝則新, 少則得, 多則惑

곡즉전, 왕즉직, 와즉영, 폐즉신, 소즉득, 다즉혹

是以聖人抱一爲天下式, 不自見故明, 不自是故彰

시이성인포일위천하식, 불자견고명, 불자시고창

不自伐故有功, 不自矜故長, 夫唯不爭

부자벌고유공, 부자긍고장, 부유부쟁

故天下莫能與之爭, 古之所謂, 曲則全者, 豈虛言哉, 誠全而歸之

고천하막능여지쟁, 고지소위, 곡즉전자, 기허언재, 성전이귀지

矜 자랑할 긍 뻜 어찌 기 彰 드러날 창 伐 칠 벌 莫 없을 막

窪 웅덩이 와 敝 해질 폐 惑 미혹할 혹 枉 굽을 왕

鵲巢解釋

굽은 것은 온전하고, 구부리면 곧다. 움푹한 것은 채움이 있고 해진 것은 새롭다. 적은 것은 얻게 되고, 많은 것은 미혹하다.

이로써 성인은 하나를 품어 천하의 본보기가 되게 한다. 스스로 드러내지 않으므로 고로 밝아지고, 스스로 옳다 하지 않으므로 고로 드러나며,

스스로 비난하지 않음으로 고로 공이 있으며 스스로 자랑하지 않음으로 고로 나아갈 수 있음이요. 오로지 다투지 않는다.

고로 천하는 능히 다투지 않는다. 옛말에 굽음이 온전한 자라는 말이 어찌 빈 말일깨 진실로 온전함은 다시 돌아온다.

이 장은 누구나 읽어도 삶의 처세를 이야기한다. 그러면 이 장의 핵심은 무엇인가? '고로 천하는 능히 다투지 않는다故天下莫能與之爭'는 말이다. 어떤 삶이란 말인가? 곡曲, 왕枉, 와窪, 폐敝의 삶을 요구한다. 굽고 구부리고 움푹함과 해진 것으로 그러니 어떻게 보면 나약하고 어리석은 처세일지 모르나 최선의 길이다. 내가 똑똑하다고 드러내다가 제일 먼저 당하며 누구를 비난하다가 나 스스로 무너지는 꼴이라 옛말에 굽음이 온전한 자라는 말이 그냥 있는 말은 아님을 강조한다. 장자에 나오는 말이지만, 곧은 나무가 먼저 베인다는 말도 있다. 직목선벌直木先伐이다. 구부러진 나무는 천수를 다한다만, 하늘을 너무 곧게 믿으며 오른 나무는 때가 되면 잘린다. 마치 토사구팽이라는

말이 떠오르기도 한데 무엇이 온전한 것인가를 보아야 한다.

鵲巢日記 15年 08月 09日

하늘이 꼭 가을 같았지만 낮은 무척 더웠다. 아침, 저녁으로 에어컨 틀어
놓으면 냉기 돌아 몸 별로 좋지 않다.

영화 〈이너써클The inner circle〉(1992)이 있다. 스탈린 시대의 영화로 1940년
대가 시대적 배경이다. 이너써클이란 말은 권력의 중심부라는 뜻이다. 꽤 볼
만한 영화다. 나는 이 영화를 얼마 전에 다운받아 보았다. 스탈린이 소련 국
민에게 어떤 존재였는지 알 수 있는 영화다. 영화 속에 나오는 주인공의 이름
은 이반이다. 그는 영사기 기사다. 순박한 남성으로 철저한 스탈린 신봉자다.
반동분자로 낙인찍힌 이웃은 처형되고 그의 딸, 카티야가 있다. 카티야는 어
느 수용소에서 키워졌는데 이도 철저한 스탈린 신봉자가 되었다. 이반의 아
내가 있다. 아나스타시아, 그녀는 이반과의 사이에서 애를 갖지 못했다. 하루
는 독일 침공 때 스탈린과 내부 인사조직이 피난을 갈 때였다. 기차 안에서
하녀로 임시 고용되었는데 KGB인 베리아에 환심을 사고 그의 애를 갖게 된
다. 그리고 1년 후, 이반과 다시 만났다. 이반은 그녀를 용서하며 따뜻하게 맞
아주었지만, 그녀는 죄책감에 자살한다. 그리고 며칠후 카티야가 찾아왔다.
이반은 아내의 아나스타시아 좋아했던 한때는 입양하려고 했던 카티야가
17살의 나이로 찾아왔을 때 하루를 따뜻하게 묵게 한다. 다음 날 아침, 이반
은 국가로부터 배급받은 달걀로 아침 요리를 한다. 달걀부침 하나와 따뜻한

차가 아침의 전부다.

이반이 요리했던 달걀부침을 오늘 아침에 하려고 했다. 국가로부터 배급받을 필요가 없는 이 자본주의 시대 아래에서도 아침은 먹을 것이 없었다. 나는 먹을 것이 없고 아내는 먹을 것이 많다. 아내는 달걀부침을 할 필요가 없다며 냉장고 문을 열더니만 권 선생께서 해주신 고딧국과 권 선생께서 해주신 나물 무침, 가지나물을 꺼내 놓는다. 또 얼마 전에 본점 김 선생께서 해주신 짜장을 내놓았다. 아침을 먹는다. 우리 집 식탁은 모두 외부에서 들어온 반찬에 의존하며 한목숨 지탱한 셈이다. 어쨌거나 아침은 먹었다. 달걀부침을 못했을 뿐이며 또 그 부침을 하기라도 하면 늘 약간씩 나는 태웠기 때문에 하지 말라는 아내의 말에 그만두었다. 프라이팬은 이미 코팅 벗겨진 지 오래되었다. 겉은 멀쩡하여 변함없이 콩기름을 상당히 필요로 하지만 달걀부침을 하기라도 하면 떡 들러붙어서 웬만한 뒤집기로 뒤집기가 어렵다. 마치 칼로 사부작사부작 긁듯이 하여 밑바닥에다가 썩썩 문질러 되다가 콩기름이 약간 흐르듯이 밀어 들어가면 조금 떼기가 편하다. 그때 순식간에 뒤집기에다가 얹어 착 엎어놓는다. 그러면 달걀부침은 성공이다. 잘 못 긁는 날이면 달걀부침은 모두 엉클어지는데 뭐 그렇다고 영 못 먹는 것은 아니다. 젓가락으로 한 젓가락씩 먹기 좋게 잘라 먹을 필요가 없다. 그냥 집으면 된다.

이반이 살던 1940년대, 내가 사는 지금 현시대와 뭐가 다른가! 정부의 감시가 없다는 것 어디든 갈 수 있고 아무 때나 쉴 수 있다는 것, 그래도 나는 국가로부터 반동분자로 찍히지 않는다는 것 하지만 스스로 돈을 벌고 양심껏 세금을 내야 하며 치열한 경쟁에 뚫고 나가야 할 지혜와 지식을 매일 쏟아야 하는 것은 그때와는 다르다. 인격이 없었던 시대가 이반이 살던 시대였다면 나를 어떻게 드러내 놓느냐는 것은 자본주의 시대 하에 철저히 자신의 몫이다.

오후 네 시 삼십 분쯤 김치찌개를 했다. 얼마 만에 한 요리인지는 모르겠다. 마트에서 두부와 햄을 샀다. 전에는 요리가 귀찮아서 생두부만 먹은 적 있다. 오늘은 도저히 그럴 순 없었다. 김치라도 있으면 먹을 만하지 싶은데 하며 생각은 들어도 그러면 찌개를 하자는 것으로 생각을 바꿨다. 어릴 때 아버지는 어머니께서 공장 일 나가시고 나면 늘 김치찌개를 했다. 그때도 두부와 어묵은 아버지께서 좋아하시는 필수적 재료였다. 거기다가 나는 햄과 지난번 먹다가 남겨놓은 라면수프를 넣었다. 맛이 기가 차다. 점심이자 저녁이었다.

오늘은 별달리 일이 없었다. 본부에서 책을 읽으며 다시 가까운 본점에 가 책을 읽었다. 오 선생은 사동에서 일했다. 오후 동원이 압량 일찍 마감 보게 하고 내가 일 보았다.

저녁 늦게 카페 세빠에 다녀갔다. 사동에 카페 내는 분이 있다. 내일부터 내부공사가 들어간다고 했다. 기계견적서를 작성해서 내일 세빠에다가 놓아두겠다고 했다. 약 두 시간 가까이 상담했다. 카페 내실 분은 이 씨로 취미이자 전공으로 물고기를 다룬다. 어항, 더 나아가 수조를 다루며 각종 민물고기, 새우를 키운다. 특이한 변종을 많이 다루는 데 이쪽으로 꽤 오래 관심 두며 일해온 것 같다. 민물고기가 순우리말로 단물고기라고 했는데 오늘 처음 알게 되었다.

이 씨는 경산에서는 꽤 크게 사업하시는 칠성꽃집 아들이다. 근래에 알았다. 가맹점 개업하거나 카페 개업할 때면 이 집 꽃을 빠짐없이 애용했는데 이렇게 만나며 커피 집을 하겠다는 말에 조금 놀라웠다. 꽃집 사장님은 나와는 한 십여 년 차 나며 이 집 아들은 나와 십여 년 차 난다. 칠성꽃집은 꽃 도매 집으로 경산에서는 모르는 사람이 없을 정도다.

4. 본부 조 부장, 서 씨, 김 씨

본점은 원래는 본부 건물에 다섯 평으로 시작했다. 사업이 커져 본부에서 가까운 상가부지에 별도로 건축했다. 단독 건물로 노출 콘크리트 모양을 냈다. 70평이다. 본부는 조 부장이 있었다. 나와는 오랫동안 함께 일했다. 근 십 년 가까이 함께 일했으나 집안 일로 그만두게 되었다. 본부의 각종 일을 맡아 했는데 주로 기계설치, AS, 커피 배송 일이었다. 그 후임으로 서 씨가 왔으나 서 씨는 영업에는 애초에 관심이 없어 스스로 그만두었다. 일할 당시는 성실하고 순한 아이였다. 나는 그를 특별히 챙겨주었지만, 그는 정작 딴 길을 원했다. 한때 신중하게 물었다. 무엇을 가장 하고 싶니? 하며 물었더니 PC방을 하고 싶다고 했다. 아마 지금쯤 PC방에서 일하고 있거나 직접 할 거로 생각이 든다. 그의 의지가 아주 강했다. 그 후임으로 김 씨가 있었다. 김 씨는 본점 바리스타 김 씨의 동생이다. 김 씨는 아주 성실했다. 김 씨는 바리스타 교육 받기 전에는 기계를 다루었다. 근 십 년 일하였지만, 회사가 뜻하지 않는 부도로 일할 수 없었다. 그러다가 여러 번 다른 길을 걸었지만, 누이의 권유로 바리스타 일을 해보았다. 하지만 역시나 맞지 않았다.

지금은 본부 일을 직접 맡아 한다. 얼마 전에 대구와 경산에 창업자를 위해 기계를 설치하며 이미 창업한 청도, 영천, 경산 여러 일대에 카페를 보고 있다.

본부는 내가 커피를 시작하고 칠팔 년쯤 지났을 때였다.(03년 겨울에 지었다.) 처음 지은 건물이다. 철골구조물로 패널을 입혔다. 15년 현재, 약 십이 년 사용한 건물이다. 위층은 주택으로 꾸며 우리 가족 네 식구가 산다.

노자 『도덕경』 23장

希言自然, 故飄風不終朝, 驟雨不終日, 孰爲此者, 天地

희언자연, 고표풍부종조, 취우부종일, 숙위차자, 천지

天地尚不能久, 而況於人乎, 故從事於道者, 同於道, 德者

천지상부능구, 이황어인호, 고종사어도자, 동어도, 덕자

同於德, 失者, 同於失, 同於道者, 道亦樂得之, 同於德者

동어덕, 실자, 동어실, 동어도자, 도역락득지, 동어덕자

德亦樂得之, 同於失者, 失亦樂得之, 信不足焉, 有不信焉

덕역락득지, 동어실자, 실역락득지, 신부족언, 유부신언

鵲巢解釋

말을 드물게 하는 것은 자연이다. 그러므로 회오리바람은 아침 내내 불지 못하고 소나기도 온종일 내리지 않는다. 누가 이렇게 하겠는가? 천지다.

더욱이 천지도 능히 오래가지 못하는데 하물며 인간은 어떠하랴! 그러므로 일을 따르고 도를 따르니 더불어 도 같아지고 덕은

더불어 덕과 같아지고 잃음은 더불어 잃음과 같아지니 도와 같아진 자는 도 역시 그를 얻음에 즐겁고 덕과 같아진 자는

덕 역시 그를 얻음에 즐겁다. 잃음과 같아진 자는 잃음 또한 그를 얻음에 즐

겁다. 믿음이 부족하면 불신이 생긴다.

첫 구절 '희언자연希言自然'의 의미를 잘 읽어야겠다. 여기서 희는 바라는 것으로 읽으면 안 된다. 드물다 부족하다 싶을 정도로 적은 양을 말한다. 그러니, 회오리바람도 소나기도 종일 내리지 않는데 이는 천지 즉 자연이므로 하물며 인간은 어떠하겠는가 말이다. 말을 아낌이 중요함을 강조한다.

나머지 구절은 일과 한 몸이 되어야 함을 강조한다. 그러려면 어느 정도 숙달이 필요하다. 그 단계가 넘어서면 몸에 배어서 힘들거나 어렵거나 불편한 줄 모르게 된다. 일기 또한 매일 쓰면 자신도 모르게 쓰는 것이 글이며 글이 행동이며 행동이 글인즉슨 별달리 책을 쓰고 싶거나 그럴 필요가 없다. 동화同化다. 이러한 모든 본보기로서 노자는 자연을 얘기한다.

믿음이 부족하면 불신을 낳게 되는데 우리가 자연을 믿을 수 있다거나 없다는 말은 없다. 거저 자연이다. 그렇게 흐르는 것이 자연이다. 그렇게 흐르듯이 우리의 일도 그렇게 가는 것이며 그렇게 가는 일에 내 몸이 한 몸이 된다면 무한한 덕을 얻을 수 있음을 노자는 알게 모르게 얘기한다. 그러니까 마! 일하자 잡생각하지 말고 부지런히 한 몸이 되도록 몸에 배어 나가라 뭐 이런 말이다.

鵲巢日記 15年 08月 10日

맑은 하늘에 양 떼들이 몰려다녔다. 날은 여전히 더웠다.

엊저녁은 처가에서 돌아온 두 아들과 함께 잤다. 오늘 아침은 우리 네 가족이 모두 약 2주 만에 함께 식사했다. 어제 먹다 남은 김치찌개와 달걀부침 네 장, 그리고 지난번 김 선생께서 주신 짜장, 모 선생께서 주신 나물무침이 있었다. 나는 김치찌개와 달걀부침 한 장으로 아침을 때웠다.

오전, 석 점장과 배 선생과 커피 한 잔 마셨다. 정의 퇴사문제로 서로 상의했다. 직원들과 합의로 작은 선물을 마련하기로 했다. 납품용 드립커피 예가 체프와 생두 블루마운틴을 챙기기 위해 본점에 들렀다. 교육받으시는 이 선생과 홍 선생께서 계셨는데 조촐한 다과상이 마련되어 있어 담소를 나누었다. 커피에 관한 이야기로 창업에 도움이 되라는 뜻에서 장소와 영업에 관한 것이었다. 본부에서 오후 배송 나갈 커피를 챙겼다. 김 씨와 점심 한 끼 했는데 본부에서 가까운 보쌈집에서 했다. 이제는 휴가 다녀오셨는지 가게 문을 열었다. 점심 먹고 김 씨는 시내 곽 병원에 경산에 가맹점에 들러 커피를 배송했다. 나는 진량을 거쳐 청도, 다시 사동 조감도에 들렀다가 정평에 다녀왔다. 정평에서 드립 커피 한잔 마셨다. 여기는 많이 바빠 보였다.

생두 블루마운틴 재고가 비었다. 오늘 두 백bag 주문 넣었다. 대곡 그리고 밀양 결재부탁을 했다. 곧바로 송금해주었다.

오후 압량에 머물 때 사동에 카페 개업하고자 한, 이 씨와 이 씨의 친구가 왔다. 아까 작성했던 기계견적서를 건넸다. 주위 어느 업자로부터 내부공사 견적을 받았는데 금액이 삼천팔백여만 원이다. 하도 집 짓는데 이골이 난지라 별것 있겠나 하며 들여다보았지만 젊은 사람에게는 벅찰 수도 있겠다는 생각도 했다. 그 일을 남에게 준다는 것은 나의 즐거움을 남에게 준다는 것이 된다. 어떤 일이든 혼자서 못할 것이 없다. 내부공사도 직접 해보시라며 자꾸 권했다.

우롱 한용유 선생님께

너무 오래간만에 안부 인사 드립니다.

그간 송구했습니다. 선생님 간간이 메일을 주셨는데 모두 읽고 보았습니다. 바로 인사도 드리고 문안을 여쭙고 하여야 하는데 마음의 여유가 잘 나지가 않았습니다. 아직 조감도는 개업한 지 이제 1년이 되었습니다. 단골손님이 영 없지는 않으나 영업이 수익성 사업으로 발전하려면 시간은 더 필요할 듯싶습니다. 그 외 바깥에 벌여놓은 사업에 모두 일일이 신경을 써야 하는 처지라 하루가 24시간이라지만 시간이 모자랄 정도로 바쁘게 뛰어다닙니다. 편지 자주 못 해도 양해 바랍니다.

선생님 선친의 묘가 조감도 바로 위라는 것을 사진으로 알게 되었습니다. 임원회 총회 사진도 보니 아주 친숙하여 보기 좋습니다. 선생님 그리고 선생님의 지극한 효심을 보게 되니 젊은 저로서는 많은 본보기가 됩니다. 소인의 부모님은 모두 고향 칠곡에 계십니다. 책을 낼 때마다 한 권씩 부모님께 인사로 드리기는 합니다.

다음 문중총회 때에 꼭 오시어 조감도 잊지 마시옵고 커피 한 잔 드시러 오십시오, 참, 선생님께서 주신 책은 시대가 묻어나 있어 시절을 이해하는 데 큰 도움이 되었습니다. 제가 태어나기도 훨씬 이전의 시간을 다시 볼 수 있는 절호의 기회였습니다. 공부하고 싶어도 못했던 시절의 선생님 이야기는 두고두고 생각하게 합니다. 요즘, 소인은 노자 『도덕경』을 해석하며 뜻을 가벼이 적고 있습니다. 소인은 한자공부를 그렇게 많이 강요받던 시절이 아니라 약합니다. 뜻과 풀이와 또 필사하며 하루 공부를 잇고 있습니다.

선생님께서 보내주신 7.5조 詩도 감사히 받았습니다. 카페 조감도가 거듭 발전이 있길 이렇게 몸소 도와주심에 다시 한 번 감사 드립니다.

2015년 8월 10일
작소 이호걸 올림

5. 카페 조감도(압량)

　일하면서 실수라는 것은 없다. 좀 더 정확한 정보와 시장조사가 있었다면 하는 바람은 있지만, 결코 후회하지는 않는다. 압량 조감도는 역시 다섯 평이다. 아니 정확히 말하자면 네 평 반쯤 된다. 경산, 어느 김 씨 문중 땅이다. 달구벌 대로변이라 땅이 크게 효용이 있을 것 같아 이곳에 투자를 했다. 노출콘크리트 양식으로 건물을 지었다. 그러니까 다섯 평짜리 건물인데 천고가 아주 높고 옆으로 긴 형태다. 위는 광고판 같은 카페 상호 이름을 내걸었다. 아마 대기업도 이러한 간판은 세우지 못할 것이다. 실지로 이곳 상호를 보고 카페에 많이 오시기도 했다. 앞에서도 얘기했지만, 니르말야 쿠마르의 '마케팅에 집중하라' 는 효과를 톡톡히 보았다. 그냥 일이며 활동이고 사회를 위해 스스로 자리매김하는 적극적 마음 같은 것이다.

희망 33 / 鵲巢

　연등 알록달록하네 연꽃잎 한 잎 한 잎 붙여 만든 연등, 그 아래 걷네 이승의 소리 저 소리 내가 밟고 가네 돌계단 오르네 또각또각 구둣발 소리 한 계단 오르면 또 한 계단 있고 오를수록 숨차네

　세상 두루 살펴보는 저 부처님과 같이 구름이 지나건 샛별이 뜨건 바람이 불

어 낙엽 날려도 내 앉은 건 돌이요 들리는 건 소쩍새 울음소리고 콧속 후미는 아카시아 향 있듯 애 보는 건 산이네

　구불구불 불빛 닿는 곤충, 탁탁 터지며 붙는 세상 가볍네 앞이 캄캄하지만, 횃불 하나 들고 가는 동굴 길어도 뻥 뚫린 세상 환하네 불두화 꽃송이와 같이 피는 오월의 꿈 노란 참외와 같은 부처님 위에 한 송이 꽃 얹네

압량 조감도는 12년 5월 말쯤에 개업했다. 위 시는 압량 조감도 개업하기 전에 지은 것이다. 개업 희망을 담았다.

노자 「도덕경」 24장

企者不立, 跨者不行, 自見者不明, 自是者不彰

기자부립, 과자부행, 자견자부명, 자시자부창

自伐者無功, 自矜者不長, 其在道也, 曰餘食贅行

자벌자무공, 자긍자부장, 기재도야, 왈여식췌행

物或惡之, 故有道者不處

물혹악지, 고유도자부처

鵲巢解釋

　발돋움으로 서 있는 자는 서지 못하고 크게 걸으려고 하는 자는 다닐 수 없으며 스스로 드러내고자 하는 자는 밝지 못하다. 스스로 옳다며 하는 자는 드러나지 못하다.

　스스로 상대를 치는 자는 공이 없으며 스스로 자랑하는 자는 오래가지 못한

다. 거기에 도가 있음이다. 이를테면 남은 음식이요 지나는 군더더기다.

만물은 혹 그것을 싫어하다만 그르므로 도가 있는 자는 처하지 않는다.

기자企者는 발돋움으로 서 있는 사람을 말한다. 이는 곧 앞으로 나가려고 또 현실을 박차고 도전하는 사람을 일컫기도 한다. 그러니 바르게 설 수 없게 된다. 과자跨者는 크게 걷는 자를 말한다. 다시 말하면 자랑하며(과축+족足) 길을 행하는 자다. 이 또한 제대로 다닐 수 없는 것은 마찬가지다. 물론 노자는 우리의 걸음걸이 하나로 비유를 놓은 것이지만 사업하는 사람이거나 또 그외 어떤 일을 추진하려고 하는 사람에게 교훈을 안겨 준다. 스스로 드러내고자, 스스로 옳다며, 스스로 상대를 치는 행위, 스스로 자랑하는 자는 노자의 도道와는 아주 거리가 멀다. 이것은 상대를 불편하게 할 뿐만 아니라 오히려 역공격으로 당할 수 있으니 말이다. 그러므로 노자는 이러한 것을 남은 음식이나 군더더기일 뿐이라며 말한다. 벌伐이라는 한자가 있다. 사람인변人에 창과戈로 이룬 회의문자다. 상대를 친다는 의미다. 치다 벌인데 치는 것은 단지 무기로만 하는 것도 아니니 비평이나 비난도 되며 이는 또 자기를 드러내는 것이니 자랑도 된다. 고유도자부처故有道者不處 도가 있는 자는 처하지 않는다는 말은 자견自見, 스스로 드러내며, 자시自是 스스로 옳다며, 자벌自伐 스스로 치는, 자긍自矜 스스로 자랑하는 곳에는 머물지 않는다는 말이다.

나는 토를 달다가 이런 생각을 했다. 노자는 왜 이 책을 썼을까? 노자의 말마따나 이는 어찌 보면 과시며 어찌 되었든 간에 옳다며 얘기한 것이며 자신을 드러내는 것이 아닌가 말이다. 나는 여기서 수준으로 받아들였다. 그러니까 어느 수준까지가 드러내는 것이며 옳은 것이며 나의 영역에 받아들임과 미치는 것이냐는 것이다. 책은 곧 나를 알리는 작업이며 나의 영역을 넓히는 것이다. 물론 이것은 선의의 목적이다. 내 주관이 뚜렷하지 않으면 절대 내가 하는 일과 그 뜻을 바르게 얘기할 수는 없다. 다 부질없는 일일 수 있으나 먹고 사는 일에 더 나가 생존이다. 생존에 극히 미치는 영향을 말함이다. 그러니 지나침은 안 된다. 일을 크게 하여 뽐내거나 자랑하는 수준까지가 아니라 거저 나의 영역에 미치는 정도며 이웃을 생각하는 수준, 그러니까 과過하지 아니하고 족足하지만 극히 모자람인 듯한 足을 말한다.

鵲巢日記 15年 08月 11日

흐렸다. 저녁 늦게 쯤 비 내렸다.

서강 이 사장님께서 오셨다. 주문한 연유 가져오셨다. 이 사장님은 나를 칭하실 때는 '당신', 아니면 '동생'으로 한다. 연세가 꽤 있으신 분이라 처음에는 듣기에 조금 간지러움이 있었지만, 지금은 정겹다. 본부에 쌓아놓은 팥물량 재고를 보시고는 팥이 또 들어와야겠다며 말씀하신다. 팥이 종전 가격으로 줄 수 없다는 말씀에 통 사정을 했지만 되지 않았다.

점심은 김 씨와 함께 먹었다. 두 아들은 점심을 먹지 않았을 것 같아 학교 앞에 롯데리아에 데려갔다. 햄버거와 콜라, 감자튀김 등을 사서 차에 탔다. 아이들 데리고 진량에 있는 '기남상사'에 들러 붓글씨용 문방사우를 샀다. 다석 류영모 선생의 한글에 관한 문체를 언제 한 번 도올 김용옥 선생의 강의에 들고 본 적 있었다. 아주 특이했다. 서체로 아니면 고어의 약간 변형으로 문자 향을 피워보고 싶었다. 아들과 함께 서예를 했지만, 역시 컴퓨터만큼 좋은 것은 없는 것 같다. 그래도 꾸준히 연습한다면 나만의 서체를 만들 수 있겠다는 생각이 들었다.

오후 늦게 커피 공장에서 전화가 왔다. 강 교수님 편으로 커피를 가져다 드리겠다는 내용이었는데 한 시간 후, 교수님께서 오셨다. 음료수 한잔 마시며 그간 소식을 주고받았다. 전에 어딘가 카페 내신다며 여러 가지 물은 적 있었다. 교수님은 계산해 보니 수지타산이 맞지 않을 것 같아서 일 추진을 그만두었다고 했다.

낮에 아이들과 문구점에 가서 종이를 샀을 때였다. 종이 한 장이 얼마라며 계산대 보는 아가씨가 한마디 했는데 샀던 이 종이로 붓을 잡고 글을 쓰니 종이 아까운 줄 알았다. 옛사람은 어떻게 종이를 사며 글을 배웠을까 하는 생각을 잠시 했다. 아이들도 붓을 잡고 써보게 했다. 한자의 획을 하나하나 잡아가며 바르게 했다. 재미가 있는지 웃음도 잃지 않으며 써본다. 공부는 좋은 놀이다. 특히 한자 공부는,

6. 압량에서 일한 바리스타

처음 개점할 때는 훈도였다. 성은 석 씨며 본관은 충주다. 그는 창원 사람으로 체격이 다소 왜소하지만 꽤 미남이었다. 카페리코 커피 교육을 받았으며 바리스타 2급 자격증을 취득했다. 성실하고 믿음 가는 친구였다. 당시, 하루 평균 매출 20여만 원 정도 올렸다. 자리가 어디에 있느냐에 따라 매출이 다를 수 있다. 두 평이라도 역이나 병원 같은 곳은 평균 30여만 원 이상 올릴 수 있으며 더 오른 곳도 많다. 하지만 이곳은 로드 카페다. 로드 카페로서는 애써 많은 노력을 한 셈이다. 이 카페의 가장 큰 문제는 내부가 좁아서 손님이 앉았다가 갈 수 있는 자리가 없다는 것이었다. 테이블 하나 있었지만 효율적이지 못했다. 손님은 테이크아웃으로 커피를 사가져 갔다. 낮에 오시는 손님은 대부분은 사 가져가지만 밤은 좀 달랐다. 혹여나 지나는 학생이나 인근에 대화가 있어야 하시는 분은 번번이 자리가 없어 한 번 둘러보고 가시곤 했다. 안타까웠다.

석 씨는 여기서 몇 달, 일하고 그만두었다. 함께 지내는 여인의 일을 도와야 했다. 그리고 2년쯤 지났을까! 다시 카페리코와 인연이 닿아 지금 사동 조감도 점장을 맡고 있다.

석 점장이 그만두었을 때 본점장이었던 강 선생께서 일을 맡아 했다. 강 선생은 이곳에서 1년 이상 일을 했다. 본점과 가까운 거리라 여러 가지 커피를 알리는 데 지대한 역할을 했다. 강 선생은 다시 본점으로 건너왔을 때 이 씨(카페리코에서 커피 교육받았다.)가 1년 맡아 일했다. 지금은 오 씨가 일한다. 오 씨는 예전 부산 카페리코 점장으로 일했던 사람이다. 부산점도 가게는 작았다. 10평 조금 못되었다. 어느 피자집 가게에 내놓은 작은 공간이 하나 있었는데 그 공간을 활용하여 창업했다. 역시, 가게가 작다 보니 매출을 올리는 것도 힘에 부치는 게 사실이었다. 약 1년 고전 끝에 문을 닫을 수밖에 없었다. 그 후 몇 달 쉬다가 나의 권유 끝에 압량에서 일을 돕고 계신다.

노자 『도덕경』 25장

有物混成, 先天地生, 寂兮寥兮, 獨立不改

유물혼성, 선천지생, 적혜요혜, 독립부개

周行而不殆, 可以爲天下母, 吾不知其名

주행이부태, 가이위천하모, 오부지기명

字之曰道, 强爲之名曰大, 大曰逝, 逝曰遠

자지왈도, 강위지명왈대, 대왈서, 서왈원

遠曰反, 故道大, 天大, 地大, 王亦大

원왈반, 고도대, 천대, 지대, 왕역대

域中有四大, 而王居其一焉

역중유사대, 이왕거기일언

人法地, 地法天, 天法道, 道法自然

인법지, 지법천, 천법도, 도법자연

어떤 사물은 섞어 이루어, 하늘과 땅보다 먼저 났어라!, 적막하고 쓸쓸함이여!, 홀로 서 있으면 바뀌지도 못하네,

두루 다니니 위태하지 않고, 가히 천하의 어머니라 할 수 있다. 나는 그 이름을 알지 못하네,

문자로 이르기를 도라 하며, 굳이 억지로 이르기를 대라 하네, 대는 가는 것이며 가는 것은 멀어지는 것이네,

멀어짐은 돌아오는 것이니, 고로 도는 크며, 하늘도 크며, 땅도 크며, 왕 역시 크네,

나라 안에 큰 것이 네 개나 있으니, 이로 왕은 그중 하나로 말할 수 있네,

사람은 땅을 따르며 땅은 하늘을 따르고 하늘은 도를 따르니 도는 자연을 따르네.

지금은 물리학이 상당히 발전하였으니 우주를 보는 시각이 다소 뚜렷하다. 이천오백 년 전에 노자는 어떻게 이러한 우주관을 심을 수 있었는지 하며 생각한다. 물론 작소鵲巢의 버릇없는 말이겠지만, 첫 문장을 보라! 하늘과 땅이 먼저 나기 전에 어떤 사물은 섞어 이루었다고 했다. 그러니 카오스, 즉 혼돈의 상태로 어떤 물질의 형태로 출발한다. 그리고 하늘과 땅이 났다. 적막하고 쓸쓸한 상황이며 홀로 서 있으면 바뀌지도 못한다. 그러니 자연도 여러 가지 아울러 이룸이 있었다. 자연도 모두 한 박자가 되어 움직이는 데 모여 사는 인간은 어떠한가! 파벌과 당을 이루고 싸움과 당론을 이룬다. 그러니 노자는 도를 우주관으로 넓게 해석했다. 우주는 어머니의 자궁과도 같다. 모든 것

을 품는다. 그러니 도는 대라 할 수 있다. 크다는 의미다. 이 큰 것은 변화한다. 변화는 자연스러운 것이며 서라 한다. 서는 또 원이라 하며 멀어짐을 뜻한다. 멀어지고 나면 다시 오니 만해의 회자정리를 생각게 한다.

어찌 보면 노자는 정치 세계를 말하는 것 같다. 사람과 땅과 하늘 그리고 도道, 이 도道는 자연을 따르니 이에 버금가는 것은 지도자도 있어 지도자에 대한 우리의 처세를 말함이요. 지도자는 어떻게 인간을 대하여야 하느냐는 어떤 지도력에 관한 간접적 지론을 펼친 것으로 읽히기도 한다. 노자가 말하는 왕도정치와 공자가 말하는 왕도정치를 비교할 수 있는 장으로 볼 수 있음이다.

鵲巢日記 15年 08月 12日

종일 비 왔다.

인생 운 좋으면 백 년 살다 가는 거고 운 따라주지 못하면 오십 년도 못 살다 간다. 오십 년은 그렇지만 백 년은 참으로 길다. 나이가 들수록 감정은 주관적이라 상처의 깊이 또한 나이와 더불어 간다. 그러니 혼자 있을수록 마음의 평화 또한 넓고 아득하다.

오후에 배송할 물품을 챙기며 전표를 끊었다. 비가 참 많이 온다. 먹구름도 가득 끼었다. 김 씨가 정오에 오자마자 커피와 기계, 다른 부자재를 챙겨 출발했다. 대곡 가기 전에 옥곡에 들러 주문한 물건을 내려드리고 곧장 범안로 거쳐 상인 터널로 해서 대곡에 왔다.

카페 에셀플라워다. 아메리카노 커피를 질적으로 더 우수한 커피로 사용하기 위해 에스프레소 그라인더와 블루마운틴 커피를 넣었다. 그라인더는 일반 소비자 가격으로 백여만 원 하지만, 정가에서 약 십여 만 원 정도 감해 드렸다. 옆에 에스프레소와 블루마운틴과 맛을 비교해보았지만, 확연히 다름을 우리는 모두 확인했다. 볶은 지 얼마 되지 않은 신선한 커피를 납품했지만, 이것도 순환이 빠르지 못하면 산패는 피할 수 없으니 시간이 지나면 맛은 떨어진다. 어쩔 수 없는 일이다. 그러니 매장에서 얼마나 빠르게 커피를 많이 파느냐에 그 집 커피 맛이 좌우된다고 해도 과언은 아니지 싶다.

기계 설치와 설치한 기계에서 커피를 뽑아 맛을 보며 에셀플라워 정 사장님께서 직접 수입한 여러 가지 물품을 구경했다. 일본에서 들어온 도자기며 타올, 그리고 액세서리가 있었다. 취급하는 상품으로 떡 케이크가 있었는데 몇 조각 맛을 보았다. 이 집에서 시험 삼아 뽑은 커피 중에 한 잔은 따뜻한 아메리카노로 담아 차에 실어 왔다. 나중에 본부에 들어올 때쯤에는 꽤 식었다. 한 모금 마셔보니 오히려 맛과 향은 아주 진하게 닿았다. 누구나 마셔보아도 이 맛이면 커피 맛에 안 빠질 수 있을까 말이다.

대곡동에서 밀양으로 곧장 향했다. 에르모사다. 주인장 천 사장은 위에서 잠깐 쉬는지 가게에 없었다. 주문한 커피를 내려놓고 늦은 점심을 주문한다. 해물스파게티였다. 자리 앉아 주문한 음식을 기다리며 있었는데 주인장께서 옆에 와 앉는다. 해물스파게티 이름이 디아볼라다. 디아볼라는 악마라는 이름이다. 전에는 조개만 잔뜩 들어간 스파게티를 먹었는데 이거는 조개뿐만 아니라 해물도 들었다. 아주 맛있었다. 보통 나는 서양음식을 잘 추구하지는 않으나 괜찮았다. 배도 꽤 고팠지만 말이다.

천 사장은 요즘 행복한 고민을 한다. 그래도 점포 하나다. 점포가 몇 개 되는 나는 거저 피할 수 없는 지경에 이르니 스트레스가 이만저만이 아님을 어찌 알까! 내부에 여러 가지 일로 고민하는 이야기를 들었다. 당장 이번 달이면 함께 일했던 동료가 일을 그만두게 된다. 그리고 아르바이트 구하는 것도 신경 쓰이는 일이며 주방에 일은 더욱 고민이다. 하지만 모두 제 손에 익으니 하지 못할 것도 없다. 마음 잘 맞는 친구가 없을 뿐이지 그 어떤 일도 해낼 수 있는 천 사장, 상현이를 본다. 매출이 꽤 올랐다는 이야기 들으니 내가 돈 버는 것도 아니지만 기분은 괜찮았다.

밀양에서 다시 경산 들어올 때였다. 김 씨는 아주 미안한 듯 조심스럽게 말을 했다. 우선 본부장께 보고 드려야 하는 일이라며 말을 이었다. 커피 옷이 맞지 않는 것 같습니다. 네 그렇군요. 다른 사람 있을 때까지는 일하겠습니다. 예전이었다. 어느 무역회사에 다닐 때였는데 꽤 오래된 일이지만, 물론 이것 말고도 다른데도 마찬가지였다. 3개월은 수습기간을 둔다. 수습기간이라는 말을 이해가 되지 않았다. 내가 대표가 되고 인원을 뽑아 함께 일하며 왜 그래야 하는지를 알았다. 어느 직장이든 처음은 모두 인상 깊게 닿는다. 모두 생소하기 때문이다. 모두가 긍정적이며 모두가 괜찮을 것 같고 장래가 밝다. 점차 조직에 깊게 들어오고 나면 여러 가지 문제가 발생한다. 모두 오묘한 감정으로 쌓은 일감과 그 처리문제다. 뒤돌아보면 그렇게 큰 문제가 되지 않는 일이 대부분이다. 이것을 어떻게 이겨내야 하는 것으로 하루를 보낸다. 그러니 시간이 짧을수록 직장은 다닐 만하다. 하지만 조직은 마이너스다.

김 씨는 차를 빼다가 운전석 옆을 상당히 긁었다. 그래도 아무렇지 않게 그냥 지나쳤다. 하루 마감하고 문자를 넣었다. 차가 많이 긁힌 것 같습니다. 그렇군요. 내릴 때 확인하지 못했네요. 죄송합니다. 나비효과라는 말이 있다. 북경에 나비가 날면 뉴욕에 태풍이 분다는 말이다. 더 자세히 말하자면 어떤 사소한 부분적 일이 전체에 막대한 일을 초래한다는 것이다. 사람을 참 많이 대해 본 나는 불행아다. 어느 사람은 그 내막이 보이기까지 하니 말이다. 오늘 도대체 몇 명의 사람을 만났으며 몇 명의 마음을 떠보았나! 알 수 없는 물에 긴 두레박을 내려 보았던가! 가벼운 생명이 담겼다든가 어깨에 힘이 들어가지는 않았나! 오후 압량, 오 씨는 왜 눈을 부릅뜨고 나를 보았을까! 냉기가 돌았다. 늘 닫혀 있는 문을 보았을 뿐이었다. 문 좀 열어놓자며 한 마디 하고 말았다. 분명 무슨 일이 있었음이다. 나는 그 이유를 알고 있다. 하지만 글로 쓰기에는 석연찮은 것이다.

대표는 참 우습다. 밑에 돌아가는 일을 모두 아는 게 대표다. 보지 말아야 할 것을 볼 때도 있으며 듣지 말아야 할 내용도 듣게 된다. 굳이 안 그러려고 해도 보고하는 사람이 있고 내부 돌아가는 상황이 보인다. 그러니 함께 일하면 비밀이란 없다. 그러니 괴로운 일이다. 하지만 이것을 참지 못하고 나가는 사람은 그 업보에 벗어나니 얼마나 편한가! 여기에 남은 사람은 잔여 감정으로 그 수습하기에 급급하다. 그나마 꾸준히 함께 일하는 사람이야말로 가족이다. 바깥에 비가 참 많이 온다. 글을 쓰는 이곳은 압량이다. 바로 앞이 도로다. 빗소리와 자동차 소리와 사람이 지나는 소리까지 들린다. 바로 옆이다. 오늘은 한 사람도 들리지 않는다. 이곳 카페에, 약 두 시간을 앉아 글을 쓰는 동안에 말이다.

7. 카페 조감도(사동) 점장 훈도

압량 조감도 개점 때 일한 바 있다. 창원에 어느 요식업계에 일한 바 있으며 카페리코 교육을 받고 압량 조감도 점장으로 일했다. 그리고 영대 앞 카페 트리즈에서 일한 바 있다. 70평대 대형 카페다. 13년, 14년도만 해도 70평은 아주 큰 카페에 속했다. 이 카페는 커피가 주主지만 사이드메뉴로 각종 먹거리를 갖췄는데 그 품목이 다른 업주가 보아도 이 모든 것을 할 수 있을까 할 정도로 많다. 이곳 점장 이 씨도 카페리코 교육을 받은 사람이다. 카페 트리즈는 10년에 개업했다. 단독 건물로 신축 개업했다. 영대 앞 상가에서는 비교적 빼어난 건물로 이곳만 한 카페는 없지 싶다.

점장 석 씨는 메뉴개발에서부터 서빙에 이르기까지 카페 내부에 모든 일을 관리한다. 하루 평균 100여 명 오가는 손님께 조금도 불편함이 없도록 친절과 배려로 안내한다.

노자 『도덕경』 26장

重爲輕根, 靜爲躁君, 是以聖人終日行不離輜重

중위경근, 정위조군, 시이성인종일행부리치중

雖有榮觀, 燕處超然, 奈何萬乘之主

수유영관, 연처초연, 내하만승지주

而以身輕天下, 輕則失根, 躁則失君

이이신경천하, 경칙실근, 조칙실구

조躁 조급할 조, 치輜 짐수레 치

연燕 제비, 잔치, 연, 내柰 어찌, 어떻게 내

鵲巢解釋

　　무거움은 가벼운 것의 뿌리(근본)가 되며 고요함은 조급함의 군주가 된다. 이로 성인은 종일 걸어도 짐수레를 떠나지 않고 중히 여긴다.

　　비록 영광스러운 볼거리가 있어도 즐거움은 초연하게 처한다. 어찌 만 승의 군주로서

　　몸을 천하보다 가벼이 하겠는가! 가벼움은 곧 뿌리를 잃게 되고 조급함은 곧 군주를 잃게 된다.

　　하필, 오늘 이 장이 나오는 것인가! 나는 지도자급의 사람은 못 되는가! 하며 뉘우치며 읽는다. 그러니까 노자는 무거움과 고요함으로 군주의 도를 말한다. 가벼움과 조급함은 곧 군주를 잃게 된다고 했다. 비록 영광스러운 볼거리가 있어도 즐거움은 초연하게 바라보는 것이다.

　　하루에도 조급한 일뿐이며 어떻게 일 처리가 되지 않고 지나기라도 하면 강박감으로 여간 스트레스다. 머리는 온갖 잡다한 것으로 가득하고 어느 것 하나라도 체계를 이룬 게 없어 여기저기 흩어놓은 구긴 종이 같아 혼잡하기만 하다.

노자가 말한 짐수레輜는 무엇인가? 국가대사國家大事를 말한다. 이는 도를 말함인데 굳이 큰 지도자에 해당하는 것만의 말은 아니다. 기업을 하건 조그마한 구멍가게를 하든 내가 책임을 진, 소임은 언제든 신경 썼어 보아야 함을 강조한다. 참 어려운 말이다. 단어와 문장이 어려워서 그런 것이 아니라 이 말뜻에 진정 그 뜻을 다하는 사람이 과연 몇이나 될까 말이다.

오늘 일기를 쓰면서도 나에게 주어진 책무를 다하지 못했다. 물론 일을 회피하여 어데 멀리 가 있었든가 하는 것은 결코 아니다. 중요한 일 하나만 처리해도 나머지 일은 모두 혼돈이니 또 혼돈된 가운데 무엇을 생각하는 것도 어려운 처지다. 사람의 손이 필요하나 손마저 믿음이 없으니 손에 일 잡기 꽤 어려웠다.

鵲巢日記 15年 08月 13日

오전 꽤 맑았다. 맑은 날씨라 세차했다. 저녁때쯤 비가 왔다. 그렇게 많이 내리지는 않았지만, 우산은 써야 했다.

오늘 보험해약금에 관한 일로 오 선생께 언성을 높인 적 있다. 참으로 못난 행동이었다. 아무리 일이 급하고 힘들고 감정이 상한 일이 있었다고 하나, 나와는 가장 가까운 사람이다. 가장 가까운 사람에게 내가 한 말은 잘못된 것이다. 나는 정확히 말을 건넸지만 오 선생이 건성으로 들었다. 다시 내가 보험회사에 전화했을 때는 또 틀렸다. 이 일로 다른 일을 신경 쓸 여가가 없었다.

오후, 사동에 카페 내겠다며 기계 견적을 넣은 바 있다. 구두로 계약했다. 우리 기계로 하기로 했다. 경산에서는 꽤 크게 사업하는 꽃집이다. 오늘 꽃집 사장님 뵙고 인사했으며 자제분인 이 씨를 만나 계약했다.

8. 배 선생

조감도에서는 가장 연장자다. 09년 4월에 카페리코에서 커피 교육받았다. 카페리코 직영 옥산점에서 일한 바 있다. 대구에 박 씨가 운영하는 레드커피에서도 일했다. 당시 교육받고 창업한 카페 중에는 지금 포항에 사업하시는 앙쌍떼 심 사장님이 계신다. 앙쌍떼 심 사장님, 레드카페 주인장 박 씨 그리고 배 선생은 같은 시기에 교육받았다. 그 후, 레드카페는 한 이 년 영업 끝에 문 닫았다.

커피를 뽑고 만드시는 배 선생 보면 젊은 사람과 비교할 수 없을 정도로 직업에 충실하다. 이탈리아 바리스타 평균 연령이 47세라고 했다. 나이 들어도 이것만큼 매력적인 직업도 없음을 여실히 보여주신다.

노자 『도덕경』 27장

善行, 無轍迹, 善言, 無瑕讁, 善數, 不用籌策, 善閉

선행, 무철적, 선언, 무하적, 선수, 부용주책, 선폐

無關楗而不可開, 善結, 無繩約而不可解

무관건이부가개, 선결, 무승약이부가해

是以聖人常善求人, 故無棄人, 常善救物, 故無棄物

시이성인상선구인, 고무기인, 상선구물, 고무기물

是謂襲明, 故善人者, 不善人之師, 不善人者

시위습명, 고선인자, 부선인지사, 부선인자

善人之資, 不貴其師, 不愛其資, 雖智大迷, 是謂要妙

선인지자, 부귀기사, 부애기자, 수지대미, 시위요묘

철轍 바퀴자국 철, 적迹 자취 적, 하瑕 허물 하, 적謫 귀양 갈 꾸짖을 적, 주籌 살,

꾀, 산가지 주, 책策 꾀, 채직 책, 관關 관계할 관, 건楗 문빗장 건, 승繩 노끈 승,

구救 구원할 구, 습襲 연습할 습, 미迷 미혹할 미

鵲巢解釋

선하게 행하면 지나간 흔적이 없고 선한 말은 허물을 남기지 않는다. 셈을 잘
하면 셈하는 도구(주판)가 필요 없고, 닫음을 잘하면

문빗장이 없어도 열 수가 없다. 잘 묶으면 줄이 없어도 풀 수 없으며,

이로 성인은 항상 선함으로 사람을 구한다. 고로 사람을 버리지 않는다. 항상
선은 만물을 구하니 고로 만물을 버리지 않네,

이로 습명이라 일컫네, 고로 선한 사람은 선하지 못한 사람의 스승이고, 선하
지 못한 사람은,

선한 사람의 바탕이다, 그 스승을 귀히 여기지 않고, 그 바탕을 사랑하지 않
으면, 비록 지혜는 큰 미혹이 있으며 이를 요묘라 일컫는다.

이 장은 노자께서 습명과 요묘를 이야기한다. 더 나가 선善이 무엇이며 선
이 미치는 영향과 어떤 결과를 초래하는지 말한다. 노자께서도 선이 무엇인

지 분명히 했으며 만인의 큰 스승임에도 불구하고 선을 추구하셨다. 곧 행한 선은 흔적이 없어야 하며 선하게 한 말은 허물이 없어야 하며 분명한 셈은 도구가 필요 없다. 닫고 묶는 것을 잘하는 사람은 문빗장이나 줄이 없어도 완벽하게 닫음이요, 풀 수 없음이다. 더욱 중요한 것은 성인은 선을 행함으로써 사람을 구한다. 고로 사람을 버리지 않는다고 했다. 여기서 나는 어떤 사람인가? 하며 깨우침을 받는다. 경영자로 말이다.

항상 선은 만물을 구하니 만물을 버리지 않는다고 했다. 인간관계에 어찌 선한 생각만 있겠는가! 선하려고 노력해도 주위의 환경에 따라 선한 말이 나오지 않을 수 있음이요 바른 셈이 나오지 않을 수 있음이다. 이로 인해 주위 많은 사람에게 영향이 가는 것도 분명할진대 될 수 있으면 선한 마음을 갖도록 노력해야겠다. 그중에서도 가장 중요한 것이 선한 행동과 말이다.

점심때 잠깐 아이들과 함께 있었다. 한자시험을 보고 붓글씨로 쓰게 했다. 맏이가 사나울 폭을 쓴다. 폭으로 이룬 단어가 어떤 것이 있는지 물으니 폭군暴君이라고 대답한다. 그러면 그 반대말은 뭐니? 하며 물었더니 모르는가 보다. 그래서 성군聖君이라며 얘기했더니 쓸 줄 안다며 쓰는 거였다. 성군도 먼저 스승에게서 들음이 있었다. 그래서 귀 이耳 자에 입 구口 자가 들어가며 이것의 으뜸이 성군이다. 그러니 우리는 어쩌면 선이 무엇인지 또 악은 무엇인지 모르고 태어난다. 노자께서 말씀하신 선하지 못한 사람은 선한 사람의 바탕이라고 했다. 큰 미혹에 빠지지 않는 지혜는 스승을 귀히 여기므로 시작한다. 스승은 누구인가? 어디서 멀리 찾을 것도 없다. 바로 책이다.

鵲巢日記 15年 08月 14日

맑았다.

오후 6시, 이 글을 쓴다. 지금 이 순간 머리가 터질 것 같다. 오전에 직원 월급문제로 오 선생과 상의를 했다. 조감도 상여와 임시직 직원의 시간당 보수에 관한 내용이었다. 어제부로 일 마친 김 씨에 관한 일과 보수문제도 상의를 가졌다. 직원 한두 명이면 모를 일이나 임시직까지 합하면 11명의 인건비를 챙긴다는 것은 머리 아픈 일이다. 어떤 묘한 감정도 일었다. 자본주의 사회라고 하지만 인본이 바탕이며 더없는 밝은 사회임은 분명하다. 물가사정과 비교하면 받는 우리의 보수가 과연 이 사회에 버티며 살아가는 데 얼마만큼 힘이 되겠는가! 이런 와중에서도 일과 레저, 어느 것 하나 선택하라면 요즘은 레저 쪽으로 많이 기우는 것도 사실이다. 이제는 일을 추구하는 사회가 아니라 레저를 더 추구하는 사회가 되었다. 그러니까 일을 더하고 싶은 거는 아니다. 보수가 적더라도 가벼운 일로 하루를 마감하기를 원한다. 그러니 정식 직원 구하기가 꽤 힘이 든다. 구한 직원도 1년이면 장기다. 노임을 정리하다가 이런 생각을 했다.

오후, 청도 산서 지역에 있는 청도점과 산동지역 헤이주 카페에 들렀다. 산서와 산동은 거리가 상당히 되는 것 같다. 가는 길에서 산을 본다. 산이 아주 높아 보였다. 그러니 산자락을 달리며 보는 경치는 빼어날 수밖에 없다. 막바지 휴가 나온 사람도 개울가에 짐을 풀고 물가에 노는 모습도 꽤 볼 수 있다. 카페 헤이주에 들러 가져온 커피를 드리고 한의대에 있는 한학촌까지 들러 본부에 들어오면 약 두세 시간 소요된다. 젊을 때는 이 정도의 거리는 아무것도 아니었다만, 이제는 몸도 지쳐 피곤하기 그지없다. 거기다가 여러 시스템을 보아야 하니 신경은 이만저만이 아니다. 오전에 기획사에 들러 디자인 작업했던 것도 생각하다가 어제 읽었던 노자 『도덕경』한 구절도 생각하여야 한다. 마음을 정화하여야 한다. 아무것도 아니다. 모두 가능한 일이며 어떠한 것도 해낼 수 있음이다. 큰일이 아님을 스스로 생각하며 가벼이 생각하자. 아주 무겁게 생각하면 모든 것이 무거운 것이다. 아무것도 아니다.

오후, 늦게 예지가 문자 보냈다. 조감도 일 때문이었다. 원래 계획은 김 씨가 조감도 정식 직원으로 들어오기로 했다. 계획대로 차질 없이 잘 진행되었지만, 여러 가지 문제로 그럴 수 없게 되었다. 이 일로 남은 직원이 조감도 일에 신경 쓸 수밖에 없는 지경에 이르렀다. 일을 원만하게 이끌지 못한 내 책임이 더 크지만 누굴 탓할까! 신경만 더 쓰게 한 오 선생께도 미안한 일이 되었다.

오전, 정문 사장님과 디자인 작업할 때다. 인건비와 매출, 그리고 커피 영업장 돌아가는 일을 두고 얘기한 바 있다. 기획사 사장님은 나를 안쓰럽게 바라보기까지 했다. 자네는 내공도 있잖아! 대학원에 들어가 다시 공부하지 그래, 지금 별로 돌아가지 않는 몇몇 곳은 정리하고 말이야! 나는 거저 미소만 띠며 커피 한 잔 마셨다. 솔직히 그러고 싶다. 정리한다고 정리가 되는 그런 사업도 아니다. 수익이 나지 않는 곳은 매매는 꿈같은 이야기다. 수년을 아니 이십여 년을 더 나아지려고 노력했지, 책임을 회피하거나 파는 쪽으로 생각하지 않았다. 그냥 나에게 주어진 일이다. 나의 일이다.

오후 11시 다시 펜 잡는다. 압량은 오늘 일찍 마감했다. 8시쯤 마감보고 곧장 사동으로 넘어왔다. 조감도, 낮은 크게 이상 없이 돌아간 듯했다. 저녁은 아주 바쁘게 보냈다. 메뉴가 여러 번 밀렸다. 예상했던 대로 손이 많이 달렸다. 주방에서 뒷일로 도왔다. 어제부로 일 끝난 정의에게 다시 불러 일을 부탁했다. 정의가 없었다면 오늘 무슨 일이 생겨도 생겼을 것이다. 조감도는 정직원이 있어도 일을 이끄는 데 매끄럽지 못했다.

일이 바빠 공부를 제대로 못 했다. 노자 『도덕경』 27장을 보아야 하지만, 원문은 해석하며 여러 번 필사도 해보았지만, 정작 나의 철학 한 줄, 심기에는 시간이 너무 없었다. 내일로 미룬다.

鵲巢日記 15年 08月 15日

맑았다.

어제는 광복 70주년 임시공휴일이었다. 오늘은 주말이다. 아침 사동에 출근하면서 이런 생각을 했다. 2,500년 전 노자가 살던 시대도 지금과 크게 다를 게 없을 거라는 생각을 했다. 그러니까 하루 세끼 먹었을 것이고 무엇을 하든 일은 있었을 것이다. 지금과 그때와 다른 것은 시대의 체제와 과학이 조금 더 발전한 사회에 우리가 살고 있다는 것뿐이라는 생각 말이다. 그러니까 그때보다는 물질문명의 혜택을 더 누리고 있으며 인권의 보장 또한 훨씬 나아졌다는 것이다. 그러므로 해서 예술과 문화가 상당히 발전했으며 이로 인한 인간사회에 더 윤택한 삶을 누리고 있다는 것이다. 지금은 자동차를 애용하며 내가 가고자 하는 목적지에 가고 있다. 이것은 분명 과학문명의 혜택을 누리고 있음이다. 2,500년 전은 말을 이용했거나 노새나 당나귀를 이용했을 것이다. 이것도 지배자 계층이나 관료층에 있는 사람만의 전유물이겠다.

지금도 조선 시대로 보면 불과 몇 년 채 흐르지도 않았다. 어찌 보면 조선 시대의 연장으로 더 나은 미래사회로 향하는 경유지일 뿐이다. 그러니 사람들이 의관을 쓰지 않았을 뿐이지 사람 사는 사회는 그때와 지금과 별반 차이가 없다. 앞으로 2,500년이 흐른다고 해도 크게 나아진 것도 또 크게 나쁠 것도 없는 우리의 삶이다. 모르겠다. 아마! 생명과학이 더욱 진보하여 사람의 평균수명이 더 늘거나 병을 고치는데 특효약이 나온다면 과연 지금의 삶보다 더 나은 삶을 추구할 수 있겠는가! 시간당 즐길 수 있는 스트레스 해소방법으로 더 나은 게임이 나와 지금보다 나은 행복을 안겨다 줄 것인가 말이다. 그러니 이래나 저래나 자연을 추구하며 자연에 따르는 것이 가장 큰 행복임을 알아야겠다. 노자의 사상은 2,500년 전의 기록한 것이지만 앞으로 2,500년이나 더 흘러도 우리에게 변함없는 깨우침을 주리라는 것은 분명하다.

9. 예지

14년 봄에 카페리코에서 커피 교육받았다. 예지는 말이 적고 예의가 바르다. 주로 주방에서 커피를 만든다. 라떼아트는 전국 최고라 말하고 싶을 정도로 맛과 예술이 깊다. 당시 창원에 오신 교육생이 있었는데(지금은 주남저수지 가에 커피여행으로 전국 최대의 카페를 개업했다.) 예지의 커피 만드는 기술에 탄복할 정도였다. 창원, 커피여행 신 사장님께서는 함께 일했으면 하는 마음마저 보였지만 예지는 정중히 거절했다.

예지는 자신의 꿈을 위해 카페 조감도에서 배우고 익혀 손님께 정성을 다한다. 나는 예지가 참 든든할 정도로 믿음을 주니 항상 고마움을 잊지 않는다. 성은 박 씨며 밀양이 본관이다.

노자 『도덕경』 28장

知其雄, 守其雌, 爲天下谿, 爲天下谿, 常德不離

지기웅, 수기자, 위천하계, 위천하계, 상덕부리

復歸於嬰兒, 知其白, 守其黑, 爲天下式

부귀어영아, 지기백, 수기흑, 위천하식

爲天下式, 常德不忒, 復歸於無極, 知其榮

위천하식, 상덕부특, 부귀어무극, 지기영

守其辱, 爲天下谷, 爲天下谷, 常德乃足, 復歸於樸

수기욕, 위천하곡, 위천하곡, 상덕내족, 부귀어박

樸散則爲器. 聖人用之, 則爲官長, 故大制不割

박산칙위기. 성인용지, 칙위관장, 고대제부할

鵲巢解釋

수컷을 알고 암컷을 지키면, 천하 계곡이 된다. 천하 계곡이 되면 항상 덕은 떠나지 않으며,

어린아이로 돌아오게 된다. 흰 것을 알고 검은 것을 지키면 천하의 모범이 된다.

천하의 모범이 되면 항상 덕은 틀리지 않으며 끝이 없으므로 돌아오게 된다. 영화를 알고

욕됨을 지키면 천하의 골짜기가 된다. 천하의 골짜기가 되면 항상 덕은 충족되고 다시 소박함으로 돌아온다.

통나무가 쪼개지면 곧 그릇이 되고 성인은 그것을 씀으로써 관장이 된다. 고로 큰 다스림은 나누지 않는다.

이 장은 음양의 조화를 말한다. 지금과 노자가 살던 시대는 아주 다르다. 전쟁을 많이 치러야 했던 시기다. 춘추전국시대다. 그러니 약한 자는 어린아이와 여자였다. 수컷을 알고 암컷을 지킨다는 것은 나라 다스림과 그 구성원인 백성을 제대로 알아야 한다는 말이다. 물론 그 당시는 그랬다. 지금은 어떤가! 어떤 사업이든 사업장이든 남자가 하는 일이 있고 여자가 하는 일로 구분되었다고 하나 또 함께 이루는 것도 사실이다. 그러나 분명히, 일은 어떤

사람에게는 이 일이 맞는 것이 있고 또 그렇지 않은 것도 있다. 조화다. 음양의 조화를 잘 이루기라도 하면 계곡처럼 항상 생산성을 발휘할 수 있으니 그러니 경영은 중요하다. 노자가 말하는 도는 왕도에 이르지만, 지금의 시대에 어떤 경영자에게도 해당하는 말로 해석하며 읽어도 무관하다.

까마귀가 있으면 백로도 있다. 까마귀가 사는 습성대로 백로는 살 수 없다. 그러니까 어떠한 일이든 순리에 따라야 함이며 그 따름은 천하의 모범이 된다. 천하의 모범은 틀리지 않은 덕으로 이루며 끝이 없는 무극에 이른다. 그러니 자연은 그 순리에 따르니 끝이 없는 낳음이 있으며 그 낳음은 수천 년 전이나 수천 년 후에나 별다름이 없으니 무극에 이른 것과 다름없다.

영화를 알고 욕됨을 지킨다는 말은 성인은 어떠한 정치를 펴도 만인을 위한 것이지만 만인은 그 영화를 누릴 수 없으니 욕됨은 당연하다. 그것을 당연하게 받아들이고 이끈다면 계곡과 같은 생산성을 유발할 수 있음이다. 이는 항상 덕을 충족하게 하며 소박함으로 돌아오게 한다.

통나무를 자르면 그릇이 되나 이로써 성인은 관리할 수 있는 재능이 있으나 하지만 큰 다스림은 나누지 않으며 통으로 합을 이루니 이것이야말로 도라 할 수 있음이다.

鵲巢日記 15年 08月 16日

맑은 날씨였다가 저녁 답에 비가 좀 내렸다.

영업장마다 개점하며 직원과 대화를 나누었다. 사동은 일과 보수에 관해서 얘기했다. 아직 직원 한 명이 비는 상황이라 한 명이 더 충원될 때까지 조금 더 신경 써 주십사 하는 얘기였다. 모두 한마음이 되어 카페에 일하는 모습을 보니 마음이 든든하고 뿌듯했다. 시스템이 몇 개 되고 돌아가는 사정을 일일이 보아도, 왜 분쟁이 안 일어나겠는가! 사소한 일이나 작업에 어떤 오해로 인해 감정 상하는 일도 더러 있지만, 그때그때 잘 풀어서 나가야 한다.

오 선생은 최근에 잠도 못 자고 일해야 했다. 중국 교육생이 한 명 들어왔는데 여기에 너무 신경을 쓴데다가 조감도 일까지 보아야 하니 여간 피곤했나 보다. 직원과 대화도 매끄럽지 못했고 어떤 오해도 있었다. 오후, 커피 일에 관해서 서로 대화를 나누었다. 발단은 로스팅 된 커피 판매 가격문제였다. 매장에 찾으시는 일반고객용 가격과 업자 납품가격에 대해서 서로 의견이 달랐다. 내년도 최저임금이 6,030원 오르는 것에 대한 대비책으로 카페에 파는 커피 가격 조정이 불가피하니 생각을 해두어야겠다는 내용도 있었다. 함께 이끌어가는 가게라지만 서로가 의견이 달라 아주 힘이 든다. 어떤 것은 몇 번 부딪히고 나서 바꾸는 것도 있어 에너지 소비가 만만치 않다. 지나고 나면 모두 별일도 아닌 것이 대부분이다. 바깥 시장을 너무 잘 아는 나와 안의 일에 어려움으로 그 처리능력에 부딪는다. 그러니 매사 언성이 높아질 때도 있으며 마음 상하는 일도 잦다. 오 선생은 뭐든지 그대로 받아들이는 사람이 아니라 어떤 것은 제동까지 거니 거저 소홀히 지나갈 일도 되는 것을 껄끄럽게 만들 때도 있다. 모든 것을 본인이 직접 하려는 긴박감 속에 이루는 스트레스다. 밑에 함께 일하는 직원이 많지만 일의 효율적 분담을 하지 못해 생긴 일이다. 거기다가 어떤 체계를 잡아도 그 체계를 받아들이며 행하면 되는 일을 인정을 못 하니 힘에 부치는 것이다.

다수의 커피 집과 경쟁하려면 어떤 방법으로 일해야 하는 것인지 근본을 한 번 생각하여야 한다.

대전업자다. 부자 로스터가 지금 한창 뜨고 있다. 대구 인접 도시인 이곳 경산에서도 내가 아는 집만 벌써 세 군데나 이 로스터기를 샀다. 같은 용량으로 태환에서 나오는 기계가 소가 약 900만 원 대에 비하면 이 기계는 300만 원 호가한다. 기계의 질적인 면은 태환이 월등히 좋지만, 커피를 볶는다는 의미에서 보면 별 차이가 없으며 디자인이나 내구성도 별 차이 없었다. 문제는 매장을 운영하는 업주 사장은 상대적으로 비싼 태환을 회피하며 부자를 선택했다는 것이다. 더구나 가격이 훨씬 저렴하니 기존에 쓰지 않았던 일반 가게도 한두 집씩 사기 시작했다. 시장 상황을 볼 때 긴장감은 더 팽배한 데 내부는 그 긴장감을 모르고 있다는 것도 문제다.

커피를 한다면 모든 것을 들여다보아야 하며 모든 조건을 고려해야 한다. 무엇이든 팔지 못하면 세상에 있을 필요가 없다. 부부싸움을 크게 했든 무엇이 뒤틀려 쪼개졌거나 부서졌거나 아무런 관계없다. 내일을 바라보지 않는 지금은 오늘만 있을 뿐이다. 당론이나 당쟁 없이 합의점 하나로 밀고 나가는 일이면 더없이 좋은 일이겠으나 분쟁이 일더라도 내일을 위한 것이면 반드시 치러야 한다.

오후, 본부에서 책보며 쉬고 있었다. 본점에서 연락이 왔다. 오 선생이다. '전에 모모 대학 모 선생님 오셨어요? 부항 관련 전문가 말입니다. 한 이십 분 있으면 도착한답니다.' 그래서 읽던 책을 덮고 본점에 갔다. 모 선생께서 오셨다. 누룽지와 커피 대용으로 쓸 만한 까만 물 같은 것인데 차를 이탈리아

밀폐 병에다가 담아 오셨다. 누룽지는 맛이 있었지만, 까만 물은 영 아니었다. 무슨 잿물 같았다. 선생께서는 현미를 볶고 그 볶은 것을 갈아 물로 내렸다고 했다. 그러니까 우리가 아는 더치를 내리듯이 그렇게 했다는 것이다. 맛을 보니 40년대, 70년대에 커피가 아주 귀했을 때 고구마를 살짝 태웠거나 담배 태운 것에다가 물에 적신 것과 같았다. 그러니까 한마디로 영 아니었다. 아! 이것을 판매한다면 무슨 일, 일어나더라도 크게 일 것 같다는 생각이 들었다. 선생께서는 한마디 더 하셨는데 대량주문을 받았는데 이것을 어떻게 해야 할지 난감하다는 표현까지 하셨다. 좋지 못한 일이라 얘기하면 마음 상할 것 같고 여러 가지 얘기를 더러 이것은 아닌 것 같다는 말씀을 드렸다. 천천히 얘기를 다 들으시고는 받아들였다. 원래는 부항 관련 쪽으로 오랫동안 일해오신데다가 체계를 잡으신 분이다. 선생의 과거를 오늘은 천천히 들었다. 어릴 때 살모사에 물려 발이 퉁퉁 부었는데 죽음에 이르기까지 했으며 이 일로 부항을 알게 되었다고 한다. 그 어떤 병원도 살모사에 물린 환부를 치료하는 데가 없는데 한의원 관련 쪽에 치료받게 되었다고 한다. 정말 귀신같이 나았다. 그리고 인생의 전반적인 내용을 얘기하셨다. 우여곡절이 많다. 이혼한데다가 도서 관련 쪽에 안 좋은 일도 있었으며 부항 일도 사기로 몰린 적도 있어 삶의 어려움이 첩첩산중이었다. 나는 별말씀을 드릴 수는 없었지만, 내가 하는 일을 회피하는 것은 오히려 어려움을 더 초래할 수도 있음이다. 솔직히 지금도 고민이다. 내일을 어떻게 맞느냐는 것이다. 삶을 어떻게 이끌어야 하는 것이냐다. 소비는 무엇으로 이루며 수익은 어떤 방법으로 창출하며 삶은 어떻게 이어나가느냐는 것이다. 공부가 얼마만큼의 도움을 줄 수 있을지는 모르지만, 최소한 삶의 방법을 제시해 주리라는 것은 분명하게 믿는다.

10. 정의

조감도에서는 가장 어린 가족이다. 성은 박 씨고 본관은 함양이다. 정말 예의 바른 아이다. 올해 나이 스물하나다. 곧 군대 입대하기 때문에 일을 잠시 접었다. 그는 카페리코에서 교육받았다. 한 때 카페리코 청도점에서 일한 바 있다. 청도가 고향이다. 목소리가 카랑카랑해서 오시는 손님 가시는 손님께 인사성이 꽤 밝았다.

정의는 늘 도전한다. 서울에 대학을 다니는데 세계 바리스타 챔피언과 전국 바리스타 챔피언에도 도전하려고 여러 가지 준비하는 것을 옆에서 지켜보았다. 나중에는 분명 큰일 낼 것 같다.

노자 「도덕경」 29장
將欲取天下而爲之, 吾見其不得已
장욕취천하이위지, 오견기부득이
天下神器, 不可爲也, 爲者敗之, 執者失之
천하신기, 부가위야, 위자패지, 집자실지
故物, 或行或隨, 或歔或吹, 或强或羸
고물, 혹행혹수, 혹허혹취, 혹강혹리
或挫或隳, 是以聖人去甚, 去奢, 去泰

혹좌혹휴, 시이성인거심, 거사, 거태

허歔 흐느끼다, 두려워하다, 숨을 내쉬다 허, 취吹 불다 취
리羸 파리하다, 고달프다 리, 휴隳 무너뜨리다 훼손하다 휴

鵲巢解釋

　　장수가 천하를 취하고 그것을 위한다면, 나는 이미 얻을 수 없음을 아네.

　　천하는 신기한 그릇이라 그것을 위할 수 없네. 위하는 자는 실패하고, 잡으려는 자는 그것을 잃네.

　　고로 만물은 때로는 나아가기도 하고 때로는 따르기도 하며 때로는 내쉬면서 때로는 불기도 하네 때로는 강하고 때로는 파리하네,

　　때로는 꺾으며 때로는 무너뜨리고 이로써 성인은 심함을 없애고, 사치스러움을 없애고, 지나친 것을 없애야 하네.

　　사람은 무엇을 취하려고 하면 그것이 손에 잘 잡히지 않음을 말한다. 그러니까 욕심을 버리고 순리에 따라야 함을 말한다. 방금 비 억수같이 내리는 현상은 자연의 일이다. 인간이 어찌할 수 없는 처사다. 그렇다고 일을 강행하면 몸만 상한다. 그러느니 바라보며 그 순리에 따르며 즐기면 취하지 않아도 취함이요. 따르지 않은 것 같아도 따름이 있고 강하고 파리한 것도 꺾으며 무너뜨리는 것도 그에 따라 지내는 것이다. 그러니 성인은 극단적인 것을 없애며 사치스러움을 없애고 지나친 것을 저버려야 한다. 굳이 그럴 필요가 없다. 모든 것이 내 것이 아니어도 내 것과 다름이 없고 내 것이라도 내 것이 아님을

깨닫는다면 어찌 이 세상과 동조하지 않을 수 없는 일이 있을 것이며 또 그러하지 않을 수 있을까!

　노자는 이 세상이 신기한 그릇이라 했다. 오늘만 보더라도 날씨가 여러 번 변화하였다. 이것은 200년 전 정조가 살던 시대에도 열맷 번 반복한 2천여 년 전에도 그랬다. 세상 흐름을 보라! 맑은 하늘에 구름에 떠가듯이 시간은 지났지만 세상만물은 조금도 바뀜이 없다. 오히려 인간은 이것을 거스르다가 해만 입고마니 인간만 해할까! 세상과 더 나가 우주에 미치는 영향이니 우리는 노자의 말씀을 따라 정작 어느 수준까지가 진정 우리의 행복을 안겨다 줄 것인가! 고민해야 한다. 자연, 자연은 모든 것이다.

　내가 금반지를 끼웠다고 하자! 정말 그 반지가 내 것인가? 잠시 자연에서 빌린 것 아닌가, 피땀 흘려 돈 벌어서 금을 샀던, 누군가의 피땀 어린 세공이 있었으며 그것을 파는 업자로부터 사서 내 손가락에 끼웠을 것이다. 기분이 좋은가! 호! 사치다. 그것을 끼웠다고 해서 손이 더 나아 보였거나 내 위치가 나아졌다거나 하는 것은 단지 허물 좋은 위용에 불과하다. 죽어서 가져가는 것도 아니다. 죽어서 가져가도 모두 자연으로 돌아간다. 금반지를 끼지 않아도 금은 보며 내 것은 아니어도 내 것처럼 보며 지내는 것도 좋다. 모두 내 것이지만 모두 내 것이 아니다. 그러면 삶은 더 돈독하며 성실하며 마음은 풍요로울 뿐 아니라 관대하다.

鵲巢日記 15年 08月 17日

아주 맑은 날씨였다가 오후 비 억수같이 내렸는데 샤워하는 것보다 더 세 찬 비 내렸다. 오후 늦게야 비 그쳤는데 거짓말처럼 또 맑았다.

아침은 소시지 같지 않은 소시지 붙임과 모 선생께서 해가 주신 미르치 볶 음으로 한 술 뜰 수 있었다. 맏이는 동그랑땡이랑 새우튀김으로 둘째는 소시 지로 밥을 먹었는데 나는 잘 먹지도 않는 김치 생각이 또 나는 거였다. 가만 생각하면 허기만 줄일 정도만 하면 되겠다며 다짐한다. 까만 현관문을 밀며 나오는데 평상시에는 계단이 여럿이라 차근차근 밟아 내려왔지만, 오늘은 한 계단처럼 가벼웠다.

사동에서 커피 한 잔 마셨다. 늘 마시던 친구들이다. 오늘도 여지없이 배 선생과 예지가 나왔는데 여타 다른 날과 같이 예지는 말이 없었고 배 선생은 커피 맛을 돋웠다. 한 십 분 앉았다가 간다는 것이 그만 삼십여 분을 앉고 말 았다. 청도 가비에서 추가 주문 전화가 왔고 허겁지겁 챙겼다. 청도 모 사장 님께서 오셔 챙겨 가셨다. 본점 주문은 여러 번 잊었는데 오늘은 기필코 가져 다 놓았다.

점심은 굶다.

대구 모 옷가게에 커피 주문 있었는데 오후에 배송했다. 대구 동호동에 독 서실, 캔 수십 짝 주문 있었는데 오후에 그 수십 짝 지고 날랐다. 이때 비 억수 같이 내렸다. 차에서 잠시 노자 『도덕경』 29장을 여러 번 필사했다. 그러다가 또 비 그쳤는데 다시 그 캔을 지며 날랐다. 옥곡에도 들러 커피를 내렸다.

오후 4시쯤 영대 KFC 들러 치킨 볼 두 상자 샀다. 차에서 하나씩 끄집어

내어 먹었다. 먹기 좋게 알맞게 돌돌 말았는데 진짜 치킨 같았다.

오후 5시, 입랑에 출근하니 선에 수문했던 『용비어천가』, 『석보상절』, 『월인천강지곡』, 『한자의 뿌리 上』 책 들어왔다. 늘 오시던 어느 대학 교수쯤 돼 보이는 선생께서 오셨는데 이 책을 보시더니만 해석은 어디 있느냐며 물으셨다. 이 게 해석입니다. 했더니 나는 무식해서 못 읽겠다고 하셨다. 그러고 보니까 나도 읽기에 어려웠다. 모두 한자 아니면 고어다. 한 권 사가져 가시려고 하던 것을 말렸더니만 자꾸 달란다. 그러다가 커피 다 만들었을 때쯤 2만 원이라고 했더니 그냥 말았다.

아! 또 끄무레하다.

11. 동원

성은 정 씨며 본관은 동래다. 집안의 막내로 태어났다. 아버지께 꽤 신임받는다. 취미로 헬스를 하며 독서를 즐긴다. 14년 9월 카페리코에서 커피 교육받았다. 어떤 일이든 책임을 다하며 손이 참 재바르다. 아주 밝은 미남의 바리스타로 기억에 남는다. 손님 오시거나 가실 때 문 앞까지 나와 살핀다. 가시는 모습을 끝까지 보아야 안에 들어가 일 본다. 참으로 예의 바르다. 대학은 영남대 도시공학과를 졸업했지만, 도시계획에 뜻이 맞지 않아 커피로 돌아서게 되었다. 집에 건물이 있다. 전에는 횟집이 경영했지만 지금 이 글을 쓰는 15년 9월, 비워졌다. 내달 내부공사가 들어갈 것이며 카페 일을 본격적으로 시작할 것이다. 그간 카페리코 본점과 카페 조감도에서 두루두루 실전 경험을 쌓았다. 상호는 '다이노 커피'로 한다. 이 상호를 쓰게 된 것은 조카의 영향이 컸다. 하루는 삼촌이 카페 한다며 얘기했더니 그림을 그려 주었다. 여기는 공룡을 놓고 여기는 무엇을 놓아가며 그림을 그렸는데 거기에서 착안했다. 아끼는 후배다. 가게는 대구 수성 1가 롯데캐슬 복합단지 바로 맞은편에 있다.

노자 「도덕경」 30장

以道佐人主者, 不以兵强天下, 其事好還

이도좌인주자, 부이병강천하, 기사호환

師之所處, 荊棘生焉, 大軍之後, 必有凶年

사지소처, 형극생언, 대군지후, 필유흉년

善有果而已, 不敢以取强

선유과이이, 부감이취강

果而勿矜, 果而勿伐, 果而勿驕, 果而不得已, 果而勿强

과이물긍, 과이물벌, 과이물교, 과이부득이, 과이물강

物壯則老, 是謂不道, 不道早已

물장칙로, 시위부도, 부도조이

鵲巢解釋

　　도道로 임금을 보좌하는 자는 군대로 천하를 강하게 하면 안 된다. 그 일은 곧잘 돌아오네.

　　군대가 머무는 곳은 가시나무가 자라고 대군이 있었던 후는 꼭 흉년이 드네.

　　선이 있고 이미 결과가 있는 것은 감히 강하게 취하지 않은 것이네.

　　결과는 자랑하지 말며, 결과는 치지 말 것이며 결과는 교만해서도 안 되고 결과는 부득이하여 결과는 억지로 하지 말 것이네.

　　만물은 굳세면 늙으니 이는 도라 하지 않고 도가 아님은 이미 이르네.

　　첫 문장을 바르게 해석해야 한다. 인人은, 옛 고어에서는 성인을 말한다. 민民의 개념이 아니다. 병사를 일으켜 천하를 취하는 자는 반드시 그 일은 반복된다는 뜻이다. 역사를 들여다보아도 맞는 말씀이다. 중국 역대 왕조의 변천을 들여다보아도 그 일례는 많이 찾아볼 수 있다. 전국을 통일했던 진나라가 그러했고 그 이후 여러 반복되는 역사를 본다.

선으로 모든 것을 행하여야 하며 결과 즉 일은 감히 강행해서는 안 된다. 또한, 결과 즉 그 일은 자랑하지 말아야 하며 남을 비평하거나 치는 일은 더욱 안 되는 말이며 교만은 더욱 안 될 말이다. 22장에 곡즉전曲則全이라 했다. 굽으면 구부리면 모든 것이 온전하다. 곡曲은 자존심 상하고 없어 보일지라도 오히려 세상사는 바른 이치다.

장壯은 굳세고 강하고 견고함을 이른다. 만물도 굳세고 나면 시든다. 어찌 정치가 그러하지 않을까! 그러니까 여기서 장은 무력으로 일으킴을 말하는데 이는 성인이 가는 도가 아님을 말한다. 도가 아닌 것은 일찍이 가버린다고 했다. 그러니까 쇠한다는 말이다.

성군 세종을 보라! 강한 군대로 백성을 다스리기는커녕 오히려 문맹을 일깨우기 위해 한글을 창제하고 백성들의 생활에 실질적 도움을 주려는 각종 문화정책과 이상적인 유교정치를 실현했다. 세종이 떠난 그 이후의 시대는 어떠한가! 지금까지 우리는 그 혜택을 받음이요. 성군 세종을 기억한다. 그러니 사람이 어떤 길을 가야 하는지 이 장은 잘 말해주고 있다.

鵲巢日記 15年 08月 18日

대체로 맑았다.

달걀은 고급음식이다. 내가 어릴 때는 아버지께서 집에 닭을 몇 마리 키운

적 있다. 지금도 아버님 집은 닭이 몇 마리나 있다. 암탉이 대여섯 마리 수탉 한 마리다. 아침이건 오후긴 닭은 알을 낳는다. 아버지는 달걀을 별로 좋아하지 않으셨다. 진지, 한술 뜨시면 늘 하시던 말씀이 있다. '닭똥 비린내 난다.' 나는 달걀을 참 좋아한다. 솔직히 없어 못 먹는 경우가 많다. 어릴 때도 다른 반찬은 없어도 네모 양은이 도시락(일명 벤또)에 달걀부침 한 장이면 넉넉했다. 지금도 아침이면 달걀부침 한 장은 꼭 먹고 싶다. 오늘 아침은 달걀이 부족했다. 양껏 부침하지 못했다. 두 아들과 아내와 내 것까지 하려면 모두 네 장은 해야 한다. 세 개밖에 없었다. 자본주의와 사회주의가 서로 다른 것은 배급이다. 자본주의는 돈만 있으면 마트에 가 사면 된다. 모두 자율경쟁이라 얼마든지 팔리면 생산은 문제없다. 커피는 소비시장보다 공급은 턱없이 많다. 하루 인건비 버는 것이 문제지 이에 뒷받침하는 커피를 생산하는 여건이 달리는 일은 결코 없다. 달걀이라도 넉넉하게 사 먹을 수 있는 하루 돈벌이면 얼마나 좋겠는가! 그래도 어느 가정이든 달걀은 쉽게 사 먹을 수 있는 필수 식료품이다. 이만하면 가격도 괜찮다. 다른 물가는 많이 올라도 달걀은 그렇게 오르지 않은 것 같다. 그러니까 귀찮아서 깜빡 잊어 못 사서 못 먹는 경우가 많다. 아무튼, 달걀부침 한 장 곁들였다.

김치찌개를 했다. 김치 냉장고 안에 큰 김치 통을 안 열어본 지가 며칠 되었다. 이참에 작은 통에다가 몇 통 나누어 담는다. 늘 꺼내 먹는 냉장고에다가 넣어두고 조금은 찌개를 했다. 아내는 급하게 두부를 사 왔다. 두부도 썰어 넣었다. 아침 먹는다. 맏이는 달걀을 꽤 좋아한다. 토마토소스에다가 찍어 먹는다. 푸짐한 밥상이었다.

오전에 삼성생명 이 씨가 다녀갔다. 아내의 보험 일 때문이었다. 이 씨는 요즘 뜨는 상품이라며 찹쌀떡 두 장 가져왔다. 한 장 얼마에 파느냐고 물었더니 이천 원이라고 했다. 시내에서는 꽤 인기다. 가맹점이 생각보다 많이 나가 있는 듯했지만, 문 닫은 곳도 꽤 있다고 했다. 서민의 가게는 값싸고 맛있고 붐비는 곳은 이슈가 된다. 정말 돈 잘 버는 곳은 아무런 소리 없이 조용하게 번다. 객단가 낮아, 나는 별 재미없을 거라며 얘기했더니 도로 우기기까지 한다. '아니에요, 시내에서는 요즘 최고 인기예요.' 그러니까 찹쌀떡 얼마 합니까? 물었더니 이천 원이라고 했다. 하루에 몇 장을 팔아야 하는가! 이 집에 파는 다른 상품도 마찬가지다. 모두 이천 원이다. 그러니까 찹쌀을 이개고 반죽하고 단팥을 넣어 구워내는 일은 또 얼마나 고된 일인가! 이슈가 되는 집은 손님 대하기도 다른 어떤 집보다 더 어려워 주인장은 더욱 조심스러워야 한다. 혹여나 오해 사는 말 한마디는 치명적이다. 그러니 서민이 다루는 장사는 얼마나 힘든 일인가!

오후, 대구 시내에 배송 다녀왔다. 어느 식당이다. 개업한 지 얼마 돼 보이지 않았다. 아이스 컵과 뚜껑을 가져다 드렸다. 가맹점에만 넣어야 할 컵을 판매했다. 가맹점도 문 닫은 데가 많고, 이미 남은 점포도 컵을 소진하기에는 가진 재고가 너무 많아 어쩔 수 없었다. 남은 가맹점도 각각 이 경쟁사회에 살기 바쁘니 원가절감으로 각자 길을 택한 지 오래됐다. 나는 이제 관리고 뭐고 신경이 꽤 쓰여 거저 바라보며 묵인한다. 이 속에는 표현 못 할 인간의 더러운 감정이 더러 나 있는 거라 한 줄 쓰는 것도 지면이 아깝다. 이제는 가맹점이 아니라 경쟁업체니 한마디로 눈엣가시다. 그러니까 춘추시대는 끝났음을 알리며 전국시대로 향한다. 그렇다고 전부 그런 것은 아니다. 아직도 몇몇 업체는 두꺼운 신용을 쌓아 나간다. 몇 업체뿐이다.

그 외, 하양, 부동산 집과 병원에 다녀왔다.

압량에서 카페 볼 때다. 술이 좀 과하게 드신 40대 후반쯤 보이는 아주머니다. 혀 꼬이는 말씀으로 '어! 젊은 학생이 아니네!, 젊은 학생 보러 왔는데', 네 죄송합니다. 밤에는 제가 잠깐 보고 있습니다. '아메리카노 두 잔 주세요. 어! 아니다. 아메리카노 한 잔하고 뭐가 맛있어요.', 네 라떼 드셔 보세요. 괜찮습니다. '그럼 라떼 주세요.' 커피를 뽑으려고 하는데 '아니다, 그냥 아메리카노 주세요.' 시원하게 드릴까요? '네, 아아! 아니다. 라떼 아! 그냥 시원하게 아메리카노 주세요.' 동원이 보러 오신 듯했다. 나이 많은 늙은이가 바에 서 있었으니 얼마나 호감이 떨어졌을까! 가실 때 중얼거리시며 한 마디하고 간다. 젊은 학생 안 나오면 안 나온다고 하지 괜히 들렀잖아! 그렇다. 젊음은 거저 바라보는 것만도 상품이다.

12. 정석

성은 김 씨며 본관은 의성이다. 동원이 동네 친구이자 학교 교우였다. 한 때는 살이 붙었지만 커피를 하고부터는 살이 속 빠져 아주 호감 가는 남자다. 동원이와 같은 헬스클럽에 다니는 거로 알고 있다. 정석이는 15년 2월에 카페 리코에서 커피 교육받고 조감도와 리코에서 일한다. 동원이가 곧 창업하면 친구 일을 돕는다. 정석이는 누이동생이 하나 있는데 꽤 수재다. 우리나라 최고의 대학, 법대 졸업했다. 사법고시 합격했다. 지금은 법원 쪽에 일하는 기로 알고 있다. 정석이는 장래 최고의 바리스타가 되는 게 목표다. 지금도 틈틈이 일 열심히 한다.

노자 「도덕경」 31장

夫佳兵者, 不祥之器, 物或惡之, 故有道者不處

부가병자, 부상지기, 물혹오지, 고유도자부처

君子居則貴左, 用兵則貴右, 兵者, 不祥之器

군자거즉귀좌, 용병즉귀우, 병자, 부상지기

非君子之器, 不得已而用之, 恬淡爲上, 勝而不美

비군자지기, 부득이이용지, 염담위상, 승이불미

而美之者, 是樂殺人, 夫樂殺人者, 則不可得志於天下矣

이미지자, 시락살인, 부락살인자, 즉불가득지어천하의

吉事尚左, 凶事尚右, 偏將軍居左, 上將軍居右

길사상좌, 흉사상우, 편장군거좌, 상장군거우

言以喪禮處之, 殺人之衆, 以哀悲泣之, 戰勝. 以喪禮處之

언이상례처지, 살인지중, 이애비이지, 전승. 이상례처지

鵲巢解釋

병기를 좋아하는 자는 상서롭지 못한 자다. 그러므로 누구나 그것을 싫어한다. 도가 있는 이는 처하지 않는다.

군자는 머무를 때 왼쪽을 귀하게 여기고 병기를 쓸 때는 오른쪽을 귀하게 여긴다. 병기를 쓰는 자는 상서롭지 못한 자라,

군자의 기물이 아니다. 부득이 이를 사용하면 담담하고 맑음을 최상으로 삼는다. 승리는 불미하며

이를 아름답게 여기는 자는 사람 죽이는 것을 즐기는 자다. 사람 죽이는 것을 좋아하는 자는 천하의 뜻을 얻을 수 없음이요,

길한 일은 왼쪽을 숭상하고 흉한 일은 오른 쪽을 숭상한다. 편장군은 왼쪽에 거주하고 상장군은 오른쪽에 거주한다.

말은 상례로 처한다. 죽인 사람이 많으면 슬프고 비통함에 임하고 전쟁에 승리는 상례에 처한다.

솔직히 말하자면 해석하기 어려운 문장이다. 하지만 노자가 뜻하는 전체적인 의미가 무엇인가를 생각하며 읽는다면 이해가 안 되는 것도 없을 것이

다. 차근차근 그 의미를 파헤쳐보자.

　나는 왕필이 어떤 주석을 달았던 또 백서본은 어떻고 죽간본은 어떤지 모른다. 나는 학자가 아니라 장사꾼이다. 거저 읽고 나의 철학을 담아본다. 참고로 왕필은 젊은 나이에 깨달음을 얻은 천재라는 것만 알고 있다. 천재는 단명이라고 했나! 그는 오래 살지 못했다. 만 스물셋을 살았다.

　부夫는 일반 사내나 선생 혹은 3인칭 지시 대명사로 보면 좋겠다. 병兵은 각종 병기나 군사 혹은 싸움할 수 있는 여러 가지 도구를 뜻하며 읽는다. '夫佳兵者, 不祥之器' 병기를 좋아하는 자는 상서롭지 못한 자다. 기器는 그릇을 뜻하나 무엇을 담는 기관체로 보는 것이 좋으니 자者로 읽어도 괜찮다. '物或惡之' 오惡는 싫어하거나 미워하므로 읽을 때는 오다. 만물은 그것을 싫어한다. 병사를 일으키는 데 누가 좋아하겠는가! 그러므로 도가 있는 이는 이런 곳에 머무르지 않는다. 처하지 않는다.

　'君子居則貴左, 用兵則貴右', 군자는 왼쪽을 귀하게 여기고 병을 쓸 때는 오른쪽을 귀하게 여긴다고 했다. 참 어려운 말이다. 나는 이런 생각을 했다. 문무백관의 위치가 좌무우문左武右文이라 했는데 이를 이야기하는 게 아닌가 하며 생각한다. 그러니까 평화로울 때는 왼쪽 관료를 더 생각하며 나라가 위태로울 때는 오른쪽 관료를 더 생각하여야 하는 게 아닌가 말이다. 다시 말해 이 말은 뒤에 노자께서 한 번 더 강조하는 듯 읽는다. 길사상좌吉事尙左, 흉사상우凶事尙右라고 했다. 길한 일은 왼쪽을 숭상하고 흉한 일은 오른쪽을 숭상한다. 군자의 도道 즉 정치를 말한다.

　염담위상恬淡爲上이라는 말이 있는데 염恬은 편안하다, 고요하다는 뜻을 지녔다. 담淡은 맑고 담백하고 묽은 것을 말함인데 염담은 욕심이 없고 마음이 깨끗한 상태를 말한다. 그러니까 부득이하게 그것을 쓰게 되면 나를 지키는 정도로만 하는 어떤 방어석 기세지 남을 공격하는 정도로 보면 안 된다. 부득이이용지, 염담위상不得已而用之, 恬淡爲上이라 했다.

편장군과 상장군이라는 말이 나오는데 이 말의 뜻도 솔직히 말하자면 잘 모르겠다. 하지만 내 느낌으로는 전쟁이 일어날 시 편장군은 상장군에 못 미치니 편장군은 왼쪽에 자리 잡고 상장군은 오른쪽에 두는 게 아닌가 하며 읽는다. 다시 말하자면 나라가 위태로울 때는 한시라도 급하니 그 위급상황을 잘 깨치며 바르게 처신할 줄 아는 상장군이 먼저라야 한다. 잘 모르는 편장군을 오른쪽 즉 편히 쓸 수는 없는 일이다.

노자는 전쟁을 말함이 아니다. 될 수 있으면 전쟁이 일어나지 않으면 좋겠지만 혹여나 불가피한 상황이라면 그 처신방법을 말한다.

鵲巢日記 15年 08月 19日

맑았다.

오전 압량에서 카페 보았다. 손님 두 분 다녀가셨다. 아메리카노 사 가져가셨다. 오전에 나와 있는 것은 상당히 오래간만이다. 그간 서 씨가 있었고 얼마 전에는 김 씨가 있었다. 이번 주부터 카페 보기 시작했다. 카페 보면 당연히 책을 좋아하게 되어 있다. 약 두 시간 무료한 시간을 보내려면 책 없이는 고통이다. 노자 『도덕경』 공부는 하루에 많이 나가려고도 하지 말고 딱 한 장씩만 제대로 보아도 하루는 즐겁다.

신대부적 들어가는 입구 삼거리에 새로 지은 건물이 있다. 임대 나왔다. 압량에서 조폐공사 가는 방향 왼쪽은 신도시다. 오른쪽은 자연녹지공간이라 여겼던 곳인데 얼마 전부터 개발하는 모습을 지켜보았다. 땅 주인장께서 무언가 하겠지 하며 지켜본 건물이었다. 건물은 1층 단층으로 경량 철골구조다. 곁은 요즘 건축자재가 잘 나오니 깔끔하고 반듯하다. 무언가 들어오겠지 하며 보았다만, 커피집 들어오겠지 하며 생각한다.

점심, 본점에 이모님 오셨다. 아들 둘 본점에 나오게 하여 인사 올렸다. 카페 조감도 화재보험 일로 오셨다. 작년에 가입했던 것이 벌써 일 년 만기 되어 다시 넣었다. 지난번 한의대 '카페○○' 소식도 여쭈었다. 허름한 건물 사서 카페 만들며 리모델링했다.(이모님 친구 건물) 얼마 전에는 고가에 다시 팔았는데 시세 차익을 상당히 누린 거로 안다. 카페는 한 6개월 거래했지 싶다. 밑자본이 두둑하니 이곳저곳 부동산에 투자하며 수익을 누릴 수 있음을 본다.

기아자동차 서비스센터에 다녀왔다. 차량 점검했다. 대기실에 약 한 시간 앉았는데 노자 『도덕경』 31장을 필사하며 곰곰 생각했다.

사동점에 커피 주문이 있어 배송 다녀왔다.

13. 부건

　성은 손 씨며 본관은 안동이다. 조감도 점장 석 씨와 친구다. 같은 집에서 산다. 말이 적고 묵묵히 일하는 자세는 누가 보아도 듬직하다. 창원이 고향이라 점장과 같은 지역에서 왔다. 부건은 젊을 때 사랑하는 사람이 있었다. 사랑은 그리 오래가지 못했다. 하시만 딸 하나를 얻게 되었는데 지금은 부모님께서 돌보아 주고 있다. 한때 다른 요식업 계통에서 일한 바 있는데 하루는 사과 깎는 모습을 조감도 주방에서 잠시 보니, 과히 예술이라 할 정도로 한 접시 곱게 펼쳐 내었다. 정말 대단한 손 솜씨였다. 무엇이든 일을 하려고 하는 근면 성실한 사람이다.

노자 『도덕경』 32장

道常無名, 樸, 雖小, 天下莫能臣也, 侯王若能守之
도상무명, 박, 수소, 천하막능신야, 후왕약능수지

萬物將自賓, 天地相合, 以降甘露, 民莫之令而自均
만물장자빈, 천지상합, 이강감로, 민막지령이자균

始制有名, 名亦既有, 夫亦將知止, 知止, 可以不殆
시제유명, 명역기유, 부역장지지, 지지, 가이부태

譬道之在天下, 猶川谷之於江海

비도지재천하, 유천곡지어강해

鵲巢解釋

도는 늘 이름이 없다. 통나무는 비록 작지만, 천하는 능히 신하로 둘 수 없다. 군주가 만약 이를 지킨다면,

만물은 장차 스스로 손님이 된다. 하늘과 땅이 서로 화합하여 단 이슬을 내리니, 백성은 명령하지 않아도 스스로 균등해진다.

첫 법도는 이름이 있으니, 이름 역시 이미 있었으니, 장차 그만둘 줄 알아야 한다. 그만둘 줄 알면, 위태하지 않다.

비유컨대 도는 천하에 있으니 다만 시내와 계곡 물이 강과 바다에 흐르는 것과 같다.

자연은 늘 변화한다. 봄이 오면 여름이 오고 여름이 온 것 같으면 벌써 가을이다. 가을처럼 빨리 지나는 것도 없으니 겨울에 이른다. 『도덕경』 25장에 인법지 지법천 천법도 도법자연 人法地 地法天 天法道 道法自然이라고 했다. 그러니까 사람은 땅을 본받고 땅은 하늘을 본받고 하늘은 도를 본받으니 도는 자연을 본받는다고 했다. 변화무쌍한 자연의 현상에 굳이 이름이 있을까마는 또 이름이 없는 것도 아니니 우리는 통나무 하나라도 능히 다스릴 수 없음이다. 이것을 안다면 천하 만물은 스스로 손님이 된다. 주위 자연을 보라! 오늘 아침은 비가 온다. 저렇게 내리는 비 또한 비라고 이름하였으니 이름이 있음이요. 이름하지 않아도 저것은 원래 비였다. 저 내리는 비를 우리가 보고 있으니 의미로 우리에게 닿음이요. 나의 마음에 와서 손님이 되는 거다. 저것도

하늘과 땅이 서로 화합하여 단 이슬 내리듯 하니, 백성 또한 명령하지 않아도 스스로 균등해진다. 굳이 명령하여 들을 수 있음이 아니다.

한 나라의 정치도 한 기업의 경영도 한 가계의 운영도 아주 지나치는 어떤 결과를 강행함은 도에 어긋나는 행위라 장차 위태하게 된다. 그러므로 도는 천하에 있으니 이것을 깨닫는다면 만물은 시냇물과 계곡처럼 강과 바다에 이르듯 끊임없이 흐름이요, 낮음이 있다.

鵲巢日記 15年 08月 20日

흐리고 비 왔다.

오전, 압량에서 일했다. 두 시간가량 카페 보았다. 영천 모 농협 직원 두 분이 오셨다. 바bar 위에 올려놓은 『한자의 뿌리』라는 책을 보시고는 관심이 있으신지 펼쳐본다. 커피를 다 만들었을 때 집에 아이가 초등학생인데 한자 공부를 어떻게 시켜야 할 지 고민을 얘기하였다. 우리가 학교 다닐 때는 한자 공부의 중요성을 모르고 자랐다. 지금 학부모가 되어서 집에 아이들을 본다. 한자 공부의 중요성을 어느 시대만큼이나 깨우침을 받는다. 우리의 문화, 역사, 우리가 사용하는 단어는 한자가 대부분이다. 이웃인 중국의 위상이 또 부상했다. 앞으로는 일본보다 중국을 더 가까이해야 할지도 모른다. 지금도 마찬가지지만,

커피 배송 가야 할 곳은 많지 않았지만, 거리가 모두 극과 극을 이루니 운전으로 꽤 시간을 보냈다. 대구와 영천에 다녀왔다. 동네마다 카페가 많이 생

겼다. 이렇게 많이 생긴 가운데 카페 수는 줄지 않는다. 오히려 더 늘고 있다는 것이 지금 이 사회의 가장 큰 문제다. 커피 시장은 예전보다는 훨씬 커졌다. 하지만 각 카페에 오시는 손님은 예전보다 못하다. 영천점은 처음 가게 문을 열 때는 영업이 꽤 괜찮았다. 주도로에 자리 잡았는데 사거리 요충지다. 가게 임대료는 매년 올랐지만, 매출은 매년 줄었다. 점장님과 가게를 예전처럼 어떻게 일으키느냐로 상담했다. 영천점은 로스팅 실을 따로 두고 있다. 그 로스팅 기계 앞에는 오륙 인용 탁자가 두 개나 있어 주말이건 아니면 주중이건 점장께서 마음만 먹으면 드립교실도 충분히 열 수 있겠다는 생각을 했다. 나의 가게 오신 손님께 드립만큼 더 좋은 마케팅, 홍보도 없다. 요즘 주위에 카페 수가 많이 생겼지만, 카페만 볼 것이 아니라 사무실에 커피 뽑는 간편한 기계도 없는 데가 없으니 카페 커피 매출은 줄 수밖에 없다. 개인 사무실을 겨냥한 나만의 로스팅 커피를 판매하는 것도 한 번 생각해 보아야 한다.

영천점에 갈 때, 그리고 다시 본부에 들어올 때 출판사와 상당히 오랫동안 통화했다. 여태껏 낸 책이 소재가 모두 일기다. 어느 작가든 그렇지 않겠는가마는 일기는 작가의 경험이 고스란히 묻어 있으니 창작의 근간이 된다. 나는 일기가 그 책이니 이것이 가치가 있느냐는 것이다. 늘 이 문제로 고민을 많이 했다. 괜찮은 책이면 많이 팔렸겠지! 출판사에서도 어렵게 한 말씀 하신다. 여태껏 다섯 권 팔렸어요. 문제는 이 다섯 권을 팔기 위해 몇 백만 원의 돈을 썼다는 것이다. 개인 소장용으로 쓴 것도 아니고 한 개인의 어떤 스트레스 해소로 배설한 유기물에 불과한 이 책에 너무 과분한 씀씀이가 아닌가 하며 죄책감이 일었다. 카페리코와 조감도 내에 일하는 가족은 모두 몇인가! 개인의 호사로 쓰기에는 나는 너무 많은 죄를 지은 것이다.

청도 가비에서 몇 번의 전화가 왔다. 드립용과 에스프레소용으로 볶은 커피가 어떻게 차이가 나는지 묻는다. 손님께서 전에 사가져 가셨던 커피가 어찌나 맛이 있었던지 그 커피를 다시 달라는 거였다. 근데, 보유하고 있는 커피는 에스프레소용 '블루마운틴' 뿐이었다. 여러 번 전화 끝에 드립용 원두로 블루마운틴 커피를 볶아드리기로 했다. 점장께서 손님 대하시기가 얼마나 조심스러운지 전화로 그 느낌을 받았다. 이리 조심스러운데 영업이 안 되겠는가! 그 어떤 커피를 파시더라도 여기는 아무 문제없이 잘 파실 것 같다는 생각을 잠시 했다.

카페 하면 별별 손님이 다 있다. 말씀 하시는 고객은 모른다. 가끔은 나름의 카페 원칙을 세워 일하는 것도 괜찮겠다. 나의 카페에 손님 당기기 위해 여러 가지 서비스를 많이 한다지만 정작 손님은 과분한 친절에 괴리감을 느낄 수 있음이다. 커피에 대한 기준과 원칙, 설명만 다루는 것도 내가 가진 직업에 충실하다.

14. 태윤

성은 김 씨며 본관은 경주다. 키가 상당히 크다. 그는 예지와 교육 동기다. 교육 마치고 영천에서 '카페 작은 숲'을 차려 직접 경영했다. 동업자 있어 함께 일했는데 지금은 커피를 더 배우기 위해 잠시 나왔다. 조감도 일을 보고 있다. 그가 만드는 라떼는 부드럽고 맛이 좋아 많은 손님으로부터 사랑받는다. 드립을 할 때면 중후한 멋이 있어 옆에서 보면 침묵을 깨뜨려서는 안 되겠다는 생각이 들 정도다. 그만큼 무겁다. 그는 요리도 상당한 기술을 갖고 있다. '카페 작은 숲'을 경영할 때는 스파게티와 돈가스를 다루기도 했다. 손 솜씨가 다분하다.

노자 「도덕경」 33장

知人者智, 自知者明, 勝人者有力, 自勝者强,

지인자지, 자지자명, 승인자유력, 자승자강,

知足者富, 强行者有志, 不失其所者久, 死而不亡者壽.

지족자부, 강행자유지, 부실기소자구, 사이부망자수.

鵲巢解釋

사람을 아는 이는 지혜롭고 나를 아는 이는 현명하다. 사람을 이기는 자는 힘이 있으며 나를 이기는 자는 강하다.

만족을 아는 이는 부하고 행동을 강행하는 이는 뜻이 있다. 그 자리를 잃지 않은 이는 오래가고, 죽어도 없어지지 않으니 오래간다.

문장이 대조를 이루고 있다. 지인知人과 자지自知, 지智와 명明이다. 인人은 누구를 뜻하는가! 2,500여 년 전의 일이다. 민과 다른 뜻이기도 하나 또 그른 것 같지도 않은 이 인人은 참 애매하다. 하지만, 현대문명사회에 사는 나의 처지로 읽기에도 큰 손색은 없다. 여기서는 지智는 명明보다는 한 수 아래로 읽힌다. 지智는 지혜知慧를 뜻하며 명明은 현명賢明함을 뜻한다. 지혜는 타인을 아는 것이지만, 밝음. 즉 현명함은 나를 아는 것이다.

승인자유력勝人者有力 자승자강自勝者强, 힘은 사람을 이길 수 있으나 나를 이기는 것은 힘만으로는 안 된다. 그러니 스스로 이기는 것은 힘 그 이상이며 어찌 보면 도의 본질에 이른다. 나를 이기지 못하는데 어찌 남을 이길 수 있겠는가! 여기서 힘力은 물질적이며 보이는 것이라면 강强은 볼 수 없는 것으로 정신적이다. 육체를 뒷받침하는 것이 정신이니 정신이 강하지 않으면 무엇이든 헤아리기에는 어렵다.

사람은 어떠한 상태든 만족한다는 것은 어렵다. 그러니 마음이다. 어떻게 보면 바보스러운 읽기가 나올 수 있으나 그것은 곧 천재일지도 모른다. 억지로 행동을 취하는 자는 뜻이 있으니 밀어붙이는 게 아닌가! 뜻을 이룬다면 더할 나위 없는 소원성취겠지만, 그렇지 못하면 앞의 말이 부정되며 그 자리를 잃게 되니 죽어서도 그 도道는 오래가지 못한다.

기소其所라 함은 기도其道가 되겠다. 다시 말하자면, 지인知人, 자지自知, 자승自勝, 지족知足, 지志와 역力을 일컫는다.

노자 『도덕경』 34장

大道汜兮, 其可左右, 萬物恃之而生而不辭

대도범혜, 기가좌우, 만물시지이생이부사

功成不名有, 衣養萬物而不爲主, 常無欲

공성부명유, 의양만물이부위주, 상무욕

可名於小, 萬物歸焉, 而不爲主, 可名爲大

가명어소, 만물귀언, 이부위주, 가명위대

以其終不自爲大, 故能成其大

이기종부자위대, 고능성기대

鵲巢解釋

큰 도는 넓고 어디든 닿아서 그것은 좌우에 이른다. 만물은 생이 있으며 그것
으로 의지하나 말하지 않는다.

공은 이루되 이름이 있지 않고, 입고 기르는 만물은 주인이라 하지 않는다.
늘 욕심이 없고,

작은 것에도 이름이 있고, 만물은 돌아오나 주인이라 하지 않는다. 이름하여
크다大道 할 수 있다.

스스로 크다 하지 않아야 그 끝이 있으니 고로 능히 그 큰 것大道을 이룬다.

큰 도는 어느 곳 어느 시기든 닿지 않는 곳이 없다. 그러므로 자연의 예에

서 찾는다면 마치 물과 같다. 물은 만물의 뒷받침 역할을 톡톡히 한다. 항상 낮은 곳을 지향하며 어머니 역할을 한다. 그러니 만물은 생이 있으며 그것으로 의지하나 말하지 않는다. 시恃라는 한자가 있는데, 이는 믿다, 의지하다는 뜻이다. 마음 심心=忄변에 음을 나타내는 시寺다. 이것은 보살피는 어머니 역할로 보아야 한다. '만물시지이생이부사萬物恃之而生而不辭', 만물은 도의 보살핌 속에 있다. 생도 있고 두 번째 행에 '의양만물이부위주衣養萬物而不爲主'라 했는데 의양衣養은 옷을 입히고 기른다는 뜻이 있어 만물은 생명을 갖는 순간부터 죽을 때까지 도의 영력에 있다. 이러한 영향력을 행사하는 도는 크다 할 수 있으며 그 뜻을 이루 말하지 않음이요 다시 돌아와도 주인 노릇 하지 않으니 가히 그 끝이 없고 능히 큰 것을 이룰 수 있음이다.

鵲巢日記 15年 08月 21日

오전은 비가 좀 내렸으나 오후는 맑고 화창하다. 그렇게 덥지도 않았다. 마치 가을이 온 것 아닌가 하는 생각마저 들었다.

오전, 압량에서 카페 보았다. 점심은 김밥을 먹고, 오후 5시 두부찌개 해서 저녁 먹었다. 삼풍동 카페와 대구한의대 안에 한학촌 카페, 대구 로뎀카페에 들러 커피를 배송했다. 로뎀은 기계 청소해 드렸다. 경산에서 시지 가는 길, 달구벌대로 말고 저 뒤쪽 샛길 즉 포도밭 곁에 나 있는 길이 있다. 이 길 따라가면 땅이 그리 넓지가 못해 비교적 큰 평수는 아니다만 모양 예쁘게 지은 건물 하나 있다. 갓길에 차를 세워두고 안에 들어가 보았다. 겉은 노출콘크리트 모양을 냈으며 안은 블록을 몇 군데 쌓은 데가 있고 바bar로 보이는 자리는 이미 블록으로 길게 모양 잡아 놓은 것을 보았다. 안은 그리 넓지가 못했다. 자리로 보면 몇 테이블 나오지 않을 것 같다. 그러니까 넉넉하게 잡아도 네다섯 테이블, 근데 이 건물이 팔렸다고 했다. 로뎀 점장님 말씀이었다. 가격을 물으니 와! 엄청 비싸게 팔렸다. 4억~5억 정도라니, 시지와 경산이 비록 몇 리 떨어진 것도 아닌데 부동산 가격은 차이가 크게 난다. 내가 보기에는 4억~5억 투자한 가치로 보면 매수자는 별 재미없을 것 같다는 생각이다. 하기야 소비심리에 꼭 투자와 그 대가를 바라보고 들어오는 것은 아니니 나만의 카페 하나쯤 갖고 싶은 이도 있을 게다.

본부에 그렇게 멀지 않은 곳에서 이발했다. 세탁소 바로 옆, 아니 그쯤 되는 사거리 미용실에서 머리 깎았다.

15. 경모

지금은 고등학생이다. 바리스타 2급 자격을 취득하였을 때는 중3이었다. 손목 장애가 있다. 카페리코에서 주관하는 토요 커피문화강좌를 통해서 커피를 배우게 되었다. 아주 근면성실하다. 토요 커피문화강좌 개최 때 본점에서 일을 돕는다. 경모는 손목 장애가 있음에도 불구하고 어떤 불편함이 없어 보인다. 그만큼 적극적이다. 장래에 제빵 관련 기술을 배워 여기에 관한 자격증을 취득하고 싶다고 했다. 빵과 커피만큼은 세계 최고의 기술자가 되는 게 꿈이다. 충분히 그러고도 남을 아이다. 성은 하 씨며 본관은 진양이다.

노자 『도덕경』 35장

執大象, 天下往, 往而不害, 安平太

집대상, 천하왕, 왕이부해, 안평태

樂與餌, 過客止, 道之出口, 淡乎其無味

락여이, 과객지, 도지출구, 담호기무미

視之不足見, 聽之不足聞, 用之不足旣

시지부족견, 청지부족문, 용지부족기

鵲巢解釋

큰 상을 잡으니 천하로 나아간다. 나아가는 이 길 해롭지 않네. 편안하고 태평하네.

음악과 음식이 지나는 나그네 멈추게 하나, 도는 나가고 들어감이 담백하여 그 맛이 없네,

보는 것은 충분히 볼 수 없으며 듣는 것은 충분이 들을 수 없으며 쓰임은 충분이 다하지 않네.

노자는 집대상執大象 천하왕天下往이라고 했다. 여기서 상象은 도를 말한다. 상象이라는 글자는 상형문자다. 코끼리 모양을 그린 글자다. 그러니까 얼굴이나 모양을 뜻하는 말이다. 큰 상이니 도道로 볼 수 있다. 내가 가야 할 길, 가고자 하는 길이 보이면 세상 나아가는 길이 어찌 무거울까! 목적지가 분명하면 가는 길이 분명하여 내가 무엇을 해야 하며 어떻게 일을 해야 할지 분명해진다.

오늘 오후, 고향 친구를 만났다. 친구 얼굴을 내 느낌으로는 몇 년 만에 본 것 같다. 그간 가볍게 문자나 전화로 연락을 취하기는 했지만 만나서 얘기를 나누는 일은 없었다. 물론 커피 관련 일 때문이었다. 친구는 여러 가지 일을 했다. 얼마 전에는 동업으로 휴게·음료 관련 쪽에 가게도 한 적 있다. 지금은 이 일도 그만두고 잠시 쉬고 있는가 보다. 커피 집 창업할까, 아니면 무엇을 할까 고민한다. 우리속담에 시작이 반이라고 했나! 내가 가야 하는 길이 보인다면 천하는 내 안에 들어와 있다. 내 마음에 들어와 있는 이 길이 나에게 해로운 것은 없다. 오히려 일이 있으니 편안하고 태평하다.

2장. 우리 ☕ 215

락여이樂與餌, 과객지過客止란 음악과 음식은 지나는 나그네 멈추게 한다는 말로 뒤의 말과 반의적인 뜻이 있어, 이어서 읽으면 멈추게 하나로 읽는 것이 좋다. 이餌는 음식을 뜻하는 글자다. 약간은 미끼로 던지는 글자로 쓰인다. 시장통 거닐다 보면 각종 음식 냄새에 이끌리어 갈 수 있는 이餌며, 어느 집이 유명하다며 찾아 나서는 맛집도 이餌다.

도지출구道之出口, 담호기무미淡乎其無味, 도는 나가고 들어가는 것이 즉 말하자면, 담백하여 그 맛이 없다고 이른다. 도는 길이다. 가는 길은 자연이다. 도법자연이며 무위며 무욕이다. 쓴소리 단소리가 아니다. 자연스러운 것이라 어떤 자극적인 맛이나 어떤 유혹에 이끌리는 그런 것이 아니다. 앞에서 그 예를 들었다. 락여이樂與餌, 과객지過客止, 음악과 음식이 지나는 과객의 걸음을 멈추게 할 수 있으나 도는 그런 것이 아니다.

마지막으로 노자는 한마디 덧붙인다. 도는 보아도 충분히 본 것이 아니며 들어도 들은 것이 아니며 써도 다함이 없다고 말이다.

나는 커피 길을 걷고 있다. 이 길을 어찌 말할 수 있을까! 말하여도 글로 써도 충분히 그 뜻을 표현할 수 없는 것이 이 길이다. 내가 본 것도 그 본 것이 전부가 아니며 듣고 읽고 생각한 것도 이 길을 드러낼 수 없음이요. 커피를 볶고 갈고 내리고 하여도 그 내려 본 커피 맛을 일일이 다 안다고 표현하는 것도 어리석은 일이다. 그러니까 커피, 마! 하면 되는 것이며 커피 본연의 뜻을 따르며 원칙을 지켜나가면 앞을 바르게 걸을 수 있음이다.

鵲巢日記 15年 08月 22日

맑았다.

촌에 좀 성실한 어른은 산에 텃밭을 만들어 가꾸시는 분이 있다. 그렇게 멀리 보지 않아도 된다. 내가 사는 이곳도 집 앞은 나대지 하나 있는데 옆집에 사시는 어른은 이 땅을 놀리기 아까워서 매일같이 괭이와 호미로 무엇을 가꾸어도 가꾸는 모습을 본다. 가꾸어 놓은 농작물은 얼마가 됐던 어느 시기가 지나면 수확물을 얻는데 그 양이 제법 된다. 고추와 호박, 상추와 깨를 사계절 시기에 적절히 맞춰 짓는 것 보니 참 부지런하시다는 생각이다.

커피도 마찬가지다. 내가 처음 커피를 시작할 때는 아주 작은 산이었다. 지금은 산이 제법 높고 크다. 그러니까 시장이 커졌다. 이 커진 시장에 내가 얼마만큼 텃밭 가꾸듯이 일을 해나가느냐는 것이다. 오늘 아침, 커피문화강좌를 개최하며 창업비에 관해서 묻는 분 있었다. 대답으로 간단히 드린 말이었다. 그 어떤 종목 중에서도 가장 저렴한 비용으로 열 수 있는 게 커피며 비용이 만만치 않게 들어가는 것이 커피다. 창업비도 중요하게 생각하여야겠지만 커피에 대한 공부가 더 중요하다. 길을 안다면 나아가는 데는 그리 큰 문제는 없다.

두 번째는 성실성이다. 성실은 정성을 들여 참된 결과를 얻고자 하는 노력이다. 내가 가진 직업에 얼마나 성실하게 다루느냐는 것이다. 그 어떤 일이든 성실하지 않으면 일은 진실이 떨어지니 나와 가까이 맺었던 거래는 모두 이룰 수 없다. 상대가 나를 믿지 못하는 데 무슨 일을 도모할 수 있겠는가!

3장

바깥

1. 그간 있었던 가맹점

역驛에 있었다. 07년 개점하여 15년에 폐점했다. 근 십 년 가까이 영업했다. 이렇게 오래 할 수 있었던 것은 점장의 인품과 고객께 더 적극적으로 다가서고자 노력한 덕분이었다. 임대로 받은 곳이거나 어느 특정한 자리는 그리 오래 영업할 수는 없다. 조직은 더 나은 발전을 도모하기 때문에 자체의 큰 변화를 일으키지 않는 이상 어느 시점에서는 물러나야 한다. 역은 우리의 상표를 알리는 데 상당히 큰 역할을 했다. 하루 유동인구가 꽤 있었던 곳으로 경산 시민이 대부분 애용하였기에 지역에 안정적인 자리매김을 할 수 있었다.

백천동에 있었다. 약 10여 평 되었다. 처음은 임대료가 저렴했다. 이 카페를 낼 때는 주위에 커피를 다루는 집이 별로 없었다. 여기서 70보 정도 걸어야 유명 빵집이 하나 있는데 그곳에서 파는 커피는 전문적이지 않아 고객의 입맛을 맞추기에는 어려워 나름으로는 괜찮았다. 10년에 개업하여 15년에 폐점했다. 폐점 이유는 그간 오른 고가의 임대료가 주였지만 이에 일격을 가했던 것은 가맹업체인 M업체 진출이었다. 폐점 당시, 이곳에 성업하는 카페는 내가 아는 집만 여섯 집이었다.

정평동에 있었다. 약 10여 평 된다. 점장이 두 번 바뀌었다. 골목이 좁은 곳이지만 인근에 초등학교가 있어 학부모님이 즐겨 찾는 집이었다. 다른 집에 비해 임대료가 상대적으로 저렴했다. 한때 본점장으로 근무한 바 있는 강 선생께서 이 집을 인수했다. 인수하자마자 상호를 바꿨다. '카페 디아몽' 으로 성업 중이다. 가맹점은 함께 지켜야 할 여러 가지 규칙이 있고 더욱 더 확장적인 영업에 지장이 있어 상호를 바꾸게 되었다. 가맹점은 10년에 개업하여 15년에 폐점했다.

매호점이 있었다. 대구에 진출한 첫 집이었다. 여기 경산서 가깝다. 약 10여 분 정도 거리다. 오십 평정도 되는 비교적 큰 카페였다. 10년에 개업하여 14년에 폐점했다. 폐점의 이유는 인근에 카페가 너무 많이 생겼다. 매호점은 골목 안에 들어가 있는 집이었지만 카페시장은 이곳까지도 밀려오기 시작하여 내가 아는 집만 해도 다섯 집이었다. 카페의 공급 과다로 임대료가 나오지 않았다. 점장은 폐점하여 다른 상표로 바꿨다. 커피로는 힘에 부치는 일이었다.

동호점이 있었다. 점장이 두 번 바뀌었다. 대구에 자리한 카페다. 20여 평된다. 세가 비싼 집이었다. 바뀐 점장은 1년 채 못 버텼다. 원인은 대형 상표가 한 집 건너 있었는데 이들 가게의 평수 또한 만만치 않았고 더구나 커피집 이외 가게에서도 커피를 다루었는데 예를 들면 휴대폰 가게나 다른 집도 마찬가지였다. 떡볶이집으로 바뀌었다. 11년에 개점하여 14년에 폐점했다.

진량점이 있었다. 11년에 이 집 개점할 당시만 해도 진량에는 커피 집 다운 커피 집이 없었다. 거기다가 50평대 큰 카페였다. 하루 매출이 상당했다. 폐점의 직접적인 것은 아마 권리금 때문이었다. 또한, 한자리에 오래 한 것도 힘에 부치는 일이었고 주위 카페가 여러 생긴 것도 점장의 마음을 불안케 한 것도 사실이다. 이 집 앞에만 세 집의 커피 집이 생겼다. 그 후 몇 년 있다가 새로 가맹점을 냈지만, 점장의 불성실한 거래로 폐점한 사실이 있다.

삼풍점이 있었다. 점장이 두 번 바뀌었다. 11년에 개업하여 15년에 폐점하고 새로 인수한 분은 개인 이름으로 바꿔 영업한다. 비교적 내부공간미가 괜찮은 집이다. 대학 후문에서 가장 첫 집으로 그나마 영업이 되는 집이었다. 이 집을 지나 밑으로 더 내려가면 커피 집이 여럿이 모여 군락을 이룬다.

이외, 가맹점은 그간 많이 있었다. 여러 가지 이유로 폐점했다. 폐점의 가장 큰 원인은 주위 카페가 많이 생겨나 과열경쟁으로 인한 카페를 애용하시는 고객의 분산이 가장 컸다. 두 번째는 임대료가 시간에 비례해서 오른 것도 한몫했다. 세 번째는 신규로 개업하는 커피 집에 비하면 기존의 가맹점은 내부공간미가 상대적으로 떨어진다. 그러므로 가맹점을 잘 이끌지 못한 본부장의 책임이 더 클 것이다.

노자 『도덕경』 36장

將欲歙之, 必固張之, 將欲弱之, 必固强之

장욕흡지, 필고장지, 장욕약지, 필고강지

將欲廢之, 必固興之, 將欲奪之, 必固與之

장욕폐지, 필고흥지, 장욕탈지, 필고여지

是謂微明, 柔弱勝剛强

시위미명, 유약승강강

魚不可脫於淵, 國之利器, 不可以示人

어부가탈어연, 국지리기, 부가이시인

鵲巢解釋

　　장차 그것을 거두려고 하면 반드시 그것을 베풀어야 하고 장차 그것을 약화하려면 반드시 그것을 강하게 하여야 한다.

　　장차 그것을 닫고자 하면 반드시 그것을 일으켜야 하고 장차 그것을 빼앗으려거든 반드시 그것을 더불어 같이 하여야 한다.

　　이를 미세하게 아는 것이니 부드럽고 약한 것이 굳세고 강한 것을 이긴다.

　　물고기는 연못을 벗어나서는 살 수 없듯 국가의 이로운 그릇은 남에게 보여서는 안 된다.

　　노자께서 이 글을 쓰고도 시간은 이천 년 이상이 흘렀다. 노자의 철학은 얼마나 많은 관료층과 지배층 그리고 군주가 읽었겠는가! 사회를 이루며 사는 우리는 인간관계에 여러 감정이 있을 수 있으니 어느 시대든 예외일 수는 없다. 자연에서 볼 수 있는 한 송이의 꽃도 거저 피는 것이 아니다. 꽃망울도 봉곳하면 꽃이 피며 이 핀 꽃도 만연이고 피어 있는 것이 아니다. 때가 되면 시들고 씨앗을 남긴다. 사람도 만연 젊은 것이 아니다. 창업하고 사업을 하면 성장기가 있으며 성장이 있고 나면 쇠하는 시기도 있는 법이다. 이것은 당연한 이치다. 그러니까 노자는 흡歙과 장張, 약弱과 강强, 폐廢와 흥興, 탈奪과 여與로 순환론적 이치로 삶의 처세를 이야기한다. 이를 아는 것은 미세하게 아는 것이니 부드럽고 약한 것은 굳고 강한 것을 이긴다. 한 방울의 물도 오랫동안 한 곳에 떨어뜨리면 바위도 뚫는다는 말이 있다.

　　굳고 강하면 부러지는 법이다. 이 문장을 쓰면서도 나는 얼마나 굳고 강했던가, 하며 반성한다. 사람은 첫째 믿음이 있어야 한다. 믿음이 없는 사람과 거래는 장래를 보장하기에는 어렵다. 커피만 이십 년 했다. 믿음이 없는 사람이 얼마나 많았던가! 가는 것이 있으면 와야 도리다. 하지만 이렇지 못한 것이 인간사 대부분이다. 그렇다고 마음 아파할 것도 아니며 거저 물 흐르듯이 자연스레 보라는 노자의 철학이다. 물고기는 연못을 벗어날 수 없듯 국가의 이로운 그릇은 남에게 함부로 보여서는 안 된다는 이 말도 근본적으로 노자의 철학에 의심 할 듯도 하지만, 우리가 살아가는 삶의 처세를 이야기한다.

연못 같은 커피 시장이다. 이십 년을 커피 연못에 살았다. 이 연못을 떠나 살 수는 없다. 그러면 무엇이 자연이고 무엇이 이로운가! 그렇다면, 남에게 보여주지 말아야 할 나의 이로운 그릇은 무엇인가? 그 이로운 그릇을 매일 같이 닦는 기술은 또 무엇인가! 무엇이 오래가고 무엇이 바르게 서는지 깊게 생각하자.

鵲巢日記 15年 08月 23日

맑았다. 청도에 잠깐 커피 배송 다녀왔다. 주위 산이 아주 뚜렷하게 볼 수 있는 날씨였다.

사동에 함께 일할 가족이다. 손 씨다. 올해 서른이며 밀양 사람이다. 부모님은 모두 강원도 영월에 있다. 동생과 누이가 있는데 서울에 있다고 했다. 손 씨는 참으로 부지런한 사람이다. 전에 손이 급해서 점장이 잠시 오게 하여 일을 한 바 있는데 주위 모든 가족이 만족하였다. 오랫동안 함께 일했으면 하고 말을 건넸다.

오후 본부에서 영화 다운받아 보았다. '톰 하디' 주연으로 제목 〈로크〉였다. 얼마 전에 감독 조지 밀러의 작품 〈매드맥스〉를 본 적 있는데 이 작품의 주연도 '톰 하디' 다. 인상 깊은 영화다. 〈매드맥스〉를 보고 느낀 것은 노자의 『도덕경』에 나온 어떤 단어 하나가 생각났다. 치빙이다. 12장과 43장에 나온다. 12장에 치빙전렵馳騁畋獵, 43장에 치빙천하지지견馳騁天下之至堅, 치빙馳騁이라는 말은 뒤에 설명하겠지만, 1차적인 뜻은 달리고 달린다는 뜻으로 그만큼 능수능란한 의미다.

2. 카페 가비

　가비라는 상호를 생각하면 고종황제가 생각나게 하는 단어다. 김탁환 선생께서 쓰신 『노서아 가비』라는 소설이 있다. 이때 노서아라는 말은 러시아라는 뜻이 있다. 책이 비교적 얇아서 읽고자 마음먹으면 한 시간에서 두 시간이면 충분하다. 가비는 커피다. 이 소설로 2012년에 개봉한 영화도 있다. 조선 최소의 바리스타 따냐, 배우 김소연 씨의 연기도 볼 만하다. 대한제국의 1대 황제, 고종과 풍전등화와 같은 국가의 안위에 커피로 둘러싼 음모는 역시 볼 만한 영화다. 가비는 의미도 있으며 알게 모르게 역사를 이야기한다. 청도 운문의 가비는 아주 작은 카페지만 결코 작은 카페가 아니다.

　가비는 청도 운문지역에서도 차로 들어가면 가장 첫 집이다. 약 100여 평 되는 땅을 임대받았다. 초기투자금액이 적어 내부는 컨테이너 집으로 꾸몄다. 지금은 컨테이너 같은 분위기는 없다. 그냥 아담한 집으로 보인다. 마당은 잔디를 깔아 포근한 새끼 곰 같은 느낌이다. 이 마당에 파라솔이 펼쳐져 있어 주위 어느 카페보다도 아늑한 분위기를 자아내어 많은 손님이 앉았다. 입구에 세운 로고 간판은 뚜렷하면서도 옛체의 변형체(가비라는 글자)로 굵고 아름답다. 카페라는 영문은 프랑스어로 'f' 하나로 쓴다. 그러니까 cafe다. 로고 또한 볼수록 딱딱하지 않아 많은 사람에게 이목을 끌게 한다. 약간은 추상적이면서도 그렇지도 않아 향기가 마치 하늘로 날아가다가 글자를 그리며 멈춘

형태를 자아내게 한다.

    점장 배 선생은 12년 5월 카페리코에서 교육받고 그해 12월 9일에 창업했다. 청도 운문사 앞 가비는 이곳 명소가 되었다.

노자 『도덕경』 37장

道常無爲而無不爲, 侯王若能守之, 萬物將自化

도상무위이무부위, 후왕약능수지, 만물장자화

化而欲作, 吾將鎭之以無名之樸

화이욕작, 오장진지이무명지박

無名之樸, 夫亦將無欲, 不欲以靜, 天下將自定

무명지박, 부역장무욕, 부욕이정, 천하장자정

鵲巢解釋

　　도는 항상 행하지 않으나 행하지 않는 것도 없다. 왕이 이를 능히 지킬 수 있
다면 만물은 장차 스스로 되어간다.

　　됨을 굳이 지으려고 하고자 하면 나는 장차 이름 없는 통나무로 누를 것이다.

　　이름 없는 통나무는 역시 욕심 없어지며 욕심이 없음은 고요하고 천하는 스
스로 바로잡아간다.

　　도상무위이무부위道常無爲而無不爲 도는 항상 행하지 않으나 행하지 않는 것
도 없다는 말이다. 남회근 선생은 『노자타설』에서 이렇게 말한다. 도는 모든
일에 다 관여한다는 뜻이다. 앞부분의 '도는 항상 행함이 없으면서도'는 도의
체體를 설명한 것이고, 뒷부분의 '하지 않음이 없으니'는 도의 용用을 설명한
다. 우주 만유가 바로 도의 '용'이기 때문에 도는 하지 않는 바가 없다. 다만
마지막 순간에는 고요함靜으로 돌아가고 텅 빔空으로 돌아가기 때문에 "행함
이 없다"고 말하는 것이라고 했다.

후왕약능수지侯王若能守之, 만물장자화萬物將自化라 했다. 왕이 이를 지킨다면 만물은 스스로 되어 감을 말한다. 노자가 살았던 시대는 왕이 최고 통치권자였다. 왕도를 일컫는다. 지금은 시대가 바뀌었다. 왕王은 굳이 왕으로 보지 않고 으뜸으로 자기 일에 최고라 자부하는 모든 이들에게 해당하는 말로 읽어야겠다. 사람이 나아가야 할 길이 곧 인문人文이다. 인문은 누구나 똑같이 이루어지지 않으며 시대와 장소와 시간에 따라 다르다. 거저 우리가 책을 읽으며 마음을 가다듬으며 내가 가야 할 길을 짚어보고 바른 처세로 몸을 세우는 것이다.

화이욕작化而欲作, 오장진지이무명지박吾將鎭之以無名之樸은 이而는 접속사 역할을 한다. 말 이을, 능히, 너, 자네, 만약 등 여러 가지 뜻을 지녔다. 화는 스스로 되어 감을 뜻한다. 그러니까 자정自定이다. 그런데 말을 계속 이어, 굳이 인위적으로 작作하면, 그것을 바라면 나는 이름 없는 통나무로 누를 것이라 했다.

노자의 사상으로 이를 읽는다면 나吾는 도를 일컫는다. 무명지박無名之樸이라고 했는데 이도 이름 없는 만물을 뜻하며 이 만물로 자연스럽게 돌아가도록 한다는 말이겠다. 그러니까 무명지박이라고 해서 통나무니 회초리니 하며 읽을 그런 문장은 아니라는 것이다.

마지막 문장을 보라, 무명지박無名之樸 이름 없는 통나무로 직역을 두는데 이와 같다면 욕심이 없어지고 욕심이 없어지면 고요해지고 고요하면 천하는 스스로 자정 역할을 한다. 한 국가의 군주가 한 기업의 경영인이 또 어느 단체의 으뜸이 가고자 하는 길을 어떻게 가야 하는 지를 노자는 말한다. 중요한 것은 사리사욕이다. 어떤 이익만이라도 어떤 사적인 욕심만이라도 배제한다면 내가 이끄는 가족이든 기업이든 또 그 무엇이든 안정을 기할 수 있지 않을까 하며 읽었다.

鵲巢日記 15年 08月 24日

　대체로 맑았다. 오후 늦게야 빗방울 약간 보였다. 태풍 올라온다는 소식이 있다.

　사동점, 한학촌, 우드에 다녀왔다. 커피 배송이었다. 저녁 압량에서 일할 때다. 밀양에 사업하는 상현이가 찾아와 인사 주었는데 요식업종의 이모저모를 이야기했다. 그나마 상현이는 행운아다. 영업이 안 되는 집도 부득이 수다. 영업 이야기를 듣고 있으면 상현이는 매장 안에서 일을 제법 잘하는 거다. 더욱 손님 대하기가 어렵고 까다로울진대 오고 가시는 손님께 인사성만도 밝으니 모두 좋아할 만하다. 가장 중요한 말이었다.

　노자의 『도덕경』 중 도경의 마지막 장을 읽음을 끝으로 무려 한 달이라는 시간이 지났지만, 이 시간이 절대 안 아까울 정도로 많은 것을 얻었다. 무엇보다 한자를 다시 알게 되었고 문장이 조금 이해할 수 있게 되었다. 노자의 사상과 철학을 더욱 알게 되었으며 이것은 시대를 떠나 현대사회에 사는 우리에게도 많은 것을 시사한다. 물론 지금 이 시대뿐이겠는가! 인류가 생존하고 사회를 이루며 사는 우리에게 무엇이 소중하고 무엇을 지향하여야 하는지를 깊이 있게 이야기하니 나의 길을 열어가고 살피는 데 어찌 도움이 되지 않겠는가! 내일부터는 『도덕경』 중 덕경을 한 장씩 작업해 나갈 것을 분명히 약속하며 오늘 일기를 마감한다.

3. 카페 디―아몽 cafe de-amant

프랑스 말이다. amant는 연인, 애인이라는 뜻이 있다. 더나가 사랑으로
확장 해석한다. de는 전치사로 보인다. ~에 속한, ~부터라는 뜻이 있다. 디
아몽 점장, 강 선생은 11년 2월에 카페리코에서 교육받았다. 그리고 그해 3월
31일에 카페리코 본점에 입사하여 15년 3월 31일까지 일했다.[6] 옛 가맹점이
었던 정평점을 인수해서 사업 시작한다.

노자 『도덕경』 38장

上德不德, 是以有德, 下德不失德, 是以無德

상덕부덕, 시이유덕, 하덕부실덕, 시이무덕

上德無爲而無以爲, 下德爲之而有以爲, 上仁爲之而無以爲

상덕무위이무이위, 하덕위지이유이위, 상인위지이무이위

上義爲之而有以爲, 上禮爲之而莫之應, 則攘臂而仍之

상의위지이유이위, 상례위지이막지응, 칙양비이잉지

故失道而後德, 失德而後仁, 失仁而後義, 失義而後禮

고실도이후덕, 실덕이후인, 실인이후의, 실의이후례

夫禮者, 忠信之薄, 而亂之首, 前識者, 道之華

부례자, 충신지박, 이란지수, 전식자, 도지화

而愚之始, 是以大丈夫處其厚, 不居其薄, 處其實

이우지시, 시이대장부처기후, 부거기박, 처기실

不居其華, 故去彼取此

부거기화, 고거피취차

양攘 물리칠 양, 비臂 팔, 팔뚝 비

鵲巢解釋

　　높은 덕은 덕이 아니라서 덕이 있음이고 좀 못한 덕은 덕을 잃지 않으려고
하니 덕이 없는 것이 된다.

　　높은 덕은 하지(인위적으로 하지 않는다, 無爲) 않는다, 하지 않아도 이루어진다.

좀 못한 덕은 그것을 하되 있으므로 위한다. 최고의 인은 그것을 위하되 없으므로 위한다.(인위적인 데가 없다, 而無以爲)

최고의 의로움은 그것을 하되 있으므로 위한다. 최고의 예는 그것을 하되 응하지 않으면 팔을 걷어붙이고 억지로 끌어당긴다.

고로 도를 잃으면 덕이 뒤에 따르고 덕 잃으면 인이 뒤에 따르고 인 잃으면 의가 뒤에 따르고 의 잃으면 예가 뒤에 따른다.

예가 있는 이는 충성스러움과 믿음의 껍질이며 어지러움의 시작이다. 미리 안다는 것은 그 도가 피는 것이며

어리석음의 시작이다. 그러므로 대장부는 그 두터움에 처하고 얄팍한 것에 머물지 않는다. 그 결과에 처하며

그 피는 것에 머물지 않는다. 고로 저것을 버리고 이것을 취한다.

여기서 높은 덕은 최상의 덕을 말한다. 덕이란 얻는 것을 말한다. 그러니까 도道의 결과물이다. 최상의 덕은 자연스러운 것이라 이를 덕이 있다고 표현하지는 않는다. 굳이 덕이 있다고 표현하지 않아도 아주 큰 덕임을 우리는 안다. 하지만 이에 미치지 못한 혹여나 덕을 잃지 않으려고 구태여 행함이 있는 것은 어찌 덕이라 할 수 있을까! 그러니 좀 못한 덕은 생색이며 인위적인 것이라 덕이라 이를 수 없음이다. 그러므로 다음과 같은 용어가 나온다.

도를 잃으면 덕이 뒤에 따르고 덕 잃으면 인이 뒤에 따르고 인 잃으면 의가 뒤에 따르고 의 잃으면 예가 뒤에 따른다. 다음으로 노자는 예는 충성과 믿음의 껍질로 보았다. 이는 곧 어지러움의 시작이다. 미리 안다는 것은 그 도가 피는 것이라 세속에 접어드는 것이다. 세속에 폭 젖어드니 어리석음의

시작이라 할 수 있다. 그러므로 대장부는 두터움에 처하고 얄팍한 것에 머물지 않는다. 그 결과에 처하며 그 피는 것에 머물지 않는다.

여기서 다음과 같은 용어를 다시 생각해 보자. 도道와 덕德, 그리고 인仁, 의義, 예禮가 나온다. 도는 도법자연道法自然이라고 했다. 도의 결과가 덕이라 보면 자연스럽게 낳은 것은 최상의 덕이라 할 수 있다. 다음은 인위적인 것인데 그 예를 노자는 인과 의와 예로 보았다. 그러니까 공자께서 말씀하신 인仁보다 도와 덕이 앞선다. 인위적인 것은 노자가 말 한 하덕에 불과하며 어지러움의 시작이다. 미리 안다는 것은 지智를 일컫는다고 볼 수 있다. 이도 도가 피는 것이라 어리석음의 시작이라고 했다.

지혜가 있으니 세상을 볼 수 있고 세상과 손잡고 이끌게 되니 세속에 젖어든다. 그러니 온갖 세파에 마음과 몸이 상하니 어찌 바른 길이라 할 수 있을까! 노자는 이를 덕경 1장, 『도덕경』 38장에서 강조하듯 못 박고 있다.

鵲巢日記 15年 08月 25日

아침부터 비 내렸다.

중앙병원, 옥곡, 대구 달서구 진천동에 에셀 커피 집, 정평에 커피 배송 다녀왔다. 일 마치고 잠깐 사동 조감도에 가, 새로 들어온 김 씨와 면접面接 했다. 근무시간과 월급은 근로 기준에 따르되 매출 호조가 있을 시 상여에 관한 얘기였다. 김 씨는 성심성의껏 일하겠다며 다짐한다.

사람들은 각기 취향이 다르다. 낚시를 좋아하거나 독서를 좋아하는 이가 있고 커피를 마시든지 아니면 차를 좋아하든지 말이다. 책을 좋아하는 사람이 있다고 해도 도서 관련 또한 분류가 많아서 어느 쪽에 더 관심인지는 모두 다 다르다. 또 책을 좋아해도 읽을 나이 때가 있으며 시간이 지나면 또 다른 무엇인가에 빠지기도 하고 다른 방향으로 나가기도 한다. 한 가지 꾸준한 일로 뜻을 세우며 일하는 사람도 드물며 그 일에 파고드는 사람도 잘 없다.

글쓰기는 꾸준하게 쓰지 않으면 잘 쓸 수 없다. 일기는 좋은 글쓰기의 소재지만 아주 주관적이라 독자로부터 외면당하기 쉽다. 그러므로 어떤 한 소재를 빌어 그것을 이야기하되 나의 경험과 철학이 묻어나면 아주 좋은 책이라 할 수 있다. 물론 이러한 사실도 알며 또 그렇게 하고 싶지만 쓰는 사람의 아집과 고집은 어쩔 수 없는 일이다. 그러니 쓰면서 마음 치유가 되며 나를 수정하고 고쳐나가는 일이겠다.

아침, 배 선생과 잠깐 대화 나누었다. 몇 가지 질문했다. 요즘도 책을 읽으시는지, 어떤 책을 좋아하는지 물었다. 고전을 좋아하시겠거니 하며 물었던 질문이었다. 글 쓰는 사람으로 다음에 낼 책을 나는 생각한다. 점점 늘어나는 카페를 나는 보고 있다. 우리나라 각 관청에 커피 전문점을 내려고 영업신고 하고자 하는 사람이 줄 이을 정도로 아직 많다. 과열경쟁도 이것만 한 것은 없다. 말하자면 노자가 살던 2,500여 년 전, 춘추시대 끝나고 전국시대로 돌입하는 상황과 별반 차이가 없다. 한 동네만도 몇십 개의 커피 전문점이 군소난립하고 있다. 그러니 과열도 이만한 것은 없다.

노자를 읽으면 마음이 차분해진다. 어떤 욕심이 있더라도 수그러들며 어떤 두려움이 있더라도 평온해지고 어떤 무거움이 있었다면 가벼워진다. 우리

나라 카페를 하는 사람이 읽어도 더 나가 어느 단체, 어느 기업의 으뜸이자 그 누구의 경영인이 읽더라도 바른 안목과 처세를 이야기한다. 노자의 『도덕경』은 어떻게 보면 읽기가 가장 어려운 문장이 아닐 수 없으나 어떻게 보면 이것만큼 쉬운 것도 없다. 한자를 처음 공부하거나 또 알고자 하는 분은 노자의 『도덕경』을 적극적으로 추천하고 싶다. 문장의 구조를 차근차근 뜯으며 읽는 맛도 어려운 한자를 한 자 한 자씩 필사하며 적는 맛도 괜찮으리라!

그러면 자! 오늘은 노자의 『도덕경』 중 덕경의 첫 장을 보도록 하자.

---

6) 『가배도록』 2권 p. 301 참조

4. 우드 테일러스

우드 테일러스 유 선생은 토요 커피문화강좌에 오셨던 어느 지인을 통해서 알게 되었다. 『커피향 노트』를 읽고 커피 일에 자신감을 가지게 되었는데 14년 여름에 본격적으로 사업 시작했다.(2014년 3월 카페리코에서 커피 교육받고 6월에 창업했다.) 이곳 사장님은 핸디 공예에 상당한 기술을 갖고 있다. 목걸이에서 옷장까지 못 만드는 것이 없는데 그 만든 제품도 기술자의 혼을 넣어 정성껏 만드니 예술 작품이다. 카페에 가면 늘 새로운 상품이 진열되어 있다. 이 집

찾는 손님께는 적지 않은 눈요기다.

노자 『도덕경』 39장

昔之得一者, 天得一以淸, 地得一以寧

석지득일자, 천득일이청, 지득일이녕

神得一以靈, 谷得一以盈, 萬物得一以生

신득일이령, 곡득일이영, 만물득일이생

侯王得一以爲天下貞, 其致之, 天無以淸

후왕득일이위천하정, 기치지, 천무이청

將恐裂, 地無以寧, 將恐發, 神無以靈, 將恐歇

장공렬, 지무이녕, 장공발, 신무이령, 장공헐

谷無以盈, 將恐竭, 萬物無以生, 將恐滅

곡무이영, 장공갈, 만물무이생, 장공멸

侯王無以貴高, 將恐蹶, 故貴以賤爲本

후왕무이귀고, 장공궐, 고귀이천위본

高以下爲基, 是以後王自謂孤, 寡, 不穀

고이하위기, 시이후왕자위고, 과, 부곡

此非以賤爲本邪, 非乎

차비이천위본사, 비호

故致數輿無輿, 不欲琭琭如玉, 珞珞如石

고치수여무여, 부욕록록여옥, 락락여석

鵲巢解釋

예부터 하나를 얻은 자가 있다. 하늘은 하나를 얻어 맑고, 땅은 하나를 얻어 편안하다.

신은 하나를 얻어 신령스러워졌고 계곡은 하나를 얻어 채워졌으며 만물은 하나를 얻어 낳음이 있었다.

왕은 하나를 얻어 바르게 되었으니 그것이 그렇게 이르게 된 것이다. 하늘이 맑음이 없다면

장차 찢어졌을 것이고 땅이 편안함이 없다면 장차 일어났을 것이고 신이 신령스러움이 없었다면 장차 다하였을 것이다. (사라지다. 없어지다.)

계곡이 채워지지 않았다면 장차 말라버릴 것이고 만물이 낳음이 없다면 장차 소멸할 것이다.

왕이 고귀함이 없다면 장차 넘어질 것이다. 그러므로 귀함은 천함이 근본이 되며,

높은 것은 아래 것이 기초가 되며, 이로써 왕은 스스로 고, 과, 부곡이라 했다.

이것은 천함으로 근본으로 삼는다. 그렇지 아니한가,

그러므로 수레를 셈하게 이르니 수레가 없고 구슬처럼 록록(찬란)하지 않고 돌과 같이 딱딱하다.

나는 이런 생각이 들었다. 노자가 말씀하신 하나라는 개념 말이다. 영에서 하나가 있기까지는 무에서 유가 나온 것이니 전부가 아니겠는가 하며 말이다. 그러니까 영 없다가 하나는 그 모든 것이다. 그 어떤 것도 전혀 없는 불모지에 한 알의 씨앗은 그 모든 것이다. 이 씨앗 하나가 발아하여 수많은 열매

를 얻고 그 열매가 주위를 이롭게 하며 더러는 씨앗으로 남아 수많은 열매를 낳는다. 노자는 이 하나에 관한 철학을 말함인데 그 하나를 어떻게 이루며 지켜야 하며 바라보아야 하는지 이 장에서 말하고 있음이다.

노자가 말씀하신 왕도는 앞의 여러 예로 말씀하였듯이 자연을 빗대어 말한다. 하늘과 땅과 신과 계곡 그리고 만물을 이야기한다. 이 모든 것은 하나를 얻었다. 이 하나는 전부다. 왕도 하나를 얻었는데 이는 천하다. 천하를 지켜나가야 함은 고귀함이 있어야 한 데 이는 천함을 근본으로 삼고 있다. 아래 것 즉 기초가 없으면 높은 건물을 지을 수 없듯이 그 높은 곳에 이름이 왕이다. 그러니 얼마나 외롭고 쓸쓸한 자가 아닐까! 그래서 고, 과, 부곡이라 했다.

사극 드라마에서 왕은 자신을 과인이라 말하는데 이것은 이 '과寡' 자를 말한다.

노자의 『도덕경』은 반어적 문장이 많다. 이 장의 결론도 그러한데 수레를 셈하게 이르니 수레가 없다는 말이 있다. 수레輿는 노자 시대 때는 자가용이나 마찬가지였다. 그러니까 수레를 타는 사람은 고귀한 사람이니 명예로 읽어도 좋으나 그래도 여기서는 수레가 맞지 싶다. 왜냐하면, 노자의 문장은 수레를 수레로 보지 않고 딴 것으로 해석해도 괜찮다. 다시 말하면 여러 명의 아들이거나 여러 명의 아내가 있거나 말이다. 그러니 과인은 풍족한 사람일지는 모르지만 진정 그 풍족함 속에 나를 바라는 사람이 과연 몇이나 있을까! 실은 한 명도 없을 수도 있다. 아들을 많이 낳고 길러도 나를 위한 아들이 있을까! 아내가 많다고 하지만 정작 내가 죽음에 이르고 그 뒤를 보아주는 사람이 있을까 말이다.

커피의 춘추전국시대를 맞았다. 폐점하는 점포보다 개점하는 점포가 아직도 많다. 집집이 영업상황도 어느 집이 낫고 어느 집은 못 한 상황은 아닌 듯하다. 모두 평균 매출은 지난 시간에 못 미친다. 그럴 수밖에 없다. 공급업자는 계속 증가하는데 이를 받아 주는 수요자는 한정되었으니 경제원리로 보아도 떨어지게 되어 있다. 그렇다고 커피 업종만 보아서도 안 된다. 스파게티, 돈가스, 호프집, 여러 밥집도 간접적으로 영향을 미치는 것은 마찬가지다. 음료와 요식업이 주업종이라면 어떻게 이 많은 경쟁시장에서 살아남을 수 있을는지 고민을 안 해 본 업주는 없을 것이다.

이러한 시장에서 노자의 철학이 과연 삶의 해결방법을 줄 것인가 하는 의문이 생긴다. 노자는 자연을 따르며 인위적인 어떤 행위는 절대 배제하니까 말이다. 하지만 노자는 분명히 왕도를 얘기하고 있다. 이는 안정된 국가 상황에서야 어울리는 말이지 시끌벅적한 소용돌이 같은 시장에서는 얼마나 맞아 들어가겠는가 말이다. 하지만 노자는 그 자체가 학문이다. 학문은 사색의 원천이며 이 사색이 치솟는 샘 같은 것이라 창의적인 상품을 낳을 것이라는 어떤 희망을 안고 있다. 이것은 다른 사람과 비교되는 진일보한 우월적 요소를 낳음으로써 삶의 방도, 즉 노자가 말한 도를 제시할 것이다.

20세기 미래학자가 말한 지식 정보화와 접속의 시대라는 말이 실감케 한다. 시대의 개념만 잘 읽어도 나의 삶의 길은 어느 정도 가름할 수 있다. 그러니까 무엇을 어떻게 해야 하는가 하는 삶의 방법 말이다. 당분간은 이 개념이 깨지지는 않을 것이다. 그렇다고 이러한 것이 우리를 큰 부로 안내하는 것은 결코 아니다. 거저 먹고사는 수준이지 큰 부로 이어지지는 않는다.

내가 수많은 네트워크 속에 큰 존재로 떠올랐다고 해서 이것이 큰 안정을 줄 수 있는 자본과 그 바탕으로 자본력이 향상되는 것은 아니라는 것이다. 물론 기회는 다른 어떤 이보다 많아진 것은 사실이다. 새로운 것에 도전하고 성취하고 뚜렷이 두각을 나타내는 데는 많은 것이 필요하다. 이 과정에 소멸하는 자본도 적지 않다. 그러니까 많은 것에서 한 단계 오름이 얼마나 기회비용을 치러야 하는지는 익히 알 수 있다. 그렇다고 아무것도 하지 않거나 조용히 지내는 것은 참으로 어리석음이다. 그러니 자기관리며 경영이다. 어떤 파이프라인 구축할 것인가는 보이지 않는 미래에 두더지처럼 파며 가야 할 것이다.

작은 실마리가 큰 실마리의 안내를 돕는다. 그러니 쉬지 말고 계속 가라!

鵲巢日記 15年 08月 26日

거짓말처럼 맑았다.

오전 한 시간여 동안 그리고 저녁 잠깐 노자 『도덕경』을 읽고 곰곰 생각했다. 오후, 청도, 영천, 옥곡 커피 배송 있었다. 오후 압량에 머물 때 이모님 오시어 여러 가지 말씀 나누시다가 가셨고 세빠가 잠시 왔다 갔다. 대구대 이 선생께서 오래간만에 오시어 담소를 꽤 나누다 가셨다.

5. 앙쌍떼

앙쌍떼 심 사장님은 서울에 유명 건설회사에 다니시다가 퇴임했다. 대구
에 처가가 있고 포항에 연고가 있다. 09년 봄에 카페리코에서 커피 교육받고
그해 포항에 창업했다. 가게는 20여 평쯤 된다. 절실한 기독교 신자다. 가게
이름도 서울에 소재한 교회 이름으로 이곳에 오랫동안 기독교 신자활동을 하
시어 부르게 되었다. 커피를 정말 좋아하시는 분으로 매일 커피를 볶는다. 한
곳에 오랫동안 가게를 운영하니 이제는 단골이 제법 된다.

노자 『도덕경』 40장

反者, 道之動, 弱者, 道之用, 天下萬物生於有, 有生於無

반자, 도지동, 약자, 도지용, 천하만물생어유, 유생어무

鵲巢解釋

　반하는 것은 도의 움직임이요, 약한 것은 도의 쓰임이다. 천하 만물은 있음에
서 생겨났으며 있음은 무에서 나왔다.

　노자 『도덕경』을 직접 해석하며 나의 철학을 심겠다고 다부지게 마음먹고
읽은 이후 가장 짧은 문장이 아닐까 보다. 반反은 돌이키다, 되돌아오다, 반복
한다는 뜻이 있다. 작용과 반작용이 떠오르기도 하는 용어다. 되돌아온다는
것은 도의 움직이다.

　아침, 잠깐 카페 조감도에서 영업회의를 가졌다. 예지는 나에게 이렇게 보
고했다. 본부장님 손님은 가장 신선한 커피를 찾습니다. 며칠 된 것도 신선한
데 말입니다. 잘 나가는 커피는 늘 있지만 잘 나가지 않는 커피도 몇몇은 볶
아 놓아야겠어요. 어느 카페든 조회는 필요하다고 본다. 특히 영업 전선에서
직접 발로 뛰며 대하는 직원과의 대화는 필요하다. 일선의 노고를 챙기지 못
하는 경영인은 업무회피며 자격 미달이다. 예지가 보고하는 것은 반하는 것
이니 도의 움직임을 제공한 것과 크게 다르지 않다. 그러니까 우리가 어떻게
걸어야 할지를 제공한 셈이다.

　약한 것은 도의 쓰임이다弱者, 道之用. 어떻게 읽으면 잘 못 읽을 수도 있는
문장이다. 중국의 언어구조와 우리의 말은 어순이 달라 이해가 퍼뜩 들지 않

을 수 있기 때문이다. 약하다는 것은 기력이 없음을 말한다. 어떤 일이든 매진하게 되면 기 빠지는 것은 어쩔 수 없는 일이겠으나 그 기가 빠진다고 해서 적극적인 행함이 없음은 자기가 걸어야 할 길을 회피하는 것과 다름이 없다. 그러니까 모든 일은 적극적이고 성실하게 하여야 함을 강조한다. 정성을 들이면 어떤 일이든 이루어지지 않는 일이 있을까 말이다.

마지막으로 천하 만물은 유에서 생겨났으며 유는 무에서 났다고 했다. 이제 늦여름을 보내고 있다. 매미 소리가 왕성하게 들린다. 매미도 이 여름이 가고 있음을 알고 있다. 저렇게 우는 소리도 매미가 있으니까 들리는 것이다. 우주 만물은 아무것도 없는 곳에서 빅뱅으로 생겼으니 언젠가는 이 기가 모두 소진할 때가 있을 것이다. 참으로 아득한 시간이겠지만, 도는 돌고 도는 것이다. 우리가 느끼기에는 너무나 크지만 말이다.

노자 『도덕경』 41장

上士聞道, 勤而行之, 中士聞道, 若存若亡

상사문도, 근이행지, 중사문도, 약존약망

下士聞道, 大笑之, 不笑不足以爲道, 故建言有之

하사문도, 대소지, 부소부족이위도, 고건언유지

明道若昧, 進道若退, 夷道若纇, 上德若谷

명도약매, 진도약퇴, 이도약뢰, 상덕약곡

大白若辱, 廣德若不足, 建德若偸, 質眞若渝

대백약욕, 광덕약부족, 건덕약투, 질진약투

大方無隅, 大器晚成, 大音希聲, 大象無形

대방무우, 대기만성, 대음희성, 대상무형

道隱無名, 夫唯道, 善貸且成

도은무명, 부유도, 선대차성

鵲巢解釋

　　최고의 선비는 도를 들으면 근면하게 이를 행한다. 중간 정도의 선비는 도를 들으면 있는 것 같기도 하고 없는 것 같기도 하다.

　　좀 못한 선비가 도를 들으면 크게 웃는다. 웃지 않는 것은 도라 하기에는 부족하다. 그르므로 세운 말은 이러한 것이 있다.

　　밝은 도는 어두운 것과 같고, 나아가는 도는 물러서는 것과 같고, 평탄한 도는 마디나 흠이 있는 것과 같다. 높은 덕은 계곡과 같고,

　　아주 흰 것은 더러운 것과 같고 넓은 덕은 부족한 것과 같다. 세운 덕은 훔친 것과 같고 소박하고 참된 것은 변하는 것과 같다.

　　큰 네모는 모퉁이가 없음이요, 큰 그릇은 늦게 이룸이요, 큰 소리는 소리가 작고 큰 상은 형태가 없다.

　　도는 은근히 이름이 없으며 유달리 도는 잘 빌려주고 잠시 이루게 한다.

　　몸소 실천하는 사람만큼 현명한 사람은 없다고 나는 본다. 수년간 커피 교육을 하고 창업에 도움을 주었지만 실천하는 사람이 있고 그렇지 못한 사람이 있다. 세상은 참 공평하다. 노력하는 사람에게 우리가 어떻게 당하겠는가! 결과가 좋지 못한 것은 분명히 원인이 있다. 우리는 그 원인을 나로부터 찾아야 한다. 구태여 주위환경 탓이나 남에게 돌리는 사람을 본다. 이는 노자가

이르는 좀 못한 선비에 해당하는 말이겠다.

　여기서 고건언유지故建言有之라는 말이 있다. 고건언故建言은 우리말로 격언이나 속담으로 보는 것이 옳다. 그러니까 옛말에 이러한 것이 있었다. 밝은 도는 어두운 것과 같고 나아가는 도는 물러서는 것과 같다고 했다. 우리가 무엇을 많이 안다고 하지만 진정 그것이 많이 아는 것일까? 얼마 전에 여기서 가까운 모 대학 교수께서 오셔 커피 한 잔 마시다가 간 적 있었는데 선생은 이런 말을 했다. 우리는 너무 알아도 책을 쓰지 못한다고 했다. 어떤 진리에 많이 알아도 그것을 다 표현한다는 것은 가히 불가능한 일이겠다. 또한, 어떠한 일을 추진하려고 해도 당장은 급히 나가는 것 같지만, 며칠이면 머뭇거리기가 일수다. 이것을 두고 작심삼일이라고 했나! 아마도 노자는 이를 두고 한 말이 아닐까 보다.

　이도약뢰夷道若纇라 했다. 뢰는 흠이나 마디를 말한다. 평탄한 길도 흠이나 마디쯤은 있었다. 우리는 살면서 한 가지 종목을 오랫동안 해 온 명장들을 많이 만난다. 자기 일에 오랫동안 해 온 사람의 이야기를 들어보라 현재 이름에 우리는 순탄하게 걸어온 것 같아도 그 길은 우여곡절이 많았다. 그 어려움은 주위는 잘 모른다. 당사자는 그 수많은 어려움을 깨치고 현재까지 온 것 아닌가 말이다. 가까이 들여다보면 모두 흠이다. 흠이 아닌 것이 어디 있겠는가! 하지만 멀리 바라보고 가면 그 흠 많은 길도 아름답고 후덕한 덕을 볼 수 있음이다.

　상덕약곡上德若谷이라 했다. 높은 덕은 계곡과 같다는 말은 계곡처럼 낮음을 말한다. 언제나 마르지 않는 계곡에 흐르는 물 말이다. 말하자면 노자의 『도덕경』처럼 몇 자 되지 않는 것 같지만, 이는 동양 역사에 지대한 영향을 끼쳤다. 역대 제왕학에 지배계층의 여러 선비에 적잖은 영향을 끼쳤다.

대백약욕大白若辱 광덕약부족廣德若不足, 아주 흰 것은 더러운 것과 같고 넓은 덕은 부족한 것과 같다는 말은 정말 깨끗한 사람은 이 사회에 살 수 없다는 표현이 맞을게다. 인간이 모인 사회에 바르게 행하는 것이 과연 몇이나 될까 바르게 행함도 그것이 바르다고 할 수 있겠는가 말이다. 어떤 때는 선의의 거짓말도 필요하며 약간의 속임도 필요하다. 상업은 근본이 남을 속이는 것이다. 어떤 이문은 파는 자가 매기는 영리다. 하지만 순수 경제 원리에 가격이 결정된다고 하나 이 속에는 수많은 사회이론을 바탕으로 한다. 그러니 너무 깨끗해도 이 사회에 살아갈 수 없다. 광덕약부족廣德若不足이라 함은 어떤 깨우침을 주는 덕은 알 듯 모를 듯하게 다가온다. 더 자세히 적어 놓았으나 이를 읽고 이해하는 데는 연륜도 필요하며 세속에 젖은 때도 필요하다. 그 전에 진리를 깨닫기에는 역부족이다. 그러니 세상 살아보면 이해하겠지라는 아리송한 말만 남기는 것이 도를 깨달은 사람이다.

건덕약투建德若偷 질진약투質眞若渝라 함은 우리가 이룩한 큰 성과를 보라! 그것이 혼자 힘으로 된 것이 과연 있는가! 사회에서 얻은 것이며 사회에서 도움을 받아 모두 이룩한 것이 아닌가! 그러니까 마치 훔친 것은 아니지만 훔친 것과 같고 소박하고 참된 것은 변하는 것과 같다는 것은 꾸밈이 없고 거짓이 없으며 순수한 것은 근본적으로 변한다. 그러니까 물 수 변에 대답할 유로 쓴다. 물은 항상 얕은 곳으로 흐르지만, 물이 지난 것은 그 모양이 모두 변한다. 낮음도 거짓이 없는 것도 그 모양은 변할 수 있음을 말한다. 참되고 진실 된 것이 언젠가 승리를 할 수 있음이요. 세상을 다시 볼 때도 있음이다. 변하지 않는 것은 없다. 변화를 두려워해서도 안 되며 무사안일하게 세상 바라보는 것도 아주 큰 해가 된다.

다음은 굳이 설명을 붙이지 않아도 익히 아는 말이다. 큰 네모는 모퉁이가 없고 그러니까 이 우주를 담은 공간은 과연 모퉁이가 있겠는가! 있다 하더라도 볼 수 없다. 큰 그릇은 늦게 이루어지고 온갖 세파를 다 겪고 일어서는 사람이야말로 진정한 큰 사람이 되며 큰 소리는 소리가 나지 않는데 지구가 도는 소리를 과연 누가 들었겠는가! 하지만 분명 엄청난 굉음으로 돌고 있음은 사실이다. 큰 모양은 형태가 없다. 우주 그리고 우리가 사는 이 공간 우리가 마시는 공기 모두 그 상을 그려낼 수 있겠는가!

우리가 뜻하는 길은 정말 그 이름이 있는가! 나는 커피 일을 이십 년 해왔지만, 이것이 진정 커피를 위한 길이었던가! 하루하루 먹고산 일이었던가! 이 속에 진정 뜻은 있었던가! 치열한 생존경쟁에 끝까지 살아남으려는 고군분투만이 있었던 건 아니었던가 말이다. 그러니 도道는 도道데 도道가 아닌 것이 되고 도道로 도道를 걸어왔지만, 그것은 인간의 오묘한 감정을 그려내고 온갖 모양의 세파를 느끼며 걸었던 인생이 아니었던가 말이다. 이쯤 해서 도道를 깨달을 때쯤이면 인생도 다 가고 우리는 정말 다시 자연으로 돌아간다. 그래서 노자는 도법자연道法自然이라고 했다.

鵲巢日記 15年 08月 27日

맑고 화창했다. 아침 일어날 때는 선선하기까지 했다. 여름 지내며 처음 느꼈다. 매미소리도 더 창창하게 들린다. 오늘은 27일이다. 오후 늦게 쯤 비가 억수로 왔다. 저쪽 하늘은 꽤 맑은데 말이다.

　　대구 시내 음식점이다. 볶은 커피를 배송했다. 포항에 주문받은 커피를 택배로 보냈다. 4시쯤 정문에 들러 진천동 커피 집 로고를 디자인 작업했다. 두 시간 걸렸다.

6. 카페 무봐라

정 사장은 아주 젊다. 이십 대다. 취미로 브레이크댄스를 한다. 어느 지인을 통해 가게에 공간이 있어 커피를 하게 되었다. 영업이 조금 되니까 이권문제로 자리가 불안했다. 이참에 대구 중구에 아주 작은 휴대폰 가게를 인수하여 내부공간을 다시 꾸미게 되었다. 다섯 평도 안 된다. 창업비 있을까 할 정도로 겉보기에도 별 표시가 없는 집이다. 테이블과 의자는 몇 개 없다. 하지만 테이크아웃으로 파는 커피가 하루 최소 오십 잔 이상은 판다. 창업에 고민하는 사람을 많이 보게 되는 데 그 고민에 큰 이유는 모두 창업비. 이 집은 아주 저렴하게 연 집으로 조금씩 나아지는 영업으로 성장을 기한다.

노자 「도덕경」 42장

道生一, 一生二, 二生三, 三生萬物, 萬物負陰而抱陽

도생일, 일생이, 이생삼, 삼생만물, 만물부음이포양

沖氣以爲和, 人之所惡, 唯孤, 寡, 不穀

충기이위화, 인지소오, 유고, 과, 부곡

而王公以爲稱, 故物, 或損之而益, 或益之而損

이왕공이위칭, 고물, 혹손지이익, 혹익지이손

人之所敎, 我亦敎之, 强梁者, 不得其死, 吾將以爲敎父

인지소교, 아역교지, 강량자, 부득기사, 오장이위교부

도는 하나를 낳고, 하나는 둘을 낳고, 둘은 셋을 낳았다. 셋은 만물을 낳았다. 만물은 음을 업고 양을 안았다.

온화한(따뜻하고 부드러운) 기는 조화를 이룬다. 사람은 싫어하는 바가 있는데 오직 외롭고, 부족하고 먹지 못하는 것이다.

왕은 이로 칭함인데 그러므로 사물은 덜어냄은 더하는 것이고 더하면 덜어내는 것이다.

사람이 가르치는 바를 나 역시 이것을 가르치니 강한 사람은 그 죽음을 얻지 못함이라 내 장차 이로써 가르침을 근본으로 삼는다.

첫 문장은 만물의 생성과정을 말한다. 그러니까 우주만물의 창조과정이다. 언젠가 주역을 읽은 적 있다. 솔직히 말하자면 주역은 상당히 어려운 책이다. 역易이란 바뀌는 현상을 말한다. 그러니까 천지만물이 끊임없이 창조하고 성하며 쇠하는 자연현상을 풀이한 것이다. 다시 말하지만, 나는 학자가 아니라 장사꾼이다. 책을 무척 좋아하지만, 주역은 상당히 어려운 책이라 뭐 알고 읽은 것은 아니다. 이 속에는 수많은 점괘가 나오는데 이 점은 음양의 조화를 바탕으로 한다. 그 하나하나의 명칭을 외워야 하고 점괘가 만나는 곳마다 일어나는 원리로 사물의 현상을 짚어보는 학문이다. 아마도 노자는 이를 설명함인데 이 만물은 음을 업었지만, 이 속에는 양이 있음을 말한다. 그러니까, 남자는 여성스러움이 없는 것 같아도 이러한 성질이 있고 여자는 남성스러움 즉 양기, 어느 정도는 내포하고 있음을 말한다. 해가 있으면 달이 있는데 이 달은 해가 없으면 이 달빛을 우리는 볼 수 없다. 마치 이러한 것과 비슷한 원리가 된다.

충기이위화冲氣以爲和라 했다. 충冲은 온화함을 뜻한다. 물의 가운데는 평온하다. 물이 고여 있는 저수지를 바라보라! 아득하기도 하지만 어떤 겸허함으로 내비치기도 한다. 모든 것을 품고 있듯 고요하게 그 느낌이 다가온다. 이 충의 기는 조화를 이룬다. 온화한 기가 없으면 만물의 형성은 이루어지지 않는다. 그러니까 상대를 따뜻하고 부드럽게 바라보지 않으면 알 수 없는 일이며 사랑은 이룰 수 없다. 사랑이 없으면 생산도 없는 것이 된다. 아마도 노자는 이러한 뜻에서 이 문장을 썼을 것이다. 다음은 인지소오人之所惡라는 말이 나온다. 여기서 인人은 왕王과 대조적으로 세상 사람으로 읽히기도 하지만 또 그렇지만도 않은 것은 뒷 문장을 보면 알 수 있다. 유고唯孤, 과寡, 부곡不穀이라 했다. 왕은 이로 칭한다고 했다. 그러니까 인人은 최고 통치권자며 세상만사를 살피는 자가 된다.

혹손지이익或損之而益, 혹익지이손或益之而損, 사물은 덜어냄은 더하는 것이고 더하면 덜어내는 것이라 했다. 최고통치권자인 왕의 처지에서 읽어야 한다. 말하자면 백성을 살피는 데 어떤 공평과 형평성을 말하는 것이라 나는 읽었다. 그러니까 하나에 치중하면 하나가 모자라는 것이 되고 또 다른 하나를 살피면 다른 하나가 손실을 본다. 지금의 정치상황도 마찬가지다. 또 어떤 사업을 하더라도 사업을 이끄는 경영인 또한 이 위치에 종종 서게 되는데 거저 그러느니 바라보아야 할 때도 있음이다. 무엇 하나, 편을 들게 되면 다른 쪽은 원성을 사게 마련이다. 자식을 키우는 부모도 마찬가지다. 두 아들이 싸웠다고 치자. 아비가 어느 쪽이든 잘잘못을 가려도 이것은 잘하는 것이라 볼 수 없다.

인지소교人之所教, 아역교지我亦教之라 했다. 아마도 노자는 겸손의 말씀을 놓는다. 사람이 가르치는바 나 역시 이를 가르친다고 했다. 여기서 인은 사람이지만 실질적으로는 왕이다. 왕은 세상 사람을 대표한다. 그러니까 왕이 가르치는 것 같아도 세상의 흐름을 대변하는 것이 된다. 부득기사不得其死라 했는데 제 명에 살기는 어렵다는 말이다. 그러니 강한 것은 오래가지 못한다. 부러지면 부러졌지 구부릴 수 없다. 앞의 장에서 노자께서 말씀 하셨다. 『도덕경』 22장 곡즉전曲則全이라 했다. 구부리면 온전하다. 오장이위교부吾將以爲教父 나는 장차 이로써 가르침을 근본으로 한다. 여기서 부父는 아비로 읽어야 할 게 아니라 근본이자 본보기로 읽어야 한다.

노자 『도덕경』 43장

天下之至柔, 馳騁天下之至堅, 無有入無閒
천하지지유, 치빙천하지지견, 무유입무한
吾是以知無爲之有益, 不言之教, 無爲之益, 天下希及之
오시이지무위지유익, 부언지교, 무위지익, 천하희급지

鵲巢解釋

천하의 가장 부드러운 것은 천하의 가장 견고한 것을 다룬다. 형체가 없는 것이 틈이 없는 곳에 이르니

나는 이것으로 인위적으로 하지 않는 것無爲이 유익함을 안다. 말없는 가르침

과 인위적으로 하지 않음의 유익함은 천하에 이것에 미칠 수 있겠는가!

천하지지유天下之至柔, 치빙천하지지견馳騁天下之至堅, 아무리 힘센 무장도 부드러운 여자 앞에서는 못 당한다. 격하고 거친 말투보다는 부드럽고 상냥한 말 한마디가 오히려 사람을 더 녹이는 법이다. 아무리 단단한 바위라도 몇 천 년간 떨어지는 물 한 방울에는 구멍이 나게 되어 있다. 그러므로 시대를 떠나 내가 경영자라면 어떤 처세가 바른 것인가를 이 장은 말한다.

여기서 치빙馳騁이라는 말이 나온다. 주해를 달면 이렇다. 달릴 치馳와 달릴 빙騁 자다. 말을 타고 달리는 것이 된다. 그러므로 바쁘게 뛰어다님을 말한다. 그만큼 능수능란하게 일을 처리할 수 있음을 말한다. 가장 부드러운 것은 가장 견고한 것까지 다룰 수 있으니 그 외의 일은 얼마나 능수능란하게 처리할 수 있겠는가!

무유입무한無有入無閒, 형체가 없는 것이 틈 없는 곳에 이른다. 형체가 없는 것은 대체로 어떠한 것을 예로 들 수 있을까? 여러 가지다. 물도 있으며 지식과 지혜,[7] 공기 등을 들 수 있다. 그 어느 것 하나도 우리는 필요하다. 어느 것 하나 없이 살 수 없다. 어느 것이든 틈 없는 곳까지 이르고 시대를 막론하고 영향이 미치지 않는 것도 없지만 우리는 그 존재의 의미를 모르고 산다.

이 장 마지막 문구에 이르러 노자는 한마디 한다. 인위적으로 하지 않는 것이 유익함을 알며 말 없는 가르침과 인위적으로 하지 않음의 유익함은 천하에 이것만한 것이 있을까 하며 말이다. 이 장을 읽으며 나는 이런 생각을 했다. 자식이 귀하거든 거저 내버려 두라는 말, 말이다. 실은 우리가 배워야 할 것은 모두 사회에 있다. 학교 공부가 사회를 뒷받침하기에는 역부족이다.

사회에서 부대끼며 살아가 보면 깨닫는다.

정치적으로 경제적으로 안정된 사회를 맞았다. 이 안정적인 시대가 얼마까지 갈는지는 모르는 일이지만 당분간 전쟁이 일어나거나 어떤 큰 소용돌이와 같은 혼란은 오지 않을 거로 보인다. 다만, 과열경쟁과 더욱 심화하여가는 자본주의 병폐만 있을 뿐인데 삶을 살아가는 생존경쟁은 그 어느 때보다 치열하다. 어떠한 처세가 더 나을 것인가?

노자 「도덕경」 44장

名與身孰親, 身與貨孰多, 得與亡孰病, 是故甚愛必大費

명여신숙친, 신여화숙다, 득여망숙병, 시고심애필대비

多藏必厚亡, 知足不辱, 知止不殆, 可以長久

다장필후망, 지족불욕, 지지불태, 가이장구

鵲巢解釋

명예와 몸, 어느 것이 가까운가. 몸과 재물, 어느 것이 重중한가. 얻음과 잃음, 어느 것이 해로운가. 이러한 까닭에 깊은 사랑은 꼭(필히) 큰 손해를 본다.

많이 감추면 꼭(필히) 크게 잃을 것이다. 만족을 알면 욕보는 것이 없으며 그칠 줄 알면 위태하지 않다. 가히, 오래갈 수 있다.

이 장은 어느 수준까지 깨달음으로 보아야 할 지 난감하다. 하기야 이렇게 쓴 내 마음은 아직도 무위를 지향하지 않음이겠다. 세상 살아가는 처세는 사람마다 각기 다르겠지만, 노자가 말씀하신 요점은 사물을 허심탄회하게 바라보게끔 한다. 그러니까 무욕無慾이다. 다만, 내가 얼마만큼의 성장을 기하는 가는 여기서 셀 수 있거나 잴 수 있는 것은 아니다. 만족을 알고 그칠 줄 알면 위태하지 않으며 오래갈 수 있다는 것뿐이다.

마음을 수양한다는 것은 어려운 일이다. 아주 쉬운 일 같아도 욕심을 줄이는 일이다. 사마천 사기에 이런 말이 있다. 토사구팽兎死狗烹이라는 말이 있다. 사냥개를 들여 토끼를 잡고 개는 쓸모없게 되니 삶아 먹는다는 고사다. 물론 이 속에 얽힌 이야기가 몇 있다. 한신과 유방과의 관계도 그러하고 범려와 월왕 구천과의 관계도 그렇다. 한신과 범려의 친구 문종은 토사구팽 당했으니 노자의 말씀은 그 의미가 깊게 닿는다.

물론 옛 고사에서 그 예를 찾아보기까지야 하겠는가! 뭐든지 너무 아끼면 愛 크게 잃음인데 경영으로 이를 대신할 수 있겠다. 경영은 무엇인가? 관리다. 시스템이 어떻게 돌아가는지 내가 운행하고 조정하는 이 배를 어느 방향으로 안정적으로 이끌지는 최고경영자의 손에 달렸다. 투자는 여러 가지 있다. 설비뿐만 아니라 재고, 그 외 경영학에서 말하는 투자는 아니지만, 최고경영자의 마음가짐과 철학도 나는 넣고 싶다. 그러니까 이것을 바탕으로 기업문화를 어떻게 생산할 것인가? 조직원과 조직을 어떻게 안정적인 궤도에 정착하여 이끌 것인가? 말이다. 경영자는 자본을 아끼는 것이 아니라 쓰는 자다. 그 쓰임은 곧 투자여야 한다. 투자의 가장 중요한 것 중 하나가 경영자 본인이다.

鵲巢日記 15年 08月 28日

맑았다.

오늘 별일 없었다. 마음을 가다듬고 수양했다. 노자를 읽고 노자처럼 생각했다. 그리고 노자께서 쓴 단어를 곰곰 생각했다. 왜 이러한 단어를 써야 했으며 그 의미가 지금 이 시대에는 어떻게 해석해야 하는지 말이다. 그리고 나를 생각했다.

7) 노자의 처지에서 보면 이 예는 솔직히 말하자면 인위적인 것이 된다. 하지만 여기서 예로 든 이유는 노자의 말씀도 인위적인 것이라 삶의 처세로 바르게 읽기 위함이었다. 그래서 넣어둔다. (鵲巢)

7. 앤디스 코나 안성용

안 사장님은 나보다는 연배가 높다. 그는 오십 중반 길 걷는다. 원두커피 처음 시작할 때 어느 지인을 통해서 알게 되었다. 아마 2004년 가을쯤이었다. 안 사장은 커피를 직접 볶는다. 예전은 대구 성서에서 커피를 볶았다. 여기서 상당히 오랫동안 일했다. 커피 시장이 커지고 볶는 양이 많아 공장시설을 넓혔다. 지금은 군위에 있다. 처음 거래할 때보다는 지금은 상당히 많은 양을 커피 볶아 가져다준다. 커피는 여러 가지 유통법이 있고 배합은 특별한 거라서 공장에 위임해서 볶는다. 10여 년 전부터 거래를 해오고 있지만, 맛의 일관성에 하나도 흐트림이 없다. 예전은 용량 25K였지만, 지금은 밀려드는 주문량에 용량 60K로 한다. 온종일 커피만 볶는다고 해도 과언이 아닐 정도로 바쁘게 보내는 분이다.

노자 「도덕경」 45장

大成若缺, 其用不弊, 大盈若沖, 其用不窮

대성약결, 기용부폐, 대영약충, 기용부궁

大直若屈, 大巧若拙, 大辯若訥

대직약굴, 대교약졸, 대변약눌

躁勝寒, 靜勝熱, 淸靜爲天下正

조승한, 정승열, 청정위천하정

크게 이룬 것은 결함이 있는 듯하나 그 쓰임은 끝남이 없고 크게 찬 것은 비
어있는 것과 같으나 그 쓰임은 다함이 없다.

크게 곧은 것은 굽은 것 같고 크게 교묘한 것은 옹졸한 것 같다. 크게 말 잘
하는 것은 어눌한 것 같고

조급함이 추위를 이기고, 고요함이 더위를 이기니 맑고 고요함은 천하가 바
르게 된다.

노자는 무위無爲로써 왕도를 말한다. 덕은 도의 결과다. 대성약결大成若缺은
크게 이룬 것은 결함이 있다는 뜻인데 결함 없이 크게 이루려는 것은 이 세상
에 없다는 말씀으로 보이기도 한다. 나머지 문장 읽음도 이처럼 볼 수 있는데
다음과 같다. 빈 것 없이 꽉 채우려고 하거나 굽은 것 하나 없이 곧게만 가는
것도 옹졸함이 없이 크게 교묘한 기술을 발휘하거나 어눌함이 없이 웅변을
취한다는 것은 있을 수 없는 일이 되겠다. 그러니까 어떠한 일도 모두 결함이
없지 않고서는 이루어 낼 수 없다는 것이 된다. 사회는 만인이 모여 사는 곳
이다. 어찌 개인의 그 취향을 다 맞춰 정치할 수 있겠는가! 대중의 과반수 동
의가 있거나 옳다고 보여주는 일은 위험을 무릅쓰고라도 해야겠다. 단, 청정
淸淨, 맑고 고요함인데 김원중 선생께서는 이를 무위無爲의 또, 다른 말로 본
다. 그러니까 천하의 안정을 위해서 통치자가 당연히 갖추고 있어야 할 자세
로 말이다.

노자 「도덕경」 46장

天下有道, 卻走馬以糞, 天下無道, 戎馬生於郊

천하유도, 각주마이분, 천하무도, 융마생어교

禍莫大於不知足, 咎莫大於欲得, 故知足之足常足矣

화막대어부지족, 구막대어욕득, 고지족지족상족의

鵲巢解釋

　　천하에 도가 있으면 달리는 말을 똥으로 물리고 천하에 도가 없으면 병마는
야외(전장)에서 난다.

　　재앙은 만족을 알지 못해서 더 큰 것이 없고, 허물은 얻고 싶은 것에 더 큰
것은 없다. 그러므로 만족을 아는 족함이 늘 만족이다.

　　각주마이분卻走馬以糞이라는 문장은 달리는 말, 즉 뒤에 나오는 문장 융마
생어교戎馬生於郊를 보아 아마, 전장에 쓰는 병기용으로 유추 해석할 수 있다.
그러니까 여기서 달리는 말은 똥으로 물린다는 것은 필요 없다는 뜻이다. 천
하에 도가 있으면, 가는 길, 가야 할 길을 뚜렷하게 볼 수 있다면 굳이 전쟁이
필요하겠는가 하는 말이다.

　　재앙禍과 허물咎은 만족하지 못한 데서 또 굳이 얻고자 하는 욕심에서 생
긴다. 그러니 만족함을 아는 만족이야말로 늘 만족이다.

　　사람들은 가는 방향을 몰라 방황하는 것을 자주 본다. 그러니까 목표 말이
다. 단기적 목표와 장기적 목표만 세우더라도 하루가 즐겁다. 가는 길이 보이
니까 애써 부부싸움을 한다거나 다른 이와 분쟁을 일삼을 필요가 없다. 인생

은 끝없는 공부라 했다. 공부한 것을 실행에 옮기는 것도 중요하다. 그렇다고 급히 갈 것도 아니며 그렇다고 여유를 부려서도 안 된다. 제 속도에 맞는 목표는 어떤 즐거움을 준다. 이에 공부도 있음을 알아두자. 쌓고 쌓으면 터는 날도 있음이다.

노자 『도덕경』 47장

不出戶, 知天下, 不闚牖, 見天道, 其出彌遠, 其知彌少
부출호, 지천하, 부규유, 견천도, 기출미원, 기지미소
是以聖人不行而知, 不見而名, 不爲而成
시이성인부행이지, 부견이명, 부위이성

鵲巢解釋

집을 나서지 않고도 천하를 알고 들창을 엿보지 않아도 하늘의 도를 볼 수 있다. 그 나가는 것이 멀어질수록 그 아는 것은 적어진다.
이로써 성인은 행하지 않고도 알고 보지 않고도 밝으며 행하지 않아도 이룬다.

한 국가의 왕은 어떠해야 함을 말한다. 이 장의 요지는 아마도, 기출미원其出彌遠, 기지미소其知彌少이겠다. 군주는 행함이 없어도 알아야 하고 보지 않아도 밝으며 한 국가가 어떻게 돌아가고 있는지 알고 있다. 많이 안다고 해서 그러니까 먼 곳까지 안다고 해서 내가 처한 가까운 일마저 잘한다는 것은 아니다.
한 국가의 경영은 마치 들창을 엿보고 낙엽만 보아도 가을이 왔음을 알 수

있듯이 해야 한다. 그러니까 왕은 한 조직의 으뜸은 노자가 말씀하신 도에 이르려면 무엇이든지 해보지 않은 것도 없어야 한다. 그러니까 밑바닥부터 걸어 오른 자리면 상황은 어떻게 돌아가는지도 세세히 알 수 있다. 창업은 쉬울 수 있으나 수성은 어렵다.

그러니까 어느 정도의 위치, 자리라면 오히려 이 문장은 밝은 처세가 된다. 군주가 한 기업의 경영인이 세세한 일도 직접 처리하는 것은 오히려 큰 조직을 위태하게 할 수 있다. 방향을 모색하며 뜻을 세우고 그에 맞는 기획은 누구나 하는 일이 아니기 때문이다.

노자 『도덕경』 48장

爲學日益, 爲道日損, 損之又損, 以至於無爲, 無爲而無不爲

위학일익, 위도일손, 손지우손, 이지어무위, 무위이무불위

取天下, 常以無事, 及其有事, 不足以取天下

취천하, 상이무사, 급기유사, 부족이취천하

鵲巢解釋

배우면 날로 더하고 도를 행하면 날로 덜어진다. 덜어지고 또 덜어내면, 이로써 행함이 없음에 이르는데, 무위無爲는 하지 않는 것이 없다.

천하를 취함에는 늘 일이 없어야 한다. 급기야 일이 있음은 천하를 취함에 부족하다.

노자의 철학을 받아들이기 참으로 어려운 장이다. 문장이 어려운 것은 아

니나 이 문장에 심은 의미를 실천하기가 아주 난감하기 때문이다. 현대문명 사회에 배움을 끊고 어떤 일을 도모하기에는 어렵다. 다양한 지식과 지혜 그리고 여러 네트워크를 이용하며 펼쳐나가는 것이 사업하는 자의 도리다. 물론 이렇게 행함이 없이 나가는 사업체도 아주 많다. 이러한 배움의 길을 끊고 나가는 업체는 십중팔구 포기하거나 큰 실패를 맛보는 것도 사실이다. 배움이란 지식과 독서와 경험과 주위의 여러 말씀을 말한다. 노자는 이 배움의 길이 보태는 것이니 근심과 걱정을 낳으며 이것은 도로 해를 끼친다는 것이다. 그러니까 도를 행하여 비워야 한데 모두 비우고 나면 행하지 않은 것도 없게 되며 하지 않은 것도 없는 상태가 된다. 그러니 이러한 비움이 얼마나 어려운 일인가!

取天下, 常以無事, 及其有事, 不足以取天下. 이 구절은 이미 47장 설명으로도 충분해서 이것으로 대신한다.

鵲巢日記 15年 08月 29日

맑았다. 토요 커피문화강좌 열었다. 점심때 압량에서 동원이와 커피 한잔 마시며 여러 대화 나누었다. 영업에 관한 내용을 주로 하였으며 이번에 낸 책에 관한 얘기도 있었다.

오후 병원점과 시지 우드에 커피 배송 있었다. 오후, 네 시쯤 기획사 사장님께서 전화 왔다. 좀 만나서 얘기하고 싶다고 했다. 본점에서 약 두 시간 가까이 대화를 나누었다. 나는 형님께서 하시는 얘기를 듣고 너무 놀라워 말문이 막혔다. 두 분 이혼한 사실을 들었기 때문이다. 1년 넘었다고 했다. 오늘 이렇게 오시어 얘기를 나누는 것은 여러 가지 정황을 살피며 상담 목적으로 오셨다.

저녁을 처가에서 먹었다. 조카 여럿 보았다. 모처럼 저녁다운 저녁을 먹었다. 처가의 어른 모두 건강하시고 씩씩 자라는 조카 보니 푸근했다.

8. 비락우유 수성 대리점 사장 김강현

　절실한 기독교 신자다. 성품은 온화하고 하시는 말씀은 누가 들어도 부드럽다. 그도 오십 중반 길 걷는다. 처음부터 거래한 집은 아니었다. 하지만 다른 어떤 집보다 자주 찾아 우유에 관한 정보를 가져다주었다. 나는 한 곳에 거래하면 그 집이 여간 큰 실수를 하지 않는 이상 잘 바꾸지 않는다. 어쩌다가 기존에 거래한 집이 일을 그만두게 되었다. 그때 이후로 줄곧 거래하게 되었다. 선생은 우유만큼은 영업의 귀재라 하고 싶다. 그러니까 어떤 이유에서든 거래처를 가게 되면 납품은 기본이고 이 속에 든 정보를 우리는 파는 것이다. 선생은 상품에 든 정보를 잘 다루시는 분이었다. 나는 거래처에 내가 볶은 커피를 납품 들어갈 때마다 선생을 생각한다. 나는 얼마나 정확한 정보를 드렸나 하며 말이다.

노자 『도덕경』 49장

聖人無常心, 以百姓心爲心, 善者吾善之, 不善者吾亦善之

성인무상심, 이백성심위심, 선자오선지, 부선자오역선지

德善, 信者吾信之, 不信者吾亦信之

덕선, 신자오신지, 부신자오역신지

德信, 聖人在天下, 歙歙, 爲天下渾其心, 聖人皆孩之

덕신, 성인재천하, 흡흡, 위천하혼기심, 성인개해지

鵲巢解釋

성인은 예사로운 마음을 갖지 않는다. 백성의 마음을 마음으로 삼는다. 선한
사람은 나도 그를 선하게 여기며 선하지 않은 사람도 나 역시 그를 선하게 여
긴다.

선함을 얻는다. 믿음이 있는 자는 나는 그를 믿음으로 대하고 믿음이 없는 자
역시 나는 그를 믿음으로 대한다.

믿음을 얻는다. 성인은 천하와 더불어 숨을 쉬며 천하를 위해 그 마음을 혼탁
하게 하니, 성인은 모두 어린아이처럼 다룬다.

이 장은 군자의 마음가짐이 어떠하여야 하는지를 말한다. 성인은 무상심
이라고 했다. 무상심은 사사로운 감정을 일체 배제한다. 그러니까 군자의 감
정이 배여 있음은 나라를 다스리기가 어렵게 된다. 그러므로 백성의 마음을
마음으로 삼는다. 절대 왕권주의에 왕도에 해당하는 말이지만, 지금 자본주
의 시대에 어느 경영자에게도 꼭 받아들여야 할 대목이다. 기업이든 조그마
한 가게를 운영하든 사적인 감정은 기업 이미지를 실추하게 된다. 고객은 많
은 것을 요구하기도 하며 또 모르기도 하니까 이에 친절히 응하며 살펴야 한
다. 내부의 어떤 일이든 안 힘든 것이 있겠는가마는 직접 만든 상품에 자부심
이 있다면 고객의 말씀에 다가서는 것도 남다를 것이며 대처 또한 잘할 수 있
겠다. 이에 노자는 선한 사람에게도 선하게 대하며 불선한 사람도 선하게 대
하라고 했다. 그러면 선함을 얻는다. 믿음이 있는 사람은 당연히 믿음으로 대

하지만 믿음이 없는 사람도 믿음으로 대하라 한다. 그러면 믿음을 얻는다.

여기 흡흡歙歙이라는 어려운 한자漢子가 있다. 숨을 들이쉬다, 거두다, 줄어들다 등의 뜻을 지녔다. 나는 여기서 이 단어가 백성과 함께 숨 쉬는 것으로 해석했다. 그러니까 백성과 더불어서 하는 마음을 흡흡歙歙으로 읽었다. 본시 성인은 그 마음이 혼탁하다. 혼탁해서 혼탁한 게 아니라 갖은 일이 많고 이 모두를 살펴야 하니 얼마나 혼탁한가! 조그마한 가게를 운영해도 여러모로 신경 써야 할 일이 많다. 들어오는 재고며 나가는 상품이며 또 이에 광고, 홍보, 직원의 출퇴근문제, 상여 문제, 내부 청소와 마감까지 어찌 일일이 신경을 안 쓸 수 있겠는가! 말하자면, 옛 군주가 지금의 경영자며 옛 신하가 지금 일선에서 일하는 직원이 될 것이며 옛 백성이 가게를 운영하시는 업주의 손님이 되겠다. 그러니 모든 일에 사사로운 감정을 가져서는 안 된다.

노자 「도덕경」 50장

出生入死, 生之徒十有三, 死之徒十有三, 人之生

출생입사, 생지도십유삼, 사지도십유삼, 인지생

動之死地, 亦十有三, 夫何故, 以其生生之厚

동지사지, 역십유삼, 부하고, 이기생생지후

蓋聞善攝生者, 陸行不遇兕虎, 入軍不被甲兵, 兕無所投其角

개문선섭생자, 륙행부우시호, 입군부피갑병, 시무소투기각

虎無所措其爪, 兵無所容其刃, 夫何故, 以其無死地

호무소조기조, 병무소용기인, 부하고, 이기무사지

나면 삶이요 들이면 죽음이다. 삶의 무리가 열에 삼이고, 죽음의 무리가 열에 삼이다. 사람의 삶은,

움직여서 죽음으로 가는 것도 역시 열에 삼이다. 어찌 이런고! 그 삶을 살아가는데 두터이 하기 때문이다.

듣는 얘기로 삶을 잘 이끈 자는 육지에 가도 외뿔소나 호랑이를 만나지 않으며 군에 들어가도 갑옷과 병기를 입지 않는다. 외뿔소는 그 뿔을 들이받을 때 없으며,

호랑이는 그 손톱을 둘 곳이 없고, 병기는 그 칼날로 쓸 곳이 없다. 어찌 이런고! 그것은 죽을 곳이 없기 때문이다.

노자의 철학을 얘기한다는 것은 참 어려운 일이다. 어찌 성인의 마음을 다 헤아려 볼 수 있을까! 여기서는 확률로 삶을 얘기한다. 이 모든 것이 지나치게厚 삶을 살기 때문이라고 노자는 말한다. 물론 출생입사出生入死가 뜻하는 바는 이것이 아닐 수도 있다. 왕필은 인간의 삶을 삼등분하여 삼분의 일은 생기발랄하고 삼분의 일은 거의 죽어가는 상태며 삼분의 일은 구체적인 무엇인가를 하는 삶이라고 해석했다. 이들 모두가 죽음의 길로 들어선다고 보았다.[8]

삶을 잘 이끈 자攝生, 그러니까 삶을 잘 보존하고 생명을 유지할 수 있는 것은 어떠한 곳이며 어떠한 상태여야 하는지 간접적으로 해석할 수 있음이다. 그러니까, 외뿔소나 호랑이가 자주 출몰하는 곳에 가서는 안 되며 군에 들어가도 갑옷과 병기를 챙겨서는 안 된다.

세상에 나서 맡은 바 일을 다 하려면 정신도 중요하지만, 육체의 보존도

중요하다. 맑고 고요함을 좋아하여야 한다. 『도덕경』 45장, 청정위천하정淸靜
爲天下正이라 했다. 이는 더 나가 무위無爲에 이르는 상태다.

지금 시대에 경영자는 어떤 삶을 영위하여야 섭생에 이르는 것일까? 상고
시대에 외뿔소와 호랑이와 같은 위험한 동물이 자주 출몰하는 것도 아니며
이제는 군도 예전과는 그 기능이 많이 달라졌다. 그러면 이것 외에 다른 무엇
이 생겼나? 중요한 것은 무위다. 이 무위를 어떻게 받아들이며 또 어떤 마음
가짐으로 수양해야 하는지 곰곰 생각할 필요가 있다.

노자 『도덕경』 51장

道生之, 德畜之, 物形之, 勢成之, 是以萬物莫不存道而貴德

도생지, 덕축지, 물형지, 세성지, 시이만물막부존도이귀덕

道之尊, 德之貴, 夫莫之命而常自然, 故道生之, 德畜之

도지존, 덕지귀, 부막지명이상자연, 고도생지, 덕축지

長之育之, 亭之毒之, 養之覆之

장지육지, 정지독지, 양지복지

生而不有, 爲而不恃, 長而不宰, 是謂元德

생이부유, 위이부시, 장이부재, 시위원덕

鵲巢解釋

도는 낳고 덕은 기르고 물질의 형체를 갖추고 기세를 이루니 이 때문에 만물
은 도를 존중하고 덕을 귀하지 않은 것이 없다.

도의 존중과 덕의 귀함은 누구도 명령할 수 없으며 늘 스스로 그러하다. 그러

므로 도는 낳으며 덕은 기르고

성장하고 기르며, 안정되게 하고 두터이 하며 길러서 덮는다.

삶은 소유하지 않으며 위하되 보살핌이 없고 기르되 다스리지 않으며 이를 으뜸의 덕이라 한다.

도는 낳고道生之, 덕은 기르고德畜之, 물질의 형체를 갖추고物形之, 기세를 이루니勢成之, 이 네 단계는 끊임없이 일어나는 우주 만물의 생명의 근본[9]이라고 했다. 가만 생각하면 우리가 일으킨 사업도 마찬가지다. 내가 가고자 하는 길이 먼저 있고 이 길을 걸으며 많은 덕을 쌓아야 사업은 보존된다. 각종 상품을 생산하며 각종 서비스를 제공한다. 이것은 물질의 형체를 갖추는 것이 되며 이 속은 많은 기가 살아 숨 쉬며 그 형세에 따라 이룬다. 형세에 따라 이루는 것은 고객의 취향이 무엇인지 살피며 걷는 것이 되는데 아무리 좋은 상품이라도 팔리지 않으면 소용이 없다. 이용가치가 있어야 소비가 일어나기 때문에 고객의 움직임은 그 형세라 할 수 있겠다.

다음은 도와 덕의 역할을 더 명확히 한다. 그러니까 도는 낳으며 덕은 기르는데 다음과 같다. 성장하고 기르며, 안정되게 하고 두터이 하며 길러서 덮는다고 했다. 여기서 정亭과 독毒의 풀이가 애매하다. 정亭은 정자라는 뜻도 있지만, 기르다 양육하다는 뜻도 있으며 안정적인 머무름의 상태를 말하기도 한다. 독毒은 일반적으로 해독한 무엇을 뜻한다. 하지만 그 외에도 기르는 뜻도 있다. 정지독지亭之毒之를 도올 김용옥 선생께서는 '멈추게도 하고 또 독을 주기도 한다' 로 해석했다. 대만의 남회근 선생께서는 다음과 같이 해석하는데 의미가 깊어 옮겨놓는다. 노자타설에 있는 말이다. '안정되게 하여 두터이 하고亭之毒之'에서 정亭은 형용사로서 서 있는 모습이 우뚝하게 높이 솟은 것을 말한다. 독지毒之는 그것을 독사시킨다는 의미가 아니다. 고대의 독毒은 치治의 의미로서 정치政治의 그 '치'인데 다스리다 또는 수리하다의 의미를 지니고 있다.

鵲巢日記 15年 08月 30日

맑았다.

종일 공부했다. 노자 『도덕경』에 관해 여러 책을 읽었다. 오후에는 대학서점에 잠시 다녀오기도 했다. 영대 철학과 교수님이신데 최 선생의 책을 보고 두 권을 샀다. 노자에 관한 책과 유럽 여행 다녀오신 이야기로 그 나머지 한 권이다. 오후 늦게, 사동에 진해에 사시는 처가의 고모 내외가 오셔 잠깐 올라가 인사했다. 요즘 근황을 여쭈었다. 압량 7시 마감했다. 본점에 일하는 정석 군이 조금 불안해서 압량에 일하는 동원 군 더러 함께 일하게끔 했다.

나는 요즘 너무 뿌듯하고 기분이 꽤 좋다. 노자를 읽고 있기 때문이다. 노자는 여러 권 잡다하게 읽었지만, 이번처럼 필사하고 필사하며 뜯어보고 생각하며 읽는 건 처음이다. 『커피향 노트』를 내고 나서 제대로 된 책을 쓰지를 못했다. 아마도 이번은 기분이 묘하다. 글을 어떻게 써야겠다는 생각이 예전과 많이 달라 하루가 즐겁다. 노자 공부를 시작한다.

8) 『노자』, 김원중 옮김, 글항아리, p. 198
9) 남회근, 『노자타설』, 설순남 옮김, 부·키, p. 260

9. 밀양 에레모사

밀양 에레모사 사장은 천 상현이다. 천 사장은 14년 봄에 카페리코 커피 교육을 받았다. 카페리코 본점에서 잠깐 실전경험을 쌓았다. 대구 스파게티 관련 업소에서 일을 한 바 있다. 모두 지금의 에레모사를 위해서였다. 에레모사는 밀양 표충사 가는 길에 자리 잡았다. 단독 건물로 콘크리트 구조로 지었다. 외관 디자인이 예쁘고 내부 공간미가 다른 어떤 집과 차별화하려는 점장의 노력이 엿보인다. 예를 들면 그림 한 장을 붙여도 17세기 18세기 프랑스

궁정문화를 보는 듯하다. 테이블 상판 하나만 보더라도 고풍스러운 분위기를 자아내는데 보는 이이 중후한 멋으로 닿는다. 주문한 음식도 깔끔하고 맛 또한 오미를 가미하니 입에 착 붙는다. 더 중요한 것은 이 집 커피 맛이다. 오시는 손님마다 에스프레소 기계로 천 사장의 제대로 뽑는 커피 맛에 하나같이 맛이 좋아 다시 찾는 분이 많다.

노자 『도덕경』 52장

天下有始, 以爲天下母, 旣得其母, 以知其子

천하유시, 이위천하모, 기득기모, 이지기자

旣知其子, 復守其母

기지기자, 복수기모

沒身不殆, 塞其兌, 閉其門, 終身不勤

몰신부태, 새기태, 폐기문, 종신부근

開其兌, 濟其事, 終身不救, 見小曰明, 守柔曰强

개기태, 제기사, 종신부구, 견소왈명, 수유왈강

用其光, 復歸其明, 無遺身殃, 是爲習常

용기광, 부귀기명, 무유신앙, 시위습상

鵲巢解釋

    천하에 시작이 있으니 이는 천하의 어미가 된다. 이미 그 어미를 얻으면 그 자식을 안다.

    이미 그 자식을 알면, 다시 그 어미를 지킨다.

죽어도 위태하지 않는다. 그 구멍을 막고 그 문을 닫으면 죽을 때까지 수고롭지 않다.

그 구멍을 열고 그 일을 하려면 죽을 때까지 편할 날이 없다. 작은 것을 보는 것을 명이라 하며 부드러움을 지키는 것을 강이라 한다.

그 빛을 써서 그 밝음으로 돌아옴은 몸은 재앙으로 남지 않는다. 이를 습상(익힘)이라 한다.

노자는 천하를 얘기했지만, 사업도 마찬가지다. 꿈에 그리던 가게를 열고 내가 다루는 전문 상품을 취급하며 세상에 내 놓는다. 내가 다루는 상품은 나의 자식과 같다. 애착 있게 정성으로 다루어야 한다. 내 놓은 상품을 보면 이 집 주인장 마음을 알 수 있다. 정성이 깃든 상품은 가게를 온전히 지켜주기까지 한다. 정성은 고객 감동으로 잇게 되니까 말이다.

새기태塞其兌, 폐기문閉其門, 종신부근終身不勤이라 했다. 그 구멍을 막고 그 문을 닫으면 죽을 때까지 수고롭지 않다는 말이다. 여기서 구멍이란 우리의 몸을 얘기하는 것으로 읽었다. 우리의 몸은 모두 아홉 개의 구멍이 있는데 이 구멍을 모두 막아야 한다는 얘기다. 그러면 죽을 때까지 수고롭지 않다. 일리 있는 말이다. 입은 조심해야 한다. 먹는 것도 그렇거니와 말하는 것도 마찬가지다. 많이 먹으면 몸이 곤하고 많은 말은 도로 말을 낳게 되어 흔히 불신을 쌓게 된다. 귀와 눈도 마찬가지다. 이들도 구멍이다. 꼭 들을 것만 노력하여야 할 것이며 보는 것도 예가 어긋나는 것은 피해야 한다. 물론 이외에 몇 개의 구멍이 더 있다. 밑에도 있으며 위에도 있다. 글로 쓰기에는 마뜩찮아 거저 넘긴다. 그러면 개기태開其兌, 제기사濟其事, 종신부구終身不救는 설명하지 않아도 이해할 수 있겠다.

견소왈명見小曰明, 수유왈강守柔曰强, 큰일은 모두 작은 일에서 시작한다. 솔직히 일기는 아주 사소한 글쓰기다. 하지만 이 일기는 어떤 펌프질에 마중물 같은 역할을 할 때가 많다. 그러니까 글쓰기는 거저 이루어지지 않는다. 노자를 읽겠다고 다부지게 마음먹은 적은 없다. 일기 쓰며 어떤 철학 한 구절을 담는다는 것이 발단되어 아예 제대로 읽어보자는 마음이 생긴 것이다. 그러니 작은 것을 소홀히 보아 넘겨서는 안 된다. 부드러움을 지키는 것을 강이라 하는데(수유왈강守柔曰强), 예를 들어 물을 한 번 생각해 보자. 앞으로 다가오는 장래는 물 부족이 심각성에 이른다고 했다. 물은 가장 부드러운 것이지만 무기가 될 수 있겠다는 생각을 했다. 노자는 수유라 했다. 부드러운 것을 지킨다는 말은 부드러운 것을 알고 그에 대한 직무를 얘기한다. 그 직무를 제대로 수행하는 것만큼 강한 것은 없다. 물론 부드러운 것은 이것 말고도 많은데 한 번 생각해 보자.

용기광用其光, 복귀기명復歸其明, 무귀신앙無遺身殃, 시위습상是爲習常 용기광이라 함은 빛을 이용하는 것이다. 사람은 생리주기가 있다. 낮은 활동하며 밤은 쉰다. 몇 백만 년간 내려온 습관이다. 낮이고 밤이고 일을 하거나 딴 짓거리 하면 몸은 축난다. 몸이 축난다는 것은 기가 빠진다는 말이다. 기가 빠지면 사람은 제 수명에 살지 못한다. 노자는 이를 부득기사不得其死라 했다. 이 빛을 잘 이용하는 것은 이름하여 노자는 습상이라 했다. 늘 익힌다는 뜻이다. 그러니까 연습이다. 우리가 담는 생활 철학은 하루에 다 담겨 있다. 낮은 생명이요 밤은 죽음이다. 수십 년을 연습한다. 죽음은 쉼을 얘기한다. 기氣, 다 소진하고 나면 낙엽과 같은 생명이다. 떨어지고 싶어 떨어지는 게 아니다. 이것은 극히 자연이다.

노자 『도덕경』 53장

使我介然有知, 行於大道, 唯施是畏, 大道甚夷

사아개연유지, 행어대도, 유시시외, 대도심이

而民好徑, 朝甚除, 田甚蕪, 倉甚虛, 服文綵

이민호경, 조심제, 전심무, 창심허, 복문채

帶利劍, 厭飲食, 財貨有餘, 是謂盜夸, 非道也哉

대리검, 염음식, 재화유여, 시위도과, 비도야재

鵲巢解釋

만일 나에게 앎이 있어 자연스레 개입한다면 걸음을 큰 도로 하고 오직 베풂을 두려워한다. 큰 도는 아주 평탄하다.

백성은 좁은 길을 좋아한다. 조정은 아주 깨끗하고, 밭은 아주 거칠다. 창고는 아주 비어 있고, 화려한 옷을 입고,

날카로운 칼을 차고, 물리도록 먹고 마시고, 재물이 여유가 있으니 이를 도적질이 과함이라고 이른다. 도가 아니다.

노자는 군자라면 어떤 길을 걸어야 할지 말해 주고 있다. 백성은 좁은 길을 좋아하나 군자는 큰길로 가기를 충고한다. 가는 길에 어떤 베풂이 있다면 이를 두려워해야 한다. 베풂이란 도움을 말한다. 우리가 먹고 마시는 것도 입고 신은 것도 모두 사회에서 얻은 것이다. 이것은 노자사상으로 얘기하자면

간접적으로 신세를 끼친 것이 된다. 이러한 모든 것을 노자는 두려워해야 한다고 했다. 그러므로 큰길은 아주 평탄하다.

일반사람은 큰길道로 가는 것을 별로 좋아하지 않는다. 가는 길에 어떤 요행수라도 있을까 하며 내내 좁은 길로 잘 들어선다. 그러고 나니 노자는 다음과 같은 일이 발생함을 예로 들었다. 조정이 깨끗하며 즉, 다시 말하면 일을 해야 할 중차대한 심의를 보는 곳이 깨끗하다는 것은 그만큼 국가가 무사안일한 상태다. 백성이 좁은 길로 가니 경작해야 할 땅은 황폐하기 그지없고 창고는 아주 비어 있으며 입고 다니는 옷도 호화찬란할 뿐이다.

더구나 물리도록 먹고 마시는 음식뿐만 아니라, 재화가 여유가 있으니 이를 노자께서는 도과盜夸라 했다. 과하게 도적질한 것은 도가 아니라는 것이다. 도과盜夸는 심하게 도둑질함을 이르는데 이 모두는 이민호경而民好徑 때문에 일어난 일이다. 큰 길이 아니라 좁은 길로 나섬을 좋아해서 생기는 문제다.

나는 사회를 바르게 생각하며 정녕 큰길로 가고 있는가?

鵲巢日記 15年 08月 31日

맑은 날씨였다.

잠을 깊게 자지 못했다. 엊저녁 아내와 오랫동안 대화했다. 내 느낌으로는 동틀 무렵에 눈 붙이지 않았나 하는 생각이다. 종일 힘이 없었고, 연방 하품하였으며 여러 일이 많아 피곤했다. 단, 몇 군데만 마감했다. 커피 배송은 하양, 삼풍, 옥곡 있었다. 점심시간 잠깐 기획사에 들러 이곳 사장과 대화 나누었다. 사장의 말씀을 듣고 한 집안에 가장은 가장다워야 함을 느꼈다. 우리 집 아이들이 생각이 났다. 밝고 건강하게 크는 아이만도 더 바랄 게 없다. 인생, 뭐 그리 오래 사는 거라고 아옹다옹 싸울 필요가 있을까, 그러니 일이 중요하다. 일은 모든 것을 해결한다. 몸과 정신이 어느 곳에 집중할 곳이 있으니 말이다. 몰입한다는 것은 잡다한 것은 괄호 밖이 된다. 또 하나를 더 든다면, 가정이든 조직이든 나의 정신적 수양도 한 곳에 통일할 수 있는 그 무엇은 그 일을 반영하며 나가는 치열한 글쓰기도 있음이다. 어찌 보면 글쓰기는 다른 모든 것을 압도한다. 노자가 말씀하신 맑고 청정함에 이른다. 청정위천하정淸靜爲天下正이라고 했다. 맑고 청정함은 천하를 바르게 한다고,

10. 카페리코 사동점

08년 처음 카페 문을 열었다. 당시 카페를 낼 때는 이 집이 첫 집이었다. 사동은 전국적인 커피 열풍에도 불구하고 원두커피가 아주 생소했다. 이에 현 시장에 맞춰 나가고자 적은 투자로 가장 효율적인 가게를 꾸렸다. 2년의 노력 끝에 처음 점장은 떠났다. 그 뒤 후임을 맡아 노력하신 박 사장님 또 그 후임으로 들어오신 권 선생께서 일을 맡아 한다. 권 선생은 예전 옥산점 점장으로 일한 바 있다. 권 선생은 10년 봄에 카페리코에서 커피 교육을 받았다.

사동점은 내가 낸 카페로서는 1호점이다. 다른 곳에 낸 카페도 몇 있었지만 모두 테이크아웃으로 공간이 작다. 서른 평대 카페는 사동점이 처음이었다. 고객이 오셔 쉴 수 있는 비교적 큰 자리가 여섯이며 작은 자리가 넷이다. 주차도 몇 대는 될 수 있어 사동의 단골손님은 즐겨 찾는 집이다.

노자 『도덕경』 54장
善建者不拔, 善抱者不脫, 子孫以祭祀不輟, 修之於身
선건자불발, 선포자부탈, 자손이제사불철, 수지어신
其德乃眞, 修之於家, 其德乃餘, 修之於鄕, 其德乃長
기덕내진, 수지어가, 기덕내여, 수지어향, 기덕내장
修之於國, 其德乃豊, 修之於天下, 其德乃普

수지어국, 기덕내풍, 수지어천하, 기덕내보

故以身觀身, 以家觀家, 以鄕觀鄕, 以國觀國

고이신관신, 이가관가, 이향관향, 이국관국

以天下觀天下, 吾何以知天下然哉, 以此

이천하관천하, 오하이지천하연재, 이차

鵲巢解釋

잘 세운 이는 뽑을 수 없고 잘 안은 이는 벗을 날 수 없으니 자손은 제사를 끊을 수 없다. 몸으로 이를 닦으면

그 덕은 곧 참되고, 집으로 이것을 닦으면 그 덕은 여유가 있다. 마을로 이를 닦으면 그 덕은 곧 오래간다.

국가로 이를 닦으면 그 덕은 곧 풍성하며, 천하로 이를 닦으면 그 덕은 널리 퍼지게 된다.

그러므로 몸으로 몸을 보고, 집안으로 집안을 보며, 마을로 마을을 보니, 국가로 국가를 본다.

천하로 천하를 보니, 나는 어찌 천하가 그러함을 알았을깨 바로 이 때문이다.

이 장의 가장 핵심은 앞의 두 문장이다. 선건자불발善建者不拔, 선포자불탈善抱者不脫이다. 잘 세운 이는 뽑을 수 없고 잘 안은 이는 벗어 날 수 없다는 것이다. 건建과 포抱는 무엇을 세우거나 무엇을 품는다는 단어다. 건물을 세우거나 사람을 품는다는 뜻도 있지만 여기서는 뒤 문장을 보아 왕가의 철학이나 통치이념을 말한다.

선건자善建者와 선포자善抱者는 동양에서는 노자와 더불어 공자만큼 해당하는 위인이 있을까! 어느 위인인들 국가를 세우고 통치하는 수준까지 이르는 사람은 많았다. 하지만 포抱는 진심 어린 사랑인데 이를 실천한 사람은 그리 많지는 않았다. 그러니까 노자와 공자는 철학을 세웠으며 따뜻한 마음으로 온 사람이 읽으며 선생을 추모하니 노자의 말씀 따라 '자손이제사불철子孫以 祭祀不輟'로 제사는 물론이거니와 자손 대대 존경과 명예를 안았다.

노자는 선건자善建者와 선포자善抱者로 다음과 같은 실천방안을 내놓는다. 몸으로 몸을 보고 닦으며 집안은 집안을 보며 닦으며 마을은 마을을 보며 닦고 국가는 국가로 보며 닦는다는 말이다. 이것은 대학에 수신제가치국평천하와 일맥상통한다. 먼저 나를 알고 나를 다스릴 줄 알아야 집안을 볼 수 있으며 집안이 화목해야 내가 머문 조직이나 기관이 안정된다. 내가 머문 조직이나 기관이 안정되면 국가도 평화롭다. 노자사상에서는 이에 버금가는 단어로 진眞, 여餘, 장長, 풍豐, 보普로 들었다. 진眞은 수신修身을 뜻하며 즉, 내 몸을 닦는 데는 진실 되어야 한다. 여餘는 제가齊家를 뜻하며 이는 여유가 있어야 한다. 사회생활이 아무리 바빠도 집안의 사람과는 여유로 함께 해야 한다. 이 여유는 자본만 뜻하는 것이 아니라 더 중요한 것은 마음이겠다. 그 전에 내가 먼저 반듯해야 한다. 장長과 풍豐은 치국治國을 뜻한다. 나라가 오래가고자 하면 풍성해야 한다. 건전한 문화를 바탕으로 하는 생산력은 국가의 부를 증대한다. 보普는 평천하平天下다. 천하를 바르게 보아야 함인데 이는 무위다. 아마도 이 경지에 다다른 분은 인류역사상 성인뿐이겠다.

동양철학에 공자와 노자, 그리고 제자백가는 이천 년 이상 세상을 보아왔다. 앞으로도 인류가 존재하는 한 가장 중심적 사상으로 우리를 더욱 지배할 것이다. 이것은 선건자불발善建者不拔, 선포자불탈善抱者不脫에 해당한다.

鵲巢日記 15年 09月 01日

오전은 맑았지만, 오후는 흐렸다. 오후 늦게 비 내렸다.

오전, 서울에서 물건이 내려왔다. 압량에서 카페 보고 있었는데 허겁지겁 본부에 달려가 그 물건을 받았다. 한학촌과 청도, 밀양에 다녀왔다. 모두 커피 배송이었으며 마감서도 함께 건넸다. 밀양에서 늦은 점심을 먹었다. 주인장은 약간 혼이 나간 것 같이 보였다. 근래 함께 일했던 주방장이 나간 일이 있었다. 매출이 이달 중순까지는 거의 치솟다시피 했는데 이달 끝에 이르러 급격히 떨어졌다. 그래도 찾아오시는 손님은 많아 혼자 처리하기가 버겁기만 하다. 일에 너무 신경 쓴 나머지 얼굴이 꽤 안 좋아 보였다.

오후 압량에서 일 보았다. 낮에 일하는 오 씨는 집안에 상이 있다며 보고했다. 내일 못 나온다며 이야기하고 퇴근했으나 한 시간 뒤 다시 문자가 왔다. 내일 나오겠다는 문자였다. 오 씨의 아주버님께서 세상 달리했다. 올해 69세라고 했다. 간암이라는 병이 있었는데 작년 수술하고 괜찮다는 진단을 받았다. 하지만 근래 간경화라는 진단을 받고 한 달을 넘기지 못하겠다는 병원 측 말에 단 며칠 만에 눈 감았다고 했다. 오 씨는 슬픈 눈빛을 띠며 보고했다.

8월을 마감하며 몇 자 적는다. 몇 군데는 마감도 하지 않는데 미리 전화까지 주시어 입금해 주신 데 있었다. 또 몇 군데는 마감서 작성해서 가져다 드리고 인사했으며 또 몇 군데는 다음 주문 때 가져다 드리면 아무런 문제없이 해결하는 집이 또 있다. 시내 무봐라는 한 달째 커피가 끊겼다. 아무래도 거래 끊긴 듯싶다. 진량점은 아예 마감서도 끊지 않았다. 거래에 아주 불성실한 집으로 내 기억에서 잊고 싶은 집이다.

전에 주문했던 책이 배송되었다. 최재목 선생의 『노자』와 『동양철학자, 유럽을 거닐다』 이 두 권이 왔다.

11. 카페리코 옥곡점

　09년 가을에 처음으로 문을 열었다. 그때 교육받은 곽 선생께서 이곳을 지목하여 개점했다. 당시 옥곡은 신도시였다. 옥곡초등학교 맞은편에 자리하여 초등학교 학부형께서 많이 애용하였다. 옥곡을 문 열 때까지만 해도 임대료가 저렴한 곳만 찾아 나섰다. 그러니까 어두운 자리였다. 자리가 좋지 못하니 카페 찾는 손님이 많지가 않았고 그러니 매출도 부진했다. 옥곡은 내가 낸 카페 중에는 가장 비싼 자리였지만 비싼 만큼 커피는 꽤 팔렸다. 이 집을 낼 때만 해도 나는 커피 시장에 어두웠다. 커피는 단지 커피 값에 불과한가! 하는 느낌으로 사업했다. 그럴 수밖에 없었던 것이 자본이 미약하니 좋은 자리를 볼 수 없었다. 본점은 경산에서도 가장 깊은 동네 저 안쪽 골목 구석진 자리에 잡은 것도 나의 소심한 성격이 한몫, 한 탓일 게다. 하지만 그 어느 집보다 뽐 때는 뒤지지 않는다.

옥곡도 점장은 여러 번 바뀌었다. 지금껏 영업하니 7년째 성업 중이다. 지금 점장 박 씨는 토요 커피문화강좌 통해서 알게 되었다.

노자 『도덕경』 55장

含德之厚, 比於赤子, 蜂蠆虺蛇不螫, 猛獸不據, 攫鳥不搏

함덕지후, 비어적자, 봉채훼사부석, 맹수불거, 확조불박

骨弱筋柔而握固, 未知牝牡之合而全朘作, 精之至也

골약근유이악고, 미지빈모지합이전최작, 정지지야

終日號而不嗄, 和之至也, 知和曰常, 知常曰明, 益生曰祥

종일호이부사, 화지지야, 지화왈상, 지상왈명, 익생왈상

心使氣曰强, 物壯則老, 謂之不道, 不道早已

심사기왈강, 물장즉로, 위지부도, 부도조이

채蠆 전갈, 훼虺 살무사, 석螫 쏘다, 거據 근거, 증거, 붙잡다, 움키다 확攫 움킬,

사嗄 잠기다, 악握 쥘, 최朘 불알

鵲巢解釋

덕을 두터이 지닌 사람은 비유하니 어린이와 같다. 벌과 전갈과 독사가 쏘지 않고, 사나운 맹수도 덤비지 않고, 움키는 새도 공격하지 않는다.

뼈 약하고 근육은 부드러우나 쥐는 것은 견고하다. 암컷과 수컷의 교합은 모르지만, 정력 지음은 정기가 지극함이다.

종일 울어도 잠기지 않음은 조화가 지극함이요, 조화를 아는 것을 상(떳떳함)이라 하며 상을 아는 것을 명(밝음)이라 하며 삶을 더하려는 것을 상(상서로움)이라 한다.

마음이 기를 부리는 것을 강이라 하고 사물이 왕성하면 곧 늙으니 이를 도가 아니라 한다. 도가 아닌 것은 일찍 그친다.

사람이 덕이 많으면 그러니까 후덕한 사람을 만나면 마치 어린아이와 같다. 어떤 좋은 이야기를 해도 미소 머금은 얼굴로 바라보며 듣기에 나쁜 이야기도 그렇게 얼굴색이 변하거나 하지 않는다. 이 상태를 노자는 적자赤子라고 표현했다. 적자는 그대로 번역하면 붉은 아이다. 우리의 표현도 이런 얘기가 있다. 나보다 나이가 어린 사람에게는 우스갯소리로 핏덩이라며 하기도 한다. 갓 태어난 아이는 성인에 비해 붉은 것은 사실이다. 중국은 어린아이를 표현할 때 적자赤子라고 한다. 아주 순진한 아이에게는 사나운 맹수도 사나운 새도 벌과 전갈과 독사도 해롭게 하지 않는다. 상대가 위협적이지 않기에 위협을 무릅쓰지 않는다는 말이다. 물론 노자는 비유로 든 얘기다. 정말 그 맹수나 위협적인 동물들이 그렇기야 하겠는가마는 그만큼 순진무구한 뜻을 표현하기 위한 적절한 비유다.

뼈 약하고 근육은 부드러우나 쥐는 것은 견고하다骨弱筋柔而握固. 어린아이를 비유하여 세상 보는 이치를 말한다. 어린아이는 한창 성장 단계니, 혈기왕성하다. 뼈와 근육은 성인에 비해 약할지 모르나 무엇을 잡는 악력은 성인에 비할 바 못 된다. 그만큼 강하다. 이처럼 늘 초심으로 모든 것을 대하며 무엇이든 놓치는 법이 없어야겠다는 말씀으로 읽었다. 우리는 사업하면서도 많은 것을 그냥 놓치는 일이 다반사다. 잔잔한 일도 큰일로 잇는 경우가 많아 모든 것을 성심성의껏 해야겠다는 말씀이다. 그만큼 세상 바라보며 나가는 일을 마치 암컷과 수컷이 교합을 하듯 이에 수컷이 왕성한 정력으로 밀고 나가는 것처럼 세상 보아야겠다. 그러니까 노자는 세상 만물을 암컷으로 보며 왕도, 즉 현대의 경영인은 수컷으로 본 처세다. 마치 살아 숨 쉬는 그 수많은 정충이 바늘구멍과 같은 난자의 성에 단 하나만 밀고 들어가는 힘 같은 것을 말한다.

종일 울어도 잠기지 않음은 조화가 지극함이요終日號而不嗄. 노자는 갓난아이를 비유를 들었지만, 이는 신생국, 신생기업으로 읽어도 무관하다. 그러므로 사업은 갓난아기가 우는 것처럼 간절함이 있어야 한다. 갓난아이는 우는 것이 일일지도 모른다. 생존에 가장 원초적인 본능을 충족하기 위한 몸짓 같은 것이다. 하지만 원초적인 본능으로 인해 목이 쉰다거나 잠기는 일은 없다. 그러니 조화다. 내가 좋아하는 일을 해보라! 24시간, 아니 25시간을 일해도 지겹지 않을 뿐 아니라 오히려 즐겁고 이 즐거움이 나의 발전으로 곧장 잇는다. 일의 조화는 나와 일의 관계를 말하며 이 조화를 안다는 것은 곧 떳떳함이다. 남부끄럽지 않으며 열심히 생활함을 뜻한다. 이를 상常이라 한다. 떳떳하게 일을 하니 밝음이 되고 이리 밝으니 스스로 복 된 일이 절로 찾아와 드는 것이 된다.

마음이 기를 부리는 것을 강이라 하고心使氣曰强, 그 어떤 일이든 마음이 앞서야 하며 마음이 굳건해야 그 일을 추진할 수 있음이다. 그러니 나의 마음이 나의 온몸의 기를 다스릴 줄 아는 사람은 강한 사람이다. 그렇다고 사물이 너무 왕성하면 곧 늙는다고 했다. 성장이 빠르면 사업도 기우는 법이다. 산이 높으면 골도 깊다. 그만큼 안정적으로 꾸준히 세파를 느끼며 이해하며 동조하는 마음으로 이끌어야겠다. 이것은 진정한 어린아이가 본 세상 이치처럼 우리가 살아가야 할 세상 삶을 노자는 얘기한다.

노자 『도덕경』 56장

知者不言, 言者不知, 塞其兌, 閉其門

지자불언, 언자부지, 새기태, 폐기문

挫其銳, 解其分, 和其光, 同其塵, 是謂玄同

좌기예, 해기분, 화기광, 동기진, 시위현동

故不可得而親, 不可得而疏, 不可得而利

고불가득이친, 불가득이소, 불가득이리

不可得而害, 不可得而貴, 不可得而賤, 故爲天下貴

불가득이해, 불가득이귀, 불가득이천, 고위천하귀

鵲巢解釋

아는 자는 말하지 아니하고 말하는 자는 알지 못한다. 그 구멍을 막고 그 문을 닫고

그 예리함을 꺾고 그 어지러움을 풀고 그 빛에 화합하고 그 티끌에 함께 한다. 이를 현동이라 한다.

그러므로 가까이할 수 없고 소원하게 할 수 없으며 이롭게 할 수 없다.

해롭게 할 수 없으며 귀하게 할 수 없으며 천하게 할 수 없다. 그러므로 천하

에 귀하게 된다.

지자불언知者不言, 언자부지言者不知 아는 자는 말하지 아니하고 말하는 자
는 알지 못한다. 정말이지 이와 같은 명철한 철학도 없을 것이다. 내가 조금
안다고 설치며 다니는 것은 도로 내가 이것은 정말 모르는 것이오, 하며 떠드
는 것과 같다. 그러므로 정말 아는 자는 말하지 않는다. 혹여 몰라서 말하지
않는다고 해도 이것은 나쁜 처세는 아니다. 오히려 말이 말을 놓고 그 말이
도로 예리한 칼날로 돌아오는 경우가 더 많다. 그러니 자중해야겠다.

새기태塞其兌, 폐기문閉其門은 앞에서도 이야기한 바 있다. 구멍이란 우리
몸에 모두 아홉 개나 있다. 그 구멍은 귀와 눈과 코와 입 그리고 요도와 항문
이다. 막는다는 말은 완전히 막는 것이 아니라 때로는 살피며 조심한다는 얘
기다. 꼭 들을 것만 들으며 예가 아닌 것은 보지 않는 것이며 숨 쉬는 것과 먹
는 것 또한 가려가면서 한다. 물론 요도와 항문은 제 기능 외에도 있겠지만,
이것도 함부로 쓰지 않음을 뜻하겠다.

화기광和其光, 동기진同其塵은 앞에서도 설명한 바 있다. 『도덕경』 4장에 나
온다. 화광동진이라는 말은 세상 사람과 어울려 지혜와 덕을 함께 누리는 것
을 말한다.

성인은 입이 있으나 함부로 말하지 않으니 다음과 같은 처세가 나온다.
친親, 가까이할 수 없고 소疏, 소통할 수 없고, 리利, 이롭게 할 수도 없으며,
해害 해가 되지도 않을뿐더러, 귀貴 귀하게 여길 수도 없다. 그러므로 천하에

귀하다.

鵲巢日記 15年 09月 02日

　오전 오후 대체로 맑았으나 오후 늦게 국지성 호우 같은 것이 내렸다. 가끔 하늘 보니 먹구름도 아닌 것이 하지만 가볍게 보아 넘길 그런 구름은 아니었다만 참으로 보기 좋았다. 자연의 아름다움을 물씬 느끼며 대구와 청도를 다녀왔다. 압량은 오 씨가 나오지 못했다. 정석 군이 오전 11시쯤에 나와서 오후 6시쯤 일을 마쳤다. 경산 중앙병원에는 그간 교육 마쳤던 이 씨께서 나오셔서 실습하는 모습을 지켜볼 수 있었다. 시내 애견카페에 들러 커피 배송했다. 카페에 사람은 없고 강아지만 있다. 여기도 대목 탄다고 하면 그런 것인가! 강아지 몇 마리 지켜보다가 큰놈은 손으로 만져보기도 했다. 여기서 곧장 대구 시내에 갔다. 곽병원에 커피를 내려드렸다. 여기서 바로 청도에 갔다. 청도 헤이주 카페, 바리스타 정 씨는 나의 책 몇 권 읽은 분이다. 커피 한 잔 청해 마셨는데 글에 관해서 여쭤보았다. 커피 일 하면서 직업에 관한 관심이라 볼 만하지만 그렇지 않은 사람은 보겠느냐며 한 말씀 주셨다. 맞는 말씀이었다. 정보의 홍수시대에 우리는 산다. 과연 내 관심 있는 분야에만 집중하는 것만도 꽤 어려운 일이다. 글은 간결하며 읽기에 편했다고 한 말씀 더 주셨다. 카페 앞에 신선한 달걀과 오늘 아침에 했다며 두부를 팔고 있었다. 나는 그 달걀 한 판과 두부 두 모 샀다. 곧장 집에 들어와 두부부침을 했다. 두부부침은 맏이가 꽤 좋아하는 음식이기도 하다.

12. 카페리코 중앙병원점

　가장 먼저 문을 연 가맹점이다. 06년 봄에 개업했다. 원래는 경상병원이라는 이름으로 그 안에 작은 부스를 임대받아 영업했다. 하지만 병원의 뜻하지 않은 부도로 2년 가까이 영업을 하지 못했다. 다시 병원 경영진이 바뀌었고 병원 내 내부공사가 새롭게 진행되었다. 원래 있던 자리는 폐하고 병원에서 내어 준 다른 부서를 임대받았다. 약 10평 정도 임대받았다. 영업을 재개했던 시점이 13년 봄쯤이었다.

이곳 점장은 나와는 10년 이상 거래했다. 그전에는 인스턴트커피로 인연이 닿아 대구 곽 병원 내 자판기를 관리해 드린 바 있다. 점장은 내가 여태껏 만난 사람 중 가장 성실한 분이다. 거래에 한 치의 흐트림이 없고 상대에 믿음을 주었다.

노자 『도덕경』 57장

以正治國, 以奇用兵, 以無事取天下, 吾何以知其然哉, 以此

이정치국, 이기용병, 이무사취천하, 오하이지기연재, 이차

天下多忌諱, 而民彌貧, 民多利器, 國家滋昏, 人多伎巧

천하다기휘, 이민미빈, 민다리기, 국가자혼, 인다기교

奇物滋起, 法令滋彰, 盜賊多有, 故聖人云, 我無爲而民自化

기물자기, 법령자창, 도적다유, 고성인운, 아무위이민자화

我好靜而民自正, 我無事而民自富, 我無欲而民自樸

아호정이민자정, 아무사이민자부, 아무욕이민자박

鵲巢解釋

바름으로써 나라를 다스리고 기이함으로써 군사를 쓰며 일이 없음으로써 천하를 다룬다. 나는 어찌 그렇다는 것을 알겠는가! 이것 때문이다.

천하가 꺼리고 숨기는 것이 많으면 백성은 더욱 가난하고 백성이 이로운 그릇이 많으면 국가는 점점 혼란하다. 사람이 기교가 많으면

기이한 물건이 점점 많이 일어나고 법령이 점점 많으면 도적이 많다. 그러므로 성인은 말한다. 나는 인위적으로 하지 않으면 백성은 스스로 교화되고,

내가 고요함을 좋아하면 백성은 스스로 바르다. 내가 일이 없음으로써 백성은 스스로 부유하며 내가 욕심이 없으면 백성은 스스로 순박하다.

이 장은 성인의 정치를 말한다. 위에 제시한 노자의 말씀은 가장 이상적인 치세다. 정치는 경제와 떼려야 뗄 수 없는 관계다. 경제를 중시하는 사람은 정치가 안정되어야 성장이 있을 거로 얘기하며 정치를 중시하는 사람은 경제가 밑바탕이 되어야 이끌지 않겠느냐며 한목소리 낼 수도 있겠다. 나는 두 관계가 젓가락처럼 어느 하나 중시할 수도 경시할 수도 없다고 본다. 무엇이 먼저냐고 논하기에 앞서 상황판단을 어떻게 하며 어떤 처세로 이끌지 곰곰 생각해야 한다. 그러므로 노자는 바름正으로 나를 다스려야 한다고 했다. 두 번째는 국가의 안정을 위해 기이함奇으로 용병을 쓰고 셋째는 인위적으로 일거리를 만들지 않는다. 즉 무위無爲다.

노자의 문장은 전체적으로 비유가 많이 들어가 있다. 그러니까 구태여 왕도의 처지로 읽을 것이 아니라 집안의 가장으로써 한 기업의 경영자가 또 어느 한 단체의 각 장이 읽어도 좋은 문장이다. 나는 커피 파는 장사꾼이라서 또 춘추전국시대와 버금가는 현 커피 시장에 어떻게 이 난국을 헤쳐나갈까 하며 생각한다. 물론 이것은 나만 갖는 생각은 아니겠다. 지금 우리나라 커피 시장에 한 몫을 담당하며 이끄는 모든 리드는 이와 같은 마음이겠다. 2,500년 전에 노자의 말씀은 지금도 틀린 말은 아니다. 무엇이든 올바르게 하는 것만큼 가장 중요한 것은 없다. 올바른 행위야말로 상대로부터 믿음을 안는 것이며 믿음은 더 나은 상품으로 또 더 나은 서비스로 다가간다. 풍족함은 바르게 한 것에서 출발한다.

노자는 전쟁을 도모하거나 이끄는 분이 아니다. 하지만 기필코 피할 수 없는 상황이면 이에 만발의 준비를 해야 한다. 이에 군사를 어떻게 준비하며 또 어떤 방법으로 부리는지 이야기한다. 그러니까 가장 좋은 방어는 가장 안정적인 공격과도 같다. 이에 노자는 기이함으로 용병을 쓴다며 명기했다. 기奇자는 큰 대大자 밑에 옳을 가可자가 합쳐진 글자다. 크게 옳은 것이 있으면 이것을 행한다는 뜻으로 보통이 아닌 진기한 어떤 묘책이나 묘수와 같다. 그러니까 전쟁도 일반적으로 맞붙어 싸우는 것이 아니라 기술이 필요하다는 것이다. 현대 경영에서도 이와 같은 것이 필요한데 광고, 홍보, 마케팅은 여기에 비한다. 커피를 바르게 하는 것도 중요하며 여기에 기이함도 함께 발휘하여야 세상을 얻을 수 있겠다는 말이다.

고성인운故聖人云, 옛 성인이 말하기를, 노자도 앞의 성인 말씀을 인용한다. 아무위이민자화我無爲而民自化, 아호정이민자정我好靜而民自正, 아무사이민자부我無事而民自富, 아무욕이민자박我無欲而民自樸를 든다. 이것을 줄여 무위無爲, 호정好靜, 무사無事, 무욕無欲이다. 이것은 노자께서 중요시하는 말씀이며 노자 위 성인의 말씀이기도 하다. 그러니까 성인이 갖춰야 할 덕목이자 이로써 도의 모습을 갖추며 미덕이 된다.

鵲巢日記 15年 09月 03日

맑았다.

오전 사동 개장하고, 직원과 커피 한잔 마시며 조회했다. 대화는 거래처 점장님, 가끔 찾아주시는 주위 대학 교수님, 그리고 직원뿐이다. 아침에 이렇게 가볍게 나누는 담소는 여러 가지 생각할 수 있는 잣대가 되기도 한다. 배 선생은 나보다는 나이가 많고 예지는 아주 어리다. 젊은 사람과 그렇지 않은 사람의 동향을 알 수 있다. 오전에 압량에서 노자 『도덕경』 공부를 계속 이었다.

점심때 화원에서 커피 일 하는 후배가 찾아왔다. 점심을 백천에 고등어 정식 집에서 갈치조림으로 한 끼 했다. 여기서 조감도까지는 얼마 되지 않는다. 조감도에 가, 드립 예가체프 한 잔씩 마셨다. 후배는 사업에 권태감이 들 때면 한 번씩 찾아오는 듯했다. 요 며칠은 매출이 상당히 떨어졌다고 했다. 어떻게 하면 사업을 잘 이끌 수 있을지 나에게 묻는다. 나는 거저 웃었는데 구태여 한마디 했다. '책을 써보시게.' 그 뒤로 장황한 말이 많이 나갔지만, 그냥 줄인다. 후배는 계산대에 일하는 배 선생 보고는 칭찬을 아끼지 않았다. 커피 가져오실 때도 커피 맛에도 아주 좋아했다.

오후 사동에 카페 곧 개업할 집에 다녀왔다. 상호는 '단물고기' 다. 내부공사를 한창 진행하고 있었다. 며칠이면 공사가 끝난다. 내부 바bar 위치를 보아 드렸다. 아마, 다른 것은 계획을 짜두었지만, 가구를 미처 생각하지 못했나 보다. 가구 들이는 비용은 얼만지 나에게 묻기도 했다. 나는 늘 거래하던 '원일' 을 소개해 주었다. 공장 직판매라 다른 곳보다는 나을 거라며 조언했다.

본점과 사동은 추석선물로 더치를 판매하기 시작했다. 그간 오 선생은 선물세트를 만들었으며 포스트 지를 작업했다. 가게마다 한 장씩 손님이 잘 볼 수 있는 곳에다가 붙였다. 사동은 판매가 개시되었다고 보고한다. 압량은 오늘 포스트 지를 붙였다.

13. 카페리코 옥산점

09년 직영으로 개업한 바 있다. 그 뒤 점장 김 씨가 가맹점으로 운영했다. 약 2년 정도 운영한 것 같다. 그리고 점장은 바뀌었다. 지금 사동점 점장께서 옥산을 맡아 하다가 2년 영업 끝에 다른 이에게 넘겼다. 그리고 개인 상호로 전향했다. 그리고 있다가 12년 4월쯤에 옥산 다른 지역에 가맹점을 냈다. 이 점포도 15년 6월 상반기 부가세 신고 끝에 문을 닫았다. 새로운 주인이 이 가게를 인수했고 다른 이름으로 전향했다.

노자 『도덕경』 58장

其政悶悶, 其民淳淳, 其政察察, 其民缺缺

기정민민, 기민순순, 기정찰찰, 기민결결

禍兮福之所倚, 福兮禍之所伏, 孰知其極, 其無正

화혜복지소의, 복혜화지소복, 숙지기극, 기무정

正復爲奇, 善復爲妖, 人之迷, 其日固久

정부위기, 선부위요, 인지미, 기일고구

是以聖人方而不割, 廉而不劌, 直而不肆, 光而不燿

시이성인방이부할, 렴이부귀, 직이부사, 광이부요

鵲巢解釋

그 정치가 어수룩하면 그 백성은 순박하다. 그 정치가 세밀하게 살피면 그 백성은 어지럽고 부족하다.

재앙은 복이 의지하는 곳이며 복은 재앙이 엎드려 있음이다. 누가 그 궁극을 알겠는가! 그것은 바름이 없다.

바름은 다시 기이함이 되고, 착함은 다시 요망함이 되니 사람은 미혹하다. 그 날은 오래되었다.

이러한 이유로 성인은 반듯하데 가르지 않고 결백하되 상처내지 않으며 곧되 방자하지 않고 빛이되 빛나지 않다.

민悶은 그 뜻이 답답하다 어수룩하다. 마음이 혼미昏迷한 상태로 해석하면 정치가 상당히 어려운 지경이다. 문장의 앞뒤 연결로 보아서 여기서는 긍정적인 의미로 그리 살피지 않는 부드러움이 가미한 얘기여야 한다. 더욱, 단어가 중복되는데 이는 강조로 듣기기도 한다. 그러니까 민민悶悶, 부드럽고 어수룩한, 순순淳淳은 맑고 깨끗한, 찰찰察察은 밝고 자세한, 결결缺缺은 어지럽고 부족하다.

화혜복지소의禍分福之所倚, 복혜화지소복福分禍之所伏 이 문장을 읽으면 중국 격언이 떠오른다. 새옹지마塞翁之馬[11]라는 말이 있다. 우리는 어떤 일에 화가 미치는 곳에는 행동거지가 다른 날에 비해 조심스럽다. 조심스러우니 모든 일이 실수가 없고 실수 없이 일하니 내 몸가짐은 단정하며 복이 다시 들어온다. 복은 재앙이 숨어 있다. 사람은 늘 미혹한 데 없던 복이 나에게 생겼다면 없던 시절을 돌이켜 생각하지 않으며 오히려 교만과 방자함이 배여 나올 수 있어, 이는 사리에 맞지 않는 일을 초래하고 재난을 불러들일 수 있음이다. 그러니 사람은 늘 겸손謙遜해야 한다.

노자는 다음과 같은 말로 성인을 얘기한다. 방方 반듯하고 염廉 결백하며 직直 곧되 광光 빛을 얘기한다. 어떤 일도 반듯하게 하며 그 일은 결백하여야 할 것이고 그 일은 공정해서 마음이 한쪽으로 치우치는 법이 없어야 할 것이며 내 새우는 일은 없으나 모두 밝아야 한다.

노자 『도덕경』 59장

治人事天莫若嗇, 夫唯嗇, 是以早服, 早服
치인사천막약색, 부유색, 시이조복, 조복

謂之重積德, 重積德, 則無不克, 無不克
위지중적덕, 중적덕, 즉무불극, 무불극

則莫知其極, 莫知其極, 可以有國, 有國之母
즉막지기극, 막지기극, 가이유국, 유국지모

可以長久, 是謂深根固柢, 長生久視之道
가이장구, 시위심근고저, 장생구시지도

鵲巢解釋

사람을 다스리고 하늘 섬김은 아끼는 것만 한 것이 없다. 오직 아끼기에 이것은 일찍 따르는 것이다. 일찍 따름은

덕을 거듭 쌓는 것을 말한다. 덕을 거듭 쌓음은 이기지 못 하는 것이 없다. 이기지 못함이 없으면,

그 궁극을 알 수 없다. 그 궁극을 알 수 없으면 나라를 가질 수 있으며 나라
의 근본이 있으면,

가히 길고 오래간다. 이것을 일러 뿌리가 깊고 견고하며 삶은 길고 오래며 보
아 가는 길이다.

색嗇[12]은 아끼는 것이다. 아낀 다는 것은 절약함이요 애지중지하게 다룬다
는 말로 곧 사랑도 담겨 있다. 내가 검소하지 않고 사치스러우면 정신적으로
나 육체적으로 많은 에너지를 필요로 한다. 이것은 노자의 도에 어긋나는 인
위적 행위다. 더 중요한 것은 말이다. 말을 할 때는 적 게하며 쓸데없는 말은
삼가거나 아예 하지 말아야 한다.

복服은 남회근 선생께서는 "일찍 복용한다早服"로 해석했다. 다시 말하면,
복식服食의 복이다. 현대인은 약을 먹는 것은 복약服藥이라 하고 도가의 수련
방법 가운데 하나로 복기服氣라는 것이 있다. 아끼다 보면 정신과 생명을 절
약하게 되어 일찌감치 자기 생명 기능을 보호하고 유지할 수 있게 된다.[13]

다음은 지나가는 말이다. 어제, 후배 이 씨가 찾아와 카페에서 커피 한 잔
마시며 나눈 이야기다. '여기 카페 한번 보세요. 여기 모인 사람은 약 100년
만, 지나도 단 한 명도 없을 것입니다. 그러면 100년 전의 사람은 누가 있었나
요? 정조 임금 시대를 볼까요. 연암 박지원 선생이 있었습니다. 연암일기를
써셨던 분이지요. 연암은 없지만, 연암이 남겨놓은 글은 있습니다.' 후배에게
책 쓰는데 한 번 도전해보라는 뜻에서 한 말이었다. 물론 목적을 두고 한 말
이었다만, 솔직히 다 필요 없는 말이다. 노자가 말씀하신 '시이조복是以早服'
은 자연의 기를 마시며 함께 동조하는 말씀으로 들기기도 한다. 백 년이 무엇

인가? 그 반인 오십 년만 지나도 지금 세대는 모두 무대에서 사라지고 없을 텐데 말이다.

중적덕重積德, 덕은 도의 결과다. 덕을 두텁게 쌓아 나간다는 것은 선한 행위를 많이 쌓아나감을 뜻한다. 선하면 사람이 많다. 사람이 많으면 나를 돕는 이도 많다는 뜻이며 함께 이루게 된다. 함께 이루게 되면 이기지 못한 것이 없으니 노자가 말씀하신 무불극無不克에 이른다. 무불극에 이르면 창업하여도 쉽게 망하기까지 하겠는가! 그러니 초심으로 어떤 일을 도모하면 이 일에 덕을 쌓는 것이 중요하다. 점포가 필요하다고 많은 돈을 쓰고 차렸지만, 손님 없어 일찍 문 닫는 것보다는 내가 관심 있는 분야에 공부하고 이 공부가 여러 사람에 먼저 혜택이 가야 할 것이다. 물론 공부라는 것은 글만이 아니라 행위의 모든 것이다.

시위심근고저是謂深根固柢, 장생구시지도長生久視之道. '심근고저深根固柢'에서 '저柢'의 의미에 대해 한비는 이렇게 해석해 놓았다. '나무에는 사방으로 퍼져나간 뿌리曼根가 있고 줄기 아래로 곧장 뻗는 뿌리直根가 있다. 직근은 노자가 말씀하신 저柢다. 저는 나무의 생명을 세우는 기초며 사방으로 퍼져나간 뿌리는 나무의 생명을 유지해주는 기초다.'[14]

노자의 철학을 읽으면 개인의 사업도 이 말뜻과 다를 바가 없다는 느낌을 받았다. 나의 굳건한 철학이 있어야 할 것이며 이 철학을 바탕으로 펼친 일이 많아야 하겠다. 가맹사업은 이를 대변해주는 좋은 이야기다. 하지만 이것도 오래가면 다시 원점으로 돌아온다. 나를 더 중시하게 되고 무엇이 소중한지 깨닫게 된다.

鵲巢日記 15年 09月 04日

맑았다. 오전 『도덕경』 58장을 읽고 해석하며 나의 철학을 담았다. 압량에서 작업했다. 점심시간 때 다시 본부에 와, 두 시까지 59장을 읽고 해석하며 나의 철학을 담았다. 두 시쯤 지나 세차장에 들러 세차했으며 3시 지나, 정평에 빙삭기 고장이 났다며 전화 왔다. 현장에 들러보니 빙삭기를 아예 쓸 수 없게 되었다. 모터가 완전히 탔다. 그 탄내가 카페 주방에 자욱했는데 누구나 들러도 모터 탄 냄새가 난다면 말할 수 있을 정도였다. 전에 교육받고 창업까지 상담했던 김 씨가 와 있었는데 정말 오래간만에 보았다. 기계는 새 것으로 바꿀 수밖에 없었다. 여기서 한학촌에 들러 커피를 배송했으며 지금은 잠시 노자 『도덕경』 60장을 읽고 해석해놓았지만, 곧 조문 가야 한다. 전에 모 자동판매기 회사 임원이다. 알고 지낸 지 꽤 된 사람이다. 나와는 친분이 있고 서로 안부를 묻고 지내는 사람이라 꼭 찾아뵈어야 한다. 부친상이다. 노자 『도덕경』 60장은 다녀와서 본부에서 다시 볼까 싶다.

11시 좀 넘어서 다시 적다. 십 년이란 세월은 적지 않은 시간이다. 당시 자판기 다루었던 옛 친구를 보니 모두 늙었다. 사장도 직원도 그리고 업계 일면식 있던 사장도 그렇다. 오지 못한 모 씨가 있는데 전에 하던 일 그만두고 택시 한다는 얘기도 들었다. 어디가 중심이며 어디가 주변인지, 성장과 퇴보와 보류가 엇갈리는 마당이었다.

11) 새옹지마塞翁之馬

인생의 길흉화복은 변화가 많아서 예측하기가 어렵다는 말. 옛날에 새옹이 기르던 말이 오랑캐 땅으로 달아나서 노인이 낙심하였는데, 그 후에 달아났던 말이 준마를 한 필 끌고 와서 그 덕분에 훌륭한 말을 얻게 되었으나 아들이 그 준마를 타다가 떨어져서 다리가 부러졌으므로 노인이 다시 낙심하였는데, 그로 인하여 아들이 전쟁에 끌려 나가지 아니하고 죽음을 면할 수 있었다는 이야기에서 유래한다. 중국 『회남자』의 '인간훈人間訓'에 나오는 말이다. (네이버 사전 참조)

12) 『한비자』, 「해로」에는 "적게 쓰는 것을 일러 색이라 한다"고 명기해놓았다.(少費謂之嗇)

13) 『노자타설』, 하권(남회근, p. 381, 부·키)

14) 『노자』(김원중 옮김, p. 229, 글항아리)

『한비자』, 「해로」, 樹木有曼根 有直根 根者 書之所謂 "柢"也, 柢也者, 木之所以建生也. 曼根者, 木之所以之生也

14. 카페리코 청도점

10년 가을에 창업했다. 카페로 쓰는 단독건물이다. 공간이 비교적 작다. 하지만 테이블 수는 공간과 비교하면 적절하게 놓은 것 같다. 청도에 카페는 카페리코 청도점이 제일 먼저 입성했다. 당시 하루 매출이 상당했는데 바깥에 줄을 이을 정도로 판매한 기억이 있다. 점장은 여러 번 바뀌었다. 초기 점장은 이 집을 손 씨께 넘기고 대구 수성구 시지로 넘어와 다른 카페를 열었다. 인수한 손 씨는 2년 영업 끝에 다시 지금 점장 김 씨께 넘기고 경산 카페리코 정평점을 인수하여 경영했다. 다시 손 씨는 지금 강 선생께 가게를 넘긴 셈이다. 모두 카페리코에서 교육받았다. 청도점은 아주 성실히 거래에 임하는 몇 안 되는 카페다.

이 글을 쓰는 15년 10월 시점, 청도 점장 김 씨의 말이다. '본부장님 여 인근에 내가 아는 커피 집만 열세 군데나 됩니데이, 그것뿐입니꺼 여기서 제법 가까운 저 위에 1, 2층 규모의 큰 카페 새로 짓고 있어요.' 점장 또 한 군데 지목했는데 이 집까지 합하면 열다섯 군데가 되는 셈이다. 그러니까 카페가 몇 배, 는 셈이다.

노자 「도덕경」 60장

治大國, 若烹小鮮, 以道莅天下, 其鬼不神

치대국, 약팽소선, 이도리천하, 기귀부신

非其鬼不神, 其神不傷人, 非其神不傷人

비기귀불신, 기신불상인, 비기신불상인

聖人亦不傷人, 夫兩不相傷, 故德交歸焉

성인역불상인, 부량불상상, 고덕교귀언

鵲巢解釋

큰 나라 다스림은 작은 생선 삶는 것과 같다. 도로써 천하에 다다르면 그 귀신은 신령하지 않다.

그 귀신이 신령하지 못한 것이 아니라 그 귀신이 사람을 상하게 하지 못한다.

그 귀신이 사람을 상하게 하지 못하는 것이 아니라

성인 역시 사람을 상해하지 못한다. 이 둘은 서로 상해하지 못하니 고로 덕은 서로 돌아간다.

큰 나라 다스림은 작은 생선 삶는 것과 같다는 말은 그만큼 조심스러워야 한다는 말이다. 작은 생선은 까닥 잘못하면 뭉그러지기 쉽다. 그만큼 자주 뒤집거나 만지면 부서지기 쉬우니 물고기 모양이 제대로 나오기 어렵다. 이것처럼 한 국가의 법망도 자주 바꾸면 이를 대하는 백성은 혼돈이 오며 이 혼돈은 도로 나라를 더 위태롭게 한다. 여기서 중국의 생활습관을 볼 수 있다. 우리도 명절 때나 제사 있는 날은 제수로 생선을 마련한다. 요즘은 기름에 튀기지만, 예전은 모두 쪘다. 기름에 튀긴 것에 비하면 찐 요리가 훨씬 더 맛있다. 고기 모양도 제대로 갖출 수 있을 뿐 아니라 비린내도 덜 난다. 고기 맛은 기름기 쪽 빠진 거라 담백함이 살아있어 한 입 씹을 때 그 포만감과 육질을 느낄 수 있다. 이것도 어찌 보면 조상님의 삶의 지혜.

이도리천하以道莅天下, 도로써 천하에 이름을 뜻한다. 리莅는 다다르다, 어떤 목표치에 이름을 뜻한다. 군림한다는 뜻도 가질 수 있겠다. 노자가 말한 도는 무위자연이며 청정이다. 어느 학자는 이 청정淸淨도 무위의 상태로 해석하는 사람도 있다. 인위적으로 행하지 않는 어떤 상태, 그 진행형을 말한다. 사람은 생각이 가득하거나 혼잡한 일로 처리해야 할 일이 많으면 귀신 신 것처럼 우왕좌왕한다. 그러므로 인위적으로 일이 없으면 고민이 없고 고민이 없으면 내 몸에 귀신 신 것처럼 넋 나가는 일은 없겠다. 아마도 노자는 이를 두고 한 말일 게다. 자연 즉 만물과 함께하는 나다. 만물과 함께하니 도의 이치가 바로 서게 되며 도가 자연을 따르니 덕이 쌓인다. 후덕한 덕은 작은 생선을 다루듯이 하여야 생기는 법이다.

鵲巢日記 15年 09月 05日

오후 늦게 비가 왔다.

오전, 노자에 관한 공부를 했다. 『도덕경』 60장을 읽고 여러 번 필사했다. 해석을 달고 곰곰 생각했다. 오후, 어머님 생신이라 가족 모두 데리고 촌에 다녀왔다. 집에 드실 수 있게 어물과 국수와 우유 몇 통 챙겼다. 어머님은 외식을 싫어하신다. 아마도 예전 살아오시면서 겪은 가난 때문일 거로 생각한다. 바깥에서 돈 쓰는 것을 별로 좋아하지 않으시니 집에서 밥 한 끼 먹었다. 어머님께서 직접 무친 가지나물과 어머님께서 직접 담근 물김치 곁들어 먹었다. 호박 붙임도 있었는데 정말 맛있게 먹었다. 아버지와 어머니는 세상 누구보다도 가장 소탈하게 사시는 분이라 나는 생각한다. 아내는 밥상도 없이 밥 먹음에 뭐라고 얘기했지만, 나는 거저 이렇게 먹는 것이 좋다. 예전 아주 어릴 때는 아무렇지 않게 밥 먹었다.

오후 늦게 경산에 왔는데 칠곡은 비가 억수로 내렸다만, 경산 다가올 때는 거짓말처럼 날만 흐렸다. 본부에서 최진석 선생께서 쓰신 '생각하는 힘, 노자 인문학'을 상당히 읽었다. 8시 조금 지나, 시지 휴대폰 가게 들러 용무를 보았다. 8시 30분경에 압량 가서 동원이와 대화 나누었다. 어제 상갓집에 다녀온 소감을 얘기했다. 동원이는 나의 말을 심각하게 들을 때도 있다. 모두 어떻게 하면 잘 헤쳐 나갈 수 있을까 하는 그런 것들이다. 9시에 마감했다. 사동에 잠시 가, 상황을 둘러보고 다시 본부에 왔다. 두 아들과 책을 읽었다. 준과 찬이에게 오늘 읽은 논어에 관해 몇 가지 물었다. 맏이는 읽는 내내 자세가 좋지 못했지만, 말은 또렷하게 한다. 둘째는 읽는 내내 자세는 공자 같았지만, 대답은 시원스럽지 못했다. 하지만 두 아들이 웃음도 띠며 하는 것 보니까 재미가 있나 보다.

15. 카페리코 영천점

11년 여름 끝에 개업했다. 영천점이 자리한 곳은 사거리 요충지다. 처음 개점할 때는 영업이 꽤 되었다. 물론 지금도 커피 판매가 이루어지기는 하지만 그때 비하면 많이 떨어졌다. 그 이유는 영천에 근 몇 년 사이, 커피 가맹 사업하는 대기업들이 우후죽순 들어온 데다가 외국 상표인 '파스구찌'까지 또 개인도 이에 뒤질세라 여기저기 창업했다. 카페가 갑자기 너무 많이 생기는 나머지 영천점 맞은편 개인 카페가 창업한 지 얼마 되지도 않아 문을 닫는 경우도 보았다. 그만큼 정확한 시장조사가 필요하지만, 커피를 교육하는 업소는 무분별하게 창업으로 안내한다. 이는 커피 시장을 정확히 모르는 것이 되며 개인의 아까운 자본만 무너지게 되었다.

노자 『도덕경』 61장

大國者下流, 天下之交, 天下之牝, 牝常以靜勝牡

대국자하류, 천하지교, 천하지빈, 빈상이정승모

以靜爲下, 故大國以下小國, 則取小國, 小國以下大國

이정위하, 고대국이하소국, 즉취소국, 소국이하대국

則取大國, 故或下以取, 或下而取, 大國不過欲兼畜人

즉취대국, 고혹하이취, 혹하이취, 대국부과욕겸축인

小國不過欲入事人, 夫兩者各得其所欲, 大者宜爲下

소국부과욕입사인, 부량자각득기소욕, 대자의위하

鵲巢解釋

　　큰 나라는 밑에(낮은 곳) 흐르니, 천하가 만나는 곳이며, 천하는 암컷이 된다. 암컷은 항상 고요함으로 수컷을 이긴다.

　　고요함으로 아래가 된다. 그러므로 큰 나라는 작은 나라 아래면, 즉 작은 나라를 취하고, 작은 나라가 큰 나라에 아래면,

　　즉 큰 나라를 취한다. 그러므로 아래에 거함으로써 취하고 아래면 취한다. 큰 나라는 사람을 보살피려는 데 지나지 않으며

　　작은 나라는 사람을 섬기는데 지나지 않는다. 이 양자 각 그 바라는 소임을

얻고 큰 것은 마땅히 아래이어야 한다. (큰 뜻은 낮추어야 얻을 수 있다.)

    이 장은 노자의 정치철학을 담는다. 백성과 백성과의 관계도 백성과 신하와의 관계, 신하와 임금, 임금과 백성 모두 관계다. 사회는 모두 인간관계다. 이러한 관계에 필요한 것은 노자는 다음과 같이 비유를 들어 설명한다. 물은 옅은 곳에 처하며 흐르듯이 겸손해야 한다. 혹하이취或下而取라 했다. 취한다고 해서 상대를 힘으로 제압하거나 빼앗는 것이 아니다. 자기를 낮추어 대한다. 이러한 목적은 대국大國은 축인畜人에 지나지 않으며, 소국小國은 사인事人에 불과하다. 여기서 축은 기르다, 의미가 강하지만 단순히 동물을 키우듯이 하는 개념은 아니다. 부국강병을 위한 경제적 부흥으로 보아야 한다. 소국은 국가 안정, 더 나가 세계의 안정에 개인의 발전을 도모할 수 있으니 이에 대한 공경의 의미로 보아야 한다. 그러므로 사인事人이다. 큰 뜻은 낮추어야 얻을 수 있는 말이다.

    사업도 마찬가지다. 우리는 네트워크 안에 있다. 어떤 큰 네트워크 안에 작은 네트워크로 활동한다. 21세기는 대량생산 체제가 아닌 소량 다품종 시대다. 노자가 살던 춘추시대와는 달리 경제적으로 더 복잡한 인간관계를 형성한다. 요즘 인문학이 다시 뜨고 있다. 이것은 춘추전국시대와 같은 새로운 패러다임이 형성되었기 때문이다. 그때와 달리 전쟁은 없지만, 눈에 보이지 않는 손의 작용은 오히려 더 커졌다. 이러한 시대에 노자를 다시 읽고 있는 이유는 이해관계에 필요한 바른 처세 때문이다. 내가 목적한 일은 상대에 대한 배려와 아낌이 없다면 힘든 일이다. 그것은 다름 아닌 물처럼 낮추어야 계곡처럼 생산력은 증대할 것이며 바라는 소임을 얻을 수 있음이다. 노자는 대자의위하大者宜爲下라 했다. 즉, 큰 뜻은 낮추어야 얻을 수 있다.

鵲巢日記 15年 09月 06日

날씨 꽤 흐렸다. 먹구름이 군데군데 자욱했다. 한차례 소나기 있었고 또 흐렸다. 날씨처럼 기분도 안 좋은 날이었다.

오전, 하양 어느 부동산 집에 커피 배송 있었다. 개업한 지 얼마 되지 않은 집이다. 주말은 배송 일 하지 않는다며 정중히 말씀 드렸다. 처음 거래라 들러 살펴보아야 했다. 배송 다녀와서 두 아들과 함께 책을 보았다. 천자문을 읽고 쓰게 했다. 나는 최진석 선생의 『생각하는 힘, 노자 인문학』을 보았다. 오늘 다 읽고 싶었지만 일이 많아 손에 잡히지 않는다. 노자 『도덕경』 61장을 읽고 주해를 달았다. 마음은 일사천리로 가고 싶었다. 공부가 급하다는 것을 하루가 다르게 느낀다. 오후, 청도 헤이주 카페에 들렀다. 블랜드 봉이 부서졌는데 챙겨 드렸다. 에스프레소, 분도 조절에 관해서 자세히 알고 싶다는 점장의 말씀에 가게 되었다. 점장은 청도 군청에 정직원으로 일한다. 그러니 시간은 주말뿐이다. 오후, 사동에서 사고가 있었다. 손님께서 주차선 안에 주차하면 아무런 문제가 없는 일이었다. 하지만 주차선 벗어나면 낭떠러지기로 위험해, 스토퍼를 설치해 놓은 바 있다. 어떤 차는 이 스토퍼에 앞범퍼가 닿기도 한다. 하지만 파손까지 가는 일은 없었다. 더 정확히 말하자면 그 차가 스토퍼에 닿아 파손된 것인지 확인할 수 없는 상황이었다. 손님은 막무가내 차량손해배상을 요구했다. 나는 자세히 알아보고 연락을 드리겠다고 했으나 파손에 관한 문제로 대화한 내용을 블로거나 네이버에 공개하겠다며 협박까지 한다. 스토퍼는 엄연히 주차선 바깥에 설치한 거였으며 이것이 없으면 오히려 손님은 더 위험한 일로 초래될 수도 있는 문제였다. 난 좀 어이가 없었다. 오늘 일요일이라서 보험회사 다니는 친구와 경찰서에 가서 알아보니 이건 손님 과실이지 업주 책임은 아닌 것 같다며 말한다. 내일 보험회사에 더 자세히 알아보고 전화 드리기로 했다.

압량, 본점, 사동 마감했다. 오늘 일한 남자 직원과 식사 한 끼 했다. 본점 앞에 막창집이다. 김치찌개와 밥 한 그릇 먹었다. 소주도 한 잔 마셨다. 모두 소주 얼떨떨한 마신 나머지 대리운전 불러 각각 태워 보냈다. 회식 아닌 회식이 되었다.

16. AW COFFEE

15년 봄에 카페리코 로스팅 교육을 받았다. 사장은 경산시 압량이 고향이다. 압량면 부적리에 자리한 카페 조감도에 오시는 단골이었다. 『커피향 노트』를 읽고 커피에 대한 비전을 갖게 되었다. 대구 화원에 약 30평 카페를 운영한다. 로스터기는 태환 자동화기기를 갖췄다.

Able, 가능하다. 할 수 있다. Wealth, 부 부富자라는 앞 글자로 '부자 되세요' 라는 의미다. 더나가 사장은 친구부자, 마음부자, 시간부자, 경제적인 부자 되시길 바란다며 한 말씀 덧붙였다.

노자 『도덕경』 62장

道者, 萬物之奧, 善人之寶, 不善人之所保

도자, 만물지오, 선인지보, 부선인지소보

美言可以市, 尊行可以加人, 人之不善, 何棄之有, 故立天子

미언가이시, 존행가이가인, 인지부선, 하기지유, 고립천하

置三公, 雖有拱璧以先駟馬, 不如坐進此道

치삼공, 수유공벽이선사마, 부여좌진차도

古之所以貴此道者何, 不曰以求得, 有罪以免邪, 故爲天下貴

고지소이귀차도자하, 부왈이구득, 유죄이면사, 고위천하귀

鵲巢解釋

도는 만물의 깊숙한 곳이니 착한 사람의 보배며 착하지 않은 사람은 보호받음이다.

아름다운 말은 살 수 있고 훌륭한 행동은 사람에게 보탬이 된다. 사람이 착하지 않아서 어찌 버릴 것이 있겠는가! 그러므로 천자를 세우고,

삼공을 둔다. 비록 옥을 두르고 사마를 앞세움으로써 앉아 나아가는 이 도와 같지 않다.

옛날에 이 도를 귀하게 둔 것은 무엇 때문인가! 구하면 얻고 죄가 있으면 면한다고 하지 않았던가! 그러므로 천하에 귀하다.

문장을 놓고 별달리 주해를 단다는 것은 어려운 일이다. 거저 있었던 일로 정황을 살피며 위의 노자가 말씀하신 내용을 보아야겠다. 어느 카페에 손님께서 커피 마시러 오신 일 있다. 손님은 그 가게에 주차하기 위해 주차선 안에다가 주차해야 했지만, 자신의 실수로 그만 주차선 바깥에 놓인 스토퍼를 치고 말았는데 문제는 차의 앞범퍼가 찌그려진 재산상 손실이 발생했다. 이 일로 손님은 업주께 손해배상을 청구했다. 배상책임보험에 가입한 업주는 보험회사에 연락하여 보상되는지 확인했지만, 이것은 손님의 과실로 인한 사고라 배상할 수 없다는 얘기다. 실은 이 상황까지 온 것만도 아무런 문제가 없었지만, 사고 당시 손님은 개인적으로 휴대전화기에다가 업주와 시비를 논한 이야기를 녹음했는데 이것을 네이버 포털사이트나 인기 블로거에다가 올리겠다며 협박까지 한다. 하지만 업주는 여기에 굴하거나 반론을 제기해서는 안 된다. 일단은 손님으로 와서 생긴 문제였기 때문이다. 업주의 잘못은 없지

만, 공손히 사과하며 배상책임보험에 가입한 사실이 있으니 확인해보고 다음에 연락하겠다며 이야기하는 것이 좋다. 이것은 노자가 말씀하신 '부선인지소보不善人之所保'에 해당한다. 마음의 평상심을 찾고 사태파악을 하며 이와 관련한 전문가에 조언을 얻고 대처하면 되는 일이다. 업주가 잘못이면 배상하면 되는 일이고 없으면 그만 잊을 일이다. 절대로 손님으로 오신 고객과는 어떤 논쟁도 해서는 안 된다. 거저 들어야 할 사항이지 반론을 제기하거나 어떤 지론을 펼친다는 것은 해서 안 될 일이다.

이 장에서 우리가 꼭 기억해두어야 할 것은 '미언가이시美言可以市 존행가이가인尊行可以加人' 아름다운 말은 살 수 있고 훌륭한 행동은 사람에게 보탬이 된다는 거다. 말을 많이 하지 않는 것이 좋겠지만, 굳이 하려거든 친절히 요점만 말하며 행동거지는 남들이 보아서 존중할 만하게 해야 한다. 그러면 사람은 곁에 늘 있어 외롭지 않다.

鵲巢日記 15年 09月 07日

꽤 맑았다. 가을이 왔음을 확연히 느낀 하루다.

오전에 보험회사에 전화했다. 어제 주차장에서 생긴 사건을 이야기하고 고문顧問을 들었다. 업자가 배상할 책임은 없다며 얘기한다. 안전시설물은 안전을 위해 설치해 둔 거라 운전자는 반드시 확인하며 주차를 해야 한다고 했다. 이것은 운전자의 의무라고 했다. 설령, 주차선 안에 가설물이 있더라도 이것은 피해서 운전해야지 이것으로 인해 손해를 입었다고 하더라도 업주께

손해배상은 부당한 억지주장이라며 얘기한다. 보험회사와 통화가 끝난 뒤 한 십여 분 있다가, 어제 그 손님께서 전화가 왔다. 이번은 어제와 달리 아주 공손히 이야기하며 자신의 잘못을 시인하기는 했지만, 시설물안전상 어떤 목적으로 소송하겠다며 이야기한다. 이에 관한 내용증명을 먼저 띄우겠다고 했다. 나는 어이가 없었지만, 그냥 공손히 듣고 있었다.

오후, 디아몽, 옥곡점, 가비에 내려갈 커피를 챙기며 배송했다. 가비는 사동에서 직접 찾아가시겠다며 한다.

삼성전자 서비스센터에 다녀왔다. 휴대폰 액정판이 깨진 일이 있어 수리했다. 보험으로 처리했지만, 일부는 비용을 들었다.

17. 그 외 가맹점

초창기 가맹점은 자본이 미약한 나머지 로스터기를 갖추지 못했다. 뒤에 연 카페는 모두 태환 자동화 기기 1K 용량을 갖췄다. 문제는 여기에 있다. 초창기 카페는 그나마 본점과 유대관계를 돈독히 쌓아나갔다. 어떤 문제점이 있거나 요구사항이 있으면 제기하며 서로 맞추려고 노력했다. 하지만 뒤에 연 카페는 그렇지 못했다. 문제는 로스터기였다. 가맹 사업하는 다른 카페는 이 로스터기만큼은 가맹점에다가 들여놓지 않는다. 나는 목적 시장에 고객께 더 적극적이고 신선한 커피를 드리기 위해 갖추도록 권장했다. 신선한 커피는 드립용 커피를 말한다. 드립은 신선하지 않으면 맛은 떨어진다. 현장에서 바로 볶으면 고객은 더 나은 커피 맛을 즐길 수 있다. 하지만 가맹점은 본부에서 들어가야 할 에스프레소 커피마저 현장에서 볶는 일이 종종 생겼다. 이 일뿐만 아니라 본점과 가맹점과의 지켜야 할 가장 기본적인 수칙마저 어긋나는 일이 발생했다. 그러므로 가맹사업은 한동안 줄여나갔다. 왜냐하면, 상표에 관한 규칙을 지키지 않는 한 기존의 가맹점에 폐弊가 되기 때문이다.

노자 「도덕경」 63장

爲無爲, 事無事, 味無味, 大小多少, 報怨以德

위무위, 사무사, 미무미, 대소다소, 보원이덕

圖難於其易, 爲大於其細, 天下難事, 必作於易, 天下大事

도난어기역, 위대어기세, 천하난사, 필작어이, 천하대사

必作於細, 是以聖人終不爲大, 故能成其大

필작어세, 시이성인종불위대, 고능성기대

夫輕諾必寡信, 多易必多難, 是以聖人猶難之, 故終無難矣

부경낙필과신, 다이필다난, 시이성인유난지, 고종무난의

鵠巢解釋

　행함이 없음을 행하고, 일이 없음을 일로 삼고, 맛이 없음을 맛으로 한다. 크고 작음과 많음과 적음이 있다. 원망을 덕으로 보답한다.

　어려운 일은 쉬울 때 도모하고 큰 것은 세밀할 때 한다. 천하 어려운 일은 반드시 쉬운 것에서 시작한다. 천하의 큰일은

　반드시 세밀한 데서 시작하니 이로써 성인은 끝내 위대하다 하지 않음이 능히 그 큰 것을 이룬다.

　가벼운 승낙은 반드시 믿음이 부족하고, 다소 쉬운 것은 반드시 어려움이 닥치며 이로써 성인은 오히려 어려움으로, 끝내는 어렵지가 않다.

　대소다소大小多少라는 말이 있는데 직역하면 크고 작음과 많음과 적음으로 이야기할 수 있겠지만, 아무래도 뒤 문장을 살피면, 작은 것을 크게 적은 것을 많게 보라는 뜻으로 읽어야겠다. 노자는 천하의 큰일은 반드시 세밀한 데서 시작한다고 했다. 그러므로 작은 것을 크게 볼 수 있는 눈빛을 가져야겠다.

　보원이덕報怨以德이라는 말은 원망은 덕으로 갚는다는 말인데 여기서는 정

치적인 의미로 읽어야 한다. 만인을 위한 정치지만 혜택은 만인에게 돌아가지 않는다. 그러므로 원성도 쌓게 마련이다. 노자는 이를 살피라는 뜻에서 덕을 이야기하는 것 같다.

시이성인종불위대是以聖人終不爲大, 고능성기대故能成其大, 이로써 성인은 끝내 위대하다 하지 않으므로 능히 그 큰 것을 이룬다. 사람이 스스로 위대하다고 자부하는 사람치고 일 잘하는 사람은 없다. 스스로 부족하고 미흡함을 깨달을 때 일은 그때 온다. 어떤 큰일도 작은 일을 잘 처리함에 나오는 것이지 처음부터 대박에 가까운 일은 떨어지지 않는다. 자기 본분의 일을 알고 정성을 들였을 때 큰 기회는 주어지게 되어 있다. 1년도 장기지만, 10년은 엄청난 시간이며 또 짧다고 하면 이것만 한, 시간도 없을 것이다. 그만큼 시간은 빠르다. 하지만 작은 일도 정성껏 쌓는 데서 내 바라는 꿈을 성취할 수 있다. 10년은 결코 긴 시간도 아니며 그렇게 짧은 시간도 아니다. 한 사람이 어느 정도 성공으로 가는 데는 10년은 족히 필요하다. 물론 그 전에 원하는 목표에 이르는 사람도 있지만, 세월은 우리가 모르는 위험에 내가 쌓은 목표를 다져준다.

시이성인유난지是以聖人猶難之, 고종무난의故終無難矣. 이로써 성인은 오히려 어려움으로, 끝내는 어렵지가 않다. 쉬운 일도 어렵게 보라는 뜻은 그만큼 신중을 기하라는 말이며 어려운 일은 당연히 어렵게 보니, 마음가짐은 그리 어렵지 않은 것이다. 우리는 어떤 한 종목을 선택하고 개업을 한다. 아무리 어렵더라도 1년은 해보아야 할 것 아니냐며 주위 사람은 말한다. 계절을 느껴보아야 한다. 어느 계절에 손님은 많이 오시는지 또 어느 계절은 비수기인지 살핀다. 다음은 이러한 계절 파동을 알고 있으니 준비할 수 있다. 또 수시로 찾아드는 뉴스와 우리가 느낄 수 없는 사건·사고로 인한 파동이 있다. 여기에 대처할 수 있는 능력이 있어야겠다. 그러니 경영은 관리다. 사업장의 운명은 곧 나의 운명과도 같다. 백척간두百尺竿頭라는 말이 있다. 백 자나 되는 높은 장대 위에 올라섰다는 뜻이다. 경영인은 이와 같다. 하부조직은 약간 동요가 될지 모르나 위는 크게 동요되니 그만큼 불안감, 두려움 위태함은 당연히 받아들일 수 있다면 나도 경영인이 될 수 있음이다.

鵲巢日記 15年 09月 08日

맑았다.

대구에 다녀왔다. 일반 음식점이다. 전에 카페 조감도 손님으로 오셨던 분이었는데 커피 맛이 좋아 가게에 쓸 수 있게 볶아달라고 주문받은 집이다. 소고기 구이집인데 동대구 세무서 뒤에 자리했다. 가게가 깔끔하고 내부공간미가 아주 고급스러워 VIP 손님이 꽤 많이 찾을 것 같다는 생각을 했다. 여기서 곧장 봉덕동에 갔다. 썸앤썸 카페에 주문받은 커피, 배송했다. 시지, 뚝배기 해장국 집에서 늦은 점심을 먹었다. 사동, 직영점 조감도에서 냅킨을 가져다주시는 안 사장께서 오셨다. 한 시간 이상 대화했다. 새로 나온 상품 물티슈를 보았다. 여기서 오래간만에 처수를 보았으며 오 선생 친구, 주홍 씨도 보았다. 모두 손님으로 오셨다. 안 사장은 책을 꽤 좋아한다. 이제는 나이도 있고 한 기업에 대표라 요즘은 고전을 꽤 읽으신 듯했다. 고전에 관해 무척 오랫동안 대화했다. 병원에도 다녀왔다. 급한 주문이었다. 사동점에 들러 전에 배송 못 한 커피 봉투를 가져다 드렸다.

18. 그 외 카페 그리고 일반인

커피만 전문으로 여는 집보다는 개인의 취미를 부각해 사업하는 곳이 요즘 들어 많은 것 같다. 예를 들면 경산 사동에 개업한 '단물고기' 라는 카페가 있다. 이 집은 커피도 하지만 어항과 민물고기를 함께한다. 그러니까 가게에 들어가면 각종 어항이 전시되어 있고 민물고기도 종류별 볼 수 있어 고객께 눈요기로 선사한다. 물론 물고기를 취미로 키우고 싶다면 여기서 컨설팅받을 수 있다.

카페 조감도는 커피의 참모습을 보이기 위해 만든 카페다. 이곳은 진정한 드립 커피를 선사하기 위해 매일 연구하며 고객께 맛을 선보인다. 이곳 찾은 어느 손님이었다. 어느 식당을 운영하는 업주 사장님이었다. 커피 맛이 좋아 드립으로 소량으로 볶아 납품할 수 있는지 묻기까지 했다. 우리는 기꺼이 그렇게 해 드리기로 했다. 또한, 인근에 은행이다. 사무실용 미니자판기를 설치해드린 바 있다. 은행 찾으시는 고객과 더불어 영업장 직원도 애용하게끔 신선한 원두를 공급해 드리고 있다. 그러니까 요즘 커피 전문점만 아니라 일반 요식업을 하거나 사무실에서도 맛난 커피를 즐길 수 있다.

그 외 일반인도 가정에서 커피를 다루는 분이 많은데 그 기술이 전문매장에서 커피를 다루는 바리스타 수준 이상이다. 그러니까 커피 관련 기계뿐만 아니라 여러 가지 정보를 갖춰 취미로 보기에는 어려울 정도로 전문성을 지닌 분이 많다.

노자 『도덕경』 64장

其安易持, 其未兆易謀, 其脆易泮, 其微易散

기안이지, 기미조이모, 기취이반, 기미이산

爲之於未有, 治之於未亂, 合抱之木, 生於毫末

위지어미유, 치지어미란, 합포지목, 생어호말

九層之臺, 起於累土, 千里之行, 始於足下, 爲者敗之

구층지대, 기어루토, 천리지행, 시어족하, 위자패지

執者失之, 是以聖人無爲故無敗, 無執故無失

집자실지, 시이성인무위고무패, 무집고무실

民之從事, 常於幾成而敗之, 愼終如始, 則無敗事

민지종사, 상어기성이패지, 신종여시, 칙무패사

是以聖人欲不欲, 不貴難得之貨

시이성인욕불욕, 불귀난득지화

學不學, 復衆人之所過, 以輔萬物之自然, 而不敢爲

학불학, 복중인지소과, 이보만물지자연, 이불감위

鵲巢解釋

그 안정은 유지하기 쉽고, 그 조짐이 미치지 않은 것은 꾀하기 쉽다. 그 무른 것은 녹기 쉽고 그 미미한 것은 흩어지기 쉽다.

아직 생기지 않아야 처리하며, 아직 어렵지 않아야 다스린다. 한 아름으로 안

은 나무도 털끝에서 나며,

　구 층의 누각은 흙을 보탬으로 시작하고, 천릿길은 발아래서 시작한다. 행함
은 실패하고

　잡으려면 잃는다. 이로써 성인은 인위적으로 하지 않으므로 실패하지 않는다.
잡으려 하지 않으니 잃지 않는다.

　사람이 일을 따르면 늘 어느 정도 성공하다가 실패한다. 끝내기를 처음과 같
이 신중하면 곧 일에 실패하지 않는다.

　이로써 성인은 바라지 않음을 바라고 얻기 어려운 재화를 귀하지 않으며

　배우지 않으려는 것을 배우고 여러 사람이 지나치는 바를 돌아보고 만물이
그러함을 돕고, 감히 인위로 하지 않음이다.

　조그마한 카페의 대표로서 위 노자께서 주신 문장을 풀어나갈까 한다. 한
조직을 이끄는데도 우리가 모르는 위험이 많다. 내부분란도 있으며 외부에서
발생한 문제도 많다. 내가 이끄는 조직을 안정적으로 오래 유지하는 것은 대
표로서 큰 책임이다. 조직에 미치는 어떠한 일도 사태가 일어나기 전에 일의
자초지종을 파악하며 대처해야 한다. 이는 경영자의 의무다. 그러니까 큰일
이 일어나가 전에 미리 알면 대처하기 쉽고 일은 아직 어렵지 않아야 수습할
수 있다.

　한 아름 안을 수 있는 나무도 털끝(毫末호말)에서 나며 높은 빌딩도 한 삽의
흙을 다짐으로써 세울 수 있다. 천릿길도 한 걸음부터라 작은 것을 크게 볼
수 있어야 하며 적은 것을 많게 볼 줄 알아야 한다. 미미한 것을 거저 대수롭
지 않게 넘겨보아서는 아니 된다. 그러므로 내가 조직을 만들었다면 누가 일

을 가장 많이 하는가! 다름 아닌 경영자 자신이다. 창업도 어렵다고 여러 사람은 말하지만, 이를 지켜나가는 것은 더 어렵다는 것이 여기에 있다.

어떠한 일이든 억지로 하면 그 일은 그릇될 소지가 크다. 작은 일도 정성껏 살피며 보아야 한다. 처음부터 일 마칠 때까지 신중하게 본다면 실패하지 않는다. 작은 일도 대수롭지 않게 보다가 빈번히 사고가 난다. 긴장을 풀어도 안 되고 건성으로 보아 넘겨서는 더더욱 안 된다. 작업장 내에서 일어나는 사고는 대부분 신중함이 없어 생기는 경우가 대부분이다.

굳이 너무 많은 것을 알려고 하다가 일을 도로 망칠 수 있으니 어느 정도는 자율로 맡기는 것도 괜찮다. 경영인이 모든 것을 알고 처리할 수는 없는 일이다. 물론 이러한 논지도 이미 모든 것을 아는 상태라야 일은 분담할 수 있고 관리할 수 있음은 두말할 여지가 없겠다. 또한, 어떠한 일도 거저 지나쳐 보아서는 안 된다. 여러 사람이 보고 지나는 그 어떤 일도 경영인은 이를 대수롭지 않게 보아서는 안 된다. 꼭 살펴야 한다.

鵲巢日記 15年 09月 09日

최진석 선생께서 쓰신 『인간이 그리는 무늬』 조금 읽었다. 인문에 관해서 조금 더 알게 되었다. 나를 표현하는 방법, 어떻게 잘 표현할 수 있을까? 마치 얼음덩이 같은 사고를 갖고 무딘 칼로 빚는 나를 생각하게 한다. 하늘 날아갈 듯한 독수리 한 마리 빚고 싶은 그런 충동감이 일었다.

오후 청도에 다녀왔다. 청도점에 들러 주문받은 커피를 가져다 드렸다. 언제나 보아도 점장은 밝은 모습이다. 오늘은 청도 장날인지 들어가는 시가지가 상인으로 가득했다.

저녁, 아이들과 보냈다. 천자문 공부했다. 여섯 문장, 한자 24자다. 둘째는 붓글씨로 써보게 했다. 자세를 바로잡아주었지만, 손은 여전히 힘이 들어간다. 글자가 모두 굵다. 아직은 연습이 많이 필요하다.

4장

더 나아가

1. 표현력

앤디스 코나 안 사장님께서 오셨다. 늘 그렇듯이 그간 뵙지 못했다고 하면 한 며칠 상간이다. 바깥에 나와 서서 차 한 잔 마시며 나눈 얘기였다. 안 사장은 몇 달 전에 어머님을 잃었다. 어머님 병고는 노환이었지만 안 사장은 가실 때 상황을 기억한다. 여기까지 오시며 차 안에서 운전하며 듣는 음악이 유일한 여유며 휴식이라고 했다. 산울림의 노래 〈창문 넘어 어렴풋이 옛 생각이 나겠지요〉 들으니 어머님 생각이 절로 났다고 했다. 중년을 걷는 웬만한 남자는 모두 다 그렇듯이 여유가 없다. 사는 데 바빠 이제는 고향 친구 만나기도 어렵다. 그러니 재미 붙일 곳이 없는 것도 어찌 보면 맞는 말이다. 정다운 친구가 없으니 속에 담은 이야기는 풀기가 어렵게 됐다. 세상 사는 이야기 서로 나누며 살아야 하는 데 말이다. 모두 일이니 여간 어렵기만 하다.

그러는 나는 어떻게 표현하고 살았나 하며 생각한다. 일상에 폭 젖어 사는 건 안 사장이나 별반 차이가 없어 보인다. 하지만 나는 책을 읽고 글을 썼다. 책과 글이 21세기에서는 조금은 구닥다리처럼 보이기도 한다. 요즘은 정보 홍수 시대에 우리는 살고 있기 때문이다. 내가 관심 있는 분야면 카스의 여러 친구 맺기를 통해서 찾아보고 눈요기와 정보까지 얻을 수 있다. 그래도 진정, 소통하는 측면에서 보면 책과 글만큼 뚜렷한 것은 없다고 본다. 하지만 누구나 책을 읽고 글을 쓰지는 않는다. 그러나 군자가 이 세계를 어떻게 걸어야 하는가? 내가 어떻게 표현을 하며 이해시키는가? 노자 『도덕경』 45장에서도 언급한 바 있다. 대변약눌大辯若訥 크게 말 잘하는 것은 어눌한 것과 같다는 말이다. 모든 것은 완벽한 게 없다. 완벽을 추구하는 노력만 있을 뿐이다.

노자 『도덕경』 65장

古之善爲道者, 非以明民, 將以愚之, 民之難治

고지선위도자, 비이명민, 장이우지, 민지난치

以其智多, 故以智治國, 國之賊, 不以智治國

이기지다, 고이지치국, 국지적, 불이지치국

國之福, 知此兩者亦稽式, 常知稽式, 是謂玄德

국지복, 지차량자역계식, 상지계식, 시위현덕

玄德深矣遠矣, 與物反矣, 然後乃至大順

현덕심의원의, 여물반의, 연후내지대순

鵲巢解釋

　　옛날에 도를 잘 행했던 사람은 백성을 현명함으로써 아니라 그들을 어리석게 만들었다. 백성을 다스리기 어려운 것은

　　그것은 지혜가 많기 때문이다. 지혜로 나라를 다스림은 나라는 해다. 지혜로 나라를 다스리지 않음은

　　나라는 복이다. 이 두 가지를 아는 것은 역시 법식이다. 늘 법식을 아는 것은 이를 현덕이라 한다.

　　현덕은 깊고도 멀다. 더불어 만물은 되돌아오니 그러한 후에야 크게 순조롭다.

얼마 전이었다. 카페에 그리 큰 사건은 아니지만, 이 일로 크게 불거진 일이 있었다. 주차문제였다. 주차장에 주차선 앞에 세운 스토퍼에 관한 얘기다. 손님으로 오신 어떤 고객 한 분은 주차하다가 그만 그 스토퍼에 닿아 차가 파손된 일이 발생했다. 이 일로 업주께 차가 부서졌으니 부서진 부분을 변상해 달라는 요구가 있었다. 업주는 배상책임보험에 가입하였으니 알아보고 해당하면 변상해드리겠다고 말씀을 드렸으나 손님은 바로 보상해주지 않은 일로 화가 일었던지 업주와 대화한 내용을 녹취하기까지 하여 공개하겠다고 협박했다. 궁지에 몰린 업주는 그러면 오늘 이리 커피 드시러 오셨으니 거저 쉬셨다가 가시고 기름값으로 몇만 원 챙겨드리려 했으나 손님은 이게 몇만 원으로 될 문제라며 항의까지 했다. 여하튼, 이러다가 손님을 안정시켜 드리고 가셨다. 뒤에, 업주는 관련 보험에 알아보니 배상할 책임은 없다고 보험회사에서는 여러 예를 들어 설명했다. 그래도 못 믿은 나머지 업주는 경찰서에 가, 이러한 일을 의논하기까지 했다. 왜냐하면, 고객으로 오신 그 손님은 녹취한 대화와 파손된 사고차량을 공개해서라도 보상받겠다는 주장을 펼치니 카페에 안 좋은 이미지로 명예훼손 될 처지였기 때문이다. 경찰서 직원은 오히려 그 손님이 잘못이며 녹취한 사실도 범법행위라 하며 단정 지었다. 그리고 다음 날, 이 사실을 손님은 분을 삭이지 못하고 네이버에다가 익명으로 올렸다.

　요즘은 주차문제가 심각하다. 젊은이들은 집보다는 차가 우선이다. 원룸단지에 들어가면 주차할 때 없어 곤란할 때가 많다. 더욱 건물 보호 차원으로 세워둔 보호대(스토퍼보다 상당히 높음) 설치한 곳도 많으며, 물론 원룸단지뿐만 아니라 대형마트나 경기장, 각종 서비스센터, 전자랜드 등 스토퍼를 설치하지 않은 곳이 없을 정도로 많이 볼 수 있다. 이것을 설치한 목적은 여러 가지

목적으로 한다. 우선은 건물이나 다른 차량을 훼손하지 않기 위한 목적도 있지만, 운전자 보호하려는 조처로 한 경우도 많다. 예를 들면 주차할 곳 바로 앞이 낭떠러지기라면 오히려 운전자를 보호하는 차원이 더 높다. 또 어떤 곳은 관광단지라 나무를 보호하거나 다른 사물을 보호하기 위해 해놓은 경우도 많다. 이를 때 나무나 다른 사물을 파손하였다거나 하는 문제가 발생하면 이는 누가 변상해야 하는가!

어떤 손님은 얌체족으로 오신 분도 많다. 결혼 피로연 하다가 2차로 카페에 커피 한 잔 마시자고 오신 손님 말이다. 그러니까 술도 한 잔 마신데다가 차가 어디서 부딪혀 파손된 사실을 숨기고 카페에 와서 스토퍼에 약간 닿은 사실로 인해 항의하는 꼴이 된다. 솔직히 스토퍼는 닿긴 하지만, 차량이 파손된 지경으로 가지는 않는다. 손님께서 찍은 사진을 보면 금이 간데다가 앞범퍼가 찌그러진 사실로 보아도 차량접촉사고로 인한 파손이지 스토퍼에 닿아 생긴 건 아니기 때문이다. 우리가 일반도로 주행하다 보면 높은 과속방지턱에 그만 차량이 파손되었다고 하면 이 일로 국가에다가 배상 요구하는 사실과 비슷한 일이 된다. 과속방지턱은 엄연히 과속을 줄여달라는 뜻에서 세운 방지 턱임에도 불구하고 운전자는 전방주시 의무를 무시하고 과속을 냈으니 차량이 부서질 수밖에 없는 일이다. 그러니까 자기 과실은 절대 인정하지 않는 몰지각한 얌체족이다.

결론을 말하자면 보험회사에서도 이 일은 엄연히 운전자 과실이 전적이니 배상 책임 할 수 없다고 단정 지었다.

노자 『도덕경』 65장은 위의 얘기를 들어 설명할까 싶어 적었다. 고지선위도자古之善爲道者, 비이명민非以明民, 장이우지將以愚之라 했다. 옛날에 도를 잘 행했던 사람은 백성을 현명함으로써 아니라 그들을 어리석게 만들었다. 이는 백성을 바보로 만든다거나 어리석게 만든다는 뜻이 아니다. 우愚자는 고대어에서는 어리석다는 뜻보다는 오히려 순박하다나, 성실함으로 보아야 한다. 위, 카페에 생긴 일로 예를 들었지만, 손님으로 오신 그 사람은 분명히 법망을 아는 사람이다. 오히려 안다는 것은 간교함을 뜻한다. 사람이 부지런히 일해서 돈을 벌 생각은 안 하고 오히려 간사한 묘략으로 자신의 실책을 남에게 덮어씌우려는 어떤 행위에 불과하다. 그러니 노자는 정치하기가 힘들다는 뜻에서 위 문장을 쓴 것이다. 고이지치국故以智治國, 지혜로 나리를 다스린다는 것은 곧 법을 얘기할 수 있음인데 법이 많으면 헤쳐나갈 길은 더 많다는 말도 있다. 더구나 이러한 법으로 인해 사람은 또 다른 법을 낳으니 인륜과 도덕은 없어지고 사회는 도로 숭악하게[15](흉악하다) 변한다. 그러므로 지혜로 나라를 다스림은 나라는 해가 되며 그렇지 않으면 복이 된다고 노자는 분명히 한다. 이 두 가지를 아는 것은 현덕이라 했다. 그러니까 법을 쫓을 수도 또 그렇게 할 수도 없는 지경에 이르는데 경영자는 노자가 말한 왕도정치는 여러 상황을 많이 알아야 함은 분명하다. 그러므로 절대자 왕은 고도의 지식과 지혜를 갖추어야 한다. 모든 것이 준비되었을 때 무위가 아닌 무위가 될 수 있다.

鵲巢日記 15年 09月 10日

조회했다. 배 선생과 예지가 함께했다. 주차문제에 관한 사건으로 얘기 나넜다. 스토퍼는 엄연히 어떤 시설물이나 사물을 보호하기 위한 목적도 있지만, 운전자를 보호하기 위한 목적으로 설치하는 경우도 많다. 우리는 흔히 주차선 앞에 나무 한 그루 있다면 하고 비유를 들지만, 실은 사람이 서가 있거나 어린아이가 서 있었다면 이 사건은 또 달라진다. 주차선 벗어나는 행위는 곧 범법행위이자 살인행위일 수 있음을 알아야 한다. 안전시설로 설치한 시설물이라고 함부로 대한다는 것은 이것도 타인의 재산상 손실을 입히는 행위다. 차량 파손은 과실로 자차보험으로 해결할 사건이지 업주께 책임을 물어 배상을 요구하는 것은 파렴치한 행동이다.

　오후, 최진석 선생께서 쓴, '인간이 그리는 무늬'를 읽었다. 사동 직영점에 커피와 부자재를 배송했다. 사동점에도 다녀왔다. 오후에 다시 사동에 들어갔다. 문중 재실에 가서, 예초기를 빌려 카페 오르는 길 양옆에 풀이 많이 자라서 벌초했다. 약 2시간 가까이 작업했다. 온몸이 땀으로 뒤범벅인 데다가 모기와 풀 쏘기에 물려 양팔 곳곳 벌거스름하다. 원동기를 너무 오랫동안 쥐고 흔들었기 때문에 아직도 손이 떨린다. 중풍 걸린 것처럼 후들후들한다.

15) 숭악하다 = 경상도 사투리

2. 지혜智慧와 믿음信

표현을 잘한다는 것은 지혜를 바탕으로 한다. 지혜는 사물의 이치를 안다는 것이다. 사물의 이치는 책을 통해서 알 수도 있겠지만, 경험을 통해 아는 것도 적지 않다. 우리는 매일 어떤 미로를 걷는 것인지도 모른다. 그러니까 반복되는 일상에 나만의 경험을 적는다. 그 기록은 오늘까지 산 나의 열쇠다. 물론 출구는 아득하다. 미지의 세계로 나아가는 우리의 도전만이 오늘을 있게 한다. 가만히 앉아 멍하니 생각만 다지는 것이 아니라 한 걸음이라도 나가 바깥을 보며 그 경험을 통해 현실을 깨닫는 것이다. 이러한 경험이 쌓이면 믿음이 생긴다. 이때 믿음은 종교와 다른 의미다. 종교는 신神이나 초자연적인 절대자를 믿음으로써 궁극적인 내 생활의 고뇌를 해결하고자 하는 어떤 문화 체계다. 믿음은 봄에 씨앗을 뿌리면 가을에 열매가 맺듯 현실적이다. 믿음을 잘 표현하는 사람은 관계도 개선된다. 시너지는 관계 개선을 통해 더 효력이 발생한다. 그러면 내가 목적한 바를 쉽게 성취할 수 있다.

노자 『도덕경』 66장

江海所以能爲百谷王者, 以其善下之, 故能爲百谷王

강해소이능위백곡왕자, 이기선하지, 고능위백곡왕

是以欲上民, 必以言下之, 欲先民, 必以身後之

시이욕상민, 필이언하지, 욕선민, 필이신후지

是以聖人處上而民不重, 處前而民不害

시이성인처상이민불중, 처전이민불해

是以天下樂推而不厭, 以其不爭, 故天下莫能與之爭

시이천하락추이불염, 이기불쟁, 고천하막능여지쟁

鵲巢解釋

　　강과 바다가 모든 계곡의 왕이 되는 바는 그 아래에 잘하기 때문이다. 그러므로 모든 계곡의 왕이 된다.

　　이로써 백성 위에 있고자 하면, 꼭 말로써 그 아래에 있고 백성을 앞서고자 하면. 꼭 몸으로써 그 뒤에 둔다.

　　이로써 성인은 위에 처하되 백성은 무겁지 않고, 앞에 처하되 백성은 해가 없다.

　　이로써 천하는 즐겁게 추대하며 싫어하지 않는다. 그가 다투지 않기에 고로 천하는 어찌 더불어 다툼이 있겠는가!

　　최선最善이란 말이 있다. 사전적인 뜻은 가장 좋고 훌륭한 일이나 온 정성과 힘을 다하는 것을 말한다. 어느 하나의 뜻을 두고 일을 시작한다. 그 일을 꾸준히 하면 나도 어느새 최고의 위치에 오른다. 물론, 그 위치란 것은 시간만 주어지는 것이 아니라 지나가는 그 시간에 성실하고 충실하게 보냈을 때 주어진다. 최고의 위치에 오르면 사람은 교만해지기 쉽고 일은 그전처럼 대하지 않는다. 그러므로 사업은 기운다.

그러니까 대표는 대표라서 높은 위치에 있는 것이 아니라 말 그대로 한 사업장에 여러 직원과 동등한 위치에서 일하며 그 일에 대한 총책임을 안으며 오시는 손님께 시중드는 자리다. 그러니까 낮게 겸손하게 시중드는 것이야말로 대표의 의무다.

대표는 갖은 일이 많다. 일은 하나부터 열까지 당연히 신경 쓰인다. 도토리 한 알도 하나만 담으면 가볍다. 여러 개를 담은 바구니에 한 알을 더 담는 것은 엄청난 책임과 무게를 떠안는 것이다. 그러므로 가벼운 일 하나도 거저 가볍게 볼 수 없는 자리다. 그러므로 늘 침착함을 잃지 않으며 모든 것이 당연하게 받아들인다면 중압감은 다소 덜어질 것이다. 대표는 모든 일을 회피하는 자리가 아니라 받아들이고 해결하는 자리다. 모든 것을 최선으로 다한다. 이것만큼 좋은 말도 없다. '최선을 다하겠습니다.'

시이성인처상이민불중是以聖人處上而民不重 처전이민불해處前而民不害 대표는 위에 처하되 함께 일하는 동료는 무겁게 생각지 않으며 앞에 처하되 함께 일하는 동료는 해가 되지 않는다. 대표가 상사라 해서 너무 무겁게 생각하면 내부에 돌아가는 일을 잘 알 수 없다. 친구는 아니지만, 친구처럼 대할 수 있는 분위기를 만들어야 한다. 그러려면 자주 대화하여야 한다. 대표가 앞일을 논하고 이끈다고 해서 해가 되거나 그렇게 느껴도 안 된다. 그 전에 충분히 상의하며 의논을 가져야겠다. 그러면 주어진 과제가 모두 합심할 수 있으니 일의 진척도 빠르다.

노자 『도덕경』 67장

天下皆謂我道大, 似不肖, 夫唯大, 故似不肖, 若肖久矣

천하개위아도대, 사불초, 부유대, 고사불초, 약초구의

其細也夫, 我有三寶, 持而保之, 一曰慈, 二曰儉

기세야부, 아유삼보, 지이보지, 일왈자, 이왈검

三曰不敢爲天下先, 慈故能勇, 儉故能廣, 不敢爲天下先

삼왈불감위천하선, 자고능용, 검고능광, 불감위천하선

故能成器長, 今舍慈且勇, 舍儉且廣, 舍後且先

고능성기장, 금사자차용, 사검차광, 사후차선

死矣, 夫慈以戰則勝, 以守則固, 天將救之, 以慈衛之

사의, 부자이전칙승, 이수즉고, 천장구지, 이자위지

鵲巢解釋

천하가 다 이르되, 내 도는 크다고 한다. 닮지 않은 것 같다. 오직 크기만 하므로 닮지 않은 것 같다. 만약 오래 닮았다면

그것은 미세하다. 나는 세(3) 보물이 있다. 그것을 지녔어 간직한다. 첫째는 인자함이요, 둘째는 검소함이다.

셋째는 감히 천하를 앞서서 행하지 않음이다. 인자함은 능히 용감함이 있어야 하고 검소함은 능히 넓어야 하며, 감히 천하를 앞서서 행하지 않으니

능히 그릇(대표)은 길고 오래 이룬다. 지금 인자함을 버리고 용맹함을 들이면, 검소함을 버리고 넓음을 들이고 뒤를 버리고 앞을 들이면,

죽는다. 인자함으로 싸우면 곧 승리하며 지킴으로써 곧 견고하며 하늘이 장차 그를 구하면 인자함으로써 그를 호위한다.

이 장은 도에 관한 설명으로 이에는 세 가지 보물이 있다며 노자는 말한다. 첫 문장을 보면 도는 크다고 한다. 너무 커서 닮지 않은 것 같고 이는 장구해서 미세하기까지 하다. 그러니까 커피를 하는 나로서 이 이야기를 읽으면 커피는 원래 아득한 세월이 묻어 있는데다가 앞의 선인 자가 이미 이 길을 걷고 나름의 인문을 남겼다. 그러니까 나름의 길을 찾아갔다. 똑같은 학습이라 여기며 생각해서도 안 되며 또 그렇지 않은 것도 없으니 세상에 내놓은 이 커피라는 종목에 나는 무한한 걸음만 있을 뿐이다.

이 길을 걷는 데는 다만, 세 가지 보물이 있는데 이를 얘기하자면, 노자는 첫째 인자함이요, 둘째 검소함이고 셋째는 천하를 앞서서 행하지 않음이라 했다.

무엇보다 여기서 가장 중요한 것은 '자慈'다. 자는 사랑이다. 일이건 사람이건 사랑이 있어야 한다. 사랑이 묻어 있지 않으면 어떤 일이든 도모하기 어렵고 어떤 사람이든 내 사람으로 만들기 어렵다. 무엇이든 미치도록 사랑함이 있다면 그 무엇을 갖지 못하겠는가! 그러니 이 자慈는 용감함이 배어 나온다.

둘째는 '검儉'이다. 검소함을 말한다. 검소함은 아끼는 것을 말한다. 물자든 사람이든 또 우리가 의사소통하며 행하는 말도 아껴야 한다. 이것은 두루 미쳐야 한다. 온몸으로 습관화되어야 하며 어디든 미치지 않는 곳이 없어야 한다. 그러면 내가 부리는 사람도 아낌이 생기며 아낌이 생기면 서로 보살피게 되며 보살피면 평등해진다. 평등하다는 것은 대저 서로가 인격으로 상대를 대한다는 것이다. 그러면 서로 살피며 도울 것이니 이 마음은 두루 넓어야 함을 강조한다.

셋째는 천하를 앞서서 행하지 않음이다. 어찌 보면 이 세 번째 보물은 두 번째 보물과 맥이 같을 수 있겠다는 생각을 했다. 왜냐하면, 천하를 앞서서 행하지 않는다는 것은 자신을 낮추는 것이 될 것이며 낮춘다는 것은 일종의 검儉에도 부합하는 얘기다. 앞 장(66장)에서 이기선하지以其善下之라 했다. 이것은 나의 몸을 낮추는 것이 된다. 내 잘 났다고 설치고 다니는 사람치고 꼴사나운 것도 없으니 세상 사람들로부터 미움 받기 쉽고 미움을 받으니 큰일은 도모할 수 없게 된다.

금사자차용今舍慈且勇 인자함을 버리고 용맹함을 들이면, 여기서 용맹하다는 것은 힘과 지략이 있다는 뜻으로 무작정 남을 침해할 수 있으니 잔인함과 포악한 어떤 성정이 나올 수 있음을 말함이고 사검차광舍儉且廣은 검소함을 버리고 넓음을 들인다. 차且는 장차 어떠하다는 뜻으로 약간은 미래형을 내포한다. 넓어지려고 한다고 해도 괜찮은데 이는 검소함이 배제된 상태라 욕망이 넓어진다는 뜻으로 읽었다. 욕망이 넓어지면 욕심이 생기고 욕심이 생기면 아무래도 남을 배려하는 마음이 없어지고 결국은 사회에 함께할 수 없는 지경에 이른다. 사후차선舍後且先 뒤를 버리고 앞을 들인다는 말은 불감위천하선不敢爲天下先에 대조되는 말로 나의 이익을 우선하며 나아가는 뜻이다. 이들은 모두 죽음을 부르는 일이라며 노자는 말한다死矣. 마지막으로 노자는 인자함으로 싸우면 승리하며 지킴으로써 곧 견고하며 하늘이 장차 그를 구하면 인자함으로써 그를 호위한다.

鵲巢日記 15年 09月 11日

　이제는 가을 날씨다. 하늘이 높고 푸르렀다. 양떼구름이 있었는데 그 구름
도 솜처럼 맑았다. 아침 부건이와 예지가 나왔다. 커피 한 잔 마시며 조회했
다. 압량에서 노자의 『도덕경』을 읽고, 점심은 집에서 먹고, 오후 커피 배송
했다. 청도 산동지역으로 해서 산서지역으로 넘어갔다. 가끔 오는 이 길은 참
아름답다. 자주 보는 경관이지만 청도는 산으로 빙 둘러싸여서 눈이 피로하
지 않다. 청도서 경산 들어가는 길, 졸음이 몰려와, 라디오를 크게 틀며 운전
했다. 박길나의 〈나무와 새〉라는 노래가 들렸다. 그녀의 짧은 생을 생각하며
노래를 들으니 가슴 뭉클했다. '진달래가 곱게 피던 날 내 곁에 날아오더니
~' 지금까지 걸어온 인생보다 그 두 배의 속도로 나는 대구로 가고 있었다.
야위어만 가는 모습이 아니라 점점 붙은 몸으로 아픈 마음 달래며 가는 게 아
니라 지친 마음으로 차를 몰고 있었다. 그러다가 한학촌과 시지 교회에도 다
녀왔다. 시지 교회에서 경산 들어오는 길, 달구벌대로 말고 그 뒤쪽 도로 그
러니까 포도밭 가장자리에 난 길로 지나갔다. 이 길가에 참한 건물 하나 짓고
있었는데 오늘은 간판이 붙었다. 역시나 카페였다. 상호는 '카페 파리'로고
는 에펠탑이었다. 집에서 저녁을 먹었다. 김치찌개를 했다. 나는 언젠가 꼭
돼지고기를 사서 찌개를 해야겠다며 생각한 적 있었다. 몇 달 되었다. 어제
대백마트에서 아주 신선한 고기를 살 수 있었다. 그 돼지고기를 조금 넣고 지
졌다. 다시 압량에 와서, 『도덕경』 본다.

3. 용勇

용勇은 용기勇氣라 표현해도 좋다. 용기는 씩씩하고 굳센 기운을 말한다. 이 기운은 내가 사물에 대한 이치를 알지 못하면 나오지 않는다. 어떤 일을 도모하는 데 믿음이 있고 능히 해낼 수 있는 기운 같은 것이다. 이러한 것이 없으면 창업은 어렵다. 용기는 많은 사람에게 믿음을 심을 수 있어야 한다. 그러니 책임감도 따른다. 그 책임을 완수하고 지키는 자는 경영자의 자질이 있다. 용기 있는 사람은 그 외모에서도 남다르다. 눈빛은 강하되 모든 것을 안을 듯 온화함을 지녔다. 어떤 목적한 바를 이룬 상태는 아니지만 그렇다고 못 이룰 능력이 없는 것도 아니다. 자신감이 강한 사람은 마치 자석 같은 매력이 있다. 이 용勇은 지혜와 믿음이 바탕이 되어야 한다.

노자 「도덕경」 68장

善爲士者不武, 善戰者不怒, 善勝敵者不與, 善用人者爲之下

선위사자불무, 선전자불노, 선승적자불여, 선용인자위지하

是謂不爭之德, 是謂用人之力, 是謂配天, 古之極

시위불쟁지덕, 시위용인지력, 시위배천, 고지극

鵲巢解釋

　　훌륭한 선비는 무공을 쓰지 않으며 싸움을 잘하는 자는 노하지 않는다. 적을 잘 이기는 자는 어울려 하지 않고 사람을 잘 쓰는 자는 그 아래에 처한다.

　　이를 일러 다투지 않는 덕이라고 하고, 이를 일러 사람을 쓰는 힘이라고 하며 이를 일러 하늘과 짝함이며 옛날의 극치이다.

　　선위사자불무善爲士者不武라고 했다. 노자가 살던 시대에는 선비도 칼을 차고 다녔다. 그러니까 사士는 선비지만, 문무를 겸비한다. 상고시대에는 문文 따로 무武 따로 두지 않았다. 문무를 겸비하여야 나라를 지킬 수 있었다. 고려시대 때 무신정권의 시대가 있었는데 이는 문신 중심의 정치로 인해 무신의 차별대우에서 일어난 정변의 시대였다. 후대에 내려오면서 문무 관료체계는 더 분명해졌다. 지금은 무기를 들고 싸우는 시대는 아니지만, 상대와의 어떤 불쾌한 일이 있다 하더라도 절대 거친 행동을 해서는 안 된다는 뜻으로 읽어야 한다.

　　선전자불노善戰者不怒는 잘 싸우는 이는 노하지 않는다는 뜻으로 혹여나 분쟁이나 뜻하지 않는 싸움이 있더라도 지도자는 이를 노여움으로 받아들여서는 안 된다. 사리분별 있게 처신하며 공명정대한 판단으로 일을 처리하여야 한다.

　　선승적자불여善勝敵者不與 적을 잘 이기는 자는 어울려 하지 않는다는 말은 상대에게 빈틈을 보이지 않는다는 말로 읽었다. 여與는 두 명 이상의 사람이 함께하는 것을 말한다. 어떤 정보를 함께 나누는 것이며 이는 베푸는 것이 될 수 있다. 여기서는 그렇지 않다는 것을 말한다.

선용인자위지하善用人者爲之下 사람을 잘 쓰는 자는 그 아래에 처한다고 했다. 앞에서도 얘기한 사실이 있다. 이것은 사람을 부리는 힘이라고 노자는 말한다是謂用人之力. 어느 기업이나, 구멍가게도 마찬가지다. 내가 사람을 쓰는 것은 나의 보조자다. 어렵고 힘든 일은 경영자가 도맡아 할 일이지 아래 사람이 하는 것은 아니다. 또 어떤 일이든 직접 해보아야 그 세계를 알 수 있으며 그 세계를 안다는 것은 이해하며 받아들일 힘이 생긴다. 모든 것을 직접 하니 고통도 따르겠으나 그만큼 배우고 느끼며 이로 인해 즐거움도 함께 온다는 것을 알아두자. 그러니 이것은 노자께서 말씀하셨듯이 옛날에도 이러했으며 도의 극점이 된다는 말이다. 그러니까 진리다.

노자 『도덕경』 69장

用兵有言, 吾不敢爲主而爲客, 不敢進寸而退尺

용병유언, 오불감위주이위객, 불감진촌이퇴척

是謂行無行, 攘無臂, 扔無敵, 執無兵

시위행무행, 양무비, 잉무적, 집무병

禍莫大於輕敵, 輕敵幾喪吾寶, 故抗兵相加, 哀者勝矣

화막대어경적, 경적기상오보, 고항병상가, 애자승의

鵲巢解釋

병기에 쓰는 말이 있다. 나는 감히 주인이 되지 않고 손님이 되어야 하고 감히 한 치를 나아가는 것이 아니라 한 자를 물러선다.

이것을 이르기를 나아감이 없는 나아가는 것이고, 팔 없이 물리치는 격이고,

적 없이 부수는 것이며 병기 없는 잡음이라 한다.

재앙은 적을 가볍게 여기는 것보다 큰 것은 없다. 적을 가볍게 여기면 나의 보물을 거의 잃는다. 그러므로 무기를 들고 서로 싸우면 슬픈 자가 이긴다.

용병用兵은 아무래도 병법에 쓰인 내용을 말하는 것 같다. 그러니까 예를 들면 손자병법 같은 책이다. 하지만 여기서는 손자병법은 아니다. 옛 고서 정도로 보면 좋을 듯싶다. 노자는 전쟁을 치르는 데도 주인이 아니라 손님 같은 마음으로 한 치를 나아가는 것이 아니라 오히려 한 자 물러나는 마음으로 해야 한다며 주장한다. 용병에는 여러 가지 기술이 있다. 싸움도 성급한 마음에 상대의 기술에 허를 당할 수 있다. 그러니까 신중함이 필요하다.

신중愼重함이 가미되었을 때 오히려 상대의 힘을 역이용할 수 있음인데 이것은 나아감이 없는 나아가는 것이고 팔 없이도 물리치는 격이고, 적 없이 부수는 것인 데다가 병기를 쓰지 않고도 상대를 제압할 수 있다. 어느 선생은 이를 태극권에다가 비유 놓으신 분도 있는데 그럴듯하다. 손가락 하나로 상대의 힘찬 공격을 역이용하여 공격하는 기술 같은 것이다.

어떤 적이든 적은 적이다. 그러니 가볍게 보아 넘겨서는 안 된다. 외부의 적도 적이며 내부의 적도 적이다. 적은 싸움의 상대를 말하지만, 나의 마음에 해를 끼치는 그 어떤 것도 적이 된다. 이것을 극복할 수 있는 자만이 세상을 지배할 수 있다. 여기서 항병抗兵이라는 단어가 나온다. 이는 침략에 저항하기 위해 일어선 쪽을 말하는데 항일전쟁抗日戰爭은 그 예다.

애자승의哀者勝矣, 슬픈 자가 이긴다는 뜻으로 슬픔을 당한 쪽으로 보는 사람도 있고 또 어떤 이는 애哀를 자애慈愛로 보는 사람도 있다. 나는 전자다.

　흐리고 비 왔다. 오전 토요 커피문화강좌를 개최했다. 우리나라 커피 시장의 현 상황을 내가 보고 느낀 점을 얘기했다. 짧다면 아주 짧은 우리의 커피 역사다. 약 100여 년간 생존을 거듭하며 살아왔으며 앞으로는 어떻게 진화되어 갈 것인가? 예전 우리 선배가 했던 커피는 어떤 것이며 불과 몇 년 전에는 어떻게 일을 했으며 지금은 또 어떤 마음으로 일하는가! 외부에서 바라본 시각은 어떠한가! 앞으로 시장은 얼마나 더 커질 것이며 이 커진 시장에 내가 해야 하는 역할은 무엇인가! 지금의 삶을 안정적으로 이끌고 위험에 봉착하지 않기 위해서는 카페 대표로서 나는 무엇을 해야 하는가! 가장 효율적인 마케팅은 무엇이고 찾아드는 손님께 어떤 서비스가 즉, 다른 카페와 비교되는 비교 우위적 요소는 어떤 것이 있는가!

　드립수업을 했다. 오 선생께서 지도했다.

　가족과 함께 외식했다. 경산 모 뷔페식당이었다. 나는 뷔페라고 하면 역전 가까이에 있는 이 씨 집인 줄 알았는데 딴 곳이었다. 건강식 뷔페라 해서 채소와 두부 그리고 몇 가지 얘기를 더 들 수 있겠으나 나는 국수만 맛있게 먹었다. 그러니까 갈비찜이라든가 구이 종류나 하여튼 고기음식은 여기서는 찾기 힘들다. 내 눈은 이제 버릇이 나빠졌는데 어딘들 들리면 객 단가 확인하는 일과 머릿수 그리고 평수와 디자인, 주차장 등을 본다. 어떻게 보면 괜찮은 종목이라는 생각과 어떻게 보면 오래가겠나 하는 생각으로 국수를 먹고 있었다.

　오후 병원에 배송 다녀왔다.

　조감도에서 배 선생께서 내린 예가체프 한 잔 마시며 『도덕경』 읽었다. 이제는 노자와 함께 산다고 해도 틀린 말은 아니다. 지나는 고양이만 보아도 노자의 무위자연만 생각난다. 조감도에는 새로 들어온 식구가 있다. 고양이다. 전 직원이 이 고양이를 무척 아낀다. 나는 고양이 한 마리만 있는 줄 알았다. 새끼 두 마리가 있었고, 수놈도 있다는 사실을 오늘 알았다. 배 선생은 고양이 밥으로 포장된 아주 차진 고등어를 밥그릇에 담아 내놓는다. 수놈은 저 먼데서 기웃거리고 있었고 고양이 새끼는 돌담 어딘가 숨어 있었다. 수놈이 다가오면 배 선생은 후친다고(표, 내쫓다) 한마디 한다. 나는 웃었다. 노자가 갑자기 지나갔다. 만물의 생성은 양과 음의 조화에 생성한다. 수놈이 없다면 암놈도 없는 것인데, 괜한 이 암놈만 살찌는 것 아닌가 하는 생각이 들었다. 어느새 배 뚱뚱하다.

9시 압량 마감했다. 오늘 매출은 상당히 저조하다. 커피 2만 5천 원 팔았다. 동원이는 얼굴이 상기되었는데 나는 도로 안심시켰다. '괜찮아! 동원아, 이 정도면 많이 판 거야', 마감쯤에 책에 관한 이야기를 들려주었다. 제레드 다이아몬드의 『총 균 쇠』와 노자에 관한 이야기를 들려주었다. 동원이는 아주 관심 있게 듣는다. 카스에 오른 어느 카페를 소개했다. 왜냐하면, 나중에 일이다. 창업하면 어떤 방향으로 나가야 할지, 그 답이 될 수 있기에 보였다.

4. 제부, 돈 많이 벌었나?

나에게는 처형이 딱 한 명 있다. 나이는 동갑이다. 추석날이었다. 처형은 술과 고기를 좋아한다. 그리고 모임을 좋아한다. 이날도 반쯤 취한 것 같았다. '제부야, 여 앞에 딱 한 잔만 더하자.' 처형은 어디 모임에 가, 술 한 잔 드신 게 분명했다. 이때 나는 독방에 앉아 이리저리 노자에 관한 책을 읽고 있었다. 물론 이것도 나는 나의 일이라 생각한다. 그래서 처형께 미안하지만 거절할 수밖에 없었다. '아! 처형, 지금 하는 일이 있어 미안해요.' 했더니, 한마디 더 한다. '제부, 돈 많이 벌었나?' 이 말 한마디가 오랫동안 내 머릿속에서 지워지지 않았다. 커피를 하고 있고 커피는 아니지만 난 또 공부를 하는 셈이다. 몇 안 되는 직영점이 있지만, 이들 관리가 필요하다. 커피 공급시장은 매년 뜨겁기만 하다. 얼마 전에는 여기서 가까운 동네 그러니까 도보로 5분 거리에 오십 평대 카페가 또 생겼다. 영향이 안 올 것 같았지만, 조금씩 변화는 있었다. 물론 그것뿐만 아니라 크게 운영하는 직영점 주위도 만만치는 않은 실정이다. 같은 동네에 커피 전문점만 십여 개가 넘는다. 이 상황에 큰 카페가 두 개나 더 생기는 모습을 본다. 어떤 때는 시장을 걷다가 나는 소름이 돋는 경우도 있었다. 또 어떤 때는 두렵고 떨리기까지 했다. '도대체 어쩌란 말인가?' 처형은 딱 한 잔만 하자! 고 했다. 그래 세상 잊으며 딱 한 잔만 마시고 싶었다.

커피 집 경영은 참 어렵다. 커피 값이야 얼마 하겠는가! 하면서도 요즘 커피 값은 꽤 비싼 것도 사실이다. 하지만 또 이거 이거이 장사가 되겠어! 할 정도로 터무니없는 가격으로 판매하는 집도 많다. 어느 집이든 경영은 어렵다. 커피를 애용하는 고객은 파도다. 한때 새로 개업한 가게가 있으면 한 번 가보고 내부공간미를 두루 느낀다. 맛과 주인장 친절도를 매기며 마치 점수라도 매기듯 블로거에 오른다. 그러다가 또 새로운 가게가 생기면 그쪽도 가본다. 새로 개업해서 한동안 영업하여 영업 마지노선을 지키는 것은 단 몇 달뿐이다. 시간은 점점 그 이하로 몰고 간다. 그러니 경영에 있어 어떤 변화를 꾀하지 않으면 존립 자체가 위태하다. 닫는 가게보다 여는 가게가 많으니 시장은 넘쳐날 수밖에 없다. 일종의 버티기다. 얼마나 버티느냐는 것은 시간과 자본이 해결하겠지만 말이다.

노자가 지금 세상에 있다면 이 커피 시장을 어떻게 보며 어떤 처방을 내릴까! 인문은 나를 그리는 것이다. 역지사지易地思之라는 말이 있다. 노자의 처지에서 본다. 나는 노자가 아니지만, 노자의 책을 읽고 이 세상을 본다.

노자 『도덕경』 70장

吾言甚易知, 甚易行, 天下莫能知, 莫能行, 言有宗, 事有君

오언심이지, 심이행, 천하막능지, 막능행, 언유종, 사유군

夫唯無知, 是以不我知, 知我者希, 則我者貴, 是以聖人被褐懷玉

부유무지, 시이불아지, 지아자희, 즉아자귀, 시이성인피갈회옥

鵲巢解釋

내 말은 심히 알기 쉽고, 심히 행하기 쉽다. 천하는 어찌 알지 못하는가! 어찌 행하지 않는가! 말은 근본이 있고, 일은 주인이 있다.

세상 사람은 유독 알지 못하기에 이로써 나를 알지 못한다. 나를 아는 자가 희박하니 곧 나는 귀하다. 이러한 까닭에 성인은 베옷을 입고 옥을 품는다.

노자 『도덕경』 81장에서 이 70장부터는 결론에 해당한다. 노자 『도덕경』은 모두 이해하기 쉽고 알기 쉬우나! 하지만 이를 행하는 사람은 극히 드물다, 아니 아예 없다고 보는 것이 낫다. 여기서 천하天下는 세상 사람을 일컫는다. 그러니까 세상 사람은 내 말을 알지 못하는 것이 되고 행하지 않는다. 말은 뼈대가 있고 일은 주인이 있다言有宗, 事有君. 이 말은 일종의 비유다. 노자의 『도덕경』 전체가 그렇듯이 어찌 보면 해석함에 모호한 데가 많다. 그렇다 하더라도 우리에게 들려주는 이야기는 어느 일부분을 묘사한 것이 아니라 우리가 나아가야 하는 길, 그 전체를 묘사한다. 공자께서도 글은 말을 다 표현할 수 없고 말은 그 뜻을 다 표현할 수 없다고 했다. 그러므로 노자의 『도덕경』 오천 자는 비록 적은 수의 글자지만, 노자가 말하고 싶은 그 뜻을 표현하는데 결코 부족한 글은 아니다.

세상 사람은 유독 알지 못하기에 그러니까 노자의 말씀을 일컫는다. 나를 아는 자가 희박하니 곧 나는 귀하다. 노자의 『도덕경』은 춘추전국시대뿐만 아니라 2천 년 이상이나 동양 역사에 지대한 영향을 끼친 경전이다. 노자의 말씀은 태평성대가 아니라 혼란하고 어지러운 시대에 더 빛을 발했다. 나 또한 이 『도덕경』을 읽고 주해를 다는 이유는 커피 시장의 군소난립 한 가운데 갈 길이 아득하여서 어떤 한 줄기 빛을 갈망하기 때문이다.

마지막으로 사자성어가 나오는데 살펴보자. 피갈회옥被褐懷玉이란 말이 나온다. 노자가 처음 사용한 말로 이 이후로 격언으로 자주 쓰게 되었다. 베옷을 입고 구슬을 품는다는 뜻인데 도를 터득한 성인은 겉으로 입은 옷은 남루하지만 속은 가치를 따질 수 없는 보배로운 옥석을 품고 있다는 것으로 보아야겠다. 갈褐은 베옷을 뜻하는 데 굵은 실, 즉 삼베 같은 것을 얘기하며, 또는 새끼줄이나 어떤 거친 실로 짠 옷으로 보면 좋을 듯싶다. 그러니까 누더기다. 그리 좋은 옷은 아니므로 겉모양은 남루하다. 여기서는 당신이 나를 이해하지 못해도 나는 상관하지 않는다, 나는 귀하다, 왜? 도를 지녔기 때문이다, 뭐이런 뜻이다.

노자 『도덕경』 71장

知, 不知, 上, 不知, 知, 病, 夫唯病病, 是以不病, 聖人不病, 以其病病, 是以不病.

鵲巢解釋

알아도 알지 못하는 것이 최상이며, 알지 못한 것을 안다고 하는 것은 병이다. 사람은 오직 병을 병으로 여기기 때문에 이로써 병이 아니다. 성인은 병이아니다. 그 병을 병으로 여기기에 이로써 병이 아니다.

몇 자 되지 않는 문장이지만, 해석하기 참 곤란한 문장이다. 글자를 잇는 전치사가 없기에 어느 것이 명사인지 어느 것이 동사인지는 어순에 따라감으로 읽어야 한다. 그러니까 뒤를 명사로 보고 그 앞을 동사로 본다. 이 문장도 읽는 사람마다 각기 다르다. 그러니까 원문을 읽고 본인이 해석하여만 이 문장 속에 숨은 뜻을 이해할 수 있다.

알아도 알지 못하는 것이 최상이다. 우리는 모르는 것도 안다고 표현하며 알아도 뽐내는 것은 망조다. 그러니 병이다. 알아도 알지 못하는 것이 최상이다. 세상 사람은 이러한 것을 모른다. 그러니 모두 병 들린 것과 같다. 하지만 성인은 병이 아니다. 그 병을 병으로 여기기에 이로써 병이 아니다. 그러므로 이에 통치자가 나아가야 할 길을 이 『도덕경』에서 말한 것이 된다.

얼마 전에 주차장에 안전시설로 설치한 스토퍼에 관한 얘기다. 사람은 나름으로 법을 알고 있기에 잘 못된 해석을 하며 보상받으려고 한다. 운전자는 전방주시 의무가 있고 이를 회피한 사고는 자기 과실로 인한 자차문제지 상대에 배상을 청구할 문제는 아니기 때문이다. 그러니까 세상 사람은 자기가 잘 알지 못한 사실로 인해 꼭 아는 것처럼 행하는 것은 병이나 다름없는 것이 되며 이 병을 성인은 알고 있다는 것이다.

鵲巢日記 15年 09月 13日

새벽 3시 50분에 일어났다. 두 아들 깨워 칠곡 북삼으로 향했다. 이때가 새벽 다섯 시였다. 아버지도 태웠다. 서울 율현동에 도착한 시각이 아침 8시였다. 아버지의 외가 쪽 먼 친척이신 어른을 뵙고 인사했다. 이미 고인이 된 할머니하고는 같은 종씨 어른이다. 산에 9시에 모이기로 한 장소에 이동했다. 같은 항렬자 종 씨 어른을 뵈었다. 나는 '호' 자 돌림자로 여기서는 제일 막내다. 예초기를 잡은 사람은 모두 나의 밑에 항렬자로 '우' 자였다. 나이가 나랑은 비슷하거나 많아 보였다. 내 바로 위에 항렬자로 '용' 자 쓰신 어른을 뵈었는데 올해 일흔다섯이라고 했다. 아버지께는 6촌 형님이다. 아버지는 우리 계열은 다 떠났다며 남은 사람은 이제 저 어른과 나뿐이라고 했다. 우리 집안의 묘소를 모두 함께 벌초했다. 우리 쪽 묘소와 바로 지척인 곳에서도 몇몇 남자들이 모여 벌초를 했는데 나는 궁금하기도 해서 옆에 가, 묘 앞에 세운 비석을 슬쩍 보았다. 여기도 모두 전주 이씨 묘소다. 오늘은 소종계 모임으로 벌초한다고 집안 어른께서 말씀하셨다. 다음 주는 대종계 모임이라 했다. 대종계 모임은 여태껏 한번 참석했다. 그때 벌초 끝내고 많은 사람이 벌초한 묘소를 바라보며 그래도 그중 나이가 있으신 어른께서 나오시어 집안에 관한 여러 말씀을 앉아 들은 기억이 있다. 시간이 괜찮으면 다음 주에도 와보고 싶지만, 마음만 가진다.

11시 조금 지나서 출발했다. 가는 시간 오는 시간, 비교적 통행은 원활했다. 북삼에 도착한 시각이 오후 1시쯤이었는데 동네 근처에서 아버지와 두 아들과 함께 점심을 먹었다. 어느 고깃집에서 먹었다. 아버지는 이미 고인이신 할아버지가 서운했던지 가물가물한 기억 한 자락 펼쳤다. 아버지 11살에 할아버지가 돌아가셨는데 그때 이야기를 했다. 죽음도 모르는 시절이라고 했다. 아버지 땅에 묻는 것을 보시고는 왜? 가시는지 몰랐던 시절이라고 했다. 아들 준이는 할아버지 말씀에 귀담아 듣고 있었는데 아버지는 아버지 기억을 알아주었으면 하는 마음인 것 같다. 아버지 집에서 약 삼십 분 정도 쉬었다.

4시쯤에 경산에 도착했다. 아까 고속도로 휴게소에서 샀던 책을 보았다. 사기와 맹자 그리고 장자에 관한 책이다. 그중 사기를 조금 읽었다. 간략하게 줄여놓은 책이다.

5. 톰 크루즈

하루는 본점장 성택군이 USB 있으면 달라고 했다. 주연배우 톰 크루즈가 연기한 〈미션 임파서블〉 영화를 담아주겠다고 했다. USB에 담은 영화를 보았지만 톰 크루즈는 예나 지금이나 액션 배우라 할 만하다. 그는 스턴트맨을 쓰지 않고 직접 연기하는 몇 안 되는 배우로 알고 있다. 그가 찍은 영화 중에 〈미션 임파서블 2〉였던가! 610m 달하는 어떤 절벽에 매달리는 연기는 참 아찔하게 보았다. 물론 이것뿐만 아니라 다른 영화도 마찬가지다. 그는 올해 나이가 만 52세다. 사십 중반 길 걷는 나도 하루가 숨차고 힘든 일로 가득하지만, 이 일을 수행하며 갈 때마다 세월을 느낀다. 그의 영화 〈미션 임파서블〉은 몇 탄까지 진행할 것인지 눈여겨볼 만하다. 배우는 배우일 때만이 가장 아름답다.

작가는 글을 쓸 때 가장 행복하고 바리스타는 커피 뽑을 때 가장 행복하다. 빈센트 반 고흐는 평생 그림 한 점 팔았다. 나는 내가 낸 책 중에 『가배도록』은 출판한 시점에서 두 달간 다섯 권을 팔았다. 빈센트 반 고흐에 비하면 나는 많이 판 것이 된다. 그렇다고 이에 굴하거나 나의 글쓰기가 잘 못되었다고 보지는 않는다. 나는 오늘도 살아있고 내일을 살아야 하기 때문에 어떤 희망 같은 것을 심는다. 커피 시장이 아주 뜨겁다고 해도 중요한 것은 나의 커피 영업장이다. 영업장은 무엇이 있어야 하는가! 시험 기간이면 준 도서관 역할로 취업과 진로에 실습장으로 느낄 수 있는 본점이 되었다. 카페의 싱크-빅think-big은 무엇인가?

노자 「도덕경」 72장

民不畏威, 則大威至, 無押其所居, 無厭其所生, 夫唯不厭

민불외위, 즉대위지, 무압기소거, 무염기소생, 부유불염

是以不厭, 是以聖人自知不自見, 自愛不自貴, 故去彼取此

시이불염, 시이성인자지불자견, 자애불자귀, 고거피취차

鵲巢解釋

　　사람이 위엄을 두려워하지 않으면 즉 큰 위엄에 이른다. 그 거처하는 곳을 억압이 없고 그 사는 바를 싫어함이 없어야 한다. 오직 싫어함이 없으니까,

　　이는 싫음이 없다. 이로써 성인은 스스로 알고 스스로 드러내지 않고, 스스로 사랑하되 스스로 귀하게 여기지 않는다. 그러므로 저것을 버리고 이것을 취한다.

　　민심은 천심이라고 했다. 여기서는 성인군자의 정치적 치세를 말한다. 가만 보면 위엄이라는 것은 꼭 군자의 권위만 얘기하는 것도 아니다. 진정한 위엄은 바른 정치로 세상의 안정을 기하며 만인의 행복을 추구할 때 나온다. 위에 한자 염厭은 싫어하다는 뜻이다. 하지만 고문에서는 가끔 압박壓迫하다의 압壓자로 사용되기도 한다고 한다. 상고시대에는 문자가 그리 많이 없었기에 압박으로 읽는 이도 있다고 했다.[16]

　　고거피취차故去彼取此, 저것을 버리고 이것을 취한다는 말이다. 저것彼은 여

기서는 자견自見과 자귀自貴다. 이것此은 자지自知와 자애自愛다. 스스로 알고 스스로 사랑함이 없으면 그러니까 나를 알고 나를 먼저 아끼며 사랑하는 마음이 있어야 남을 배려하며 남을 아낄 줄 안다. 나를 사랑함이 없는데 어찌 남을 사랑할 수 있겠는가!

노자 『도덕경』 73장

勇於敢則殺, 勇於不敢則活, 此兩者或利或害, 天之所惡

용어감즉살, 용어불감즉활, 차량자혹리혹해, 천지소오

孰知其故, 是以聖人猶難之, 天之道, 不爭而善勝

숙지기고, 시이성인유난지, 천지도, 불쟁이선승

不言而善應, 不召而自來, 繟然而善謀, 天網恢恢, 疏而不失

불언이선응, 불소이자래, 천연이선모, 천망회회, 소이불실

鵲巢解釋

함부로 용감하면 즉 죽고, 함부로 아니하는 용감은 즉 산다. 이 둘은 어떤 것은 이롭고 어떤 것은 해롭다. 하늘이 미워하는 바는

누가 그 연고를 알겠는가! 이로써 성인은 오히려 그것을 어렵게 여긴다. 하늘의 도는 다투지 않으면서 잘 이긴다.

말하지 않으면서도 잘 응한다. 부르지 않으면서도 스스로 오니 느긋하면서도 잘 도모하며 하늘의 그물은 넓고 넓어서 드문 듯해도 잃지 않는다.

용어감즉살勇於敢則殺, 용어불감즉활勇於不敢則活, 이것은 함부로 용감하면

죽고, 함부로 아니하는 용감은 산다는 말이다. 감敢은 감히, 구태여, 함부로 하는 뜻이 있다. 그러면 함부로 하는 용감은 무엇이고 함부로 하지 않는 용감은 무엇인가? 함부로 하는 뜻은 마음 내키는 대로 마구 하는 것을 말한다. 그러니까 아무 생각 없이 일을 도모하는 것을 말한다. 요즘 아이들 말로 객기客氣다. 정확한 계산이 없는 아주 희박한 통계와 승률로 감 잡는다. 그러니 열이면 열 다 버진다. 함부로 아니하는 용감은 치밀한 계산과 끝내는 실패가 올지도 모른다는 위험에 단계적 절차를 세워, 일을 도모하는 것을 말한다. 이때 머뭇거림이 없어야 한다. 어떤 이는 꽤 머뭇거리다가 끝내는 일을 착수하기도 전에 그만두는 이도 많은데 이것은 용감이 아니라 유약하고 나약한 처세로 무엇을 해도 좋은 결실을 얻기는 어렵다.

차량자혹리혹해此兩者或利或害 이 둘은 어떤 것은 어렵고 어떤 것은 해롭다고 했다. 그러니까 노자의 말씀이지만, 뒤에 있는 말씀으로 보면 하늘의 도다 (천지소악天之所惡 숙지기고孰知其故 시이성인유난지是以聖人猶難之). 어떤 것은 운도 크게 작용한다는 말이다. 왜냐하면, 치밀한 계산과 처세가 있더라도 망하는 경우도 있음을 미리 설명한다. 그러니 어느 것이 이롭고 어느 것이 해로운 것인지 모르는 일이며 이는 하늘만 안다는 뜻이다. 다시 말하면, 무심코 소심해서는 안 될 일이며 적극적이며 주도적으로 일을 도모해야 함으로 읽었다.

마지막으로 노자는 하늘의 도를 얘기하며 왕도의 도를 얘기한다. 하늘의 도는 다투지 않으면서 잘 이긴다. 말하지 않으면서도 잘 응한다. 부르지 않으면서도 스스로 오니 느긋하면서도 잘 도모하며 하늘의 그물은 넓고 넓어서 드문 듯해도 잃지 않는다. 천繟은 띠가 늘어지다, 넉넉하다, 너그럽다는 뜻이다. 어려운 한자다. 실 사변에 홑 단자를 쓰고 있는데 여러 사람이口+口 입을

옷絲이 있다田++는 뜻에서 만든 글자가 아닌가 하며 생각한다.

천망회회天網恢恢 소이불실疏而不失. 하늘의 도는 넓고 넓어서 드문 듯해도 잃지 않는다는 말이다. 남회근 선생께서는 이를 이렇게 설명했다. 자기가 만들어 낸 인因은 자기 스스로 그 과果를 받는다고 했다.[17] 자업자득自業自得으로 보고 있다. 문자로 덧붙이자면 재앙과 복은 문이 없으니 오직 사람이 스스로 부를 뿐이다禍福無門, 惟人自召.

鵲巢日記 15年 09月 14日

오전, 조회할 때였다. 어쩌다가 노자에 관한 얘기가 나왔는데 배 선생은 시중에 노자에 관한 책이 있느냐고 물었다. 물론 이 질문은 내가 노자에 관해서 너무 의식하고 몰입하고 있으니까 했을 것이다. 나는 시중에 나와 있는 책이 너무너무 많다고 얘기했다. 그러니까 그러면 왜 노자를 쓰느냐고 물었다. 누구나 같은 길을 걷는 게 아니니까 쓴다고 했다. 어쩌면 이 노자가 우리 모두를 살려줄 거라고 덧붙였다. 마치 영화 〈매드맥스〉처럼 말이다. 어떤 배우는 마지막을 장식할 때 집게손가락을 펴고 나를 먼저 집고 상대에게 지시하듯 내미는 장면이 있다. '나를 기억해 줘' 뭐 이런 뜻인데 꼭 그것과 같다. 이 카페와 카페에 소속된 우리 모두를 기억할 때 우리는 산 것이다.

가끔은 직원과 대화하는 시간이 나에게는 소중하게 다가올 때도 있다. 어디에 나가 강의하는 것도 아니고 별달리 누구와 대화할 수 있는 시간이 없어, 이렇게 대화를 나누다 보면 새로운 생각이 떠오르기 때문이다.

압량, 오전은 문 닫을 수밖에 없었다. 월급산정과 송금하는 일이 더 중요했다. 오후, 정평 디아몽과 옥곡, 사동, 삼풍, 청도에 커피 배송했다. 청도는 AS다. 블랜드가 벌써 고장이 났다. 회전을 돕는 볼이 있는데 그 볼이 나갔다. 웬만해서는 잘 나가는 부품이 아니다. 아무래도 블랜드 통을 얹고 마구 흔들지 않고서는 부러질 수 없는 부품이다.

16) 남회근,『노자타설』하권, p. 542. 부유불염(夫唯不厭), 대저 오직 압박하지 않는지라, 선생은 이렇게 해석했다.
17) 남회근 ,『노자타설』하권, p. 556

6. 언어의 사각지대

노자의 말이다. 『도덕경』 1장이다. 도가도道可道, 비상도非常道, 명가명名可名, 비상명非常名이라고 했다. 도라고 일컫는 도는 흔히 도가 아니다. 이름이라는 이름은 흔히 이름이 아니라는 뜻이다. 그러니까 무엇을 강조하면 그 말이 꼭 아닌 것처럼 느껴지는 것과 같은 것이다. 예를 들면 나는 그녀를 사랑한다고 표현하면 마치 이런 느낌이 든다. 그러면 그전에는 사랑하지 않았다는 뜻과 지금 바로 표현한 이 말에도 마치 사랑하지 않을 것 같은 그림자가 숨어 있음이다. 그러므로 노자는 『도덕경』 32장에 도상무명道常無名이라고 했다. 도는 늘 이름이 없다는 뜻이다. 그러니까 내가 그녀를 사랑하면 그냥 사랑하는 것이지 굳이 표현할 필요가 없게 된다. 하지만 요즘 젊은 사람은 사랑은 또 표현하지 않으면 믿지 못하는 것도 사실이다. 그러니까 굳이 많은 표현을 한다고 해서 좋은 뜻을 갖지는 않으니 적당한 것이 좋을 듯싶다. 노자의 말이다. 신언불미信言不美, 미언불신美言不信, 믿음 가는 말은 아름답지 않고 아름다운 말은 믿음이 가지 않는다고 했다.

노자 『도덕경』 74장

民不畏死, 奈何以死懼之, 若使民常畏死, 而爲奇者

민불외사, 나하이사구지, 약사민상외사, 이위기자

吾得執而殺之, 孰敢, 常有司殺者殺, 夫代司殺者殺

오득집이살지, 숙감, 상유사살자살, 부대사살자살

是謂代大匠斲, 夫代大匠斲者, 希有不傷其手矣

시위대대장착, 부대대장착자, 희유불상기수의

鵲巢解釋

　　백성들이 죽음을 두려워하지 않으면 어찌 죽음으로써 그것을 두려워하게 하
랴! 만약 백성으로 하여금 늘 죽음을 두려워하게 하면, 대의를 위해서
　　내가 잡아서 그를 죽인다고 누가 감히(그럴까?) 늘 죽음을 맡아 하는 자가 죽
임이 있으니 죽음을 대리로 맡아 죽이는 것은,
　　이를 일러 대리로 큰 목수가 나무를 깎는 것이고 대리로 큰 목수가 나무를
깎는 이는 그 손이 상하지 않음이 드물 것이다.

　　이 장은 폭정이나 공포정치를 운운한다. 백성을 죽음으로 몰거나 또 함부
로 죽이거나 해서 공포정치를 한들, 진짜 그 죽음을 두려워하겠느냐는 뜻이
다. 그러니까 죽음도 두렵지 않다는 말이니 성인이 어떻게 정치를 펼쳐야 하
겠는가! 하며 오히려 반문으로 그 해답을 얘기한다.
　　물론 여기서는 폭정과 공포정치를 큰 대장장이 목수로 비유를 들고 있다.
나무를 제대로 깎는 목수가 와서 나무를 깎아도 시원찮을 판에 어떤 대리인
을 불러 나무를 깎게 한다면 그야말로 보지 않아도 서툰 작업이 될 것이며 이
서툰 작업으로 인해 그 목수의 손은 상해가 이만저만이 아닐 것이다.
　　이위기자而爲奇者, 앞뒤 문장으로 보아서 부정적인 편에서 읽어야 한다. 숙

감執敢은 그 뒤 문장이 생략된 상태다. 누가 감히, 그다음 문장은 '그러하겠는가!' 하는 얘기다.

이 장의 요지는 폭정과 공포정치는 결국, 그렇게 무너진다는 것을 암시한다. 공자의 인이나 맹자의 의가 중요하게 떠오르는 장이기도 하다.

노자 『도덕경』 75장

民之饑, 以其上食稅之多, 是以饑, 民之難治

민지기, 이기상식세지다, 시이기, 민지난치

以其上之有爲, 是以難治, 民之輕死, 以其上求生之厚

이기상지유위, 시이난치, 민지경사, 이기상구생지후

是以輕死, 夫唯無以生爲者, 是賢於貴生

시이경사, 부유무이생위자, 시현어귀생

鵲巢解釋

백성의 굶주림은 그 윗사람이 세금을 많이 거두었기 때문에 이로써 굶주리는 것이다. 백성의 다스리기 어려운 것은

그 윗사람이 인위적으로 다스렸으니 이로써 다스리기 어려운 것이다. 백성이 죽음을 가벼이 하는 것은 그 윗사람이 삶을 두터이 구하므로,

이로써 죽음을 가벼이 여기는 것이다. 오로지 삶을 위하는 것이 없는 사람은 이는 삶을 귀하게 여기는 것보다 현명하다.

이 장은 74장과 더불어 보아야 한다. 백성이 죽음도 두려워하지 않는 것은

상부의 과도한 세금부과와 사치와 탐욕을 차마 볼 수 없기 때문이다. 이것은 상부의 유위적有爲的 통치 방법으로 백성을 살피지 않고 굶주림으로 내몰면 이 정치가 얼마나 가겠는가! 그러므로 민생치안이 우선이다. 백성의 삶을 편안하게 하는 것은 무엇인가! 안정적인 일과 안정적인 음식 안정적인 잠자리, 각종 여가를 즐길 수 있는 문화를 살피는 거다. 성인이라면 이를 위한 정치를 펴야지 국가의 중대한 계획도 없이 오로지 과도한 세금부과로 인한 백성의 재물을 탐하는 것은 도적이지 어찌 성인이라 부를 수 있겠는가!

마지막으로 끝에 노자는 부유무이생위자夫唯無以生爲者라 했다. 오로지 삶을 위하는 이 없는 것은 무슨 뜻인가? 성인의 치세가 단지 자신을 위한 정치가 아니라 백성을 위한 헌신적 치세가 나올 때 노자는 시현어귀생是賢於貴生이라 했다. 즉 삶을 귀하게 여기는 것보다 현명하다는 것이다.

鵲巢日記 15年 09月 15日

조회했다. 배 선생과 예지와 함께했다. 배 선생은 새 차 나온다고 했다. 차 종은 제너시스다. 예지에게 물었다. 요즘 책을 읽느냐고 했더니, 안 읽는다고 대답한다. 내가 질문을 한 이유는 요즘 책 보는 사람이 있는지 해서 물어본 것이다. 배 선생께도 물었지만, 책 볼 시간이 없다고 했다. 스마트폰이 나오고 나서는 현대인은 신문과 책은 거리가 멀어졌다. 내 궁금한 것은 스마트폰에 모두 들어 있기 때문이다. 지식의 창고이자 세상이 있다. 현대인은 너, 나 할 것 없이 여유가 없다. 그만큼 시간에 쫓기고 시간을 좇는 삶을 영위한다.

그러니 바쁘다. 또 내가 필요로 하는 정보만 보아도 너무 많아서 다른 것에 관심 가질 여가가 없다. 그래도 책은 꼭 있어야 한다는 게 나의 주장이다.

누가 책을 읽기 위해서가 아니라 혹여나 한 사람의 독자가 있다면 당연한 일이겠으나 그렇지 않더라도 책은 책 쓰는 사람만의 놀이고 공부고 몰입이라 꼭 있어야 한다. 책 쓰는 사람만이 책을 좋아하고 책을 많이 읽는 것도 사실이다. 물론 그렇지 않은 사람도 있다. 오로지 읽기만 좋아하는 사람도 있지만 말이다. 일은 스스로 바빠야 한다. 어차피 가는 시간 남들보다 두 배의 활용을 원한다면 피나는 노력, 글쓰기뿐이라고 나는 생각한다.

대구, 옷가게와 일반음식점 그리고 시지 우드테일러스 카페, 그리고 구미에 보내야 할 택배가 있었다. 압량에 컴퓨터, 고장이 나, 본부에서 약 두 시간 공부했다. 노자 『도덕경』을 읽고 나의 주해를 달았다. 생두 블루마운틴 커피를 주문했다. 오래간만에 강 교수님께서 전화가 왔다. 콩 볶아달라는 부탁 말씀이 있었다.

우드테일러스 카페에 있을 때였다. 르완다에서 르완다 주민이 제작한 목재 조각품이 있었는데 아주 특이해서 사진 몇 장 담았다. 이곳 점장님과 커피한 잔 마시며 여러 대화 나누다가 본점에 자주 오시는 모 선생님을 조금 더 알게 되었다. 국악 전공하시고 모 대학교 교수였다. 요즘 책을 쓰시는지 카페에 오시면 공부에 꽤 열중하시는 모습을 자주 뵈었다. 선생의 가족은 모두 국악 하신다고 들었다. 선생의 부인은 가야금의 대가다. 성함은 생략한다.

압량에 일 볼 때다. B카페 대표 이 사장께서 오셨다. 주문한 커피를 내 드렸다. 대덕문화전당에 아주 조그마한 카페도 하는데 이 카페를 다른 분께 양도한 일이 있다. 인수한 사람은 아주 젊은 분이었는데 오늘 압량에서 잠깐 볼 수 있었다. 기계 상담했다. 본부에 가, 새 기계를 뜯어 기능을 일일이 설명했다. 아주 염가로 제시했는데 구두로는 계약되었다.

7. 경영은 무엇이라 생각하는가?

경영經營이란 무엇인가? 우선 한자를 하나씩 풀어보자. 경經은 지나다, 다스리다 이외에도 뜻이 많다. 영營은 짓다, 꾀하다, 경영한다는 뜻이 있다. 그러니까 어떤 계획을 짜, 그것을 이룰 수 있도록 잘 관리하는 것이다. 카페뿐만 아니라 어느 집이든 경영은 경영이다. 경영은 일이며 진작 어려운 것이다. 그 어려움과 수고스러움을 감당하며 이끌어 가는 자가 있으니 이를 경영자라고 한다.

경영은 순전히 돈 관리 좀 유식한 말로 하면 재무관리인데 이것만 하는 게 아니라 내가 기업을 세웠다면 그 아래 사람 즉 인사관리, 기업이 생산한 제품 관리, 이 제품을 어떻게 판매할 것인가? 가격, 홍보, 유통 등 수 많은 관리가 있다. 대표는 그저 자리에 앉아있는 것이 아니다. 이들 모두를 신경 써야 하며 이 일을 효율적으로 이룰 수 있도록 적극적으로 노력하여야 한다.

그러니, 초짜가 큰 기업을 운영할 수는 없다. 빈손으로 일어나 작게 시작하여 조금씩 확장해 나가는 일이야말로 그 기업은 오래간다. 혹여나 경기악화로 확장한 조직이 수축경영이 필요할 때도 대처할 수 있다. 아주 작은 코딱지만 한 커피집도 경영자라면 위 제시한 모두를 감당할 줄 알아야겠다. 아니면 모두 이에 비용을 지급하든가! 아니면 마냥 굶든가!

노자 「도덕경」 76장

人之生也柔弱, 其死也堅强, 萬物草木之生也柔脆

인지생야유약, 기사야견강, 만물초목지생야유취

其死也枯槁, 故堅强者死之徒, 柔弱者生之徒

기사야고고, 고견강자사지도, 유약자생지도

是以兵强則不勝, 木强則兵, 强大處下, 柔弱處上

시이병강즉불승, 목강즉병, 강대처하, 유약처상

鵲巢解釋

　　사람이 살아있을 때는 부드럽고 약하나, 그 죽음은 굳고 강하다. 만물인 풀과
나무도 삶은 부드럽고 연하다.

　　그 죽음은 마르고 딱딱하다. 그러므로 굳고 강한 것은 죽음의 무리고, 부드럽
고 약한 것은 삶의 무리다.

　　이로써 군대가 강하면 곧 이기지 못한다. 나무가 강하면 곧 병기로 쓰고, 크
고 강한 것은 아래에 있으며, 부드럽고 약한 것은 위에 처한다.

　　물은 아무 맛도 없지만 가장 맛있고 물 없으면 살지 못한다. 이 물은 늘 아
래를 향하고 평을 지향한다. 하지만 이 물도 고이면 썩고 쓰지 못한다. 사람
이나 이 외 모든 생물은 살아있으면 온몸에 피와 기가 흐른다. 피와 기가 흐
른 것은 유약하며 부드럽다. 유약하고 부드러운 것은 하늘을 바라보며 이 하
늘 아래 삶을 지향한다. 그러니 바람에 나부끼는 것은 모두 살아있음이다.

　　시이병강즉불승是以兵强則不勝 이때, 병兵은 군대로 보아야 한다. 얼마 전에

〈칭기즈칸〉 영화를 보았다. 칭기즈칸이 이끄는 군대는 세계 최강의 군대다. 이 영화에서도 노자의 영향을 받은 어느 선생이 나온다. 영화에서는 '구처기'라는 선생이다. 구처기는 칸의 정복욕을 노자의 사상을 들여 무마시키려고 한다. 하지만 끝내는 받아들이지 않고 어느 성을 공격하는데 이 치열한 전투에 그만 칸은 손자를 잃고 만다. 그러니 전쟁을 치러 이겼다고 해서 이긴 것인가! 또한, 무력으로 지배한들 그 지배한 국가가 오래가겠는가! 피의 역사는 오래가지 못한다. 강대처하強大處下, 유약처상柔弱處上 크고 강한 것은 지구며 즉 이 땅덩어리는 아래에 처하고 부드럽고 약한 것은 위에 처한다. 이 땅덩어리에 온갖 만물은 소생하며 땅에 의지한다. 그러니까 이 크고 넓은 땅덩어리처럼 성인의 마음은 넓어야 하며 만물이 소생하게끔 바라보는 인위가 아닌 무위의 정치를 펼쳐야 함을 얘기한다.

鵲巢日記 15年 09月 16日

　　한 사람의 대변이 그 전체로 보일 때가 있다. 추석 연휴 근무 일정을 맞춰 보도록 점장께 지시했다. 누구든, 추석 연휴는 쉬고 싶다. 여기는 공무원 집단이 아니라 사기업체며 서비스업종이다. 한 사람만 일하는 압량이나 주야교대로 일하는 본점은 근무일정에 관한 불만이나 불평이 있어 보이지 않는다. 오히려 사람이 많은 사동은 서로 회피하거나 책임을 남에게 전가하려는 의사도 보이는 것 같아 솔직히 섭섭했다. 나의 직장이며 내 삶의 근본인데도 불구하고 남에게 전가하는 처사에 기분이 꽤 언짢았다.

근로계약서를 명확히 하고도 다른 조건이 나오는 것은 그 법을 회피할 방법이 있다는 것이 된다.[18] 조그마한 구멍가게야 무슨 이유가 있겠는가! 혹여나 이유가 있더라도 거저 참고 넘어가는 일이 대부분이다. 주인장과 마음 맞춰 일한다. 그러니 조금 어렵더라도 거기다가 나의 시간이 빼기는 일이 있어도 거저 참고 일하는 것이다. 하지만 직원 여럿이 있는 카페가 관리하기 더 어려운 것은 모두 말이 많기 때문이다. 말이란 이유를 말한다. 누구는 어떠한 일이 있었어, 못 나오고, 누구는 엄마에게 물어보아야 하고, 누구는 고향에 내려가야 한다. 사정을 다 듣고 나면, 추석 연휴에 일하는 사람은 아무도 없다. 월급날은 월급을 지급하여야 하고 가게는 문 닫아야 하는 실정이다. 참 웃긴 일이다.

압량은 오 씨가 전적으로 일한다. 매출이 거의 없는 곳이지만, 어떻든 간에 나오겠다고 했다. 나오면 돈을 버니까 말이다. 임시고용으로 일하는 동원이와 정석이는 어떻든 간에 내가 일하는 시간이 배정되면 일하겠다고 했다. 나는 정말 미안한 마음에 오늘 점심을 함께했다. 마음 씀씀이가 얼마나 고마운 것인가! 동원이에게는 솔직한 마음을 얘기했다. 자네들은 임시고용으로 일하는 사람일세! 내가 이렇게 부탁하는 것도 참 미안하구먼! 하지만 이리 응해주니 고마울 따름이네! 아닙니다. 본부장님, 저는 그렇게 생각하지 않습니다. 바리스타는 일 있으면 나와서 본연의 자세를 갖춰야지요. 신경 쓰지 마십시오. 점심을 마치고 조감도에서 커피 한 잔 마셨다. 점장은 추석 일정표를 아직 맞추지는 못했다며 보고한다. 예지가 오늘 쉬는 날이고 내일은 배 선생이 쉬는 날이라고 했다. 나중에 다 맞춰지면 보고하도록 했다.

병원과 시지 마시로, 옥곡에 커피 배송 있었다. 코나 사장님께서 오셔 차

한 잔 마셨다. 강 교수님께서 부탁한 커피를 볶았다. 병원과 마시로는 점장님의 말씀이 있어 각 카페에 앉아 들었다. 모두 매매 일 때문이다. 병원은 5년 영업했지만, 내년 초에 재계약 들어가며 마시로는 2년 영업했다. 모두 카페를 팔고 싶다며 말씀을 주셨다. 마시로는 어찌 되었든 간에 매수자가 있으면 조정도 하겠다며 부탁했다. 나는 카페 매매는 안 하지만, 몇몇 분께 소개는 하겠다고 했다.

저녁, 압량에 있을 때였다. 모 선생께서 오셨는데 나이는 한 60 가까이 되신 분이다. 예전에는 학교 선생이었다가 지금은 다른 일 하시는 것으로 보였다. 글을 좀 다루시는 것 같았다. 하지만 책을 내보지는 않았다. 커피 한 잔에 많은 이야기를 들었지만, 학식이 대단한 분이었고 철학의 깊이가 있었다. 사회를 이야기하는데 그대로 이야기하는 것이 아니라 어떤 비유를 들어 설명했다. 비유를 든다는 것은 본질을 잘 알지 않고는 할 수 없는 것인데 그런대로 듣기에 맛깔스러웠다.

아이들과 함께 책을 보았다. 논어를 읽고 그 읽은 것에 질문 몇 가지를 했다. 요즘은 아이들이 공부가 재밌어 하는 것 같다. 논어에 나오는 문장으로 '군자는 세 가지의 변화가 있으니, 멀리서 바라보면 장엄하고, 가까이 다가가 보면 온화하고, 그 말을 들어보면 명확하다.'[19]는 내용이 있다. 맏이가 이것을 설명하는데 듣고 있으니 가슴이 뭉클했다. 하루 있었던 일이 지나가고 있었다. 아침에 조회 보았던 내용이 지나갔다. 배 선생께서 하신 쓴 이야기도 출근 늦은 점장을 곱게 보지 않은 것은 과연 군자다운 행동인가! 설명을 차근차근 푸는 맏이가 기특했다.

18) 예를 들면 연차가 있다는 것은 연차를 쓸 수도 있다는 내용인데 그 쓰는 날짜가 애매하게 된다. 물론 카페가 정상적일 때 가능한 얘기다. 이것도 어느 수준을 정상으로 보는 것인가 하는 일이 또 생긴다. 그러니 말이 말을 놓는 것이며 법이 또 다른 법을 낳는 결과가 된다. 그냥 인심이며 본연의 자세로 임하는 것이 가장 좋으련만, 사람이 많으면 형평에 모두 불만을 제기할 수 있음이다.

만약 연차라는 것도 경영자가 직원을 생각해서 도입하겠다며 한 일이지만, 오히려 이것은 근로에 나태함을 초래하며 영업에도 좋지 않은 결과를 일으킨다. 쉬는 날도 어느 쪽으로 하느냐는 것이다. 그러니까 이왕이면 다른 사람 쉬는 날 함께 하면 더 좋은 것이 되지만 이것은 카페로 보면 더 마이너스적인 영향만 끼친다.

19) 子夏曰:君子有三變, 望之儼然, 卽 之也溫, 聽其言也厲

8. 개지선지위선皆知善之爲善, 사부선이斯不善已

『도덕경』 2장에 나오는 말이다. 모두가 착함을 착하다고 알고 있는 것은 이는 이미 착함이 아니라는 뜻이다. 경영은 득 볼 수도 있고 실이 있을 수도 있다. 득이야 그렇다 하더라도 실을 잘 이겨나가야 한다. 경영을 잘하는 사람은 자신이 처한 환경도 잘 개선한다. 실례다.

나의 처지로 이야기하면, 이렇다. 대 도로변에 홍보 마케팅 차원으로 개점한 아주 조그마한 카페가 있다. 카페 몇 개를 관리하는 일에서 이 일은 나에게 아주 벅찬 일이었다. 어느 가게든 그 가게 주인장의 손길이 직접 닿아야 고객은 머문다. 그 손길은 사랑이다. 직원과 아르바이트는 단지 직원일 뿐이며 아르바이트일 뿐이다. 그나마 아르바이트보다는 직원이 낫다. 하지만 직원도 그 손길은 주인장에 따라가지 못한다. 왜? 이 가게는 남의 가게니까? 단지 한 달, 일 하고 월급 받으면 그만이기 때문이다. 정말 주인장 처지에서 제대로 마음 씀씀이 할 줄 아는 직원을 만나면 그만큼 복은 없을 것이다. 어느 가게든 한 달 경영하는 것은 빠듯하다. 경비를 제하고 자신의 인건비 챙겨갈 수 있으면 그나마 나은 가게다. 가게 대부분은 급급하게 운영한다. 여기에 신경 쓰는 것 생각하면 체력소모는 만만치 않게 된다. 그러니 가게 운영은 어렵기만 하다. 이것을 믿음 가는 직원이 있으면 독립채산제로 도로 맡기는 것도 아주 좋은 방법이다. 말이 좀 거창하게 되었다. 제반 경비를 제하고 일한만큼 가져가는 것이다. 본점 경영자는 이에 신경 쓸 필요가 없게 된다. 그러니까 원자재만 들어가고 홍보·마케팅은 그대로 득을 볼 수 있다. 하지만 이것도 문제점은 있을 것이다. 수익이 오르지 않는 시스템을 구태여 가진 것보다는 각각 책임을 전가하면 오히려 더 효율적일 수도 있다. (경영자는 어떤 일이든 개선해 나가려고 노력해야 한다. 절대 문 닫거나 포기하는 것은 경영자의 자질 부족이다)

개지선지위선皆知善之爲善, 사부선이斯不善已이라 노자가 말씀한 이 문구는 그러니까 나는 올바르게 했다고 하나 이것을 받아들이는 사람도 마땅히 좋다고 여기는 것 같아도 이는 선하지 않은 것이 되는데 무엇이 그런 것인가! 일은 효율적 배분이라고 하지만 받아들이는 사람은 마땅히 수고스럽게 능히 처리해야 한다. 그러니 사부선이斯不善已가 된다.

노자 「도덕경」 77장

天之道, 其猶張弓與, 高者抑之, 下者擧之, 有餘者損之

천지도, 기유장궁여, 고자억지, 하자거지, 유여자손지

不足者補之, 天之道損有餘,而補不足

불족자보지, 천지도손유여,이보부족

人之道則不然, 損不足以奉有餘, 孰能有餘以奉天下

인지도즉불연, 손부족이봉유여, 숙능유여이봉천하

唯有道者, 是以聖人爲而不恃, 功成而不處, 其不欲見賢

유유도자, 시이성인위이불시, 공성이불처, 기불욕견현

鵲巢解釋

    하늘의 도는 마치 활을 당기는 것과 같다. 높은 것은 그것을 누르고 아래 것은 그것을 들고, 남음이 있는 것은 그것을 덜어내고,

    부족한 것은 그것을 보충하고, 하늘의 도는 남음이 있는 것을 덜어, 부족한 것에 보충하지만,

    인간의 도는 그렇지 않다. 부족한 것을 덜어, 남음이 있는 것을 받든다. 누가 남음이 있어 천하를 봉양하겠는가!

    오직 도가 있는 자이니, 이로써 성인은 행함이 있어도 살피지 않고, 공을 이루고도 머물지 않으며, 그것을 바라지 않아 현명하게 볼 수 있음이다.

    이 장은 활을 비유로 하여 성인의 치세를 논한다. 활은 무엇인가? 활은 병기의 하나로 어떤 목표물을 향해 화살을 당겨서 쏘는 무기다. 너무 당기면 목표를 벗어나고 너무 헐거우면 목표치에 이르지 못한다. 이것은 하늘의 도라 일컫는데 남음이 있는 것을 덜어 부족한 것에 보충하여 만물의 생성과 성장을 여러모로 보살핀다.

    하지만 인간은 그렇지 않다는 것이다. 부족한 것을 덜어, 남음이 있는 것을 받드니 여기서 인간은 지배자 계층을 말한다. 성인은 하늘의 도와 같이 남음이 있어 천하를 받드는 데 공을 이루고도 머물지 않고, 그것을 바라지도 않아, 우리는 현명하게 그를 바라볼 수 있다.

    김원중 선생께서는 기불욕견현其不欲見賢 이 부분을 현명함을 드러내지 않으려고 하는 것으로 해석했는데 이것은 현見으로 읽은 것이 되나, 나는 견見을 동사로 보고 해석했다. 이렇게 해석해도 노자의 뜻을 크게 훼손하는 것은

아니라 본다.

노자 「도덕경」 78장

天下莫柔弱於水, 而功堅强者, 莫之能勝, 以其無以易之

천하막유약어수, 이공견강자, 막지능승, 이기무이역지

弱之勝强, 柔之勝剛, 天下莫不知, 莫能行, 是以聖人云

약지승강, 유지승강, 천하막불지, 막능행, 시이성인운

受國之垢, 是謂社稷主, 受國不祥, 是謂天下王, 正言若反

수국지구, 시위사직주, 수국불상, 시위천하왕, 정언약반

鵲巢解釋

천하에 물보다 부드러운 것은 없으나, 굳고 단단한 것을 공격함에는 이것을 능히 이길 것은 없다. 그 무엇으로도 물을 바꿀 수 있는 것은 없다.

약한 것은 강한 것을 이기고, 부드러운 것은 굳센 것을 이긴다. 천하에 알지 못한 이 없으나, 능히 행하는 이 없다. 이로써 성인은 말하기를,

나라의 욕된 것을 받아들이니, 이를 사직의 주인이라 이르고 나라의 상서롭지 못한 것을 받아들이니 이를 일러 천하의 왕이라고 일컫는다. 올바른 말은 반하는 것 같다.

노자는 군자가 갖추어야 할 덕목으로 이 물로서 비유를 든다. 천하에 물보다 부드러운 것은 없으나 굳고 단단한 것을 능히 이기고 그 무엇으로도 물만한 것이 없다고 한다. 군자의 치세는 딱딱해서도 안 되며 강해서도 안 된다.

이것은 천하에 모르는 이가 없지만, 능히 행하기에는 어렵다. 그러니까 알면서도 행하기 어렵다는 것이 된다.

수국지구受國之垢는 나라의 더러운 때를 말함인데 여기서 구垢는 다루기 힘든 허물 같은 것이다. 그러니 정치인은 이러한 것을 피해서는 안 되고 당연히 받아들여 살펴야 한다. 그러니까 사직社稷의 주인이 되는 것이다.

수국불상受國不祥은 국가의 상서롭지 못한 것을 받아들인다는 뜻이다. 상서로운 것은 무엇인가? 복되고 길한 일을 말한다. 그러니까 그렇지 못 한 일을 도맡아 치세를 펼쳐야 하니 이를 일러 천하의 왕이라고 했다. 한 국가의 제왕이면 어렵고 힘든 일은 도맡아 하여야 하며 그러니 누가 이 일을 하겠는가 말이다. 일 개 국왕이 집행하지 않으면 어찌 나라가 온전하겠는가 하는 말이다. 국가뿐이겠는가! 한 사업장의 대표도 아랫사람의 고통을 짊어져야 하고 직원을 위해 수고스러운 일을 맡아 하는 것은 당연하다.

정언약반正言若反 바른말은 반하는 것 같다. 이것은 바른말이지만, 세상 사람들에게는 꼭 반하게 들리는 것 같다는 뜻이다. 그러니 세상 사람은 이 말을 어찌 알겠는가! 왕의 치세가 어렵고 힘들다는 것을 사직에 종사하는 사람의 수고스러움을 세상 사람이 어찌 알겠는가! 그만큼 힘든 일임을 내심 강조한다.

노자 『도덕경』 79장

和大怨, 必有餘怨, 安可以爲善, 是以聖人執左契

화대원, 필유여원, 안가이위선, 시이성인집좌계

而不責於人, 有德司契, 無德司徹, 天道無親, 常與善人

이불책어인, 유덕사계, 무덕사철, 천도무친, 상여선인

鵲巢解釋

　　큰 원한을 풀어줘도 반드시 남은 원한이 있다. 가히 잘한 것이라 마음 놓을
수 있으랴! 이로써 성인은 좌계를 맡아 다스려도

　　사람에게 꾸짖거나 나무라지 않는다. 덕이 있음은 계를 맡고 덕이 없음은 다
스림을 맡는다. 하늘의 도는 사사로움이 없고 늘 선한 사람과 함께 한다.

　　주해를 달기가 참 어려운 문장이다. 사람은 한평생 살면서 원한이 없겠는
가! 그 원한을 다 풀었다고 해도 반드시 남은 것이 있다. 그러니 이것을 잘했
다고 볼 수는 없지 않겠는가! 하는 뜻으로 읽었다. 그러니까 성인의 정치를
말함인데, 뒤에 말이 계속 잇는다. 이로써 성인은 좌계를 맡아 다스려도, 여
기서 좌계는 무엇인가? 사전적 의미는 둘로 나눈 부신符信의 왼쪽의 것 하나
를 자기自己 손에 두어 좌계로 하고, 다른 것을 상대방相對方에게 주어 우계右契
로 한다고 되어 있다. 이 말은 노자가 처음 사용했다. 부신은 어떤 증표證票를
찢거나 나누어 서로 지니다가 뒷날 맞추어 증거證據로 삼은 물건物件이다.[20]
여기서 좌계는 정치적 대상임은 분명한 것 같다. 이것을 맡아 다스려도 사람
에게 꾸짖거나 나무라지 않는다. 덕이 있는 사람은 계를 맡고, 덕이 없는 사
람은 다스림을 맡는다고 했다. 성인군자는 덕이 있으므로 당연히 바른 정치
를 행할 것이며 덕이 없는 사람은 그 치세에 따라야 함이다. 하늘의 도는 사
사로움이 없어 늘 선한 사람과 함께 한다는 말은 누가 하늘에 잘하는 사람이
있을까 말이다. 혹여나 제사를 잘 지낸다거나 제물을 더 얹었다고 해서 좋은
일이 생기는 것은 아니라는 것이다. 오로지 선한 사람은 그것에 맞게 복이 있
음을 말하는 장이다.

    오전 압량에서 일볼 때였다. 지나는 손님인데 오늘 처음 오신 듯했다. 카페리코나 조감도 상호를 알고 오신 분도 아니었다. 추석선물세트로 더치커피를 여섯 세트 주문한다. 여기서 뽑아 놓은 것은 몇 병 되지 않아 본점에서 몇 병 챙겼다. 오후 늦게 손님께 전달했다.

    오전에도 오후에도 노자를 공부했다. 오늘은 77장~79장까지 읽고 해석하며 주해를 달았다. 이 일로 밀양에 주문받은 커피는 내일로 미뤘다. 그리고 보니 또 주말이 가까이 다가왔다. 공부는 읽고 쓰면서 즐기는 것이다. 누가 뭐라 하든 가장 좋은 친구며 가장 밑바닥을 긁어 주니 죽어도 여한이 없다는 공자의 말씀을 깨닫는다.

    오늘 노자를 공부하면서 이런 생각이 지나갔다. 아래에 본 영화 칭기즈칸을 떠올렸다. 이 속에 나오는 인물인데 구처기라는 선생이 있다. 운지법을 사용하니 무예도 상당히 있는 분이다. 선생이 사는 마을은 산이 높고 계곡이 깊어 정말 신선만이 사는 동네로 산수가 수려했다. 이 마을에 사는 주민은 선생을 믿고 따른다. 선생은 이 마을에 존경받는 분이라 해서 거저 앉아 도 닦는 분은 아니었다. 밭에서 주민과 농작물을 살피며 경작하는 방법을 가르친다. 그러니까 생활의 이모저모를 주민과 함께 한다. 이러한 장면은 가히 진정으로 도를 닦은 분으로 선하기 그지없었다. 선한 사람은 얼굴도 다른 사람과 구별이 된다. 늘 웃음을 띤 것은 아니지만, 미소를 머금은 듯하고 말씀은 느긋하면서도 바르게 하며 행동은 급한 것이 없는 듯하고 세상이 무너질 것 같아도 두려움은 하나도 없는 사람이다.

옥산, 한학촌, 사동에 다녀왔다. 모두 커피 배송 일이었다. 본점에서 볶은 콩을 포장할 때였는데 강 교수님 잠깐 뵈었다.

20) 네이버 사전 참조

9. 어제와 오늘

공자의 말씀이다. 자왈子曰: 온고이지신溫故而知新, 가이위사의可以爲師矣. 옛 것을 배워 새로운 것을 알면 능히 스승이 될 자격이 있다는 뜻이다. 노자의 말씀에도 이와 비슷한 문장이 있다. 물론 나의 해석이 잘 못 된 것일 수도 있겠으나 나는 공자의 말씀과 문장만 틀리지 전달하는 의미는 같다고 본다. 노자 『도덕경』 14장에 나오는 말이다. 집고지도執古之道 이어금지유以御今之有, 예전의 도를 잡고 지금의 있음을 다스린다는 뜻이다. 예전의 도란 이미 앞선 성인의 치세를 살피고 지금의 정치를 바로잡아 나가겠다는 말이다. 여기서는 정치로 얘기했지만, 개인도 크게 다를 바는 없다. 자식을 가르쳐도, 더 나가 내가 하는 어떤 일을 아랫사람에게 가르치는 것도 모두 예전 내가 했던 것을 알기 쉽게 전달하는 것이 교육의 기본이다. 나는 커피 교육을 할 때면 항상 나의 일기를 먼저 읽고 시작한다. 일기는 지난 일이다. 하지만 가장 최근에 이룬 카페 경영 일지다. 오늘은 또 어떻게 바뀔지 어떤 변화가 있을지는 나도, 아무도 모른다. 하지만 능히 헤쳐나갈 수 있는 것은 예전의 경험이 다분히 묻어 있으므로 새로 시작하는 사람보다는 치빙馳騁(노자의 말이다. 능수능란하다는 뜻으로 읽으면 좋다.)이 될 수 있다.

노자 「도덕경」 80장

小國寡民, 使有什佰之器而不用, 使民重死而不遠徙

소국과민, 사유십백지기이불용, 사민중사이불원사

雖有舟輿, 無所乘之, 雖有甲兵, 無所陳之

수유주여, 무소승지, 수유갑병, 무소진지

使人復結繩而用之, 甘其食, 美其服, 安其居, 樂其俗

사인부결승이용지, 감기식, 미기복, 안기거, 낙기속

隣國相望, 鷄犬之聲相聞, 民至老死不相往來

인국상망, 계견지성상문, 민지로사불상왕래

鵲巢解釋

나라는 작고 백성은 적고, 열 명이나 백 명의 그릇이 있어도 사용하지 않게 하고, 백성으로 하여금 죽음을 무겁게 하여 멀리 가지 않게 한다.

비록 배와 수레가 있어도 그것을 타고 갈 곳이 없고, 비록 갑옷과 병기가 있어도, 그것으로 진 둘 곳이 없다.

사람은 다시 끈(새끼)을 맺게 하여 그것을 사용하도록 한다. 그 음식은 달고, 그 옷은 아름답고, 그 집은 편안하고, 그 풍속은 즐겁다.

이웃 나라가 서로 바라보고, 닭과 개의 울음소리가 서로 들린다. 백성은 늙어 죽을 때까지 서로 왕래 하지 않는다.

소국과민小國寡民은 노자가 바라는 이상적인 국가 형태를 말한다. 2,500여 년 전에는 모두 이러한 국가형태를 띠었다. 주나라가 있고 여러 제후국으로 말하자면 춘추전국시대다. 지금의 유럽과 비슷한 양상이다만, 아마 경쟁적 구도 속에 이상적 국가 발전을 추구하고자 하면 소국과민이어야 되지 않겠는가 하는 마음이겠다. 서로 뜻하는 바를 추구하고 상호경쟁 속에 상호보완하며 이로 인해 백성의 윤택한 삶을 이끄는 정치 말이다. 그러니까 지금의 지방자치제 같은 형태다.

십백지기什佰之器, 한마디로 말하자면 여러 사람의 재능으로 읽는 것이 좋을 듯싶다. 열이고 백이고 간에 그릇을 논하는 것인데 그릇이면 각 재능을 말하겠다. 그러니까 이 재능이 있어도 쓰지 않게 한다는 것이다. 그러면 노자가 말한 그릇은 무엇인가? 백성의 재능으로 인해 만든 어떤 물질문명을 얘기할 수 있음인데 노자는 이것보다는 오히려 정신문화를 더 중시한 것으로 보인다.

인부결승人復結繩, 사람은 다시 끈을 맺는다는 표현이다. 당시 문화로 보면 아마 이 끈은 새끼줄이 아니겠나 하며 읽는다. 농경문화에 새끼(짚으로 꼬아 줄처럼 만든 것)는 절대 필요한 물자다. 서민이 신고 다녀야 할 짚신과 농사에 필요한 여러 물품은 이 짚으로 만들었다. 중국에서는 제사용품으로 사용하는 추구芻狗까지도 말이다. 감기식甘其食, 미기복美其服, 안기거安其居, 낙기속樂其俗은 부유한 가운데 어떤 생활상을 이야기하는 것이 아니라 소박한 가운데 최소한 인간의 삶을 얘기한다.

인국상망隣國相望, 계견지성상문鷄犬之聲相聞, 민지로사불상왕래民至老死不相往來. 이웃 국가가 서로 바라보고 닭과 개의 울음소리가 서로 들을 수 있고 백성은 늙어 죽을 때까지 서로 왕래하지 않는다는 뜻으로 앞의 소국과민을 자세히 풀어놓은 것이다. 사람이 많으면 삶을 다투는 경쟁이 일 것이며 경쟁으로 인한 이기심, 질투심, 상대를 제압하려는 정복욕으로 피의 전쟁으로 나가는 것을 노자는 미리 막고자 하는 마음이다. 그러므로 배와 수레가 있어도 피난 갈 일이 없고, 갑옷과 병기가 있어도 진을 구축할 필요 없는 만국이 평화로운 세상을 추구하고자 했다.

鵲巢日記 15年 09月 18日

케냐로 마셨다. 카페 조감도는 산 중턱이나 다름없는 곳에 자리한다. 이곳은 상가가 모두 세 집이다. 이 중에서 내가 제일 먼저 나와서 가게 문을 연다. 신문을 집고 경계를 풀고 안에 들어간다. 요즘은 뒷문을 넌지시 열어보는데 고양이가 빼꼼이 쳐다보고 제일 먼저 나에게 인사한다. 그녀의 눈빛에 그만 나도 모르게 정을 느끼고 마는데 갖다놓은 고양이 밥 한 옴큼 쥐고 주어진 밥그릇에 넣어둔다. 그러면 고양이는 맛있다며 오도독 씹는다. 오도독 씹는 소리 들으면 즐겁다. 그녀는 얼마 전에 몸 풀었다. 새끼 네 마리 낳았는데 두 마리만 주위에 맴도는 모습을 보았다. 그러니까 두 마리는 잃은 것 같다. 새끼 고양이도 이 아침에 볼 수 있었으면 하는 마음 갖지만, 아침에는 전혀 볼 수 없다. 어느덧 밥그릇에 담아준 오도독 다 먹고 나면 다시 내 얼굴 쳐다보는데 나는 또 안에 들어가 우유를 가져와서는 그녀의 밥그릇에다가 따라준다. 그녀는 혀를 날름거리며 핥는다. 몇 방울 핥으며 경계를 늦추지 않는데 주위를 보고 다시 몇 방울 핥으며 나까지 경계의 눈빛으로 바라본다.

그녀는 못생겼다. 잘 생긴, 그러니까 나에게는 귀여운 고양이가 아니다. 눈곱이 많고 꼬랑지가 마치 각기병처럼 우둑우둑하다. 그런데도 나는 그녀를 살핀다. 언제부턴가 그녀는 눈곱이 없어졌다. 나는 이 시기가 지난주 배 선생께서 아주 통통한 포장용 고등어를 그녀의 밥그릇에다가 내놓을 때부터라 생각한다. 기름지고 차진 고등어는 그녀의 혀를 더 부드럽게 하였을 것이고 그녀는 혀로 낯짝을 씻었을 테니까! 그단새 내가 따라준 우유까지 다 먹었다. 다시 내 얼굴 쳐다보고는 한 울음 한다. '야아 옹', 그러면 나도 한 소리 한다. 뭐! 뭐! 뭐! 그러면 야는 어딘가 가는데 지 새끼 있는 데로 가는 것 같다. 그러면, 나는

정문 활짝 열고 아침 공기 한껏 마신다. 하루 시작한다.

이미 교육도 마쳤고 이제 실습도 마친 이 씨가 본점에 오셨다. 오 선생과 화원에 사업하는 이 씨와 그리고 나, 이렇게 여기서 가까운 보쌈집에서 점심 먹었다. 카페 창업과 관련하여 문의가 있었고 시장에 나온 여러 매물에 관해서도 이야기 나누었다. 이 씨는 여러 가지 보아온 상황을 말씀 주셨는데 이와 관련해서 여러 가지 사안을 말씀드렸다. 식사 마치고 본점에서 커피 한 잔 마셨다.

상담한 결과를 정리하자면 이렇다. 진량에 땅이 있는데 평당 얼마 할 거라는 정보와 병원 매물 건과 기타 카페 매물도 도마 위에 올려놓고 자르지는 못하고 군데군데 재보고는 다시 조심스럽게 내려놓곤 했는데 나는 마! 힘들다며 한마디 하다가 약간 격앙되기까지 했다. 그러고는 아예 힘 드는 쪽으로 이야기했는데 이 씨는 그만 용기를 잃고 말았다. 실은, 즉 열이면 열 창업으로 나서지만, 열에 아홉은 이년이면 충분해서 이처럼 밥 한 끼 해야 할 사항이 또 오고 마는데 그러면 서슴없이 팔아달라는 이야기뿐이다. 그러니 카페가 여간 힘 드는 종목이겠는가! 손님이 줄기차게 오는 것이 아니라서 마냥 카페지기로

있다가는 오히려 정신 나갈지 모르는 일이니 단디 생각해야 한다는 것이다. 그러니까 더 자세히 말하자면, 하루 매출 만 원도 오를 수 있고 이만 원도 오를 수 있다. 더 자세히 말하자면 삼천 원 올린 일도 있으니 그 돈이면 나는 다른 카페에 앉아 맛난 에스프레소 한 잔 마시며 여흥을 즐기겠다고 했다.

밀양에 다녀왔다. 기계 관리해 주었다. 시지에 다녀왔다. 여기도 기계 관리해 드렸다. 우드테일러스 카페에서는 기계관리 후, 에스프레소 몇 잔 뽑아 마시기도 했다. 에스프레소 맛이 확연히 다름을 본다. 고무개스킷 갈면서 일이다. 옆에 사장님께서 아주 가까이 보고 계셨는데 나는 차근차근 설명했다. 그렇게 고난도 기술은 아니다만, 아주 조심스럽고 신중하게 다뤘다. 마치 달걀 한판을 머리 이면서 계단 오르는 마음으로 했다. 그러니까 사장님은 뭔가 있다는 내용으로 흠뻑 지여셨는데 나는 이참에 더 중요한 말로 버무려서 맛깔스럽게 하고 말았다. 나사를 풀고 동판이 떨어졌다. 떨어진 동판 들고 개수대에 들고 가, 철 수세미로 빠아빡 빡 빠아악 빡 밀면서 닦았다. 그러니까 완전히 번쩍거렸다. 사장도 아주 놀라워했다. 거기다가 고무가 다 낡아 구부리니까 '뚝' 하고 떨어졌다. 이때 사장은 무척 놀랐다. 그러면 뭘 끼우느냐는 것인데 나는 슬그머니 새것을 슬쩍 꺼내어 샤워 망을 팬티 갈아입듯 끼웠다. 그리고는 기계에 장착하며 버튼을 누른다. 버튼은 총 쏘듯 했고 소리 또한 명쾌해서 '딱' 그렸는데 보는 사람이 죄다 시원한 눈빛으로 바라보는 것이었다. 나는 자리에 앉아 그 부품은 아주 비싼 거라는 얘기만 했다. 그리고 잠시 앉아 있었는데 사모님은 에스프레소 연이어서 뽑아 나른다. 정말 맛있었다. 마지막에 나올 때는 그냥 서비스라고 말씀 드리니 모두 흐뭇했다.

10. 장래

세이의 법칙이란 말이 있다. 세이Jean B. Say는 프랑스 경제학자다. 요약하자면 공급이 수요를 창출한다는 뜻이다. 마지막 단락으로 왜 이 말을 쓰는가 하면 나는 커피 시장을 이렇게 본다. 우리나라에 커피가 들어온 지 약 100여 년 역사를 가졌다. 어느 시대든 커피가 유행이 아니었던 시기는 없었다. 십여 년 전 원두커피를 처음 마셔보고 이 사업에 뛰어들 때 내가 본 커피 전문점은 상당히 많았다. 지금은 그때 비교해도 별반 차이가 없다. 하지만 그때보다는 지금이 사업하기는 더 편한 것 같다. 많은 사람이 커피를 아니까 말이다. 그만큼 많이 생기니까 시민은 종전보다는 더 자연스럽게 커피 전문점에 가 그 문화를 즐기는 것 같다.

이렇게 시장이 큰 상황에서 내가 하는 역할은 나 스스로 키워 나가야 한다. 시장을 만드는 방법은 각자 방법이 있을 것이다. 하지만 그 방법도 마음에 담아두고 시행하지 않는다면 아무리 좋은 계획이 있어도 무슨 소용이 있을까! 실행, 어렵고 힘들고 또 그 어떤 비난 같은 게 있어도 묵묵히 자기의 길을 걷는다면 좋은 결과를 빚겠다. 경영은 원래 어려운 것이다. 이 어려운 길을 스스로 알고 걷는다면 그 어려움이 몸소 덜며 위기를 스스로 잘 헤쳐 나갈 것이라 나는 본다.

노자 『도덕경』 81장

信言不美, 美言不信, 善者不辯, 辯者不善, 知者不博

신언불미, 미언불신, 선자불변, 변자불선, 지자불박

博者不知, 聖人不積, 旣以爲人己愈有, 旣以與人己愈多

박자부지, 성인불적, 기이위인기유유, 기이여인기유다

天之道, 利而不害, 聖人之道, 爲而不爭

천지도, 이이불해, 성인지도, 위이부쟁

鵲巢解釋

　　믿음 가는 말은 아름답지 않고, 아름다운 말은 믿음이 없다. 착한 사람은 말
에 능하지 못하고, 말에 능한 사람은 착하지 않다. 아는 사람은 박식하지 않고,
　　박식한 사람은 알지 못한다. 성인은 쌓아 두지 않아 이미 사람을 위하니 내
것이 있음이 낫고 이미 사람과 함께하니 내 것이 많다.
　　하늘의 도는 이로워 해롭지 않고 성인의 도는 행하니 다투지 않는다.

　　노자 『도덕경』 마지막 장이다. 노자는 사마천의 사기에 의하면 초楚나라
고현苦縣-지금의 하남성河南省 녹읍鹿邑-여향厲鄕 곡인리曲仁里 사람으로 성은
이李씨고 이름은 이耳며 자는 담聃이다. 그는 무너져가던 주나라에서 황실의
도서관장을 지냈다. 어떤 이유로 인해 주나라를 떠나야 했으며 국경지대인
함곡관에서 어느 문지기의 간곡한 부탁으로 『도덕경』 오천여 자를 남겼다. 물
론 『도덕경』은 시간을 거듭하여 다듬어진 것으로 보인다. 죽간본과 백서본이
서로 다르고 뒤에 젊은 학자인 왕필에 의해 다시 다듬어진 것으로 알고 있다.

지금까지 써 내려온 노자의 말씀에 반성하는 뜻에서 쓰신 내용으로 보이기도 하는 이 장은 믿음 가는 말은 아름답지 않다고 했다. 아름다운 말은 믿음이 없다고 했다. 그러니 군주께서 듣는 처지로 보면 듣기 좋은 말은 믿음이 없는 것이 되며 정말 나에게 필요한 말은 쓴 것이니 살펴 들어야 함이다. 이 부분에 대해서는 유세의 어려운 것을 글로 적은 한비자의 문장이 있는데 찾아 읽어 볼 만할 것이다.

선자불변善者不辯, 변자불선辯者不善, 착한 사람은 말에 능하지 못하고 말에 능한 사람은 착하지 않다는 얘기다. 이 부분에 대해서 역사로 예를 들자면, 제나라 환공과 관중과의 관계가 좋을 듯싶다. 관중은 충신이었다. 환공은 말년에 관중의 말을 듣지 않았는데 끝내는 굶어 죽기까지 했으며 그의 시신도 내버려두기까지 했다. 진시황과 환관 조고의 관계도 그렇다. 진시황제가 죽고 나서 환관의 말에 끝내는 제국도 오래가지 못했다.

지자불박知者不博, 박자불지博者不知 아는 사람은 박식하지 않고 박식한 사람은 알지 못한다. 안다고 떠들어도 진짜 아는 것은 얼마 되지 않는다. 또 어떤 이는 박사까지 취득했다고 하나, 정말 알아야 할 것은 모르는 것이 된다. 사람이 많이 알아도 어둔해지는데 어떤 지식에 가려 우리가 꼭 알아야 할 지식은 가려지게 된다.

성인불적聖人不積, 기이위인기유유旣以爲人己愈有, 기이여인기유다旣以與人己愈多 성인은 쌓아 두지 않아 이미 사람을 위하니 내 것이 있음이 낫고 이미 사람과 함께하니 내 것이 많다. 내가 무엇을 알면 그것을 숨기고 혼자 아는 것보다는 오히려 다 함께 공유하면 더 복된다는 말이다. 이러한 예는 사업에서 줄곧 많이 들 수 있다. 어떤 한 사업장에 영업비밀이라 숨기는 것보다 오히려 터놓고 함께 나누면 믿음이 가니 더 나은 결과를 가져온다. 그러니 다른 사람을 배려하는 마음은 내 것을 빼기는 것 같아도 그것은 오히려 더 보태므로 돌아온다.

천지도天之道, 이이불해利而不害, 성인지도聖人之道, 위이불쟁爲而不爭 하늘의 도는 이로워 해롭지 않고 성인의 도는 행하니 다투지 않는다. 하늘의 도는 무엇인가? 자연이다. 자연은 그렇게 흘러간다. 봄이 오면 여름이 오고 여름이 가면 가을이 오고 겨울이 온다. 온갖 만물이 물 흐르듯이 흐르니 이는 이롭지 해가 되지 않는다. 성인의 도는 자연과 다르다. 행함이 있으나 다툼이 없어야 한다. 이것을 자연 즉 하늘의 도에 비유를 둔 것이다. 다툼이 없는 형평성을 이룬다는 것은 어려운 말이지만 성인은 이를 행해야 함을 강조한다.

노자 『도덕경』을 직접 해석하며 주해를 달겠다고 한 지 두 달이 지났다. 감개무량하다. 어떤 긴 터널을 뚫고 지나온 듯 느낌이다. 그만큼 속 시원하다. 내가 과연 이것을 풀이하고 또 주해를 달 수 있을지 의심은 있었지만, 시작이 반이라고 했던가! 한 장씩 풀어나가니 처음은 어려웠지만, 뒤로 갈수록 노자의 말씀은 문장이 얼추 비슷한 데가 있어 오히려 쉬웠다. 전에 노자에 관한 책을 몇 권 읽은 것도 큰 도움이 되었다. 노자는 언제나 읽어도 마음 편안하게 한다. 노자는 알기 가장 쉬우면서도 어렵고, 어려운 뜻을 담았지만, 그것도 어려운 것만도 아니다. 마음을 비우고 읽어야 한다. 하늘에 뜬 구름처럼 세상 바라보아야 하고 무거우면 계곡에 흐르는 물처럼 세상 바라보면 된다.

끝까지 약속 어기지 않고 꾸준히 공부한 나에게 마지막으로 칭찬하고 싶다. 넌 정말 대단해, 이만 접는다.

鵲巢日記 15年 09月 19日

오전, 토요 커피문화강좌를 진행했다. 새로 오신 분이 세 분 있었다. 정오, 사동 '단물고기'로 개업할 창업주께서 본부에 왔다. 다음 주 설치할 기계를 확인했다. 본점에서 커피 한잔 마시며 여러 가지 상황을 살폈다. 창업주는 칠성농원 자제분으로 그의 친구와 동업한다. 술집을 할까 하다가 커피 집으로 결정했다고 했다. 이제 내부공사가 다 끝났다.

점심을 버섯농장에서 먹었다. 아내와 함께 먹었다. 이 집, 안주인께서 무화과 과일을 후식으로 내오셨는데 농장 입구에 무화과나무가 몇 그루 보여 몇 개 따려고 했다고 농으로 말씀드렸더니 갈 때 비닐봉지 하나 주신다. 몇 개 따 가져가시라 한다. 괜찮다고 하니까 괜찮으니까 따 담아가셔도 된다고 하니 몇 개 따서 담았다.

곧장, 영천 삼 사관학교에 들렀다. 커피 납품이었다. 기계가 이상이 있다고 해서 들렀지만, 들러서 보니 아무렇지 않았다. 여기서 옥곡에 가, 커피를 드리고 네슬레 총판하시는 지 사장 사무실에 들러 필요한 물품을 챙겼다. 아내는 오후 내내 줄곧 함께 다녔는데 차에서 일의 이모저모를 대화 나누었다. 아내와 함께 다닐 때였는데 청도 가비에서 전화가 왔다. 더치용 커피로 로스팅에 관한 조언이었다. 요즘 주위 카페가 너무 많이 생기니 기존의 운영하는 업주께서 더 예민한 것 같다.

사동도 다음 주면 두 곳이 신규로 개업한다. '단물고기'와 '마시그레이'라는 상표다. 신대·부적에는 '하바나'라는 상표가 오늘 개업했다. 들리는 말로는 이곳 임대료가 한 달 무려 몇 백만 원 한다는데 나는 참 웃음밖에 나지 않았다. 커피로 이 임대료를 맞출 수 있는지 하는 의문이 생겼다. 지금 예로 든 커피 집 말고도 골목에 창업한 숨은 커피 집도 몇 집은 더 있다.

참고문헌

남회근 선생께서 쓰신 『노자타설』(설순남 옮김, 부·키)을 보았다. 김원중 선생께서 쓰신 『노자』(글항아리) 보았다. 최진석 선생께서 쓰신 『생각하는 힘, 노자 인문학』(위즈덤하우스), 『인간이 그리는 무늬』(소나무) 읽었다. 이외 최진석 선생의 인문학 강좌와 『저것을 버리고 이것을』 듣고 읽었다. 생각의 폭을 넓히는 데 큰 도움을 받았다.

이외 참고문헌
『노자강의』(기세춘, 바이북스), 『노자와 21세기 1, 2, 3』(김용옥, 통나무), 『청소년을 위한 논어』(공자 편저/양성준 지음, 두리미디어)

가배도록 1·2 | 이호걸 에세이 |

누군가에겐 삶의 여유, 누군가에겐 삶의 전부
커피와 함께 기나긴 여행을 떠난
커피人, 이호걸의 일상 엿보기

구두는 장미 | 이호걸 시평집 |

커피 향기를 품은 카페, 한 편의 시
그리고 우유 거품처럼 몽글몽글 피어오르는 사색

사발의 증발 | 이호걸 시집 |

따뜻한 커피 한 잔과 달콤한 시 한 모금
글쟁이 이호걸의 깊고 풍부한 향기

커피 배전기 | 이호걸 에세이 |

여유로운 오후, 한적한 벤치에 앉아 즐기는 커피 한 잔
당신의 지친 일상을 달래줄 까만 미소를 만나 보자

카페 조감도 | 이호걸 시집 |

때론 짜릿한 에스프레소처럼 강렬한
때론 부드러운 카페라떼처럼 감미로운
때론 풍부한 카푸치노처럼 사랑스러운
글꾼 이호걸이 마음으로 걸러 내린 한 잔의 글

커피향 노트 | 이호걸 에세이 |

커피전문점 '카페리코'의 성공 이야기와 커피에 대한 모든 것
커피향 나는 일상을 통해 배우는 커피전문점 창업 및 경영 노하우
그리고 각종 커피와 음료 제조법

노자의 『도덕경』에 담긴 일상 속 깨달음
켜켜이 쌓인 삶의 지혜가 녹아든 소소한 카페 이야기

역자사지易地思之라는 말이 있다. 책은 읽고 나를 바르게 보기 위함이다.
책은 책으로 끝나는 것이 아니라 자신을 생각해보아야 한다는 믿음이다.
하지만 공자의 말씀에도 위기지학爲己之學이 되어야지 위인지학
爲人之學이 되어서는 안 된다. 내 삶을 똑바로 보기 위해 옛 성인의
말씀을 읽었다. 그 공부한 내용을 나눈 이 책에다가 담았다. 단지 노자
『도덕경』 해석과 주해에만 미치지 않고 내가 걸었던 커피 사랑을 몸소
느꼈던 바를 담아, 여러모로 읽기에 유익할 것이라 본다.

— 저소지언(書小之言) 중에서

15,000원

03810

9 791158 603816
ISBN 979-11-5860-381-6